W0004006

ullstein

KARIN BALDVINSSON

DAS VERSPRECHEN DER ISLANDSCHWESTERN

Roman

Ullstein

Besuchen Sie uns im Internet:
www.ullstein-buchverlage.de

Originalausgabe im Ullstein Taschenbuch
1. Auflage Mai 2019
3. Auflage 2019

Umschlaggestaltung: bürosüd° GmbH, München
Titelabbildung: Arcangel Images / Peliha (Frauen);
www.buerosued.de (Landschaft)
Karte: © Peter Palm, Berlin
Gesetzt aus der Quadraat Pro powered by pepyrus.com
Druck und Bindearbeiten: CPI books GmbH, Leck
ISBN 978-3-548-06006-4

Für meine Großmutter Martha, die aus mir einen besseren Menschen gemacht hat, und meine Schwiegermutter Bella, ohne die es dieses Buch nie gegeben hätte.

»Ich habe keine Angst vor Stürmen.
Ich lerne, wie ich mein Schiff steuern muss.«
Louisa May Alcott

Juni 1949, Hamburg

Sonnenstrahlen glitzerten auf dem Wasser des Hamburger Hafens. Eine kräftige Brise kitzelte Margarete in der Nase und spielte mit ihren Locken, es roch nach Salz und Schmutz und ein bisschen nach Frühling. Sie hatte ihre Arme auf die Reling der Esja gestützt und suchte in der Menge am Kai nach den vertrauten Gesichtern von Tante Erna und Onkel Willi, die sie von Lübeck zur Abreise begleitet hatten. Margaretes Blick schweifte über die abgetragenen Röcke, ausgeblichenen Blusen, Jacken mit Flicken und dunklen Hüte. Sie hielt einen Moment bei einem älteren Paar inne. Die weißhaarige Dame schluchzte so stark, dass der schlaksige Herr sie kaum an den bebenden Schultern halten konnte.

Dicht an Margaretes Seite gepresst stand ihre Schwester Helga, die sich mit einem Taschentuch das ebenfalls tränennasse Gesicht trocknete und schniefte. Margarete seufzte, sie hasste es, Leute weinen zu sehen. In den letzten Jahren hatte sie zu viele dieser Momente erlebt. Trotzdem zog Margarete ihre Schwester enger an sich. Sogar im letzten Augenblick hatte Tante Erna noch versucht, die Nichten umzustimmen. Sie hatte schlucken müssen, aber sich nichts anmerken lassen. Margarete wusste, wie schwer es Helga auch so schon fiel, ihrer Heimat den Rücken zu kehren. Für Helga musste sie stark sein. Zudem hatten sich Margaretes Absichten, trotz des Abschiedsschmerzes, nicht geändert. Im Gegenteil, unter den so gewohnt gewordenen Schichten von Schmerz und Traurigkeit keimte nun ein neues Gefühl in ihr: Hoffnung.

Sie konnte es kaum erwarten, bis es endlich losging. »Schau nicht zurück, Schwesterchen, hier gibt es nichts mehr für uns«, flüsterte Margarete und lächelte ihre zwei Jahre ältere Schwester aufmunternd an. Helgas Gesicht war kantig und ihr Mund sinnlich, doch wie so oft hielt sie ihn geschlossen, die Lippen fest aufeinandergepresst.

Margarete umarmte Helga fester und schloss die Augen. Der Wind war aufgefrischt, strich über ihr Gesicht, brachte salzige Luft mit sich. Viel zu schönes Wetter, um Lebewohl zu sagen, dachte sie, sagte aber: »Wir schaffen das schon. Wir sind ja zu zweit und werden immer zusammenbleiben, das verspreche ich dir. Gemeinsam bauen wir uns ein neues Leben auf. Ich wünschte nur, wir wären schon da! Ich kann es kaum abwarten, endlich zu sehen, ob es auf Island wirklich so aussieht wie auf den Bildern.«

Sie betrachtete ihre Schwester, die nachdenklich auf den Kai im Hamburger Hafen zurückblickte. Helgas große grüne Augen waren vom Weinen gerötet. Die Traurigkeit verschleierte ihren sonst wachen Blick. Sie war schlank, anmutig und trug wadenlange Röcke und Schuhe mit einem kleinen Absatz. Klassisch frisiert waren ihre glänzenden, gewellten Haare von einer Schönheit, der auch die Jahre der Entbehrung nichts hatten anhaben können. Helgas Zögern und ihre Bedenken kannte Margarete zur Genüge, hatte es doch die größten Überredungskünste gebraucht, Helga überhaupt davon zu überzeugen mitzukommen. Doch jetzt waren sie an Bord, und die Zukunft in einem fremden Land stand ihnen offen – wenn auch zunächst nur für ein Jahr, vielleicht länger, wer wusste das schon. Nicht umsonst hatten viele Umstehende etwas von »Heiratsmarkt« getuschelt, der unter dem Deckmantel »Arbeit auf dem Land« an die ausnahmslos hübschen deutschen Mädchen »verkauft« worden war. Margarete spürte eine innere Unruhe in sich aufkommen, die sie manchmal ihrer Schwester gegenüber empfand. Eigentlich sollte es Helga nur recht sein, dass sie die Vergangenheit endlich hinter sich lassen konnten. Nichts und niemand wartete zu Hause auf sie. Ein Zuhause gab es nach dem Krieg, den Bombenangriffen und den vielen Bränden ohnehin nicht mehr. Der Vater war in Russland gefallen und die Mutter an Kummer gestorben, so sah es zumindest Margarete. Dieser schreckliche Irrsinn, in den die Männer mit so großer Überzeugung gezogen waren, hatte ihnen und ihren Familien alles genommen. Und Margarete war es leid, die Klagen der Verwandten und Nachbarn und das Schluchzen der einsamen Witwen und Waisen zu hören. Sie hatte ein für alle Mal genug davon, wollte die Angst, die Schande und das Grauen hinter sich lassen. Weit hinter sich.

Seit dem Tod der Eltern hatten die Schwestern bei Tante Erna und Onkel Willi gewohnt, einem verhärmten und lieblosen Ehepaar, das selbst kinderlos war. Mit den Strömen der Tausenden aus den Ostgebieten des ehemaligen Deutschen Reiches war es über die Jahre nur noch beengter und knapper mit Lebensmitteln geworden. Arbeit gab es auch nicht. Nein, in Lübeck zu bleiben war für sie nicht infrage gekommen. Sie hatte früher schon mit dem Gedanken gespielt, nach England zu reisen, aber das war in diesen Zeiten schier unmöglich gewesen, ohne Pass und als Kriegsverlierer obendrein. Was für ein glücklicher Zufall es dann gewesen war, dass sie die Anzeige in den Lübecker Nachrichten entdeckt hatte: »Landarbeiterinnen gesucht«. Sie war sofort Feuer und Flamme für dieses ferne Island gewesen. Onkel Willi hatte nur unter der Bedingung zugestimmt, dass Helga mitkam – und da Margarete mit zwanzig Jahren noch die Unterschrift ihres Vormunds benötigte, hatte sie Helga überzeugen müssen. Wochenlang hatte sie sie belagert, gebeten, genervt und schließlich überredet. Steter Tropfen höhlte eben doch den Stein. Es sei ja nur für ein Jahr, hatte Margarete immer wieder betont. Irgendwann hatte ihre Schwester letztendlich nachgegeben, erschöpft und müde, wie sie seit dem Verlust ihres Verlobten stets war, und der Rest war einfach gewesen. Das Gesundheitszeugnis und die geforderte Entnazifizierungsurkunde hatten sie innerhalb weniger Tage in der Tasche gehabt.

Margarete hatte von anderen Mädchen, die mit ihren Reiseköfferchen wie sie auf die Abreise warteten, gehört, dass in Island niemand hungern musste, dass die Menschen freundlich waren und es genug Arbeit für alle geben würde. Zudem lag der Lohn, den man ihnen angeboten hatte, über dem, was in diesen Zeiten im Nachkriegsdeutschland üblich war.

Endlich entdeckte sie Tante Erna und Onkel Willi in der Menge und winkte ihnen ein letztes Mal zu. Insgeheim, wenn die Aufregung wegen des Unbekannten sie überkam, fragte sie sich manchmal, ob sie wirklich das Richtige tat. Sie hatte überhaupt keine Ahnung, was in Island auf sie wartete. Außer ihren Wunschträumen und den wenigen Bildern, die sie beim Diavortrag gesehen hatte, gab es nichts, womit sie sich eine Vorstellung von der kargen Insel und ihren Bewohnern machen konnte. Schnell wischte sie den Gedanken beiseite und winkte noch einmal energisch. Wenn nicht jetzt, wann sollte sie dann in die Ferne aufbrechen? Eine weitere Chance auf ein Leben ohne Trümmer und Hunger würde so schnell nicht kommen. Sie mussten jetzt zugreifen. Gemeinsam würden sie es schaffen, die Vergangenheit und den Schmerz über den Verlust von geliebten Menschen hinter sich zu lassen.

Auf der Fahrt in das offene Meer ließen sie zerbombte Häuserfronten, rauchende Schornsteine, den beschädigten Michel und die Landungsbrücken hinter sich. Dampfbetriebene Barkassen kreuzten immer wieder ihre Route entlang der Elbe hinaus in den Atlantik. Mit jedem Meter, den sich die Esja von Hamburg entfernte, wurde ihr leichter ums Herz. Natürlich würde sie Tante und Onkel vermissen, aber sie hatte ja ihre Schwester an ihrer Seite. Helga, die Vernünftige, Helga, die Ernste, und Helga, die Traurige. Nicht nur für Margarete selbst, auch für sie war es der richtige Schritt, alles Vergangene hinter sich zu lassen. Helga musste das nur endlich verstehen und aufhören, Trübsal zu blasen, davon würde ihr Verlobter auch nicht wieder lebendig werden.

Margarete atmete tief ein. Hier, ein Stück vom Hamburger Hafen entfernt, roch es nach Algen und Meersalz, kein Vergleich zu der ihr verhassten rußgeschwängerten Luft in den Kriegsjahren. Sie spürte die neue Freiheit durch ihre Adern pulsieren und konnte kaum abwarten, Hamburg endgültig am Horizont verschwinden zu sehen. Bis endlich Island in Sicht kommen würde, musste sie sich jedoch noch ein paar Tage gedulden.

»Lass uns in die Kabine gehen«, meinte Helga irgendwann, die Stimme rau und kratzig wie der Wind, der hier oben kälter wurde. Auch der Seegang verstärkte sich. Margarete warf noch einen letzten Blick über das Deck der Esja, auf dem jetzt nur noch wenige Frauen standen. Sie konnte gar nicht genug davon bekommen, alle Eindrücke in sich aufzunehmen. Sie fühlte sich auf dem offenen Meer winzig, der Horizont war unendlich und weit. Aus dem Schornstein stieg weißer Dampf, der sich sachte dem Himmel entgegenschraubte. Ein paar vereinzelte Seevögel begleiteten sie ein Stück ihres Weges.

»Ja, es wird langsam sehr zugig hier oben«, stimmte sie zu und folgte Helga nach unten. Die Einrichtung auf der Esja war schnörkellos, aber zweckmäßig. Eichendielen ohne Teppich, die weiß getünchten Wände und Holzgeländer an jeder Seite des Gangs hinterließen einen nüchternen Eindruck. Obwohl es sauber war, roch es muffig und fischig. Helga öffnete die Tür zu ihrer Kabine, die sie sich mit zwei anderen Mädchen teilten. Die lagen schon auf ihren Stockbetten linker Hand. Ihre Koffer hatten sie unter das Bett geschoben. Die abgetragenen Mäntel hingen an einem Haken neben dem angelaufenen Spiegel in der Mitte.

»Da sind wir wieder«, sagte Margarete, schob Helgas und ihr Gepäck nach dem Vorbild der anderen unter ihre Kojen und schwang sich behände nach oben. Das Holzbett knarzte und federte keinen Millimeter. Die klumpige Matratze war kaum einen Zentimeter dick. »Ja, bequem wird die Reise wohl nicht werden.« Sie lachte. »Wenigstens habe ich ein Kissen. Auch wenn es nicht wirklich frisch duftet.« Sie hob es an ihre Nase und schnupperte. Es roch modrig, ganz so, als ob man die Wäsche zusammengelegt hätte, obwohl sie noch feucht gewesen war.

Helga stand vor dem schäbigen Spiegel, der zwischen den Stockbetten angehängt war, wo andere Kabinen ein Fenster hatten, und richtete die Kämmchen in ihrem Haar.

»Die Männer sind im Bug untergebracht. Habt ihr gesehen, wie sie Jutesäcke als Sichtschutz aufgehängt haben? Sie haben nicht mal richtige Betten, sondern mussten sich aus Stroh provisorische Lager bauen«, plauderte Emma drauflos, ein braunhaariges Mädchen, das aus Ostpreußen stammte und in Lübeck-Schlutup in einem Flüchtlingsheim untergekommen war. Schlimme Zustände seien das gewesen, hatte sie eingangs erzählt, aber schnell das Thema gewechselt. Es war klar, dass sie, wie Margarete selbst, nicht länger in der Vergangenheit leben wollte. Ihre Augen waren von undefinierbarer heller Farbe, weder grau noch braun, fast leblos glänzten sie. Sie musste Schreckliches erlebt haben.

»So viele sind es ja nicht. Die Burschen können das aushalten, die sind in den letzten Jahren sicher auch nicht auf Rosen gebettet worden«, meinte Helga schulterzuckend und legte sich in ihre Koje.

»Was ist los, Helga?«, erkundigte sich Margarete und bemerkte, dass sie eine Fotografie und einen kleinen Gedichtband in den Händen hielt.

»Ich weiß nicht, ich musste an Tante Erna und Onkel Willi denken«, gab ihre Schwester leise zurück.

Margarete war klar, dass Helga nicht die ganze Wahrheit sagte. Sie trauerte noch immer um ihren Verlobten. Sie kannte das Foto, auf das Helga immerfort starrte, selbst in- und auswendig. Karl war ein fescher junger Mann mit dem dunklen, gebräunten Teint eines Seemannes gewesen. Neben ihm standen zwei weitere Matrosen an der Reling eines Versorgungsschiffes. Sie hielten die Hände zum Gruß an ihre Matrosenkappen und blickten ernst in die Kamera. Es war das letzte Foto, das von ihm aufgenommen wurde. Karl starb im Februar 1945, sein Schiff wurde in der Nordsee versenkt.

Margarete erinnerte sich gut, wie verliebt Helga und Karl zuvor gewesen waren. Eines Sommernachmittags war er einmal ganz überraschend vorbeigekommen und hatte Helga zu einem Picknick entführt. Sogar an einen Korb mit Gebäck, Saft und süßem Hefekuchen hatte er gedacht. Ihre Schwester hatte die Wäsche fallen lassen, war auf ihn zugerannt und ihm um den Hals gefallen. Sie hatte geweint vor Freude, weil sie nicht mit ihm gerechnet hatte und überglücklich gewesen war, ihn zu sehen. Jetzt weinte sie nur noch aus Kummer.

Eine Weile hatte Margarete Angst gehabt, dass Helga wie ihre

Mutter daran zugrunde gehen würde. Aber dann hatte sie den Aufruf in der Zeitung entdeckt. Sie wusste, dass Helga auf Island wieder die Alte werden würde. Fröhlich und zuversichtlich, so wie es eigentlich ihrem Wesen entsprach.

»In ein paar Tagen wirst du dankbar sein, dass ich dich überredet habe«, prophezeite Margarete ihr, weil sie nicht vor den beiden anderen Mädchen mit ihrer Schwester streiten wollte. Helga seufzte leise, legte Bild und Gedichtband auf ihre Brust und bedeckte sie mit ihren Händen.

Juli 2017, Hirtshals

Das weiße Fährschiff hob sich gegen den blassblauen Himmel ab. Ein rechteckiger Kasten mit unzähligen quadratischen Fenstern und einem riesigen schwarzen Schornstein im hinteren Drittel würde für die kommenden zwei Tage ihre Unterkunft sein. Der einzige Farbtupfer bestand aus den orangenen Abdeckplanen der Rettungsbote. Dazu eine Blechlawine, die nicht rollte. Metalliclackierungen, größtenteils dunkle, reflektierten das schwache Sonnenlicht. Viele der Mitreisenden machten sich jetzt schon auf den Weg zum Terminal der Smyril Line, zu Fuß oder mit dem Shuttlebus, da nur der Fahrer im Wagen verbleiben durfte. So würde das Beladen schneller gehen, hatte man ihnen beim Einchecken gesagt.

Der Fährhafen im dänischen Hirtshals war nicht schön, aber zweckmäßig. Die Spuren für die Einfahrt waren auf dem Boden in Weiß vorgezeichnet, sie standen in Reihe acht. Die Dänen liebten Ordnung offenbar genauso wie die Deutschen. Pia war noch nie auf einem Schiff gewesen und schon gar nicht mit ihrem eigenen Auto. Aber ihr gab die vorgegebene Struktur Sicherheit.

»Wer reist im Flug, der wird nicht klug«, hatte Oma Pia von Kindesbeinen an immer wieder eingetrichtert. Bis zu dem Tag, als ihre Oma vor ihr gestanden hatte und sie gebeten hatte, mit ihr zu verreisen, hatte Pia den Spruch nicht wirklich ernst genommen.

Leider war Pia erst klar geworden, wie ernst es ihrer Oma war, als diese ihr ihre schreckliche Flugangst beichtete. Oma hatte letztendlich auf der Fähre bestanden, und damit sich eine solche Fahrt auch lohnte, müsste man mindestens drei, besser vier Wochen einplanen. Ihr Ziel würde der Hafen in Seiðisfjörður auf Island sein, von wo aus sie mit dem Auto in die Nähe von Akureyri über das Hochland weiterfahren würden. Mit einem Flug wären sie in drei Stunden von Hamburg in Keflavik gewesen, aber Oma hatte sich vehement geweigert, ein Flugzeug zu betreten. Nur über ihre Leiche, hatte sie wortwörtlich gesagt.

Nun, da sie in der Autoschlange standen, die Abgase einatmeten und Leonie heute noch so gut wie kein Wort mit ihr gesprochen hatte, war Pia sich ziemlich sicher, dass es eine idiotische Entscheidung gewesen war einzuwilligen. Was hatte sie sich überhaupt dabei gedacht, diese Reise mit ihrer Großmutter und ihrer pubertierenden Tochter auf sich zu nehmen, die ihr obendrein zu Ferienbeginn noch verkündet hatte, dass sie die Schule schmeißen wolle? Pia fuhr sich mit der Hand über die Stirn und starrte auf das Kennzeichen des laufenden Wagens vor ihnen. Eigentlich hatte sie gar nicht so richtig darüber nachgedacht, was sie sich mit der Reise aufhalste, das wurde ihr jetzt schmerzlich bewusst – leider zu spät, es gab kein Zurück mehr. Andererseits, sie hatte Oma ihre Bitte, sie zu dem Geburtstag ihrer Schwester zu begleiten, nicht abschlagen können oder wollen. Zudem hatte sie das als ihre Chance gesehen, endlich mehr über die Gründe zu erfahren, warum seit Jahrzehnten Funkstille zwischen den Schwestern geherrscht hatte. Oma war, sobald dieses Thema aufkam, verschlossen wie eine Auster, Pia hatte irgendwann aufgegeben, sie zu fragen. Und jetzt würde sie nicht damit anfangen, sie war müde, hatte Kopfschmerzen, und der Gestank von Abgasen machte all das nicht besser.

Pia schob den Gedanken an die bevorstehenden vier Wochen beiseite. Mit jeder Minute, die sie länger hier standen, nervte sie der luftverpestende Range Rover vor ihr mehr. Obwohl sie schon seit einer geschlagenen Viertelstunde warteten, hatte dessen Fahrer den Motor immer noch nicht abgestellt. Der Wagen hatte ein isländisches Kennzeichen, womöglich scherten sich diese Insulaner keinen Deut um Klimaerwärmung und Luftverschmutzung – und um Pias aufkommenden Wutanfall. Pia war eindeutig urlaubsreif, normalerweise ließ sie sich nicht so leicht aus der Fassung bringen.

»Warum schnaufst du so angestrengt?«, fragte Oma, wie üblich unverblümt knapp.

»Ich kapiere einfach nicht, wieso man in einer Warteschlange, in der es offensichtlich nicht vorwärtsgeht, nicht einfach das Auto ausmachen kann.«

»Du regst dich zu viel auf, Pia. Du bist viel zu gestresst, überarbeitet und übermüdet. Sachen, die man nicht ändern kann, sollte man sich nicht so zu Herzen nehmen.«

»Die man nicht ändern kann?« Pia warf einen Blick in den Rückspiegel, Leonie hatte Stöpsel im Ohr und starrte wie gebannt auf ihr Mobiltelefon – unverändert seit heute Morgen. Gott, dass sie das Ding nicht mal fünf Minuten beiseitelegen konnte. Hoffentlich war der Akku bald leer.

»Wenn es dich so stört, dann gib dem Herrn da vorne doch Bescheid. So hat man das früher gemacht, wenn einem was gegen den Strich ging.«

Pia unterdrückte ein Augenrollen. »Ja, Oma.« Vermutlich war es besser, das Thema zu wechseln. Sie fragte sich ohnehin, weshalb Oma diese Tour auf sich nahm, wenn sie ihre Schwester offensichtlich nicht besonders leiden konnte. Oder warum sollte man sonst jahrelang den Kontakt vermeiden? Andererseits, Helga hatte sich auch nie in Deutschland blicken lassen, vielleicht war das Schweigen ja vonseiten der Schwester gekommen und die Einladung aus Island jetzt eine Art Friedensangebot, das Oma annehmen wollte? Pia war so neugierig, dass sie es kaum aushalten konnte, Oma nicht ständig damit in den Ohren zu liegen. Aber ihr letzter Versuch, mehr zu erfahren, hatte damit geendet, dass Oma die Augen geschlossen und sich schlafend gestellt hatte.

»Mit so einer riesigen Fähre ist das doch ein Kinderspiel. Du bist kaum auf dem Schiff, und dann bist du schon da«, erklärte Oma ihr gerade und riss sie aus ihren Überlegungen.

Pia runzelte die Stirn und verkniff sich ein Schmunzeln. »Wenn du zwei Tage eingepfercht in einer kleinen Kabine als kurz empfindest …«

»Papperlapapp, als ich das erste Mal von Hamburg aus gefahren bin, hat es sechs oder sieben Tage gedauert. Meine Güte, was haben die Leute gereihert. Unter Deck hat es erbärmlich gestunken. Überall Erbrochenes!« Oma rümpfte die Nase und schüttelte angewidert den Kopf. »Das hier ist der reinste Luxusdampfer, es gibt Fernsehen und Radio und mehrere Restaurants.«

»Das ist lange her, Oma. Ein Kreuzfahrtschiff ist das hier aber auch nicht gerade. Egal, wir werden die zwei Tage schon überstehen. Hoffen wir einfach, dass das Wetter mitspielt und es bei dieser Überfahrt nicht so heftig wird wie bei dir damals.«

Übelkeit würde Pia gerade noch fehlen, sie hatte keine Ahnung, ob sie seefest war oder nicht.

O Gott, sie war überhaupt nicht auf diese Reise vorbereitet. Sie hätte sich Medikamente besorgen können, aber sie hatte ja nicht einmal Aspirin in der Tasche. Dabei dröhnte es in ihren Schläfen, als würde ein Männchen in ihrem Kopf einen Stepptanz aufführen. Das – neben einem geistig abwesenden Teenager und Oma, die wegen der bevorstehenden Wiedervereinigung sichtlich nervös und daher sehr gereizt war – war schwer zu ertragen. Pia fragte sich, warum Oma die Einladung überhaupt angenommen hatte. Pure Freude sah jedenfalls anders aus.

Oma lachte derweil trocken. »Ich bitte dich. Bei diesem Tanker spürst du kaum, dass du auf dem Wasser bist.«

»Das wäre gut.« Pia schaute auf die Uhr im Armaturenbrett und dann wieder auf den Range Rover vor ihr. Da es nicht so aussah, als würde es bald mit dem An-Bord-Fahren losgehen, fand Pia, dass der Typ vor ihr endlich den Motor abstellen sollte. Kurzerhand stieg sie aus und stapfte nach vorne, wo der Besitzer des Geländewagens breitbeinig auf der Motorhaube saß. Seine derben Lederstiefel waren auf der Stoßstange abgestellt, und er selbst scrollte gerade durch etwas auf seinem Smartphone. Die dunkelblonden Haare des Mannes hingen ihm wirr ins kantige, unrasierte Gesicht.

»Sorry, could you please stop your engine? It will surely take a while until they start embarking the ferry«, sprach Pia ihn auf Englisch an.

Er hob den Kopf und musterte sie mit gerunzelter Stirn. Sein Teint war leicht gebräunt und bildete einen deutlichen Kontrast zur Farbe seiner Augen: einem reinen, hellen Blau. Sein Blick war ruhig und beständig und verriet nicht, was er dachte. Dann zuckte er mit den breiten Schultern und widmete sich wieder seinem Telefon. Er machte tatsächlich keine Anstalten, ihrer Bitte nachzukommen.

Sie betrachtete den Mann in Wollpullover und Jeans für ein paar lange, wortlose Sekunden. Er ließ sich davon nicht irritieren. Wut stieg in Pia auf, wie Dampf in einem Überdruckventil. Wie arrogant konnte man eigentlich sein? Er ignorierte sie. Eiskalt. Unglaublich.

Alles, was sie herausbrachte, war ein leises Schnauben. Als sie sich irritiert umsah, bemerkte sie, dass Leonie ausgestiegen war und sie beobachtete. Die Ohrstöpsel hielt sie zusammen mit ihrem Handy in der rechten Hand.

Pia zuckte mit den Schultern und ging zu ihrer Tochter. »Sieh dir das mal an, Leonie«, schimpfte Pia, ohne jedoch ihre Stimme zu senken. »Der Typ ist schlicht zu blöd, um den Motor auszumachen. So viel zum Thema Umweltschutz.« Sie schnaubte noch einmal, als ob das was nützen würde.

»Was hast du denn zu ihm gesagt?«, wollte Leonie wissen.

»Dass er, solange wir warten, doch bitte nicht unnötig die Luft verpesten soll. Der hat es anscheinend nicht nötig, sich um seinen CO_2-Ausstoß zu kümmern.«

»Hm«, machte ihre Tochter wenig beeindruckt und zuckte mit den Schultern, dann nahm sie die Kopfhörer und stöpselte sie wieder ein.

Pia presste ihre Lippen aufeinander. Wenn das so weiterging, würde sie ihr das blöde Ding auf der Fähre aus der Hand reißen und es über Bord werfen. Schon auf der fünfstündigen Autofahrt hatte ihre Tochter sich an keinem einzigen Gespräch beteiligt. Aber das war auch nichts wirklich Neues, so ging das nun schon seit Wochen. Wie lange würde sie diese Pubertät wohl aushalten müssen? Und dann noch die neueste irrsinnige Idee des Schulabbruchs ...

Pia stöhnte leise. »Kann man sich nicht mal fünf Minuten mit dir unterhalten, ohne dass du dein verdammtes Telefon in den Fingern hast?«

Als Antwort folgte lediglich das Knallen der Autotür, in dessen Fond Leonie wieder verschwunden war. Pias Impuls, gegen einen Reifen zu treten, war verlockend, allerdings wollte sie das nicht vor den vielen anderen Menschen tun, die in ihren Autos auf das Signal zur Einfahrt auf die Fähre warteten. Zähneknirschend ging sie ein paar Meter, um sich abzuregen. Leonies Teenagergebaren war nicht allein der Grund dafür, dass Pia den Urlaub nötiger hatte, als sie zugeben wollte. Sie brauchte eine Pause vom Alltag, Abstand zu ihrem Ex-Mann Georg, der sie, obwohl er sie verlassen hatte, nach wie vor kontrollieren wollte. Sie brauchte Raum zum Atmen. Sie befand sich in einer Einbahnstraße aus dem täglichen Stress im Jugendamt, Frust und Einsamkeit. Sie wollte nicht ständig schlecht gelaunt und gereizt sein. Etwas musste sich ändern, sie wusste nur noch nicht, was. Pia atmete tief durch und zählte innerlich bis zehn. Mit jedem Atemzug wurde sie ruhiger, bis sie endlich wieder etwas von ihrer Umgebung wahrnehmen konnte. Ein rauer Wind wehte um ihre Nasenspitze, und eine widerspenstige Strähne, die sich aus ihrem Haarknoten gelöst hatte, fiel ihr immer wieder in die Augen. Die Luft roch salzig, und es war deutlich frischer als in den letzten Tagen in Hamburg. Auf den Wellen bildeten sich kleine Schaumkrönchen.

»Und?«, fragte Oma, als Pia kurz darauf wieder in den Volvo einstieg. Natürlich, ihr war das Schauspiel vor einigen Minuten nicht entgangen.

Pia hob eine Augenbraue und starrte auf das Kennzeichen des Range Rovers. »Der will mich offenbar nicht verstehen«, erwiderte sie resigniert.

Oma lachte herzlich, was Pia sehr überraschte. »Isländische Männer sind sehr eigensinnig«, erklärte sie und schüttelte leicht den Kopf.

Pia verstand nicht ganz, was Oma daran so erheiternd fand, aber sie hatte keine Lust, das in ihrer derzeitigen Verfassung näher zu erforschen. Sie fürchtete, dass sie doch noch in die Luft gehen könnte, wenn irgendwas oder irgendwer sie weiter reizte. »Wie oft warst du eigentlich auf Island?«, fragte sie daher.

»Einmal.«

Pia kniff die Augen zusammen, da dies selbst für Omas Verhältnisse ungewöhnlich einsilbig klang. Oma schien nach dieser Frage weit weg mit ihren Gedanken zu sein, und der klägliche Versuch, mehr über Omas Vergangenheit zu erfahren, war mal wieder gescheitert. Pia wollte so gerne wissen, was genau der Grund für das Jahr auf Island gewesen war, und noch viel dringender wollte sie erfahren, wieso sie damals nicht geblieben war, so wie Helga. Pia zögerte. Einen Grund musste es jedenfalls gegeben haben, warum Oma damals nicht auf Island geblieben war, obwohl sie das Land so gemocht hatte. So viel hatte sie ihr zumindest schon mal verraten, aber das war auch alles gewesen. Wenn sie die Strapazen der Fähre hinter sich gelassen hatten, würde in den kommenden Wochen genug Zeit sein, um Oma und ihre Schwester ausgiebig zu löchern. Ein Lächeln schlich sich auf Pias Gesicht, sie spürte, wie ihre Schultern ein wenig von den Ohren herabsanken und sich etwas von der Verspannung löste. Ja, dieser Urlaub war genau das, was sie jetzt brauchte, und sie freute sich wahnsinnig darauf, mehr über Omas Vergangenheit zu hören.

»Es geht los«, rief Leonie von hinten. Und tatsächlich wurden die Frachtcontainer an Bord gebracht. Das bedeutete, dass die Beladung der Pkw begann, nach der Fracht waren die normalen Fahrzeuge an der Reihe.

»Dann müsst ihr zum Terminal gehen. Ich bringe das restliche Gepäck mit rauf. Habt ihr eure Tickets?«

»Natürlich.« Oma schnallte sich ab, griff nach ihrer Handtasche und stieg aus.

»Leonie, du bleibst bitte bei Oma«, ermahnte Pia ihre Tochter.

»Mama, ich bin kein Baby mehr«, gab Leonie wie zu erwarten pampig zurück.

»Ja, ich weiß auch nicht, wer eigentlich auf wen aufpassen soll«, brummte Pia.

»Pff«, war Leonies letzte empörte Reaktion, bevor sie die Rückbank verließ und mit Oma von dannen zog.

Der Isländer war von seiner Motorhaube gesprungen und auf dem Weg zur Fahrertür. Seine Schritte waren lang und schwer, er schien es nicht besonders eilig zu haben. Als ob er spürte, dass sie ihn beobachtete, trafen sich ihre Blicke, während er die Autotür öffnete, um wieder einzusteigen. Das helle Blau seiner Augen raubte ihr den Atem. Obwohl sein kantiges Gesicht ausdruckslos blieb, hatte sie das Gefühl, dass er innerlich schmunzelte. Es war ihm also klar, dass er sich unmöglich benommen hatte – und es tat ihm kein bisschen leid.

Bedauerlicherweise war er nicht nur äußerst unverschämt, sondern mindestens ebenso attraktiv. Sie schüttelte den Kopf, und wunderte sich ein bisschen über ihre Gedanken. Sie war definitiv nicht der Typ Frau, der sich von einem Mann auf diese Weise beeindrucken ließ. Und schon gar nicht von einem wildfremden Kerl, der nicht mal die Grundprinzipien höflicher Konversation beherrschte. Von Männern dieser Art hatte Pia die Nase gestrichen voll.

Juni 1949, Nordatlantik

Die See war stürmisch, es herrschte Windstärke acht. Die Esja wurde wie ein Stück Treibholz von den Wellen hin und her geworfen. Der säuerliche Gestank der Seekrankheit umgab die Darniederliegenden wie dichter Nebel. Fast alle Menschen an Bord fühlten sich sterbenselend. Margarete jedoch saß aufrecht in der kleinen Kabine. Um sich die Zeit zu vertreiben, las sie in ihrem Lieblingsbuch. »Schatten über der Marshalde« von Bernhard Nordh.

Die Stimmung war durch den starken Seegang und die damit einhergehende Seekrankheit gedämpft. Sechs Tage, in denen die Wellen nur selten kleiner als Hochhäuser zu sein schienen, dauerte die Reise mit der Esja nun schon an. Margarete konnte Helgas Jammern, dass sie doch nicht hätte mitkommen sollen, kaum noch ertragen. Sie hielt ihrer Schwester jedoch zugute, dass zu ihrem Heimweh nun auch noch der Brechreiz an ihr nagte, und versuchte, ihr, so gut es ging, zu helfen.

»Es dauert bestimmt nicht mehr lange. Vielleicht kann man ja schon was sehen«, sagte Margarete und zupfte an Helgas Rock, da es ruhiger geworden war. Die See schien sich beruhigt zu haben. »Los, steh auf! Ich will an Deck gehen. Ein bisschen frische Luft tut dir bestimmt gut.«

Helga richtete sich auf, ihre Wangen waren eingefallen, sie

war blass. »Ich fühle mich nicht besonders, ich sollte wohl besser liegen bleiben.«

Emma und Heidrun, die zwei mitreisenden Frauen, hatten die Kabine bereits vor wenigen Minuten verlassen, und Margarete hielt es nun, da die Fahrt dem Ende entgegenging, auch nicht mehr länger aus.

»Nun mach schon. Vielleicht können wir Land sehen. Wenn du nicht mitkommst, gehe ich alleine.«

»Ist ja schon gut, ich komme mit.« Helga seufzte. Sie richtete sich stöhnend auf und machte sich ein wenig zurecht. Sie kniff sich mehrmals in die Wangen, um wieder etwas Farbe ins Gesicht zu bekommen. Margarete zog sich mit abgebrannten Streichhölzern die Augenbrauen nach und schlüpfte dann in ihren Staubmantel aus Popeline. Als sie fertig waren, griff Margarete nach Helgas Hand. So gingen die Schwestern an Deck, so hatten sie es immer gehalten. Sie waren füreinander da, egal, was gewesen war, egal, was kommen mochte. Draußen schlug ihnen eiskalter Wind entgegen und prickelte auf Margaretes Gesicht. Ihre Nase begann zu tropfen, sie schniefte, weil sie außer ihrem Staubmantel und einem Wolltuch nichts mit nach oben genommen und kein Taschentuch zur Hand hatte.

Margaretes Herz schlug schneller, sie vergaß die Kälte augenblicklich, als sie in einiger Entfernung tatsächlich Land ausmachen konnte. Aus der Ferne sahen sie dunkle Felswände, die sich steil und erbarmungslos aus dem dunkelblauen Nordatlantik emporhoben. War das Island? Es wirkte gespenstisch und fast schon unheimlich, wie die Wände vertikal aus dem schwarz anmutenden Meer ragten, als wären sie der Zaun, hinter dem die Welt endete. Sie konnte keine Häuser auf dem Festland erkennen, nur Grasflächen, Felsen und Steine. Sonst nichts. Wo lebten die Menschen?

»Bald haben wir es geschafft. Wie lange wird es jetzt wohl noch dauern?«, fragte Margarete und versuchte, sich ihre Irritation nicht anmerken zu lassen.

»Vielleicht zwei oder drei Stunden«, sagte ein aschblondes Mädchen neben ihnen mit starkem ostpreußischen Akzent. Sie wirkte sehr jung.

»Wie alt bist du?«, fragte Margarete sie freiheraus.

»Siebzehn. Und ihr?« Die aufgeweckten grünen Augen blitzten interessiert, sie hatte eine feine Stupsnase und hohe, ausgeprägte Wangenknochen. Sobald die letzten kindlichen Züge aus ihrem Profil verschwunden wären, würde sie eine wahre Schönheit sein, dachte Margarete.

»Dreiundzwanzig und einundzwanzig sind wir. Und wie heißt du?«, erkundigte sich Helga.

»Marianne.«

»Wir sind Schwestern, Helga und Margarete«, antwortete Helga.

»Das kann man sehen.« Marianne lachte.

»Ach was.« Margarete winkte ab. »Wie war deine Überfahrt?«

»Zum Glück war ich bisher nicht seekrank. Die Kojen stinken erbärmlich, die anderen Mädchen konnten ja nichts bei sich behalten, deshalb war ich sehr oft hier draußen. Den hellblauen Himmel über dem dunklen Atlantik hättet ihr mal sehen sollen. Glaubt mir, so was kann man nicht schöner malen. Bei den hohen Wellen ist auch immer mal wieder etwas an Deck geschwappt. Einmal habe ich mich wirklich gefürchtet und mich an einem Tau festgeklammert, aber es ist alles gut gegangen. Wart ihr etwa die ganze Zeit unten?«, plapperte Marianne beinahe ohne Punkt und Komma.

Margarete bestaunte den plötzlichen Enthusiasmus des Mädchens, sie bewunderte ihren Mut, sich alleine an Deck zu wagen.

Sie selbst hatte beim Einsteigen gehört, dass man aufpassen musste, die hohen Wellen hätten schon so manchen Seemann weggespült. Das hatte sie, neben dem Leid der Mitreisenden, davon abgehalten, nach oben zu kommen. In dieser Sekunde bereute sie es, für Helga und die beiden anderen Krankenschwester gespielt zu haben. Sie hätte auch gerne erlebt, wie die Gischt ihre Haut benetzte. Nach den Tagen unter Deck fühlte sie sich erschöpft und ausgelaugt.

»Hast du keine Angst, alleine zu reisen?«, fragte Margarete.

»Angst?« Mariannes Lächeln wirkte plötzlich gezwungen. »Natürlich nicht, ich werde mit allem fertig. Ich bin auf mich gestellt, seit ich dreizehn bin.« Sie musste nicht mehr aussprechen als das. Margarete hatte genug Geschichten über die Geflüchteten gehört, um sich das Ihre zu denken. Die meisten Mädels und Burschen waren aus dem gleichen Grund an Bord wie sie: Sie brauchten einen Neuanfang so sehr wie Seeleute das Meer.

Jede von ihnen hing ihren eigenen Gedanken nach. Margarete atmete tief durch. Es roch ganz anders als bei ihrer Abreise aus dem Hamburger Hafen. Das Salz des Atlantiks vermischte sich mit der reinen, eisigen Polarluft zu etwas Einzigartigem. Die klare Luft füllte ihre Lungen mit Sauerstoff, sie spürte die in ihr wachsende Lebenskraft mit jedem Atemzug. Ihr wurde beinahe schwindelig vor Glück, nachdem sie den Gestank der letzten Tage unter Deck hatte aushalten müssen.

Um die Esja kreisten ein paar kreischende Möwen. Margarete folgte den anmutigen Räubern mit ihrem Blick. Es sah wunderschön aus, wie sie über den nur noch sanft wogenden Wellen knapp über der Wasseroberfläche mit beeindruckender Leichtigkeit auf und ab flogen. Frei wie ein Vogel, ja, das war sie nun selbst, auch ohne Flügel. Es war pure Erleichterung, die sie empfand und die ihr neue Energie verlieh. In den letzten Jahren hatte sie bloß an Kraft eingebüßt. Sie würde die neue Freiheit von nun an stets in sich tragen und sich mit einem Lächeln an den heutigen Tag erinnern.

Mit den verstreichenden Minuten drängten sich immer mehr Passagiere an Deck. Obwohl es eiskalt war und die meisten keine geeignete Kleidung für das hiesige Wetter hatten, verirrte sich kaum eine Seele zurück in ihre Koje. Sechs lange Tage waren sie unterwegs gewesen, nun konnten es alle kaum mehr abwarten, endlich wieder festen Boden unter den Füßen zu spüren.

»Ich bin so gespannt darauf, was uns erwartet.« Margarete fröstelte, und sie schlang sich ihr Wolltuch um den schmalen Körper.

»Da ist Reykjavík«, erklärte Marianne, als sie die ersten Gebäude ausmachen konnten, und deutete auf die sich nähernde Hauptstadt. Wie aus dem Nichts waren auf einmal Häuser aufgetaucht. Viele Häuser. Unzählige lustige Farbkleckse reihten sich aneinander, entweder waren die Dächer farbig – rot, blau, gelb – oder die Hausfronten. Die Architektur schien, soweit sie es aus der Entfernung beurteilen konnte, keinerlei Muster zu folgen. Margarete hatte so etwas noch nie gesehen. Hochhäuser baute man auf Island offenbar keine, das höchste Bauwerk war ein grauer, spitzer Kirchturm, der alle anderen Gebäude um Längen überragte.

»Es bedeutet Rauchbucht«, sagte Margarete leise, während sie den Blick nicht von den Gebäuden lassen konnte. »Das hat mir der isländische Vizekonsul erklärt, er ist mit an Bord. Ich habe ein bisschen mit ihm geredet, bevor wir abgereist sind.«

»Meine Schwester ist wie ein Schwamm.« Helga lachte. »Sie saugt alles über Island auf und speichert es hier oben.« Sie tippte sich mit dem Finger an die Stirn.

»Wieso Rauch?« Marianne kniff die Augen zusammen.

»Das weiß ich auch nicht, aber vielleicht finden wir das ja bald heraus«, sagte Margarete aufgeregt.

Auf der anderen Seite der Bucht ragte eine Bergkette vom Meer in die Höhe und zeichnete sich dunkel gegen den Himmel ab. Das Blau war viel strahlender, als sie es aus der Heimat kannte. »Schau mal, ich kann keinen einzigen Baum sehen. Ist das nicht verrückt?«, rief Marianne verwundert, und Margarete folgte ihrem Blick. Tatsächlich, der Berg sah aus, als hätte man die Spitze abgeschnitten, er war grün, aber in Gras- und nicht in Waldfarbtönen, wirkte ansonsten aber völlig kahl. Wie baute man hier wohl, wenn es kein Holz gab?

Sie konnte es kaum abwarten, an Land zu gehen, endlich dieser Fremde zu begegnen, nach der sie sich so gesehnt hatte, etwas zu erleben, was nicht zum Trott und Muff ihres Alltags zu Hause gehörte.

Als sie sich Reykjavík näherten, sahen sie drei Barkassen mit gesetzten Segeln und fünf Ruderboote mit jungen Burschen auf das Schiff zukommen. Die Barkassen waren ungefähr zehn, zwölf Meter lang, die Ruderboote waren nur etwa halb so groß. Sie zählte an die fünfzig Mann, die ihnen entgegenjubelten. Margarete und Helga standen dicht nebeneinander, stützten ihre Ellbogen auf die Reling und verfolgten das Spektakel mit Herzklopfen und Schmetterlingen im Bauch.

»Holen sie uns ab?«, fragte Margarete, weil sie wusste, dass Barkassen auf größeren Schiffen ähnlich wie Beiboote genutzt wurden, um Landungen zu machen oder Trinkwasser zu holen.

»Ich habe keine Ahnung«, gab Helga schulterzuckend zurück.

Die Isländer schwenkten ihre Schirm- und Schiebermützen, riefen Worte und Sätze, die fremd in Margaretes Ohren klangen, und winkten. Ihr Herz wurde ganz weich: Sie wurden willkommen geheißen und nicht als Nazis verschmäht. Zu hart waren die letzten Jahre für alle von ihnen gewesen, zu kurz erst lag der Krieg hinter ihnen, als dass sie einen herzlichen Empfang erwartet hätten.

Margarete hob die Arme, winkte eifrig zurück und kicherte. Aus den Augenwinkeln warf sie einen Blick auf Helga, deren Gesicht fiebrig glänzte. Doch ihre Reaktion war verhalten – wie so oft in den letzten Jahren.

»Nun grüß doch zurück«, bat Margarete ihre Schwester und stupste sie mit dem Ellbogen in die Seite. »Sie sollen doch nicht denken, dass wir unfreundlich sind.«

Je näher die Isländer an die Esja herankamen, desto aufgeregter wurde Margarete. Sie wusste gar nicht, wo sie zuerst hinschauen sollte. Von überall her schallten Rufe und Schreie, Jauchzen und sogar Gesang an ihre Ohren. »Sieh mal da drüben, die drei werfen Geldstücke auf das Schiff. Was das wohl bedeutet?«

Margarete beschloss in dieser Sekunde, so schnell wie möglich Isländisch zu lernen, und rief den Burschen auf Englisch zu. »Hello, hello, my name is Margarete.« In den letzten Jahren hatte sie durch die britischen Besatzer immerhin ein paar Brocken dieser Sprache gelernt, nicht genug, um sich flüssig unterhalten zu können, aber ausreichend, um sich verständlich zu machen. Die Isländer lachten, aber sie verstand kein Wort von dem, was sie ihnen zujubelten.

Immer wieder wurde die Esja von den kleineren Booten umkreist, bis sie endlich vor Anker lagen. Margarete war gespannt, als der isländische Vizekonsul Árni Siemsen auf sich aufmerksam machte, indem er an Deck auf einen Stuhl stieg und laut rief: »Willkommen auf Island!« Die deutschen Worte klangen in seinem merkwürdigen isländischen Singsang fremd. Ihm wurde jubelnd applaudiert. Er hob die Hände, um wieder für Ruhe zu sorgen. »Bitte geht wieder unter Deck, es kommen gleich zwei Ärzte an Bord, ihr werdet untersucht, bevor ihr an Land gehen dürft. Wartet bitte in euren Kabinen, bis man euch holt.«

Die Hände und Lippen der Passagiere an Deck waren mittlerweile blau vor Kälte, und so hatte nicht einmal Margarete etwas dagegen einzuwenden, sich ein wenig aufzuwärmen. In Kostüm und Staubmantel war es auf Dauer einfach zu kalt an Deck. Aber sie war enttäuscht, dass es nicht zügiger voranging und sie schon wieder warten mussten.

»Haben wir nicht lange genug herumgesessen? Seit sechs Tagen sind wir auf dem Wasser, ich mag nicht mehr in die stinkige Kajüte zurück«, maulte Margarete leise.

»Du immer mit deiner Ungeduld«, sagte Helga, wie immer ruhig und besonnen. »Nun komm, es ist doch nicht zu ändern.«

Mit hängenden Schultern gingen sie mit den anderen wieder hinein.

»Neun Grad«, bemerkte Helga, als sie am Thermometer vorbeikamen, das an der weißen Außenwand neben einem Barometer angebracht worden war.

»Brr! Und das soll Sommer sein?«, scherzte einer der wenigen jungen deutschen Männer, die mit auf dem Dampfer gereist waren, und ließ ihnen mit einer angedeuteten Verbeugung den Vortritt.

Juli 2017, Hrafnagil, Eyjafjörður

Der böige Nordwind zerrte immer wieder an seiner längst herausgewachsenen Frisur, aber er nahm kaum Notiz davon. Ragnar kickte gegen einen Stein und biss die Zähne zusammen. Die säuselnde Stimme seiner Ex-Frau Harpa machte ihn rasend.

»Wir fahren nach Reykjavík, Kristín möchte unbedingt mit«, erklärte sie noch einmal, als ob Ragnar schwer von Begriff wäre, aber nein, er hatte es auch schon zuvor gut verstanden, er wollte es nur nicht akzeptieren.

»Lass mich kurz mit ihr sprechen«, bat er sie und mahnte sich, ruhig zu bleiben, egal, was sie sagen würde. Er vermisste seine Tochter sehr und konnte die Enttäuschung, dass erneut ein Wochenende, das sie bei ihm hatte verbringen sollen, abgesagt wurde, schlecht verbergen.

»Das geht jetzt nicht, sie spielt mit ihrer Freundin. Du kannst sie ja am kommenden Freitag sehen.«

Warum hatte er mit so was gerechnet? Weil es immer so ablief. Er seufzte leise und fuhr sich durch die Haare. Kristín war sechs Jahre alt, derartige Entscheidungen wuchsen sicher nicht auf ihrem Mist, er war sich sicher, dass Harpa dahintersteckte, was seine Wut auf seine Ex weiter schürte.

»Wer weiß, was ihr dann wieder vorhabt«, brummte Ragnar missmutig.

Harpa atmete hörbar aus. »Hör zu, Ragnar. Ich muss jetzt Schluss machen. Wir bleiben in Kontakt.«

»Lass mich wenigstens kurz mit ihr reden.«

»Ich sagte doch, dass sie bei einer Freundin ist.«

»Dann ruf mich an, wenn sie wieder zu Hause ist.« Er legte auf und schloss für einige Sekunden die Augen, bis er sich einigermaßen beruhigt hatte. Dann schleppte er sein Gepäck aus dem Auto ins Haus. Sie war leider zu jung für ein eigenes Handy, sonst hätte er ihr längst eines besorgt, damit sie häufiger miteinander sprechen konnten.

Er vermisste seine Tochter jeden Tag. Seit sie in die Schule ging, sah er sie noch seltener. Aktuell hatte sie zwar Ferien, aber das verbesserte die Lage leider auch nicht, da ihre Mutter ständig woanders mit ihr hinfuhr, statt sie wie abgesprochen zu ihm zu bringen. Das Verhältnis zu seiner Ex war auch vier Jahre nach der Trennung noch verkorkst, momentan hatte er sogar das Gefühl, es verschlechterte sich. Harpa ließ sich andauernd in letzter Sekunde etwas einfallen, warum seine Tochter doch nicht zu den verabredeten Terminen zu ihm kommen konnte, und das ärgerte ihn wahnsinnig und machte ihn traurig und wütend. Es war nicht fair, auch nicht Kristín gegenüber, die immer weinte, wenn die Mutter sie nach dem Wochenende von ihm abholte. Sie wollte bei ihm sein, das wusste er, und das war das Einzige, was ihn aufrecht hielt und ihn weiterkämpfen ließ.

Enttäuscht zog Ragnar sich um, es wartete genug Arbeit auf ihn, mit der er sich ablenken konnte. Sein polnischer Mitarbeiter Pavel hatte während seiner Abwesenheit mit seiner Frau zwar gute Arbeit geleistet, doch nun war er wieder da und wollte das Ruder übernehmen. Es juckte ihn in den Fingern, nach seinen Pferden zu sehen. Außerdem würde ihn ein schneller Ritt auf andere Gedanken bringen. Er ging zum Stall hinüber, heute hinkte er mehr als üblich. Das lange Autofahren tat seinem Fuß nie gut. Zudem hatte er sich in den letzten Tagen kaum bewegt, die Quittung bekam er in Form von Zipperlein im Sprunggelenk.

Egal, dachte er und verbiss sich den Schmerz. Als Ragnar den Stall betrat und den vertrauten Geruch von Heu und Pferden einatmete, entspannte er sich sofort. Er ließ die Schultern für einige Sekunden kreisen, bevor er sich Zaumzeug und Sattel aus der Sattelkammer holte. Er führte die gescheckte Hetja aus ihrer Box und zäumte sie mit wenigen Handgriffen auf, bevor er sich noch im Stall auf ihren Rücken schwang und im Schritt losritt. Er schmunzelte bei den Erinnerungen daran, was er auf den Islandpferde-Weltmeisterschaften in Deutschland erlebt hatte. All die Mädchen, die lieber Zöpfe in die Mähnen flochten und stundenlang Hufe auskratzten, statt sich aufs Wesentliche zu konzentrieren.

Nach ein paar Hundert Metern hielt er kurz an und gurtete von oben aus dem Sattel nach. Dann lobte er Hetja, indem er ihr kurz über den Hals strich, und ließ sie antölten. Ragnar genoss es, den leichten Nieselregen im Gesicht zu spüren, und atmete tief ein. Die vertraute klare Luft im Eyjafjörður füllte seine Lungen, und mit jedem Atemzug fühlte er, wie die Anspannung langsam von ihm abfiel. Auf der Weide seines Nachbarn ratterte ein Trecker. Der Geruch von gemähtem Gras stieg ihm in die Nase. Er freute sich, wieder daheim zu sein, hier gehörte er hin, und hier wollte er bleiben. Seine Ex-Frau hatte das nie so gesehen. Nach dem abrupten Ende seiner Profikarriere war es auch mit seiner Ehe steil bergab gegangen. Schnell schob er den Gedanken an den Verrat beiseite und trieb seine Stute zu einem schnelleren Tölt an.

• • •

Pia war erschöpft, als sie ihren Volvo vor dem gelben Haus von

Omas Schwester parkte. Sie musste all die Eindrücke der letzten Stunden einen Moment sacken lassen. In Seyðisfjörður, dem Ort an dem die Fähre angelegt hatte, hatte das Ufer in einem engen Fjord gelegen. Die kahlen Berge waren steil in die Höhe geschossen, was eine bedrückende Wirkung auf sie gehabt hatte. Ihr erster Eindruck von Island war daher nicht nur positiv, sondern auch ein wenig beklemmend gewesen. Vielleicht hatte es auch einfach am grausigen Wetter gelegen, es hatte geschüttet, und die Bergspitzen waren unter einer dichten, dunklen Wolkendecke versteckt gewesen, was den kleinen Küstenort eingeschlossen hatte wirken lassen.

Hier im Eyjafjörður war es ganz anders, die Landschaft war offen und weitläufig, und wo sie zuvor Enge gespürt hatte, machte sich ein Gefühl der Freiheit in ihr breit. Obwohl sich das Wetter auch nach Hunderten von Kilometern nicht gebessert hatte, hatte ihr die raue Natur mit jeder Sekunde besser gefallen. Dunkler Sand, schwarze Felsen, Moos und vereinzelte kleine violette Blümchen, die den harten Witterungsverhältnissen trotzten, hatten den Wegesrand geziert. Man hatte wegen des wolkenverhangenen Himmels und des Regens nicht allzu weit in die Ferne sehen können, aber so weit das Auge reichte, hatte man ... nichts gesehen. Keine Gebäude, keine Menschen, keine Tiere ... nur eine Straße, die sich wie eingezeichnet über das Hochland schraubte. Der Fahrbahnrand war mit gelben Stangen markiert, regelmäßige Farbtupfer in einer fremden Welt. Für eine Weile waren sie so fernab jeglicher Zivilisation gewesen, dass sie sich gefragt hatte, ob sie wirklich auf dem richtigen Weg waren. Aber nun waren sie hier, und in dem kleinen Örtchen sah es definitiv nicht mehr einsam aus. Das Haus, das in den kommenden Urlaubstagen ihr Zuhause sein würde, wirkte gepflegt und einladend, hatte aber mit den Häusern, wie sie Pia von zu Hause kannte, wenig gemein.

»Wellblech?«, fragte sie, ohne wirklich eine Antwort darauf zu erwarten.

»Was ist denn schlecht daran? Brennt nicht, ist wasserdicht und hält Stürmen stand«, erwiderte Oma mit einem Schulterzucken.

»Wenn man es so sieht. Das löst ja dann auch das Problem der fehlenden Bäume.« Pia grinste.

»Ja, das auch. Wobei man Holz importieren kann, das ist aber teuer. Das Wellblech ist nur die Isolierung.«

Die Fensterrahmen des Häuschens vor ihnen erstrahlten in einem frischen, reinen Weiß, feine Spitzengardinen baumelten dahinter. Neben der Haustür stand eine weiße Holzbank, und Pia stellte sich vor, wie sie hier in den nächsten Wochen in der Sonne ihren Morgenkaffee trinken würde. Von Sonne war momentan allerdings noch keine Spur zu entdecken. Es war auch hier bewölkt, aber trotzdem irgendwie idyllisch mit den bunten Häusern, den gelben Blumen und sattgrünen Weiden. Auf der Wiese vor Helgas Haus blühten unzählige Butterblumen und Löwenzahn, das Gras müsste dringend gemäht werden, es stand viel zu hoch. Die Berge rings um das Tal waren zwar gewaltig, aber längst nicht so erdrückend und steil, wie sie es in Seyðisfjörður erlebt hatte. Allerdings lag auf den wie abgeschnitten wirkenden Gipfeln hie und da noch ein Klecks Schnee. Im Sommer.

In Helgas Nachbarschaft standen Häuser in ähnlicher Bauweise und ein paar Bauernhöfe aus Stein mit weißer Fassade und roten Dächern.

»Ich werde es erst mal ruhig angehen lassen«, verkündete Pia. »Ein bisschen die Umgebung erkunden und so. Habt ihr das Café da hinten gesehen? Ich fand, das sah ansprechend aus.«

Sie waren kurz vor Helgas Auffahrt an einem großen Schild mit der Aufschrift »Kaffi Kú« vorbeigefahren, auf dem eine Frau mit Kopftuch und breitem Lächeln abgebildet gewesen war, die eine Tasse mit dampfendem Kaffee in der Hand hielt. Vielleicht konnte man dort ja nett sitzen und gemütlich heimischen Kuchen essen. Das würde sie bald herausfinden.

»Wenn man Kühe mag«, sagte Oma wenig begeistert. »Das Café ist über einem Kuhstall gebaut worden, so eine Art Erlebnis-Café, in dem man zugucken kann, wie die Kühe gemolken werden.«

Das klang doch irgendwie interessant, gerade für Stadtkinder wie Leonie war es sicher nicht schlecht, wenn sie mal sahen, wo die Milch herkam.

»Ach, ich werde einfach Helga fragen, wo es sich lohnt hinzugehen. Die wird es sicher wissen. Ich freue mich richtig auf den Urlaub, jetzt, wo wir endlich da sind.«

»Wo sind die Geschäfte?«, fragte Leonie und zog sich ihre Jacke an.

»Wir sind auf dem Land, die nächstgrößere Stadt, Akureyri, ist ungefähr zwanzig Minuten mit dem Auto entfernt. Stimmt doch, oder, Oma?«, erklärte Pia und wandte sich dann an Margarete, die angespannt neben ihr auf dem Beifahrersitz thronte. Es war ihr deutlich anzusehen, dass die bevorstehende Begegnung mit ihrer Schwester sie aufwühlte. Oma brummte nur ein einsilbiges Ja und stieg mit einem leisen Ächzen aus. Im selben Moment öffnete sich die Haustür, und eine lächelnde grauhaarige Frau eilte heraus. Sie trug eine weiße Strickjacke über einer geblümten Bluse, eine leuchtend gelbe Kette und dazu passende, sehr große Ohrringe, die aus der Entfernung wie Bernstein funkelten. Ihre Haare hatte sie hochgesteckt. Die Ähnlichkeit in den Gesichtszügen der Geschwister war verblüffend, allerdings wirkte die rüstige Helga viel gelassener, sofern man das von einer neunundachtzig Jahre alten Frau sagen konnte.

»Das ist Omas Schwester?«, meinte Leonie erstaunt.

Pia hob die Schultern und beobachtete die erste Begegnung der beiden seit Jahrzehnten. »Sieht so aus«, gab sie gespannt zurück.

Helga nahm Oma in die Arme und drückte sie fest an sich. Helga hatte die Augen geschlossen, man spürte, dass sie glücklich war, ihre Schwester wiederzusehen. Erst nach einigen Sekunden erwiderte Oma die Umarmung und tätschelte unbeholfen Helgas Rücken. Helga murmelte etwas an Omas Ohr, diese nickte und erwiderte etwas, das Pia leider nicht hören oder deuten konnte. Pia hatte einen Kloß im Hals, irgendwie hatte diese zaghafte Begrüßung etwas Anrührendes, das sie sehr ergriff.

»Sollen wir nicht auch …?«, fragte Leonie.

»Ja natürlich«, beeilte sich Pia zu sagen. Sie war so versunken in die Beobachtung des Wiedersehens gewesen, dass sie wie angewurzelt dagesessen hatte. Pia zog den Schlüssel ab und stieg aus.

»Herzlich willkommen«, rief Helga mit funkelnden Augen und kam auf sie zu. »Wie schön, dass ihr da seid. Wie war die Fahrt? Ich freue mich so, euch endlich kennenzulernen!«

Pia war überrascht, dass die alte Dame nach beinahe siebzig Jahren im Ausland immer noch nahezu akzentfrei Deutsch sprach.

»Hallo, guten Tag«, sagte Pia und streckte Helga ihre Hand hin. Diese dachte gar nicht daran, Pia förmlich zu begrüßen, sondern zog sie kurzerhand energisch an ihren fülligen Körper. »So macht man das hier«, erwiderte sie lachend und küsste sie auch noch geräuschvoll auf die Wange.

Pia war von ihrer Herzlichkeit überrumpelt, damit hatte sie absolut nicht gerechnet. Immerhin waren sie sich noch nie zuvor begegnet, und Oma war nicht gerade für ihre Überschwänglichkeit bekannt. Nun ja, offenbar hatten die Schwestern, abgesehen von ihrem Aussehen, tatsächlich wenig gemeinsam.

»Und wen haben wir denn da?« Helga löste sich von Pia und musterte Leonie mit einem freundlichen Lächeln. »So ein hübsches Mädchen. Komm her, mein Kind!«

Zögernd ging Leonie auf Helga zu. »Hallo«, sagte sie schüchtern. »Ich bin Leonie.«

»Und du bist die Urenkelin? Wie schön, dass ihr hier seid.« Auch Pias Tochter bekam einen Schmatzer von Helga aufgedrückt. »Kommt rein in die gute Stube, ihr sollt nach der langen Reise nicht draußen herumstehen. Heute ist es leider nicht so warm, und wir wollen ja nicht, dass ihr euch gleich einen Schnupfen holt. Aber das kann sich schnell ändern hier, es ist möglich, dass der Wind die Wolken in zwei Stunden schon vertrieben hat und die Sonne endlich mal wieder ihr Gesicht zeigt.«

Pia machte große Augen, Oma hingegen ließ sich nicht zweimal bitten, sondern marschierte noch vor Helga ins Haus. Was für ein seltsames Paar die Schwestern waren. Aber sie hatten sich ja auch fast siebzig Jahre nicht gesehen. Beinahe ein ganzes Leben. Obwohl Pia keine Geschwister hatte, konnte sie sich beim besten Willen nicht vorstellen, mit jemandem aus der Familie so lange nicht zu sprechen. Sie hatte ein inniges Verhältnis zu ihren Cousinen, das sie nicht würde missen wollen. In einer Familie stritt man, und dann versöhnte man sich wieder. Es war ihr ein Rätsel, was zwischen den beiden vorgefallen sein könnte, dass sie so lange geschwiegen hatten. Umso besser, dass sich das nun änderte!

»Das Gepäck könnt ihr auch nachher noch holen«, rief Helga ihnen über die Schulter zu und verschwand selbst durch die Eingangstür.

»Komm, Leonie!« Pia folgte den beiden Großmüttern.

Im hell gefliesten Eingangsbereich des Hauses befanden sich eine Garderobe mit unterschiedlichsten Jacken und Mänteln und ein hohes Schuhregal, Oma hatte ihre Treter bereits hineingestellt. »Zieh die Boots aus«, sagte Pia zu ihrer Tochter und schlüpfte selbst aus den Trekkingstiefeln.

»O Gott, Mama. Ich habe bestimmt schreckliche Käsefüße nach der langen Fahrt. Das ist mir peinlich.«

»Stell dich nicht so an, es wird niemanden stören.«

»Nein, ich muss mir aus dem Koffer erst ein frisches Paar Socken holen.«

Pia verdrehte die Augen. »Wenn es sein muss.« Sie reichte Leonie den Autoschlüssel. »Mach dann wieder zu, ja?«

Der Flur war mit Laminat ausgelegt, in der Mitte lag ein abgetretener Perser, an der Wand hing ein Spiegel, daneben stand eine Anrichte mit einem Körbchen für Schlüssel darauf. Es war ziemlich warm im Haus, stellte Pia fest, als sie den Geräuschen nachging, das Wohnzimmer durchquerte und dann in die Küche kam.

Oma hatte bereits am Küchentisch, auf dem eine gelbe Wachstuchtischdecke mit Tulpenmuster lag, Platz genommen. In der Küche lag PVC-Boden mit einem seltsamen Muster, das Pia schon nach wenigen Sekunden in den Augen schmerzte. Die weißen Küchenschränke, auf die sie jetzt ihren Blick heftete, waren eine willkommene optische Erholung. Über dem Fensterrahmen hing eine laut tickende Küchenuhr, und es duftete nach frischem Gebäck.

»Wie war die Reise?«, erkundigte sich Omas Schwester, während sie Kaffeepulver in einen Filter löffelte.

»Sie war seekrank. Hat mich ein bisschen an dich erinnert«, sagte Oma, und Pia sah, dass Omas Mundwinkel dabei zuckten, als ob sie sich früher schon so geneckt hätten und sie nun daran anknüpfte.

Omas Schwester lachte. »So schlimm?«

Pia verschränkte die Arme vor der Brust und kniff die Augen zusammen. »Der Seegang war schrecklich.«

»Man hat die Wellen kaum gespürt«, brummte Margarete, und Pia bemerkte, wie die beiden Schwestern sich ansahen und dann schmunzelten. Eine erste Annäherung nach der langen Zeit, eine gemeinsame Erinnerung, die nur sie beide teilten und die sie verband.

»Den einen trifft's, den anderen nicht.« Helga zuckte mit den Schultern und gluckste.

Pia wollte den Frauen einen Moment für sich lassen, es schien ihr wichtig, dass sie jetzt alleine am Tisch waren, deswegen trat sie ans Küchenfenster und schaute hinaus in den Garten. Sie konnte keine Umzäunung ausmachen, auch bei den umliegenden Häusern nicht. Vermutlich nahm man es hier mit den Grenzen nicht so eng, schlussfolgerte sie und fand den Gegensatz zu Deutschland erstaunlich, wo es üblich war, dass man sich förmlich einmauerte. Sichtschutzwände, blickdichte Hecken, all das vermisste hier offenbar keiner. Irgendwie erfrischend, dachte sie.

Das Panorama war himmlisch, sie schaute von der Küche aus direkt auf die Berge und den hellblauen Horizont. Pia war überrascht, vorhin war es noch regnerisch und bewölkt gewesen, Helga hatte also nicht übertrieben, als sie erklärt hatte, dass sich das Wetter auf Island so schnell ändern konnte wie die Windrichtung. Etwas entfernt lag ein Bauernhof mit weißer Fassade und rotem Dach. Pferde grasten auf einer Weide, ein großer Stall stand daneben. Da sich Schaukel und Rutsche vor dem Haus befanden, vermutete sie, dass die Familie dort Kinder hatte. Was für ein Privileg, in so einer famosen Umgebung aufwachsen zu können, hier mussten sich die Eltern sicher keine Gedanken um Straßenverkehr und Lärm machen.

»Herrlich, nicht?«, sagte Omas Schwester und schaltete die Kaffeemaschine ein.

»Absolut. Die Aussicht ist fantastisch«, stimmte Pia zu.

»Du solltest nachher in den Pott gehen.« Die rüstige Dame holte zwei vorbereitete Teller mit belegten Broten aus dem Kühlschrank und brachte sie in die Stube, wo neben dem Sofa auch der Esstisch stand. Ein Kastenkuchen mit Schokoglasur war bereits vorgeschnitten und duftete verführerisch. Auf dem Tisch lag ein gehäkeltes Deckchen, darauf standen zwei Kerzenleuchter aus Glas, um die Kerzen lag ein Ring aus Plastikrosen. Das ganze Wohnzimmer war vollgestopft mit Erinnerungen, Porzellanfiguren und unzähligen Fotografien an den Wänden. Auf dem langen Fensterbrett reihten sich drei Töpfe mit grünen Topfpflanzen und mehrere kleine Kerzen in weißen Porzellanschälchen aneinander.

»Sollen wir etwas helfen?«, fragte Pia, nachdem sie sich vom Ausblick losgerissen hatte.

»Auf keinen Fall, ihr seid meine Gäste!«

Pia bekam sofort ein schlechtes Gewissen, immerhin würden sie für knapp vier Wochen hierbleiben. Sie hatte nicht vor, sich die ganze Zeit von einer neunundachtzigjährigen Frau bedienen zu lassen. Aber Helgas Ton duldete keinen Widerspruch. Bei ihrem Gang durch die Küche hatte Pia im Ofen bereits eine Lammkeule für das Abendessen entdeckt, die bei niedriger Temperatur langsam garte. So würde sie saftiger werden, hatte Helga ihr mit einem verschmitzten Lächeln erklärt.

Zwei Stunden später lag Pia, ausgestreckt mit einem Glas Weißwein in der Hand, vor dem Haus in Helgas Whirlpool und ließ ihre Seele baumeln. Oma hatte sich zu einem Nickerchen hingelegt, und Helga wollte Leonie den benachbarten Pferdehof zeigen. Pia hoffte, dass ihre Tochter dort vielleicht eine sinnvolle Beschäftigung finden würde, die sie davon abhielt, ihre Zeit auf Island mit ihrem Handy zu vergeuden. Eigentlich hatte sie mit den beiden rübergehen wollen, aber Leonie und sie hatten sich gleich in die Haare bekommen, was nach so vielen Stunden auf engstem Raum fast unausweichlich gewesen war. Helga hatte kurzerhand mit einem wissenden Lächeln vorgeschlagen, dass Pia sich lieber entspannen sollte und sie den Kontakt zum Nachbarn herstellen würde. Sie hatte selbst fünf Kinder großgezogen und wusste, dass man manchmal ein bisschen Abstand brauchte. Pia hoffte sehr, dass sich die Stimmung zwischen Leonie und ihr in den nächsten Tagen bessern würde. Aber darauf wartete sie schon seit Monaten. Vielleicht war es an der Zeit, mit dem Warten aufzuhören und etwas zu unternehmen.

Pia trank einen Schluck und wackelte mit ihren Zehenspitzen, die aus dem Wasser herausragten. Auf einem Feldweg ritt jemand in hohem Tempo vorbei, er hinterließ eine Staubwolke in der Luft. Sie hatte sich vorab bereits ein wenig über Islandpferde informiert. Leonie nahm in Hamburg Reitstunden, so ungefähr das Einzige, wofür sie sich derzeit neben ihrem Handy überhaupt noch begeistern konnte. Sie hatte nach ihrer Verkündung, dass sie die Schule verlassen wolle, noch nicht verlauten lassen, was sie stattdessen tun wollte. Pia fragte sich, wo die Interessen ihrer Tochter lagen, sie schien ihr einfach noch nicht erwachsen genug, einen Beruf auszuwählen. Wenn es nach ihr ginge, sollte sie unbedingt das Abitur machen, bevor sie eine Entscheidung traf. Aber da stieß sie bei ihrer Tochter auf taube Ohren, bis jetzt jedenfalls, vielleicht würde das mit ein bisschen Abstand von zu Hause anders sein. Hoffentlich, dachte Pia und verfolgte den Reiter weiter mit ihrem Blick. Der Tölt der Isländer sah lustig aus, wie sie die Hufe hintereinander anstatt wie beim Trab über Kreuz in die Luft warfen. Der Reiter bewegte sich kaum im Sattel, nur seine Hüfte ging mit jedem Schritt mit. Faszinierend. Das musste der Bauer vom Nachbarshof sein, von dem Helga vorhin gesprochen hatte. Hoffentlich durfte Leonie nebenan ein wenig mit anpacken und ab und zu reiten, ansonsten sah Pia schwarz für einen harmonischen Urlaub.

Nachdem sie sich wieder angezogen hatte, fing sie an, die Küche aufzuräumen. Wenn in ihrem Kopf die Gedanken durcheinanderwirbelten, beruhigte es sie, physisch für Ordnung zu sorgen. Deshalb sah es in ihrer Wohnung in Hamburg auch aus wie in einem Einrichtungskatalog. Sie würde das nie vor jemandem zugeben, aber ihr war klar, dass ihr Putz- und Aufräumfimmel eine Übersprungshandlung darstellte.

Juni 1949, Reykjavík

Dass sie einmal in der Kapitänskajüte in Schlüpfer und Leibchen stehen würde, hätte sich Margarete zu Beginn ihrer Reise nicht ausmalen können. Die Kabine hatte zwei Panoramafenster und war mindestens dreimal so groß wie das Quartier, das sie sich in den letzten sechs Tagen zu viert geteilt hatten. Auf dem gebohnerten Dielenboden befanden sich ein ausgeblichener Perser und ein dunkel gebeizter Schreibtisch, an dem eine Krankenschwester mit weißem Kittel und Häubchen auf dem Kopf saß. Sie notierte eifrig, was der Doktor diktierte. Margarete verstand außer den knappen Anweisungen überhaupt nichts.

»Atmen«, sagte der Arzt nun mit starkem Akzent auf Deutsch zu ihr. Offenbar hatte man ihm die notwendigsten Worte für die Untersuchung zuvor übersetzt, sodass er den Einwanderern sagen konnte, was er von ihnen wollte. Er drückte ihr das Stethoskop auf die Brust und horchte, während Margarete tief inhalierte und lang gezogen wieder ausatmete. Dieselbe Prozedur führte er auch an ihrem Rücken durch.

Er nickte, zog sich die Stöpsel aus den Ohren und legte sich das Stethoskop wieder um den Hals. Sie blickte erwartungsvoll zu ihm auf, als er einen kleinen Spatel aus der Kitteltasche zog und ihn ihr vor den Mund hielt.

»Ah«, sagte sie und musste würgen, als er ein wenig zu tief in ihren Rachen vordrang.

»Fyrirgefðu«, murmelte er, was sie als Entschuldigung deutete. Er wischte das Stäbchen an einem Tuch ab und ließ es wieder in seiner Tasche verschwinden.

»Fertig.« Er nickte knapp, zeigte auf ihre Kleidung und begann weiterzudiktieren.

»Ich kann mich anziehen?«, fragte sie. Der Kugelschreiber der Krankenschwester kratzte über das Papier. Der Arzt nickte erneut.

»Danke«, murmelte Margarete, während sie die Knöpfe ihrer fadenscheinigen Bluse wieder schloss, und hoffte, dass sie den Stempel »gesund« bekam. »Wissen Sie, mein Vater war auch Arzt«, plapperte sie drauflos, als ihr die plötzliche Stille im Raum zu unbehaglich wurde. Der Doktor sah sie mit verständnislosem Ausdruck an, er verstand sie nicht.

Margarete seufzte. »Ja, Sie können kein Deutsch, ich merke das schon.« Sie lächelte verlegen, während sie ihren Rock überstreifte.

Als sie fertig angekleidet war, drückte die Schwester ihr das wichtigste Dokument neben ihrem Reisepass mit einer Gleichgültigkeit in die Hand, die Margaretes Hochstimmung einen erneuten Dämpfer verpasste. Das war die Eintrittskarte in ein neues Leben! Konnte sich die dumme Gans nicht einmal ein halbherziges Lächeln abringen? Sie schluckte ihre Enttäuschung hinunter.

»Auf Wiedersehen«, sagte sie, nickte dem Arzt noch einmal zu, der sich bereits über die Akte der nachfolgenden Landarbeiterin beugte. Vor der Kapitänskajüte wartete eine lange Schlange, obwohl die Untersuchungen schon seit Stunden andauerten. Helga war die Nächste in der Reihe. »Ist gar nicht schlimm«, sagte Margarete zu ihr. »Bis gleich!«

Sie hatten noch eine ganze Nacht an Bord bleiben müssen und das Schiff erst tags darauf verlassen dürfen, nachdem alle Untersuchungen abgeschlossen waren. Nun standen sie, mit ihren kleinen, abgegriffenen Reiseköfferchen in den Händen, an Land und wurden, wie ihre Mitreisenden, von Rundfunkreportern und Fotografen der Tageszeitungen erwartet. Am Pier herrschte eine positive Aufregung, die ansteckend war. Natürlich verstanden sie nach wie vor kein Wort, aber das brauchten sie auch nicht. Der freundliche Empfang der isländischen Nation war Balsam für ihre geschundenen Seelen. Es waren Menschen mit Transparenten gekommen, sie hielten Schilder hoch, auf denen »Willkommen« oder »Velkomin« stand. Das Geräusch des puffenden Blitzlichtes ertönte immer wieder. Überall drängte man sich um die Neuankömmlinge. Einige Mutige kamen sogar so nahe und klopften ihnen kameradschaftlich auf die mageren Schultern. Margarete lächelte die ganze Zeit, sogar auf Helgas feinen Zügen lag ein Schmunzeln, obwohl sie sich beide ein bisschen fühlten wie Tiere im Zoo.

»Es ist verrückt, Helga«, sagte Margarete zu ihrer Schwester. »Ich kann gar nicht glauben, dass uns das wirklich passiert!«

»Ich auch nicht«, murmelte Helga kopfschüttelnd.

Der Anlegeplatz am Reykjavíker Kai war voller Menschen. Es wurde gerufen, gelacht, und die offenkundige Herzlichkeit, die ihnen, den Verlierern und Übeltätern des Krieges, entgegengebracht wurde, war nach all den schrecklichen Jahren fast zu viel Aufmerksamkeit auf einmal für Margarete. Sie wurden eher wie Sieger oder Filmstars behandelt, was sich völlig falsch anfühlte. Auf dem Weg zum Bus wurden sie an vier längliche Tische gebracht, auf denen alle möglichen Kleidungsstücke ausgebreitet lagen. Wollpullover, Socken, Mäntel, Mützen, Handschuhe, ja sogar Stiefel standen auf dem Boden. Es sah aus wie auf einem Basar. Mit dem Unterschied, dass sie nichts bezahlen mussten.

»Take whatever you need«, sagte eine rundliche Frau mit Kopftuch und Nickelbrille zu ihnen und hielt ein buntes Kopftuch an Margaretes Haar. »Looks good. Here, take it.«

»Vielen Dank, thank you«, erwiderte Margarete und nahm es ihr aus der Hand. »Haben die für uns gesammelt?«, raunte sie ihrer Schwester zu.

»Es sieht ganz danach aus. Ich glaube, ich träume. Das ist alles viel zu gut, um wahr zu sein.«

»Schau dir das nur an«, jauchzte Margarete und hielt ein paar Handschuhe, eine Mütze, das neue Kopftuch und einen gefütterten Wintermantel in die Luft. »Das ist alles für uns! Ich komme zum Arbeiten in ein fremdes Land, und das Erste, was passiert: Man schenkt mir was! Das ist doch unglaublich!«

»Da haben sich die hundertvierzigtausend Isländer ganz schön ins Zeug gelegt.« Helga kicherte.

»Du hast dein Merkheft ja gründlich gelesen.« Margarete schmunzelte. Sie selbst hatte es bestimmt mehr als fünfzigmal in den letzten sechs Tagen durchgeblättert und kannte mittlerweile jedes Wort auswendig.

»Das habe ich, aber ich verstehe überhaupt nichts von dem, was man uns zuruft.«

»Ach, das kommt noch.« Margarete nickte zuversichtlich. »Du wirst schon sehen, in ein paar Wochen können wir die Sprache genauso gut wie sie. Und jetzt komm!«

Der Himmel war rot gefärbt, und Margarete zählte lautlos die Sekunden, bis die Sonne im Meer versunken war. »Schau dir nur den Horizont an«, staunte sie. »Er ist rot und blau und lila gleichzeitig.« Sie presste ihre Nase an die Scheibe des Busses.

»Findest du es wirklich schön hier? Alles wirkt so kahl und kalt«, flüsterte Helga.

»Schön? Es ist atemberaubend! Ich habe noch nie in meinem ganzen Leben so klare Luft geatmet wie hier.«

»Es ist eiskalt. Daran liegt es.«

»Und du bist müde und ausgehungert und deshalb schlecht gelaunt. Du wirst schon sehen. Morgen sieht die Welt ganz anders aus.«

Der Dieselmotor des Busses rumpelte, Margarete umklammerte ihr Köfferchen mit beiden Händen und blickte aus dem Fenster. Die Straßen waren sauber, die Menschen gut gekleidet, nirgendwo lagen Trümmer oder Schutt aufgetürmt wie überall in Deutschland. Natürlich, Island war vom Krieg verschont geblieben, auch wenn einige Tausend Amerikaner hier stationiert waren, das hatte Margarete im Vorbeigehen von zwei kichernden deutschen Mädchen gehört.

Die Häuser waren anders, als sie es aus Lübeck mit den kleinen roten Backsteinen kannte. Hier waren die Gebäude teils aus grauem Stein oder aber aus Wellblech zusammengezimmert. Am außergewöhnlichsten fand Margarete jedoch die Farbvielfalt bei den Dächern und Fassaden, die ihr schon vom Schiff aus aufgefallen war. Manche waren blau, andere rot oder gelb. In den Fenstern der Wohnhäuser hingen weiße Spitzengardinen. Reykjavík mit den bunten Häusern und hilfsbereiten Einwohnern wirkte fröhlich und einladend auf sie.

»Guck mal, die Ponys!« Margarete stupste ihre Schwester an. »Haben die hier keine richtigen Pferde?«

Helga runzelte die Stirn. »Die sehen irgendwie niedlich aus mit ihrer wilden Mähne und den kurzen Beinen. Und was für eine komische Gangart die haben! Das habe ich noch nie gesehen. Trab ist es nicht.«

»Und der Verkehr läuft hier auch auf der falschen Seite, das hat mich beim Einsteigen schon gewundert, dass das Lenkrad rechts ist. In England fahren sie auch auf der linken Seite. Erinnerst du dich an die Jeeps der Briten zu Hause?«

»Verrückt! Ich habe mir beim Einsteigen schon gedacht, dass es merkwürdig ist, dass das Lenkrad auf der Beifahrerseite ist. Überhaupt fühle ich mich wie betrunken. Hast du nicht auch das Gefühl, dass alles noch schwankt? Ich finde es komisch.«

»Ja, mir geht es genauso. Aber wenigstens ist mir nicht mehr schlecht.«

Die Fahrt dauerte nur wenige Minuten, bis der Bus mit quietschenden Bremsen vor einem großen weißen Gebäude hielt.

»Saga Hotel«, las Margarete vom Schild, das an der Fassade prangte, vor. »Wir werden in ein Hotel gebracht? Wahnsinn, schau nur, wie toll das aussieht. Das Wort Hotel ist auf Isländisch und Deutsch gleich, das ist ja witzig. Isländisch ist vielleicht gar nicht so anders. Ob es hier wohl auch ein Lichtspielhaus gibt? Die Filme mit Heinz Rühmann oder Shirley Temple werde ich ansonsten wirklich vermissen.«

Helga zuckte mit den Schultern. »Ich kann mir gut vorstellen, dass es hier so was gibt. Die Isländer leben ja, wie man sieht, nicht hinter dem Mond. Ich verrate dir mal was.« Sie beugte sich ein Stück zu Margarete und fuhr leiser fort. »Ich hatte gedacht, Isländer wären Eskimos. Ich war ganz schön erstaunt, als ich gesehen habe, dass sie genauso aussehen wie wir.«

Margarete gackerte. »Woher sollten wir das auch wissen? Bis zu der Anzeige in den Lübecker Nachrichten hatte ich noch nicht mal was von Island gehört!«

Die Lobby des Saga Hotels war weitläufig und edel eingerichtet. Flauschiger Teppichboden, in dem ihre Absätze einen Zentimeter tief versanken, in der Mitte stand ein runder Tisch mit einem üppigen Blumengesteck darauf. Ein funkelnder Kronleuchter hing darüber.

Die Rezeptionistin schob ihnen ein Formular über den Tresen zu. »Passport?«, fragte sie und schaute Helga und Margarete erwartungsvoll an.

»Yes. One Moment«, erwiderte Margarete. Voller Stolz holte sie die Reisepässe aus ihrer Tasche und drückte sie der jungen Isländerin in die Hand. Sie waren mächtig stolz auf ihre Dokumente, die ersten, die nach dem Krieg ausgestellt worden waren und damit etwas ganz Besonderes. Es gab nur wenige Deutsche, die wieder reisen durften, weil es die Alliierten bis dato nicht erlaubt hatten.

Nach der Anmeldeprozedur bekamen sie einen Schlüssel mit schwerem Messinganhänger für ein Doppelzimmer im ersten Stock.

»Hoffentlich kriegen wir die Pässe morgen wieder«, flüsterte Helga auf dem Weg nach oben.

»Du immer mit deiner Schwarzseherei. Die Rezeptionistin hat doch eben gesagt, dass die Dokumente geprüft werden und dass sie alle Formalitäten erledigen, bis wir nach Norden gebracht werden.«

»Das hast du alles verstanden?«

»So schwer war das nicht, du kannst doch auch ein bisschen Englisch?«

»Offenbar nicht so gut wie du.«

Margarete verschwieg ihrer Schwester, dass sie ab und zu mit einem britischen Soldaten geplaudert hatte, dem sie oft auf dem Weg zum Stempeln begegnet war. Sie war nicht verliebt in ihn gewesen, und wenn, nur ein ganz kleines bisschen, aber sie hatte es spannend gefunden, mehr von ihm über England zu erfahren.

Mehr als ein paar Minuten Unterhaltung waren sowieso nie möglich gewesen, denn er war im Dienst gewesen und sie ein deutsches Mädchen und damals noch nicht einmal volljährig. Sie lachte bei der Erinnerung und lief die letzten Meter bis zu Zimmer siebzehn.

»Wahnsinn«, rief sie, als sie die Tür aufgeschlossen hatten. »Schau dir das an. Hier gibt es auch Teppichboden.« Sie stellten ihre Koffer ab und traten ein. »Und guck dir die Bettwäsche an. Ist das Damast?« Margarete fuhr mit den Fingerspitzen über den feinen weißen Stoff. »Und die vielen Kissen erst! Ich werde schlafen wie auf Wolken.«

Sie warf sich in voller Montur aufs Bett und drückte ihr Gesicht in die Wäsche. »Und wie gut alles riecht! Hier möchte ich für immer bleiben.«

Helga legte sich neben sie und schaute an die Decke. »Wollen wir uns ein wenig frisch machen, bevor es zum Essen geht? Es ist so verrückt, wir sind in einem Luxushotel ... und gleich auf dem Weg zu einem Festessen. Meinst du, wir müssen das bezahlen?«

»Bestimmt nicht. Genieße doch einfach unsere neue Freiheit. Ich kann mir nichts Schöneres vorstellen, als endlich unabhängig zu sein.«

»Unabhängig nennst du das? Wenn wir erst mal zum Arbeiten auf den Höfen sind, werden wir nicht viel Zeit zum Faulenzen haben. Wir wissen ja nicht mal, wie Melken überhaupt funktioniert!«

Margarete winkte ab, darum machte sie sich nun wirklich überhaupt keine Sorgen. »Du wieder mit deiner guten Laune. Melken kann nicht so schwer sein. Wir schauen ein-, zweimal zu, und dann geht es bestimmt wie von selbst. Das ist doch kein Hexenwerk. Stell dir nur vor, wir bekommen fünfhundert Kronen im

Monat, und Kost und Logis sind frei. Was willst du eigentlich noch?«

Helga seufzte. »Ich weiß ja, dass du recht hast. Aber … ich muss ständig an Tante Erna und Onkel Willi denken, an mein Zimmer zu Hause und …«

Margarete verdrehte die Augen. »Das will ich ab sofort nicht mehr hören, wir sind kaum von Bord gegangen, und du denkst schon wieder an zu Hause? Sieh es doch mal von der Seite, du kannst fast alles von deinem Lohn beiseitelegen und sparen. Wenn du nach einem Jahr nach Deutschland zurückkehrst, hast du ein hübsches finanzielles Polster für einen Neuanfang. Na, wie klingt das?«

»Wenn du das so sagst, hört es sich wirklich ganz gut an. Ich glaube aber trotzdem, dass du dir das alles viel zu einfach vorstellst.«

Margarete atmete hörbar aus. »Wenn du erst mal eine warme Mahlzeit im Bauch hast, wirst du anders denken.«

Als hätte sie es heraufbeschworen, knurrte Helgas Magen in dieser Sekunde lautstark.

Die Schwestern lachten und umarmten sich, bevor sie sich notdürftig frisch machten, um rechtzeitig zum Abendessen zu kommen.

Juli 2017, Hrafnagil, Eyjafjörður

Nieselregen benetzte Ragnars Gesicht, er musste immer wieder blinzeln. Dunkle Wolken wirbelten umher, verschiedene Luftströmungen kämpften gegeneinander an. Der grobe Schotter knirschte unter seinen Lederstiefeln auf dem Weg zu Helgas Haus.

Er war zwar nicht gänzlich davon überzeugt, dass das deutsche Mädchen wirklich Ahnung von Pferdebetrieben hatte, aber großen Schaden würde sie wahrscheinlich auch nicht anrichten. Immerhin, reiten konnte sie. Zudem hatte er Helga den Gefallen nicht ausschlagen wollen und die Einladung zum Essen schon gleich gar nicht, sie war eine ausgezeichnete Köchin, und er freute sich über eine warme Mahlzeit. Außerdem war er recht neugierig auf ihre Schwester, er kannte Helga nun schon seit Jahren, aber über ihre Verwandtschaft aus Deutschland hatte sie nie viel erzählt. Da war es nur selbstverständlich, dass er die Urenkelin ihrer Schwester bei sich auf dem Hof beschäftigen würde. Helga bat ihn selten um etwas, und Arbeit gab es auf dem Hof schließlich genug. Er hatte Leonie auch schon seiner Nichte Rakel vorgestellt, die zwei Häuser weiter wohnte. Rakel war zunächst zwar semibegeistert gewesen, sich in ihren Ferien um ein Mädchen aus Deutschland kümmern zu müssen, aber die beiden hatten nach einem kurzen Beschnuppern erste Gemeinsamkeiten ausfindig gemacht. Nach wenigen Minuten war das Eis gebrochen gewesen. Ragnar war froh, dass Rakel ihm ein bisschen unter die Arme greifen würde und er sich nicht die ganze Zeit selbst um Leonie kümmern musste. Er hatte das Mädchen von der Fähre natürlich sofort erkannt und den Volvo der Familie schon vorhin beim Ausritt vor Helgas Haus entdeckt.

Er war gespannt, ob ihre schöne, aber schnippische Mutter immer so angriffslustig war oder ob ihre Laune dem Reisestress geschuldet gewesen war. Vielleicht hatte es ja auch an der Seekrankheit gelegen. Er erinnerte sich gut daran, wie Pia stöhnend an der Reling gestanden hatte. Ihr Profil hatte im Abendlicht so scharfkantig wie ihre Zunge gewirkt, aber in diesem Moment hatte sie wirklich andere Sorgen gehabt, als sich über sein Engagement in puncto Umwelt zu beschweren. Ihr Gesicht war kalkweiß gewesen, mit leichtem Grünstich um die Nase. Seekrankheit konnte einen ganz schön mitnehmen. Sie hatte ihm leidgetan, auch wenn sie auf den ersten Blick eher ... kratzbürstig rübergekommen war.

»It won't last forever«, hatte er ruhig in ihre Richtung gebrummt. Sie hatte den Kopf gehoben, aber nicht geantwortet.

»People say it helps watching the sea, so you did the right thing by coming up here«, hatte er noch angefügt. »Do you need anything?«

Sie hatte nur matt den Kopf geschüttelt und ihr Gesicht zwischen ihren Händen vergraben.

Als Ragnar jetzt auf Helgas Haus zuging, musste er ein Schmunzeln unterdrücken. Wie sie wohl gleich reagieren würde, wenn sie ihn wiedersah?

Ragnar drehte den Türknauf und betrat Helgas Haus. Der verführerische Geruch von gebratenem Fleisch stieg ihm in die Nase. Erst jetzt bemerkte er, wie hungrig er war. Kein Wunder, denn seit dem Frühstück auf der Fähre hatte er nichts mehr gegessen. Inzwischen war es nach acht.

Aus der Küche hörte er Stimmen und Gelächter. Als er den kleinen Raum betrat, hielt er einen Moment inne. Leonies Mutter hatte ihre braunen Haare im Nacken zusammengefasst, einige Strähnen hatten sich gelöst und umrahmten ihr gerötetes Gesicht. Sie knetete einen Teig, und auf ihrer Kleidung haftete mindestens genauso viel Mehl wie an ihren Händen. Sogar auf der Nasenspitze konnte er einen weißen Punkt ausmachen. Sie sah wunderschön aus.

Die Gespräche verstummten, als die Frauen ihn erblickten. Er lächelte in die Runde und nickte höflich. »Guten Abend zusammen«, sagte er auf Deutsch. Er hätte schwören können, dass die hübsche Bäckerin kurz zusammenzuckte, bevor alle Farbe aus ihrem Gesicht wich. Sie hatte ihn also auch nicht vergessen. Er unterdrückte ein zufriedenes Grinsen.

»Ah, da bist du ja, Ragnar. Komm rein«, begrüßte ihn Helga und goss Rotwein in ein Weinglas, ehe sie es ihm reichte. »Das sind meine Schwester und ihre Enkelin Pia. Leonie hast du ja vorhin schon kennengelernt, die ist noch drüben bei Rakel.«

Ragnar gab zuerst der Schwester die Hand. »Freut mich«, sagte er, sie musterte ihn und nickte dann knapp. Er hatte das Gefühl, die alte Dame wusste genau, was in ihm vorging.

»Guten Abend«, erwiderte sie ruhig.

Als er sich zu Pia umdrehte, stellte er amüsiert fest, dass ihre Gesichtsfarbe mittlerweile von Weiß auf Zartrosa gewechselt hatte.

»Sie ... sprechen Deutsch?«, sagte Pia und schüttelte seine Hand. Ihre Haut war weich und warm, mit ihren langen Fingern drückte sie erstaunlich fest zu. Pia musste nicht sagen, was sie dachte, er erriet es auch so. Natürlich war es ihr peinlich, dass sie in Hirtshals über ihn gelästert hatte, aber Ragnar störte es nicht, im Gegenteil, er schätzte inzwischen Frauen, die ihre Meinung sagten. Anders als seine Ex-Frau, die nie aussprach, was sie wirklich dachte, dafür aber viele andere Dinge sagte, die gar nichts bedeuteten. Aus der Nähe nahm er noch etwas anderes in Pias Gesicht wahr, das mit dem reservierten Ausdruck von der Fähre nichts gemein hatte. Einen Zug, den er nicht recht deuten konnte. Er ließ ihre Hand los, als er bemerkte, dass er die als höflich angesehene Begrüßungszeit längst überschritten hatte. Dass er nun selbst mit Mehl bestäubt war, störte ihn wenig.

»Lassen wir doch das förmliche Sie, das finde ich nach fast siebzig Jahren auf Island ziemlich überflüssig«, brummte Helga. »Ragnar hat in Deutschland Handball gespielt, sehr erfolgreich sogar. In Magdeburg und danach noch fünf Jahre in Kiel.« Helga klopfte ihm auf die Schulter, wofür sie sich ein wenig nach oben recken musste. »Er war dabei, als die Jungs in Peking Silber geholt haben.«

»Äh, ja, das ist ja toll«, stammelte Pia, die offensichtlich immer noch nach den richtigen Worten suchte. Sie tat ihm fast ein bisschen leid, andererseits genoss er es tatsächlich, nachdem sie ihm in Dänemark so forsch die Meinung gesagt hatte. Er verkniff sich ein Grinsen. Ganz verscherzen wollte er es sich nicht mit ihr.

»Geht es dir wieder gut?«, fragte er stattdessen.

Pias hübsche braune Augen verengten sich zu zwei Schlitzen, sie runzelte die Stirn. »Mir geht es wunderbar.«

»An Bord warst du ein bisschen grün um die Nase.«

»Ach was. Ich habe nur ein wenig frische Luft geschnappt.«

Er spürte, dass seine Mundwinkel nun doch verräterisch zuckten. Pias Reaktion auf sein Verhalten war herrlich, sie wurde schon wieder verlegen. Von einer gestandenen Frau wie ihr hätte er das nicht erwartet, umso erfrischender fand er es, sie etwas aus der Reserve locken zu können. Die Frau vor der Abreise schien wenig mit der Frau, die jetzt vor ihm stand, gemeinsam zu haben.

»Ich hatte keinen guten Start«, brummte sie und trat dabei von einem Fuß auf den anderen, »aber du scheinst ja kaum aus der Ruhe zu bringen zu sein. Oder hattest du vor der Fähre dein Hörgerät gerade nicht angestellt?« Bei dem kleinen Seitenhieb blitzte doch wieder etwas von dem Feuer in ihren Augen auf, das sie zu Anfang versprüht hatte. Ragnar fiel ein altes deutsches Sprichwort ein, das er mal gehört hatte: Frauen, die kämpfen können, lieben auch gut. Oder hatte das nur einer seiner Freunde gesagt? Egal, er fand den Gedanken jedenfalls ... anregend.

»Nun lasst uns mal anstoßen, und dann geht ihr rüber in die Stube«, übernahm Helga das Kommando. »Die Lammkeule ist gleich fertig, ich muss nur noch die Kartoffeln karamellisieren.«

»Lecker«, sagte Ragnar und schaute in den Ofen. Aus dem Augenwinkel sah er, wie Pia den Brotteig in eine Schüssel legte und diese mit einem Leinentuch bedeckte. Dann fächelte sie sich Luft zu.

Ein Lächeln schlich sich auf seine Lippen. »Ich bin nicht nachtragend«, flüsterte er leise, sodass nur sie es hören konnte, und bemerkte mit Vergnügen, wie sie hektisch nach Luft schnappte.

Vielleicht wurde das Abendessen ja doch ganz amüsant, dachte er und trollte sich aus der Küche.

• • •

Pia wünschte, sie könnte im Erdboden versinken. Nie im Leben hatte sie damit gerechnet, dass sie dem Isländer von der Fähre so bald wieder begegnen würde. Und schon gar nicht unter diesen Umständen. Nachdem sie sich die Hände gewaschen und abgetrocknet hatte, griff sie nach ihrem Weinglas und ging in die

Wohnstube. Helga hatte ihr eben noch einmal gesagt, dass sie die Finger von ihrer Lammkeule lassen und sich entspannen sollte. Sie hätte sich mit dem Brotteig und dem Aufräumen schon genug nützlich gemacht, aber jetzt wäre es an ihr als Gastgeberin, das Abendessen zu servieren. Pia konnte ihr ja nicht sagen, dass sie Ragnar am liebsten aus dem Weg gehen würde. Wie albern, dachte sie, während sie hinüberschlenderte. Ragnar saß breitbeinig auf dem Sofa und plauderte mit Oma auf Isländisch. Er hatte seine langen Beine lässig von sich gestreckt, der Zweisitzer wirkte im Vergleich zu seiner großen und kräftigen Statur nahezu winzig.

Es überraschte sie, dass Oma sich mit ihm in seiner Muttersprache flüssig unterhalten konnte. Im Auto hatte sie noch gesagt, sie würde nur ein wenig Isländisch sprechen, und nun sprach sie ohne Punkt und Komma.

»Oma!«, rief sie verwundert. »Das klingt ja wirklich gut.«

Diese winkte nur ab.

»Ja, Margarete spricht super Isländisch«, pflichtete auch Ragnar bei.

»Ich habe Internetradio«, sagte Oma. »Zu Hause höre ich ab und zu Bylgjan. Außerdem kann man online auch die Zeitung lesen.«

»Bylgjan?«, fragte Pia.

»Das ist ein Radiosender.«

Pia hob eine Augenbraue. »Interessant.«

»Tu doch nicht so, was ist schon dabei?«

»Und bis das Internet kam, was hast du da gemacht?«

»Bücher, Satellitenfernsehen«, kommentierte Oma knapp, ganz so, als ob sie nicht darüber sprechen wollte. »Wo bleibt denn Leonie?«

Pia runzelte die Stirn. Noch eine Facette an ihrer Großmutter, von der sie nichts gewusst hatte. Oma liebte Island ganz offensichtlich, warum bloß war sie damals nicht geblieben und war ohne Helga nach Deutschland zurückgekehrt? Sie betrachtete sie und sah, wie zufrieden sie heute wirkte. Und doch umgab sie noch immer eine rätselhafte Aura. Pia war klar, dass vor vielen Jahren etwas in ihr kaputtgegangen war, was sie damals für irreparabel hielt. Jetzt hatte sie wohl eingesehen, dass es vielleicht doch möglich war, etwas an der Situation zu ändern. Die Vergangenheit hatte all die Jahre so tiefe Schatten über die Beziehung der Schwestern geworfen, dass keine von ihnen an eine Versöhnung geglaubt hatte.

»Die ist oben und zieht sich um«, erwiderte Pia schließlich.

»Sie hat das Badezimmer für sich gepachtet«, scherzte Oma.

Pia nickte und nippte an ihrem Wein, dann sah sie sich im Zimmer um. Sie versuchte, Ragnars Blick und das unverschämte Grinsen, das bei jedem Blickkontakt seine Augen zum Leuchten brachte, einfach zu ignorieren. Während sie möglichst in jede andere Richtung als zum Sofa schaute, blieb ihr Blick an einem Porträtfoto hängen. Das musste Helga mit ihrem Mann sein, der Kleidung nach zu urteilen war es in den Achtzigern aufgenommen worden. Dicke Schulterpolster, übergroßer zweireihiger Anzug und Dauerwelle zu einer weiten Bluse. Was sie stutzen ließ, war nicht die Garderobe, sondern das Gesicht des Gatten. Es war ausdruckslos, eingefallen, die Augen ohne Leben. Es sah aus, als hätte der Mann die Fähigkeit, zu fühlen oder zu lieben, schon lange verloren. Das, was von ihm übrig geblieben war, waren Züge, die unversöhnlich und tot wirkten.

Pia erschauderte, bislang hatte sie sich nie gefragt, was für eine Art von Ehe Helga hier auf Island geführt hatte. Durch die Funkstille der Schwestern war so etwas wie ein reger Kontakt zwischen den anderen Familienmitgliedern gar nicht erst zustande gekommen. Pia fand es schade, aber nicht zu ändern. Umso schöner war es, dass sie nun hier war und Helga als freundliche, fröhliche Person antraf, die ihr Leben in einem fremden Land allein gemeistert hatte. Aber wahrscheinlich war es nicht immer so für Helga gewesen, Pia konnte nur erahnen, wie schwierig es war, in ein Land zu kommen, in dem man sich weder verständigen konnte noch Bekannte hatte. Helga hatte bei ihrem Kennenlernen so lebhaft und zufrieden gewirkt, dass sie gar nicht auf den Gedanken gekommen war, dass ihre Ehe nicht glücklich gewesen sein könnte. Außerdem hatte sie fünf Kinder mit diesem Mann bekommen. Aber es waren andere Zeiten gewesen, rief sie sich in Erinnerung. Selbst wenn man aus Liebe heiratete, ging nicht immer alles gut. Ihre eigene Ehe war das beste Beispiel dafür. Und das Bild von Helga und ihrem Mann zeigte etwas ganz anderes als liebevolle Zuneigung.

In dieser Sekunde polterte jemand in den Flur, Leonie wirbelte ins Zimmer, und Pia vergaß nach dem Auftritt ihrer Tochter das ungute Gefühl, das sie bei dem Foto überfallen hatte.

»Hallo«, sagte Leonie schüchtern und lächelte Ragnar an.

»Wie war es bei, wie heißt sie noch mal?« Pia runzelte die Stirn und beobachtete Leonies verzückte Reaktion auf den Isländer. Es sah aus, als ob sie großen Respekt vor ihm hätte, was derzeit bei Erwachsenen eigentlich selten bis nie der Fall war. Die Pubertät hatte das Mädchen noch immer fest im Griff, und alle Menschen über fünfundzwanzig waren uncool.

»Rakel«, half sie ihr aus. »Gut, Mama. Wir haben uns für morgen verabredet. Oder kann ich nach dem Essen noch mal rüber zu ihr?«

»Mach mal langsam! Morgen reicht völlig, wir essen jetzt erst einmal zusammen. Was habt ihr Schönes vor?«

»Ausreiten, wenn Ragnar nichts dagegen hat.« Sie blinzelte ihn hoffnungsvoll an.

»Ist das deine Vorstellung von behilflich sein?«, fragte Pia und hob eine Augenbraue.

Leonie verdrehte die Augen und wollte gerade zu einer Antwort ansetzen, als Ragnar ihr zuvorkam. »Schon gut, Pia. Es war mein Vorschlag, dass sie erst mal die Gegend mit Rakel auskundschaftet und so nach und nach alles kennenlernt. Die Arbeit läuft doch nicht davon.«

»Oh, äh. Ja, na dann. Alles klar.« Pia atmete tief ein und war froh, als Helga mit einer dampfenden Schüssel brauner Kartoffeln ins Zimmer kam.

»Setzt euch, ihr Lieben. Es kann losgehen«, sagte Helga.

»Soll ich noch was aus der Küche mitbringen?«, bot Pia an.

»Nein, setz dich nur, Kind.«

Wenig später hatten sich alle um den ovalen Esstisch versammelt, und Helga achtete mit Adleraugen darauf, dass jeder eine riesige Portion auf dem Teller hatte, bevor sie sich selbst etwas nahm. Dann erhob sie ihr Wasserglas und wünschte allen einen guten Appetit.

»Willkommen auf Island«, sagte Helga und strahlte über das ganze Gesicht.

»Kein Wein für dich?«, erkundigte sich Pia. »Ich hole dir gerne noch ein Glas.«

Helga schüttelte den Kopf. »Nein, ich trinke nicht, aber danke dir.«

»Wirklich? Nie?«, fragte Leonie. Pia warf ihr einen Blick zu, der bedeuten sollte, dass es sie nichts anging.

Helga bemerkte es und lächelte milde. »Kein Problem. Ich habe einfach nie Geschmack daran gefunden.«

»Das habe ich aber ganz anders erlebt«, murmelte Oma,

starrte auf ihren Teller und säbelte angestrengt an ihrem Lamm. Eigentlich war es so zart, dass es von allein auseinanderfiel.

Helga erwiderte nichts darauf, was Pia ein wenig merkwürdig fand. Aber da weder Helga noch Oma mehr zu dem Thema sagten, ging sie nicht weiter darauf ein.

»Köstlich«, brummte Ragnar, der offenbar nichts davon mitbekam, mit vollem Mund. »Du bist so eine wunderbare Köchin, Helga.«

Sie lächelte. »Danke, mein Lieber! Mehr Soße?«

Ragnar nickte, und Helga schaufelte ihm gleich mehrere Löffel auf den ohnehin schon voll beladenen Teller. Pia war beeindruckt, wie viel er innerhalb weniger Minuten verdrücken konnte. Ja, seine Schultern waren breit, sein Körper kräftig, aber er futterte, als hätte er seit Tagen nichts gegessen. In Ragnars großen Händen wirkte das Besteck, als wäre es für Kinderhände gemacht. Als spürte er, dass sie ihn beobachtete, hob er seinen Blick und begegnete ihrem. Pia wurde warm, und ihr Puls beschleunigte sich. Sie fühlte sich ertappt und griff hastig nach der Schüssel mit den Kartoffeln. Ihr Bedürfnis, unsichtbar zu werden, mischte sich mit dem konträren Wunsch, noch einen genaueren Blick in seine blauen Augen zu werfen. Hinter der lässigen, kühlen Fassade, die sie auf der Fähre kennengelernt hatte, lauerte eine Traurigkeit, die ihr ans Herz ging. Er strahlte gleichzeitig eine Wärme aus, mit der sie nach der ersten holprigen Begegnung nicht gerechnet hatte. Am meisten hatte sie überrascht, dass er Deutsch verstand. Leider, musste sie jetzt sagen. Sie schämte sich wahnsinnig für ihren Auftritt. Und nun waren sie für die kommenden Urlaubstage Nachbarn, und sie würde ihn wohl oder übel noch oft zu Gesicht bekommen.

Das Verwirrende daran war, dass sie nicht einmal wusste, ob sie das wirklich so schlimm fand.

Juni 1949, Reykjavík

Für einen Tag im Juni war es für Margaretes Geschmack zwar immer noch viel zu kalt, aber der strahlende Sonnenschein entschädigte sie für die bissigen Temperaturen. Die Schwestern begaben sich nach einem ausgiebigen Frühstück mit frischem Brot, Butter, Käse und einem quarkähnlichen Milchprodukt, das die Isländer Skyr nannten, auf einen Spaziergang. Reykjavík war erstaunlich sauber, die Hausfassaden waren mit Muschelkalk verputzt, aus Wellblech oder mit Holz verkleidet. Die bunte Farbenpracht der Dächer oder Fassaden ließ alles sehr fröhlich wirken. Helga hakte sich bei Margarete ein, und so schlenderten sie durch die belebten Straßen der Hauptstadt, die so ganz anders anmuteten, als sie es aus Lübeck kannten. Margarete vermisste den Schutt und die Asche der Heimatstadt allerdings kein bisschen. Dennoch machte sich ein mulmiges Gefühl angesichts der neuen Umgebung in ihr breit. Sie war fremd hier, und das wurde ihr mit jedem Schritt in der kühlen Morgenluft bewusster.

Mit jeder Stunde, die sie auf Island war, wurde ihr auch klarer, worauf sie sich mit dem Jahr fernab der Heimat wirklich eingelassen hatte. Sie konnte kein Wort dieser fremden Sprache, und sie kannte – außer ihren Mitreisenden – keine Menschenseele. Die Höfe im Norden waren, soweit sie wusste, weit voneinander entfernt. Margarete hoffte inständig, dass der Bauernhof, auf dem sie ihre Stelle antreten würde, nah genug bei Helgas lag, sodass sie sich zumindest ein paarmal in der Woche treffen konnten.

»Hier sollen eine ganze Menge Amerikaner stationiert sein, ich habe gestern was von sechzigtausend gehört«, meinte Margarete, als gerade wieder ein amerikanischer Wagen mit Weißwandreifen an ihnen vorbeirollte.

»So viele? Warum?«

Margarete zuckte mit den Schultern. »Irgendwer hatte was von Anti-Nordatlantikpakt-Demonstration gesagt und dass es auch mit dem Zweiten Weltkrieg zusammenhängt. Genau weiß ich es auch nicht.« Sie fand die Zahl auch sehr hoch, im Vergleich zur isländischen Bevölkerung.

Helga gähnte herzhaft. »Herrje, ich bin so müde. Ich habe letzte Nacht kein Auge zugetan. Ich habe immerzu gewartet, dass es dunkel wird. Das hat mich fast verrückt gemacht.« Helga zuckte plötzlich zusammen und erstarrte. Margarete folgte ihrem Blick und sah einen blonden Mann in abgetragener Kleidung über die Straße gehen.

»Was ist?«

»Ach, nichts«, Helga zupfte an Margaretes Ärmel. »Hab mir nur was eingebildet.«

Margarete seufzte. »Karl?«

»Nein, es ist nichts. Nur die Müdigkeit.«

Margarete hatte es schon oft erlebt, dass Helga Männer, die ihrem Verlobten ähnlich sahen, im ersten Moment für Karl hielt. Die Enttäuschung war jedes Mal groß, wenn sie erkannte, dass er es nicht war. Es war schlimm, dass er gestorben war. Noch schlimmer, dass seine Familie ihn nie hatte begraben können, weil das Meer seinen Körper für immer verschlungen hatte. Margarete wollte jetzt nicht schon wieder über Helgas Trauer sprechen und knüpfte an das vorherige Thema an: »Ich hatte auch

Schwierigkeiten. Wirklich bizarr, dass es die ganze Zeit hell ist. Auch nachts.«

»Mein Kreislauf spielt ganz verrückt, ich fühle mich auch noch ein bisschen wackelig auf den Beinen. Obwohl der Boden heute wenigstens nicht mehr so heftig unter mir zu schwanken scheint wie gestern.«

»Geht mir genauso. Sieh mal, dort ist ein Kaffeehaus, *Kaffihús* steht auf dem Schild. Was meinst du, sollen wir einen Blick hinein wagen?«

»Ich weiß nicht. Wir haben doch gar kein Geld.«

»Du wieder. Sie werden uns nicht gleich wieder davonjagen, nur weil wir einmal kurz hineinschauen.«

»Ich weiß nicht«, hörte Margarete Helga noch protestieren, aber da hatte sie sie schon am Ärmel ihres Staubmantels gepackt und mit sich zur Tür gezogen.

Ihr Herz klopfte aufgeregt in ihrer Brust, als sie die Tür öffnete. Sich in einem unbekannten Land, dessen Sprache sie nicht beherrschte, ohne Geld in der Tasche in ein Kaffeehaus zu wagen, war selbst für die wenig schüchterne Margarete aufregend.

Der Laden war vollständig mit Holz ausgekleidet, hinter dem durchgehenden Tresen stand ein Mann mit weißem Hemd, Weste und Schnauzer, der sie aufmerksam musterte. Es gab fünf Tische vor drei Sprossenfenstern. Nur einer war besetzt. Eine Frau und ein Mann saßen dort, tranken Kaffee und beobachteten die beiden Neuankömmlinge mit unverhohlener Neugier. Die Dame trug einen langen Rock und eine Bluse mit einem grauen Strickjäckchen. Ihre Haare waren geflochten und kunstvoll um ihren Kopf geschlungen. Der Herr hatte einen Schnurrbart, sein schlanker Körper steckte in einem Tweed-Ensemble mit Weste und Krawatte. Sie nickten beide freundlich und widmeten sich dann wieder ihrem Gespräch.

»Gu…«, begann Margarete und hielt inne.

Wie hieß das noch einmal auf Isländisch? Im Buch hatte »Góðan daginn« gestanden. Also versuchte sie es auf ihre Art: Gódan daginn, so falsch konnte es bestimmt nicht sein, wenn sie es sagte, wie man es las. Die netten Leute würden schon verstehen, was sie meinte.

Der Mann hinter dem Tresen hob den Kopf und schaute die Schwestern einige Sekunden freundlich an, bevor er sie mit einem Kopfnicken und dem »Góðann daginn« begrüßte, wie es wirklich klingen musste.

»Gousan dajinn«, wiederholte Margarete und lächelte höflich. Helga verharrte stocksteif hinter ihrer jüngeren Schwester. Sie brachte kein Wort heraus.

»Oh!« Ein wissender Ausdruck huschte über das Gesicht des Ladeninhabers. »Þið eruð frá Þýskalandi?«

Margarete runzelte die Stirn und wechselte einen Blick mit ihrer Schwester, beide sagten jedoch nichts.

»Deutsch?«, meinte der Mann dann und neigte den Kopf ein wenig.

»Ja, ja. We are from Germany.« Margarete nickte freudig, während sie auf Englisch antwortete.

»Flott«, erwiderte der Mann. »Velkomin til Islands.«

Dafür brauchte sie kein Wörterbuch. Sie wurden nicht direkt wieder rausgeworfen, wie Helga befürchtet hatte. Im Gegenteil, man begrüßte sie offenherzig. Niemand hatte sie bislang als Nazi beschimpft, wovor sie große Angst gehabt hatte.

»Kaffi?«, fragte er und zeigte mit dem Finger auf eine Tasse und dann an einen freien Tisch.

»Wir haben doch kein Geld«, flüsterte Helga Margarete zu, als ob sie das nicht selbst wüsste.

»Lass mich das nur regeln«, erwiderte sie selbstbewusst und ging einen Schritt auf den Mann zu. »We do not have money.«

Er verstand offensichtlich, denn er nickte und winkte ab. »Skiptir engu máli. Sit. Be my guest. Welcome to Iceland.«

Helga schnappte nach Luft, offenbar reichten selbst ihre Englischkenntnisse aus, um zu verstehen, dass der freundliche Kaffeehausbetreiber sie einladen wollte.

»Das können wir doch nicht annehmen«, protestierte sie, aber Margarete ignorierte ihre Schwester und setzte sich an einen der fünf Tische. Sie schlug ihre Beine so übereinander, dass der Glanz ihres einzigen Paars Kunstseidenstrümpfe die Kontur ihrer langen, ebenmäßigen Unterschenkel betonte. Sie beobachtete den Mann schweigend und mit im Schoß zusammengefalteten Händen dabei, wie er für sie zwei Tassen Kaffee frisch aufbrühte.

»Setz dich! Es ist unhöflich, wenn wir die Einladung jetzt nicht annehmen«, wies sie Helga lächelnd an, die immer noch wie angewurzelt neben dem Tisch stand. Jetzt schnaubte sie leise, nahm aber dennoch wortlos neben ihrer Schwester Platz.

Nach dem leckeren Kaffee, für den sie sich beim Kaffeehausbesitzer mit scheuem Lächeln und vielen »Thank yous« bedankt hatten, schlenderten die Neuankömmlinge weiter durch Reykjavíks Zentrum. Margarete hatte noch versucht, mit deutschem Geld zu bezahlen, aber der Ladenbetreiber hatte davon nichts wissen wollen und nur den Kopf geschüttelt.

»Unfassbar! Kannst du glauben, dass sie hier in den Schaufenstern wirklich so viele Waren haben? Bei uns ist alles leer, man braucht Scheine für alles, und auf Island, das so weit weg vom Festland liegt, kannst du einfach alles kaufen.« Margarete staunte nicht schlecht, als sie an einigen reich bestückten Auslagen auf dem Laugavegur vorbeikamen.

»Es ist wirklich Wahnsinn«, stimmte Helga zu. »Sieh mal!«

Helga zeigte auf einen amerikanischen Wagen, der am Straßenrand anhielt. Die Scheiben wurden heruntergekurbelt. »Ist das nicht Marianne?«, fragte Helga ihre Schwester überrascht.

»Tatsächlich«, gab Margarete erstaunt zurück.

»Hey, Girls«, rief der Fahrer in Uniform ihnen zu und entblößte lächelnd seine strahlend weißen Zähne.

»Kommt rüber, wir drehen eine Runde«, rief Marianne von der Rücksitzbank über die Straße. Neben ihr saß ein weiteres Mädchen, das Margarete auf der Esja zwar schon einmal gesehen hatte, an dessen Namen sie sich aber nicht erinnerte.

»Das können wir nicht machen, wir kennen die doch gar nicht«, sagte Helga leise.

Margarete fand das Angebot verlockend, sie war noch nie in einem so großen Schlitten mitgefahren. Aber Helga hatte ausnahmsweise recht mit ihrer Vorsicht, wer wusste schon, was die Amerikaner von ihnen wollten. Sie hatte nicht vor, sich in der ersten Euphorie ihre Zukunft auf Island durch eine Dummheit zu verderben.

»Nein danke. Wir gehen lieber noch ein wenig zu Fuß«, rief Helga ihnen über die Straße zu.

»Come on, Girls. We don't bite«, rief der fesche Ami ihnen noch einmal zu. Margarete zögerte, schüttelte dann aber den Kopf. »No thank you, maybe later«, gab sie lachend zurück.

Marianne winkte ihnen fröhlich zu, als der Motor aufheulte und der Wagen mit quietschenden Reifen davonbrauste.

Juli 2017, Hrafnagil, Eyjafjörður

»Mama, du bist so doof«, schrie Leonie, schnappte sich ihr Frühstücksgeschirr und stand wütend auf. Seit drei Tagen waren sie nun schon bei Helga. Entgegen Pias Hoffnung, dass sich die Lage zwischen ihr und Leonie entspannen würde, war es beinahe noch unerträglicher geworden. Zudem hatte ihr Ex-Mann Georg mehrmals mit fadenscheinigen Begründungen angerufen, was natürlich jedes Mal im Streit geendet hatte. Dass Georg nicht endlich begriff, dass sie nicht mehr als nötig mit ihm zu tun haben wollte, war ein leidiges Thema. Sie hatte gehofft, wenigstens im Urlaub ihre Ruhe vor ihm zu haben. Doch da hatte sie sich getäuscht. Natürlich schob er jedes Mal Fragen bezüglich Leonie vor, dabei konnte er seine Tochter direkt auf ihrem eigenen Handy anrufen, was er natürlich nicht tat. In Erziehungsfragen hielt sich der Herr Polizist nämlich gerne und häufig zurück.

Pia atmete kurz durch und überlegte, was sie wohl nun schon wieder verbrochen hatte, dass Leonie sie mit giftigen Blicken bedachte und nicht mehr mit ihr sprechen wollte. Dass Teenager sich häufig unverstanden fühlten, war ihr bekannt, es tagtäglich in dieser Form miterleben zu müssen war jedoch einfach nur ermüdend.

Ehe Pia etwas Diplomatisches erwidern konnte, ging die

Haustür auf – schloss in Island eigentlich niemand ab? –, und Rakel wirbelte wie ein Frühlingssturm in die Küche.

»Hallo«, sagte das Mädchen und lächelte breit. Rakel war schlank, beinahe schlaksig, hatte blonde Haare mit einem Kupferstich und perfekt gezupfte, nachgezeichnete Augenbrauen. Kein Wunder, dass Leonie sie mochte. Neben den Pferden konnten sich die beiden garantiert stundenlang über Kosmetik austauschen und irrsinnige Schmink-Videos auf YouTube anschauen.

»Ah, there you are«, gab Leonie zurück und wandte sich wieder an ihre Mutter. »Ich bin dann weg. Wir gehen zum Hof, kümmern uns um die Pferde und reiten dann vielleicht aus.«

Ohne eine Antwort abzuwarten, schnappte sie sich Rakel, und ehe Pia bis drei zählen konnte, krachte die Haustür ins Schloss, und die beiden waren weg.

Seufzend goss sich Pia Kaffee nach und ließ sich auf einen Stuhl fallen. Sie spürte Helgas Blick auf sich.

»Ist es denn wirklich sicher, wenn die Mädchen allein ausreiten?«, wandte Pia sich an Helga.

»Na klar, Rakel kennt sich aus, und schließlich ist das hier nicht die Reeperbahn. Was soll schon passieren?«, gab Oma an Helgas Stelle zurück.

Pia zuckte mit den Achseln. »Hm. Ich weiß nicht. Leonie macht im Moment gerne mal Dummheiten.«

»Ach, Pia. Sie ist ein Kind, die müssen ihren eigenen Weg finden«, sagte Helga milde lächelnd.

»Wenn das mal so einfach wäre! Dass wir uns dauernd streiten, setzt mir wirklich zu.«

Das und der Stress mit Georg, ergänzte sie im Stillen. Dass es beruflich bei ihr gerade auch nicht besonders lief, verdrängte sie für den Moment ebenso.

»Das kann ich gut verstehen, aber glaub mir, so war und wird es immer sein, mit einem Teenager zu leben. Die Alten reiben sich mit den Jungen, das ist normal und gehört zum Erwachsenwerden dazu.«

»Ich finde ja, das Mädchen braucht eine strenge Hand. Sie tanzt dir auf der Nase herum«, meinte Oma und schob sich das letzte Stück ihres Brotes in den Mund.

Helga schüttelte kommentarlos den Kopf. Pia spürte, dass zwischen den Schwestern eine nonverbale Kommunikation stattfand, die sie nicht deuten konnte.

»Was ist?«, fragte Helga unumwunden und schaute Oma an. Pia traute sich nicht, etwas zu sagen, auch wenn es sie brennend interessierte, was all die Jahre zwischen ihnen gestanden hatte.

»Ich habe gerade überlegt, was ich heute anstellen könnte«, sagte Pia daher, um das Thema zu wechseln. Sie kannte Helga noch nicht gut genug, um sie über die Vergangenheit zu löchern. Außerdem war Oma dabei, und wie die Gespräche mit ihr endeten, wenn es um dieses Thema ging, wusste Pia aus eigener Erfahrung. »Es gibt ja eine ganze Menge zu sehen, aber ich habe keine Ahnung, womit ich anfangen soll. Die Umgebung habe ich schon zu Fuß erkundet, das Kaffi Kú ist auch schön, aber Nordisland hat ja viel mehr zu bieten, oder?« Pia lachte. »Die Auswahl fällt mir so schwer: Fahre ich heute nach Mývatn oder nach Ólafsfjörður oder vielleicht nach Dalvík?«

»Wieso fragst du nicht Ragnar, ob er dich begleitet? Ich bin mir sehr sicher, dass es ihm nichts ausmachen würde, dir ein paar Orte zu zeigen«, schlug Helga vor und nahm sich eine weitere Scheibe Knäckebrot, die sie dick mit Butter bestrich.

Pia verschluckte sich beinahe an ihrem Kaffee. Ragnar um einen Gefallen zu bitten war wirklich das Letzte, was sie tun wollte. Er machte bereits genug, indem er Leonie auf seinem Hof ein und aus gehen ließ, fast als wäre sie wie Rakel Teil der Familie. »Der ist doch sicher beschäftigt.«

»Ach was!« Helga winkte ab. »Der Tag hat vierundzwanzig Stunden, und schlafen kann man wieder im Winter, wenn es dunkel und kalt ist.«

Pia hob eine Augenbraue. »Ihr seid alle ganz schön hyperaktiv hier, kann das sein?«

Helga nickte schmunzelnd. »Genau das habe ich auch gedacht, als ich damals angekommen bin. Aber es ist wirklich so, man muss die helle Jahreszeit nutzen; die vielen Monate, in denen wetterbedingt vieles nicht geht, kommen früh genug. Außerdem muss man sein Leben genießen, solange man noch kann. Ich bin dankbar, dass ich in meinem Alter noch so gut zu Fuß unterwegs bin.«

Und das stimmte. Helga hatte gestern noch erzählt, dass sie – wenn sie nicht gerade das Haus voller Besucher hatte – jeden Morgen schwimmen ging. So hielt sie sich fit und beweglich. Pia wünschte sich etwas von ihrer Energie.

»Ich kann Ragnar gleich anrufen«, sagte sie jetzt und war im Begriff aufzustehen. Pia legte ihr eine Hand auf den Oberarm.

»Wie wäre es denn, wenn du mir stattdessen ein paar isländische Rezepte für Brot und Kuchen verraten würdest? Ich finde das sehr spannend und würde gerne etwas mehr darüber lernen«, versuchte Pia, vom attraktiven Nachbarn abzulenken.

Helgas Augen blitzten. »Isländische Kuchen? Na, ob du die mögen wirst, Isländer lieben alles sehr süß und mit viel Sahne ... Meine Kuchenrezepte kann ich dir natürlich sehr gerne zeigen, die waren und sind sehr beliebt.« Für einen Augenblick schaute sie verträumt aus dem Fenster. »Die kannten hier vieles nicht, als ich nach Island gekommen bin. Das Mehl wurde zu der Zeit noch aus Dänemark importiert, hier wächst ja kein Korn. Und glaub nicht, dass das die beste Ware war. Wie oft habe ich Schädlinge da drin gefunden. Brot und Kuchen waren damals Luxus, nicht so wie heute ...«

»Kaum zu glauben«, gab Pia zurück. »Und bei uns waren Mehlspeisen ja eher was für arme Leute. Aber ich würde trotzdem gerne etwas traditionell Isländisches lernen. Vielleicht nicht unbedingt mit Mehl aus Dänemark.« Sie zwinkerte Helga zu.

»Heutzutage ist das natürlich anders, hier gibt's dasselbe Mehl wie überall. Früher haben wir wässrigen Haferschleim am Morgen und Fisch und Kartoffeln am Mittag gegessen. Aber auch sonst wurde alles von den Tieren verarbeitet. Einfach alles. Rindfleisch gab's nur, wenn eine der Milchkühe gestorben ist, das Fleisch war so zäh wie Schuhleder. Sogar die Schafshoden hat man sauer eingelegt, das schmeckt gar nicht so schlecht. Sehr beliebt sind auch die Schafsköpfe oder fermentierter Hai gewesen.«

»Klingt ja sehr verlockend.« Pia rümpfte die Nase. Oma saß neben ihr, sagte kein Wort und schaute abwesend aus dem Fenster. Sie schien mit ihren Gedanken ganz weit weg.

»Ach, man gewöhnt sich daran. Ich fand es schlimmer, dass wir keine Äpfel oder Gemüse hatten, aber das gab‘s halt nicht. Daran konnte ich mich nie gewöhnen.«

»Und heute? Vermisst du Deutschland manchmal? Warst du nie mehr dort?«

An Helgas Reaktion, die die Augen weit aufgerissen hatte, merkte Pia, dass sie sich mit der letzten Frage auf dünnes Eis begeben hatte. Helga und Oma mochten sich wohl angenähert haben, aber nach all den Jahren war sicher noch längst nicht alles gesagt. Pia ärgerte sich, dass sie schon jetzt ins Fettnäpfchen getreten war, dabei waren sie gerade erst ein paar Tage hier. Oma beobachtete ihre Schwester genau, ohne dabei ein Wort zu sagen. »Ich werde etwas frische Luft schnappen«, sagte Oma schließlich in die ohrenbetäubende Stille, erhob sich und war kurz darauf aus dem Haus verschwunden. Das Krachen der Haustür folgte.

»Nach so langer Zeit auf Island ist das nun meine Heimat geworden. Meine Kinder und Enkel sind hier, in Deutschland lebt ja keiner mehr.« Helga schob den Stuhl zurück, die Beine schabten geräuschvoll über den Küchenboden. »Womit fangen wir an? Brot oder Kuchen? Jeder sollte wissen, wie man einen echten *Skúffukaka* oder *Marengsterta* backt.«

Pia nickte und fragte sich, was sie gerade verpasst hatte. Sie verstand die Reaktion der Schwestern nicht, Oma, die davonrannte, und Helga, die gut gelaunt zum Kuchenbacken überging? Oma konnte sie fragen, aber die war nun weg, Helga kannte sie noch nicht gut genug, deswegen ging sie auf ihren Themenwechsel ein. »Dann mal los. Ich bin gespannt!«

»Mittlerweile bin ich sogar noch besser mit den isländischen Kuchen als mit den deutschen Rezepten. Früher war Kirschkuchen mit Streuseln mein Lieblingsgebäck.«

»Lecker, und welcher ist heute dein Favorit?«

»Ich mag alles, was süß ist«, erwiderte Helga und gackerte. »Von ungefähr kommt meine Figur ja nicht.«

Helga schaute Pia nicht an, sondern räumte mit großem Eifer den Tisch ab. Dann verschwand sie in der Küche. Pia kratzte sich am Kopf und stand auf. »Wehe, du fasst etwas vom Tisch an«, hörte sie Helgas Stimme warnend aus der Küche.

»Ich will dir nur ein bisschen helfen.«

»Kommt nicht infrage. Ich rufe dich, wenn ich drüben so weit bin.«

Pia seufzte leise. Sie wollte sich nicht bedienen lassen, aber sie wollte auch keinen Ärger mit Helga. Deswegen ging sie zur Schrankwand und sah sich ein wenig um. Helgas Wohnzimmer war mit Erinnerungen vollgestellt. Das »gute« Geschirr stapelte sich in einem Vitrinenschrank, darauf standen noch mehr gerahmte Bilder von Kindern, Enkeln und Urenkeln, die an der Wand keinen Platz gefunden hatten. Bücher hingegen gab es nur wenige, sie waren alt und abgegriffen, ganz so, als ob in den letzten Jahren nichts hinzugekommen wäre. Pia nahm ein dünnes Buch mit einem schwarzen Rücken und goldenen Buchstaben heraus. Ein Sammelband mit Gedichten von Rainer Maria Rilke. Pia schlug ihn auf. Im selben Moment segelte etwas zu Boden.

»Oh«, stieß sie hervor und hob es auf. Es war eine verblichene Fotografie, die Matrosen auf einem Schiff zeigte. Sie drehte es um. »Karl, 1943« stand auf der Rückseite.

Komisch, dachte Pia und las das Gedicht, auf dem das Foto gelegen hatte.

Irgendwo blüht die Blume des Abschieds und streut
immerfort Blütenstaub den wir atmen herüber,
und auch noch im kommendsten Wind atmen wir Abschied.
Rainer Maria Rilke

Pia musste schlucken. Gänsehaut breitete sich auf ihrem Körper aus. Das Foto und die Worte, bei denen Helga es aufhob, erzählten die Geschichte eines Verlustes, von dem Pia nichts geahnt hatte.

»Was hast du da Schönes?«, fragte Helga in diesem Moment und kam zu ihr. Als sie sah, was Pia in den Händen hielt, erstarrte sie. Helga ließ den Brotkorb fallen, der beinahe geräuschlos zu Boden fiel. Dann war es für einige Sekunden ganz still im Raum.

»Entschuldige, Helga. Ich ... ich wollte nicht ... es tut mir leid«, stammelte Pia. Sie klappte das Buch hastig zu, stellte es zurück und begann, das Brot vom Boden aufzulesen.

»Ist schon gut«, murmelte Helga, rührte sich jedoch nicht. »Es ... es ist nur schon eine Weile her ... Ich ...«

»Du musst nichts sagen, Helga. Es tut mir leid, ich hätte nicht einfach an deine Bücher gehen dürfen. Pia richtete sich auf. »Ich hole einen Staubsauger.«

Helga legte ihr eine Hand auf den Arm. »Nein, schon gut. Weißt du, vor sehr langer Zeit hat mir ein Mann diesen Gedichtband geschenkt. Damals habe ich nicht gewusst, dass mir außer den Gedichten und diesem Foto nichts von ihm bleiben würde.« Ihre hellen Augen nahmen die Farbe der Tiefsee an.

»Es tut mir leid.«

»Das muss es nicht. Das waren andere Zeiten damals. So viele Menschen mussten in diesem schrecklichen Krieg ihr Leben lassen. Ich war nicht die Einzige, die getrauert hat. Aber jeder, der geht, nimmt ein Stück von uns mit. Das ist einfach so.«

Pia nickte, sie wusste nicht, was sie sagen sollte. »Bist du deswegen nach Island gekommen?«, fragte sie nach einer kurzen Pause.

»Das ist eine lange Geschichte. Hauptsächlich bin ich wegen deiner Oma hergekommen. Ich konnte sie doch nicht allein in die Fremde lassen, das junge Ding.« Sie lächelte traurig.

»Und dann hast du eine neue Liebe hier gefunden und bist geblieben?«

Helgas Lächeln erstarb. »Hören wir auf mit den alten Geschichten, ich werde noch ganz sentimental. Komm in die Küche, du wolltest doch Kuchen backen. Die Krümel fege ich nachher zusammen.«

Helga ging an ihr vorbei. Sekunden später hörte Pia, wie Schranktüren geöffnet und geschlossen wurden. »Pia?«, rief sie im Ton der energischen Helga, die sie kennengelernt hatte.

»Ja, bin unterwegs.« Pia nahm sich vor, für heute alle weiteren Fettnäpfchen zu umgehen und keine Fragen mehr zu stellen, die tiefgründiger waren, als welche Backform man für welchen Kuchen benutzte.

Der Skúffukaka, ein Schokoladenkuchen, war gerade im Ofen, als Oma von ihrem Spaziergang zurückkehrte.

»Ihr wart schon fleißig?«, fragte sie und setzte sich mit geröteten Wangen an den Küchentisch.

»Ja, Pia hat ja keine Ruhe in sich«, erwiderte Helga und spülte die Kuchenschüssel aus.

Pia kräuselte die Nase, sagte jedoch nichts.

»Oma, wie wäre es, wenn wir gleich mal nach Hjalteyri fahren? Dort hast du doch gewohnt, oder? Helga hat mir vorhin erzählt, dass es gar nicht weit weg ist.«

Oma warf ihrer Schwester einen für Pia schwer zu deutenden Blick zu, dann verschränkte sie ihre Finger ineinander. »Ja, warum nicht. Wahrscheinlich wird man sowieso nichts mehr wiedererkennen. Von den Alten lebt ja ohnehin keiner mehr dort.«

»Wann bist du eigentlich hierhergezogen?«, wandte sich Pia an Helga. So viel zum Thema, sie würde keine blöden Fragen mehr stellen.

»Nach dem Tod meines Mannes. Unser zweiter Sohn Haukur hatte den Hof zu der Zeit schon übernommen, aber wir haben noch dort gelebt. Ich habe dann das Haus hier gekauft, es ist nicht so groß, und die Lage gefällt mir. Mir gehört auch noch ein bisschen Land in der Nähe.«

»Ah ja. Haukur. Er war vorgestern mit seiner Frau zum Kaffeetrinken hier, stimmt's? So ganz komme ich mit den vielen Namen noch nicht klar.« Pia lächelte.

»Ja, das stimmt. Es ist auch nicht leicht, sich das alles zu merken. Letztens hatten wir ein Familientreffen, *Ættarmót*, es sind über zweihundert Leute da gewesen. Zu meinem Geburtstag wird es auch ganz schön voll, aber die Kinder schlafen nicht bei uns, keine Sorge. Die werden bei ihren Geschwistern oder Kindern unterkommen. Uns gibt es überall.« Sie kicherte. »Das ist das Schöne, wenn man eine große Familie hat.«

»Wir können auch zusammenrücken, kein Problem. Zweihundert, das ist eine ganze Menge«, sagte Pia kopfschüttelnd. »Man könnte meinen, die halbe Insel wäre mit deinem Mann verwandt gewesen. Wie viele Gäste erwartest du denn zu deinem Geburtstag, Helga? Und wo wird eigentlich gefeiert?«

»Bauern und einfache Leute haben immer schon viele Kinder bekommen, die brauchte man ja auch zum Arbeiten«, erklärte Oma. »Das war bei uns ja nicht anders.«

»Zweihundert vielleicht nicht, aber doch eine ganze Menge. Einen Kilometer die Straße runter ist eine Art Gemeindehaus, dort findet die Feier statt. Ist doch schön, wenn alle kommen. Bei meiner Beerdigung habe ich ja nichts mehr davon.«

»Willst du noch einen Kaffee trinken, bevor wir fahren?«, lenkte Pia die Unterhaltung deswegen auf ein anderes Thema. Sie waren ja nicht gekommen, um über Beerdigungen zu reden.

»Nein, lass uns gleich fahren«, sagte Oma, »ich werde nur müde, wenn ich zu lange hier sitze.«

»Geht ruhig, ich sehe nach dem Kuchen und gehe dann vielleicht schwimmen«, sagte Helga und wich Pias forschendem Blick aus, indem sie gleich mit dem Abwasch begann.

Eine Dreiviertelstunde später standen Pia und Oma in Hjalteyri am Kai des kleinen Hafens. Der kleine Fischerort wirkte beschaulich, lediglich ein neu gebautes Hotel wies darauf hin, dass der Reiseboom der letzten Jahre auch hier für neue Investitionen gesorgt hatte. Jahrelang waren nur wenige Touristen nach Island gekommen, doch seit die Flüge so günstig waren und der berühmte

Vulkan Eyjafjallajökull ausgebrochen war, hatte sich das radikal geändert. An der Spitze der kleinen Landzunge stand ein verlassenes, heruntergekommenes Gebäude. Unweit davon, auf einer ungepflegten Wiese, reihten sich seltsame Gerüste, an denen kopflose Fische hingen, wie Wäsche an einer Leine. Im Hafen lag eine Handvoll Boote. Die Oberfläche des dunklen Wassers auf dem Fjord kräuselte sich unter gelegentlichen Windböen. Oma wirkte in sich gekehrt, sie schaute abwesend auf das winzige Dorf.

»Und, erkennst du etwas wieder?«

Oma schüttelte den Kopf. »Hier steht kaum ein Stein mehr auf dem anderen. Das da vorne war mal eine Heringsfabrik, die ist aber erst nach meiner Abreise gebaut worden. Außer Fisch gab es hier ja nie viel.«

»Verstehe. Was ist das da für ein komisches Konstrukt?« Pia zeigte auf die baumelnden Fische.

»Trockenfisch. So hat man das früher schon gemacht.«

»Uah. Klingt … na ja. Und sonst? Erzähl doch mal. Wo hast du gewohnt?«

»Das Haus steht nicht mehr. Aber der große Hof da, mit dem roten Dach und der weißen Fassade …«, begann sie leise. »Der stand damals schon. Bragholl.«

Pia runzelte die Stirn. »Kanntest du die Leute von dort?«

Oma lachte kurz auf. »Klar, man hat jeden gekannt. Der Hof, auf dem ich lebte, Ytribakki, lag direkt darunter, da, wo jetzt dieser neumodische Kasten mit den Panoramafenstern steht. Aber ich muss sagen, diese Leute wissen, wo es schön ist. Ich mochte die Aussicht immer sehr gern. Die Berge, der Fjord, die wilde Natur. Es ist schön hier, nicht?« Oma wandte sich ab und schaute auf das in der Sonne glitzernde Wasser.

»Wie war es, hier zu leben?«, fragte Pia sanft. Sie wusste, sie durfte nicht zu sehr drängen, sonst würde Oma sich sofort wieder verschließen. Sie war eine Frau, die wenig über sich preisgab, Sanftheit mit Schwäche und Erinnerung mit Sentimentalität verwechselte.

Oma schnaubte leise. »Eine schöne Landschaft allein genügt eben nicht.«

»War es denn schwer, bei den Leuten hier Anschluss zu finden, dazuzugehören?«

Oma sah sie einen Moment nachdenklich an. »Das ist eine sehr gute Frage, Pia. Ich habe mich oft gefragt, ob es an mir lag – oder an den anderen.«

Pia kannte diese Seite an ihrer Oma nicht, dieses selbstkritische, zaudernde Denken sah ihrer Großmutter und ihrem Pragmatismus gar nicht ähnlich. Gerade wollte Pia nachhaken, als ein entferntes Zischen sie zusammenfahren ließ.

»Huch!«, rief sie. »Was war das denn?«

Oma deutete in den Fjord, und dann sah Pia es auch: Eine Fontäne schoss in die Luft. Ein riesiger, dunkler Wal mit hellen Flecken tauchte auf, langsam glitt er wieder ins Wasser. Die riesige Flosse verschwand als Letztes im dunklen Meer.

»Ein Wal, schau dir das an!« Omas Züge entspannten sich, sie ging ein paar Schritte weiter. »Der verschwindet erst mal für eine Weile. Immer wenn die Flosse so rausragt beim Abtauchen, haben sie vorher gut Luft geholt und sind dann richtig lange unter Wasser. Aber wo einer ist, sind meist mehrere.«

In derselben Sekunde zischte es tatsächlich an einer anderen Stelle im Fjord, und ein dunkler, riesiger Umriss tauchte kurz aus dem blau schimmernden Wasser auf, um gleich wieder darin zu verschwinden. »Da, da ist tatsächlich noch einer«, rief Pia.

Sie ärgerte sich, dass sie genau jetzt ihre Kamera nicht griffbereit hatte. Ohne sich lange damit aufzuhalten, zückte sie stattdessen ihr Handy und machte ein paar Bilder. »Ich bin zu langsam. Immer wenn ich knipse, sind sie schon wieder weg.«

»Dass ihr jungen Leute immer hinter der Linse stecken müsst«, sagte Oma leise, »manchmal sind die schönsten Augenblicke doch die, die man nicht festhalten kann.«

Sie blieben noch eine ganze Weile am Pier stehen, schauten auf die schimmernden Fluten und die dunklen Schemen in der Tiefe. Sie entdeckten zwei überfüllte Whale-Watching-Schiffe, die den immer wieder auftauchenden Walen hinterherfuhren.

»Sollen wir zurückfahren?«, fragte Pia schließlich, als der Wind auffrischte. Es bildeten sich kleine weiße Krönchen auf den Wellen, und Oma fröstelte.

»Da kommt der Nebel«, meinte Oma und zeigte auf die Bergspitzen, die langsam unter einer weißen Decke verschwanden, als würden die dunklen Höhen von einer schweigenden weißen Macht eingenommen.

»Dieser eisige, der so schnell alles einschließt?«

»Ja, sieht so aus«, sagte Oma, und es schien, als würde sie dabei etwas ganz anderes meinen.

• • •

Am Nachmittag saß Ragnar mit einer inzwischen leeren Tasse Tee und der Zeitung in der Küche. Er blickte nachdenklich aus dem Fenster und bemerkte, dass sich Nebel über die Bergspitzen ins Tal senkte. Mittlerweile müssten Leonie und Rakel eigentlich auf dem Rückweg von ihrem Ausritt sein, wenn sie nicht längst zurück waren und sich im Stall verquatscht hatten. Er stopfte sich das letzte Stück einer Banane in den Mund, goss sich ein Glas Wasser ein und trank es in einem Zug leer. Schmunzelnd dachte er an das deutsche Sprichwort: Vertrauen ist gut, Kontrolle ist besser.

In seiner Zeit als aktiver Handballer hatte er das oft genug gehört, und jedes Mal hatte er den Spruch dämlich gefunden, heute war das erste Mal, dass er den Sinn verstand.

Ragnars gute Laune schwand, als er im Stall feststellte, dass die Mädchen und die Pferde noch nicht zurück waren. Er holte sein Handy aus der Tasche, doch es zeigte keine neuen Nachrichten an. Wenn es Probleme gegeben hatte, würde Rakel ihn verständigen. Sie ritt nie ohne Telefon aus, das war eine ihrer Abmachungen. Das Kind hatte früher Reiten als Laufen gelernt, doch manchmal passierte trotzdem etwas. Er hoffte, dass es ganz banale Gründe für ihre Verspätung gab.

Dennoch war es nun an der Zeit heimzukehren. Wenn sich der Eisnebel senkte, wurde es sehr schnell sehr kalt. Außerdem war die Sicht beschränkt. Der Weg war zwar nicht gefährlich, aber die zwei Teenager sollten dennoch bei diesen Wetterverhältnissen nicht allein da draußen sein. Ragnar suchte Rakel in seinem Telefonverzeichnis und rief sie an, während er auf den Hof ging und in die Ferne schaute. Als nach dem fünfzehnten Klingeln niemand abhob, überkam ihn ein ungutes Gefühl.

»Scheiße!«, fluchte er und lief los.

Er konnte sich gut vorstellen, dass Pia nicht erfreut sein würde, wenn er um Leonies Nummer bat, aber es musste sein. Lieber einen blöden Spruch von ihr, als dass bei den Mädchen etwas nicht stimmte. Hastig schlüpfte er in Stiefel und Lopapeysa und lief zu Helga hinüber.

»Hallo?«, rief Ragnar und ging, ohne die Stiefel auszuziehen, ins Haus.

»Ach, Ragnar, hallo«, gab Pia zurück, stand vom Sofa auf und legte ihr Buch beiseite. »Helga ist gerade zum Kartenspielen los, und Oma hat sich ein bisschen hingelegt.«

»Hast du mal eben Leonies Telefonnummer?«

Pia wurde blass. »Ja, äh, natürlich. Stimmt was nicht?«

»Reine Vorsichtsmaßnahme, Rakel geht nicht dran, vielleicht hat sie ihres auf lautlos gestellt. Ich will nur sichergehen, dass die beiden auf dem Rückweg sind.«

»Wieso?«

»Es kommt Nebel, da kann man schon mal Probleme mit der Orientierung bekommen.«

»Kennt Rakel sich nicht damit aus, wie man sich in einem solchen Fall verhält?« Pia riss ihr Handy vom Tisch und wählte hektisch Leonies Nummer.

»Doch, klar. Es ist nur so ein Gefühl.« Ragnar hob die Schultern.

Er hörte das Klingeln in Pias Lautsprecher. Doch Leonie nahm nicht ab. Ragnar wurde immer mulmiger zumute. Pia schaute ihn die ganze Zeit an. Je länger sie keine Antwort am anderen Ende bekam, desto mehr wuchs die Besorgnis, die er in ihrem Blick erkennen konnte.

»Verdammt!«, schimpfte sie. »Das ist mal wieder typisch.«

»Okay, komm mit. Zieh dir 'ne Jacke an, es kann sehr kalt werden, wenn sich der Nebel ins Tal senkt.«

Er sah, wie Pia schluckte. Langsam begriff sie, dass es ernst war. Er wünschte, es wäre anders. »Gut, Moment. Ich hole zwei Decken, wenn doch was passiert ist ...«

Ragnar nickte, das war eine gute Idee. Nicht viele Menschen konnten noch klar denken und Entscheidungen treffen, wenn sie einer Krise ins Auge blicken mussten. Es war klar, dass sie sich Sorgen machte. *Wie Eltern nun einmal sind*, dachte er, das kannte er von sich selbst ebenso. Im Augenblick fand er den Gedanken allerdings nicht wirklich erheiternd, denn er war ebenfalls beunruhigt. Er hoffte, dass er sich grundlos Sorgen machte.

Nach wenigen Sekunden war Pia mit zwei Wolldecken zurück, warf sich ihre Jacke über und schlüpfte in ihre Schuhe.

»Und jetzt?«

»Komm mit!« Ragnar lief über den Hof und biss die Zähne zusammen, als ein stechender Schmerz in seinen Knöchel fuhr. Er musste endlich anfangen, wieder gezielt zu trainieren.

»Da geh ich nicht drauf«, sagte Pia energisch und schüttelte den Kopf, als er auf sein Quad stieg. »Ich dachte, wir nehmen den Jeep.«

»Das Gelände ist unwegig, da kommen wir mit dem Auto nicht durch. Ich würde eine lange Diskussion gerne vermeiden. Also bitte.« Er startete den Motor, der ein lautes Knattern von sich gab.

Pia atmete hörbar aus, protestierte jedoch nicht weiter. »Mist, mein Telefon habe ich vergessen.«

»Macht nichts, ich habe eins dabei.«

Pia kletterte hinter ihm auf das Quad. Sie murmelte etwas Unverständliches, das sehr nach »Was zur Hölle mache ich hier eigentlich?« klang, und er konnte ein Schmunzeln trotz der angespannten Lage nicht unterdrücken.

»Halt dich fest!«, rief er ihr zu und gab Gas.

»Huch!« Sie stieß einen kleinen Schrei aus und klammerte sich an ihm fest.

Ragnar hatte eine vage Vermutung, wo er nach den beiden suchen sollte. Er hoffte, dass er mit seiner Eingebung richtiglag und dass sich die Sorgen gleich in Luft auflösen würden.

»Weißt du, wo wir langmüssen?«, schrie Pia von hinten.

»So ungefähr«, gab er knapp zurück und sandte ein Stoßgebet gen Himmel.

Pia musste hinter ihm nichts sagen. Er ahnte, was in ihr vorging. Der Nebel war hier bereits so dicht, dass er kaum sah, wo er hinfuhr. Glücklicherweise kannte Ragnar die Gegend wie seine

Westentasche, er kannte jeden Stein, jedes kleine Rinnsal. Sie fuhren eine Viertelstunde, bis sie die Anhöhe erreichten. Dort bremste Ragnar ab und schaute sich um.

»Verflucht! Ich war mir so sicher, dass sie hierhergekommen sind. Das ist sonst der Punkt, von dem aus man super ins Tal schauen kann. So ein …« Er hielt sich eine Hand an die Stirn, als er sah, wie Panik in Pias Augen aufflackerte.

»Du … hast keine andere Idee?«

»Halt dich fest!« Er gab wieder Gas und drehte um.

Er war sich so sicher gewesen. Die Mädchen konnten überall sein, verdammt! Eisige Kälte kroch zwischen den Nähten durch die Kleidung an seinen Körper, dabei waren sie gerade mal eine Viertelstunde unterwegs. Und er war es gewohnt, draußen zu sein, die Teenager waren sicher nicht so abgehärtet wie er. Wenn den Mädchen was passiert war, mussten sie mittlerweile garantiert unterkühlt sein. Mindestens.

»Waren wir hier nicht schon?«, rief Pia von hinten.

Durch den Nebel sah alles so ähnlich aus. Für Rakel vermutlich auch, obwohl sie die Gegend eigentlich gut kannte.

»Ist schon gut, Pia. Ich habe alles im Griff«, log er.

»Da«, rief sie und zeigte nach links. »Fahr mal da rüber!«

Ragnar nahm Gas weg und blickte in die Richtung, in die sie mit dem Finger deutete. Das leise Knattern des Quads durchbrach die Stille.

Da! Ein Wiehern.

»Hast du das gehört?«

Er nickte. »Ja. Gut.«

Er lenkte das Quad in die Richtung, aus der das Geräusch gekommen war. Jetzt sah er es auch: Der Umriss eines Pferdes zeichnete sich durch den dichten Nebel ab.

Ein Pferd. Ihm wurde flau im Magen.

Wo, verdammt, war das zweite? Und wo, um Himmels willen, steckten die Mädchen?

Sie mussten in der Nähe sein, deswegen hielt er an und stellte den Motor ab. »Wir suchen zu Fuß weiter.«

»Ragnar …« Pias Stimme zitterte, und er wandte sich zu ihr. Sie ließ die Schultern hängen und knetete ihre Finger. Ihm war klar, dass sie sich große Sorgen um ihre Tochter machte. Er wünschte, er könnte sie ihr nehmen.

»Nichts«, sagte sie leise. »Geh schon.«

»Wir finden sie, Pia. Mach dir bitte keine allzu großen Sorgen«, versuchte er, sie zu beruhigen. Und sich vielleicht auch.

Mit wenigen, aber nicht zu forschen Schritten war er beim Pferd, nahm die losen Zügel auf und strich der Stute über die Nase. »Sag schon, wo sind sie?«

Pia hielt Abstand. Da ertönte noch ein Wiehern, das nicht weit entfernt sein konnte.

Natürlich, die Tiere suchten einander. Pferde waren keine Einzelgänger, aber auch sie waren durch den Nebel getrennt worden. Was zur Hölle war passiert?

Eiskalte Angst kroch Ragnars Wirbelsäule hoch. Wenn den beiden etwas passiert war, war er dafür verantwortlich. Das würde er sich nie verzeihen.

Nicht jetzt, schob er den Gedanken beiseite. Erst mal mussten sie sie finden.

Ragnar führte das Pferd hinter sich her und ging in Richtung des Geräuschs. Pia hielt sich neben ihm, sagte jedoch nichts.

Das zweite Pferd war an einen alten Zaun angebunden worden, er schaute sich um und ließ seinen Blick über die nähere Umgebung schweifen. Wenn das Pferd angebunden war, war auch niemand gestürzt. Der Gedanke nahm etwas von der Sorge, dass etwas Schlimmes passiert sein musste. Und dann sah er sie.

Die Mädchen lagen ein paar Meter entfernt auf einer Decke aneinandergekuschelt. So sah niemand aus, der einen Unfall gehabt hatte, es wirkte vielmehr gemütlich, als wären sie bei einem Picknick eingeschlafen.

Er ahnte, was der Grund für die plötzliche Müdigkeit sein konnte. »Verdammt, Rakel«, fluchte er leise, »was habt ihr beiden euch dabei gedacht?«

»Was ist hier los?«, hörte er Pias Stimme an seinem Ohr.

»Ich habe eine Vermutung. Wären sie gestürzt, hätten sie sicher nicht noch eine Decke unter sich ausgebreitet ...«

Er verdrehte die Augen und fluchte noch einmal unterdrückt, war aber dennoch zutiefst erleichtert, als er den Grund für die Müdigkeit der beiden entdeckte. Neben Rakels Tasche lag eine leere Flasche Brennivín.

Niemand hatte sich den Hals gebrochen, sie waren einfach nur besoffen. Pia ging neben ihm in die Hocke. »Die sind ja sturzbetrunken«, murmelte sie und roch an Leonies Atem.

»Ich rufe die *Björgunarsveit*, die Rettungskräfte. Wir bekommen sie so nicht nach Hause. Wenn sie hier schon eine Weile liegen, sind sie unterkühlt. Aber immerhin, sie haben sich nichts gebrochen.« Ihm war klar, dass Pia sich noch nicht vom Schock erholt hatte, daher unterließ er blöde Scherze über betrunkene Teenager.

Pia nickte abwesend und fuhr sich durch die Haare. »Ich bringe sie in die stabile Seitenlage und hole die Decken. Mein Gott, das ist bestimmt auf Leonies Mist gewachsen. Gott sei Dank haben wir sie gefunden!«

Ragnar war überrascht, dass sie nicht ihm die Schuld für das Desaster gab. Harpa hatte immer zuerst bei ihm nach Fehlern gesucht. Er schüttelte den Kopf, als ob er damit diesen unpassenden Vergleich vertreiben könnte. Pia rollte die Mädchen unterdessen auf die Seite und breitete die Wollplaids über ihnen aus, während er den Rettungsdienst verständigte.

»Die sind völlig weggetreten«, stieß Pia mit zitternder Stimme hervor. Ragnar konnte ihre Besorgnis und auch ihre Wut nachvollziehen. Er steckte das Handy zurück in die Jackentasche und nahm Pia in die Arme. »Keine Sorge, das wird schon. Sie sind auf dem Weg, und wir sind ja auch hier«, versuchte er, sie zu beruhigen. Pia blieb stocksteif stehen, erst nach ein paar Sekunden spürte er, wie sich ihre Schultern senkten und sie ihren Kopf gegen seine Brust fallen ließ. Aus einem Impuls heraus strich er über ihr Haar. »Ist schon gut, Pia. Ich habe mich auch erschrocken.«

Sie atmete tief ein und aus, rührte sich aber nicht von der Stelle. Er befürchtete, dass sie ihn zurückweisen, dass sie ihn fragen würde, was ihm einfiel, sie einfach zu umarmen. Stattdessen ließ sie seine Nähe zu und schmiegte sich an ihn. Es fühlte sich gut an, sie im Arm zu halten. Sie hatte Kurven an den richtigen Stellen. Ihr Haar duftete nach Aprikosen, und er schloss eine Sekunde die Augen und genoss das vertraute Gefühl. Wann hatte er zum letzten Mal eine Frau in den Armen gehalten? Er konnte sich nicht erinnern. Völlig unpassend reagierte auch sein Körper darauf. Ragnar räusperte sich und trat einen Schritt zurück.

»Ähm, ja. Ich schau mal kurz nach den Pferden.« Er stolperte über einen Stein und wäre beinahe der Länge nach hingefallen, konnte sich aber gerade noch fangen.

Juni 1949, Strandferðaskip

Der Himmel war dunkel. Die düsteren Wolken hingen so tief, dass sie die Bergkette am anderen Ufer verhüllten. Hätte sie nicht gestern gesehen, dass sie dort war, sie hätte es nicht vermutet.

»Nicht schon wieder auf ein Boot«, stöhnte Helga und kniff die Augen zusammen.

»Dieses Mal wird es sicher nicht so eine lange Fahrt«, versuchte Margarete, sie aufzumuntern. »Es muss einfach sein, oder wie willst du sonst von einem Ort zum anderen kommen? So wie ich es verstanden habe, gibt es auf Island weder Eisenbahn noch über das Land ausgebaute Straßen. Wir umsegeln ja dieses Mal nur Island und fahren nicht wieder tagelang über den Atlantik.«

Sie registrierte Helgas strengen Blick. Auch ohne dass sie etwas sagte, wusste Margarete, dass sie lieber das Schiff nach Hause genommen hätte als in den Norden. Dabei waren sie gerade einmal seit zwei Tagen hier. Wie konnte Helga da jetzt schon sagen, dass sie genug von Island hatte? Natürlich wurde Margarete auch leicht mulmig zumute, weil sie sich mit dieser Schiffsreise nun ihrem Ziel immer weiter näherten. Einem Ziel, von dem sie nicht wusste, wo es genau lag und wie es dort sein würde. Bislang hatte sie das Jahr auf Island als Abenteuer gesehen, als Chance, die Vergangenheit hinter sich zu lassen, erst jetzt wurde ihr klar, dass es ab hier kein Zurück mehr gab.

»Ich habe dein Gejammere echt satt«, murmelte Margarete schroff, weil sie keine Kraft mehr hatte, sich ständig um Helgas Bedenken zu kümmern. Niemand nahm sie in den Arm und sagte, dass alles gut werden würde, obwohl auch sie, die Quirlige, Lebendige, das vielleicht manchmal gebraucht hätte. Jeder brauchte das. Margarete freute sich beinahe, dass sie nicht auf denselben Hof kamen und sie sich dann endlich nicht mehr anhören musste, wie schön es in Lübeck war – was gar nicht stimmte. Nichts war mehr schön in Lübeck, fast alles war zerstört, Arbeitslosigkeit und Entbehrungen hatten den Alltag geprägt. Sie war froh, dass sie das nicht mehr jeden Tag erleben musste, lieber schuftete sie von früh bis spät auf einem entlegenen Bauernhof.

»Du verklärst die Heimat schon nach so kurzer Zeit. Hast du vergessen, dass alles noch in Trümmern liegt, dass sich der Schutt in den Straßen häuft und die ausgebrannten Häuser mit ihren verkohlten Dachgiebeln an jeder Ecke an den Krieg erinnern? Hat es dir etwa Spaß gemacht, stempeln zu gehen?« Margarete schnaubte aufgebracht.

»Du machst es dir ganz schön einfach. Du hast mich doch nur aus Eigennutz bedrängt mitzukommen, weil Tante Erna es sonst nicht erlaubt hätte.«

»Und du versteckst dich hinter deiner Trauer, damit du am Leben nicht mehr teilhaben musst. Ist das nicht genauso selbstsüchtig? Glaubst du, ich hätte nach dem Tod unserer Eltern nicht deinen Beistand gebraucht? Du hast dich aber nur um dich selbst gekümmert. Hast dich vergraben. Dein Lebenswille ist mit Karl verschwunden. Und was ist mit mir, verdammt? Ich lebe noch! Ich bin da, aber du …? Ich mache das alles bestimmt nicht nur für mich!«

Ach, es war hoffnungslos, Helga zu sagen, dass sie hier eine Zukunft hatte, wenn sie doch immer nur der Vergangenheit nachtrauerte. Helgas Unterlippe bebte, ihre Finger hatte sie in den Stoff ihres Mantels gekrallt.

»Du bist selbst schuld, wenn du immer noch unglücklich bist!«, schrie Margarete, sodass auch die anderen Mädchen sie jetzt schockiert anstarrten. Sofort tat es ihr leid, und sie nahm sich vor, nicht mehr so aufbrausend zu reagieren, als sie Tränen in Helgas grünen Augen schimmern sah. Sie verstand ja, dass ihre Schwester Heimweh hatte, Margarete vermisste ihre vertraute Umgebung auch. Helga schluckte schwer, sagte jedoch nichts. Sie rang sichtlich um Fassung.

»Es tut mir leid. Bis jetzt hat man uns hier wie Königinnen behandelt«, fuhr sie sanfter fort und nahm Helgas Hand. »Die Mahlzeiten, die sie uns vorgesetzt haben, waren besser als alles, was wir in den letzten Jahren gegessen haben. Da musst du mir doch recht geben?«

»Ja, das stimmt. Hungern müssen wir hier wirklich nicht.«

»Siehst du? Das ist doch schon mal der erste Schritt.«

Helga seufzte. »Ja. Bestimmt.«

Die Reise mit dem Strandferðaskip, einem langen Frachtschiff, mit dem sie an der Küste des nördlichen Islands entlangsegelten, löste tatsächlich nicht mehr die schreckliche Seekrankheit aus. Unter den zwölf Mädchen, die auf Höfe im Norden gebracht werden sollten, war auch Marianne. Doch sie hatten noch keine Gelegenheit gehabt, sie nach ihrem Ausflug mit dem Amerikaner zu fragen. Margarete wollte sie nicht vor den anderen in Verlegenheit bringen.

Die zwei Isländer, die das Boot steuerten, nahmen das laute Gackern mit stoischer Gelassenheit hin. Sie waren nicht besonders gesprächig, aber auch nicht unfreundlich. Es kam wahrscheinlich nicht oft vor, dass sie Fracht in Form deutscher Landarbeiterinnen um Islands Küste herumschippern mussten.

Bis jetzt hatten Margarete und Helga noch keine Auskunft bekommen, wohin man sie bringen würde, und Margarete bereute ihre boshaften Gedanken, die sich in ihren Kopf geschlichen hatten, als sie von Helgas Sehnsucht und Bitterkeit genervt gewesen war. Natürlich wünschte sie sich nichts mehr, als in ihrer Nähe bleiben zu dürfen.

Je weiter sie gen Norden segelten, desto offener und sonderbarer wurde die karge Landschaft. Der Sonnenuntergang verzauberte den Himmel in ein atemberaubendes Farbenspiel, das sich im dunklen Meer spiegelte. Gerade flog ein riesiger Vogelschwarm über den rötlichen Abendhimmel hinweg. In einer alles andere als zufälligen Sinfonie tanzten Abertausende Tiere durch die helle Nordnacht. Die Vögel waren Meister des Manövrierens, und Margarete konnte den Blick nicht abwenden. Das Schauspiel faszinierte sie und hielt sie in Atem, und obwohl sie nach den Strapazen der Reise müde war, fühlte sie sich auf einmal nicht mehr ganz so niedergeschlagen.

»Lass uns ein paar Stunden ausruhen«, schlug sie vor, als die Vögel in eine andere Richtung übers Land hin verschwunden waren.

Helga nickte. »Ja, ganz so komfortabel ist es hier nicht. Aber für die eine Nacht tun es auch ein paar Strohsäcke unter Deck.«

Margarete fand trotz ihrer Müdigkeit nicht zur Ruhe. Einige Mädchen weinten über Stunden, andere versuchten, einander mit leisem Gesang zu beruhigen. Sie selbst fühlte sie auch, die Ungewissheit, die an ihr nagte. Aber sie sagte nichts dazu, um Helga nicht noch mehr zu entmutigen. Ihre große Schwester hatte sich nach ihrer hitzigen Diskussion zuvor sehr zurückgehalten, und sie wollte das bisschen Zuversicht, das sich möglicherweise bei ihr eingestellt hatte, nicht im Keim ersticken.

Nach ein paar Stunden unruhigen Schlafs krochen sie mit steif gefrorenen Gliedern an Deck.

»Es kann ja nicht mehr lange dauern, wir sind nun schon wieder ewig unterwegs«, sagte Margarete zu Helga, die sich den Schlaf aus den Augen rieb.

Die Landschaft veränderte sich ständig, nun kamen sie öfter an steilen, dunklen Felswänden vorbei, in denen Vögel mit bunten Schnäbeln nisteten, und dann waren da wieder unendliche Weiten zu sehen, mit grünen Wiesen, Schafen und Pferden, die nur selten auf einer Weide eingezäunt waren. Ob sie alle wild leben?, fragte sich Margarete. So ganz verstand sie das Prinzip der isländischen Landwirtschaft noch nicht, wenn die Bauern ihre Herden nicht zusammenhielten.

»Ich kann es immer noch nicht glauben«, murmelte sie an Helgas Seite. »Ist das da hinten ein echter Vulkan?«

Sie zeigte mit dem Finger über eine bemooste weitläufige Ebene, auf der Lavafelder sich mit kleinen Seen abwechselten, die an einigen Stellen von schwarzem Sand umgeben waren.

»Das sieht wie ein Krater aus.«

»O Gott, ob er bald ausbricht?«

»Nein, das würde man doch merken. Der ist bestimmt schon viele Hunderte oder Tausende Jahre ruhig.«

»Hoffentlich bleibt er das auch«, flüsterte Margarete und konnte den Blick nicht abwenden. Sie hatte keine Ahnung, wie sich eine Eruption auf die Umgebung auswirken würde, und hoffte, dass sie das auch niemals erleben musste. Sie kannte nur die Geschichte von Pompeji, und wie die ausgegangen war, wusste jeder. Sie schüttelte sich, als ob sie damit die düsteren Bilder in ihrem Kopf loswerden könnte. Seit dem Krieg hatte sie sowieso Angst vor Feuer. Sie hatte einfach zu viele brennende Häuser gesehen. Aber hier sah man keine Häuser. Die Vulkaninsel bot atemberaubende, aber auch karge, seltsam unbewohnbar anmutende Landschaften. In Reykjavík war alles so zivilisiert, geordnet und sauber gewesen. Die Natur außerhalb der Hauptstadt war karg, rau und mehr als ursprünglich. Hier gab es nichts außer Felsen, Wiesen, Moos und alten Lavafeldern. Margarete hätte es vor Helga nie zugegeben, doch diese Leere, diese Weite und Schroffheit machten ihr Angst. Auf diesem Boden sollte sie ihre neue, blühende Zukunft gründen? Zwar waren die Isländer bisher nett gewesen, aber was machte diese raue Natur wohl mit den Menschen, die hier lebten? Würde sie ihnen jemals nahe genug kommen, um etwas in ihr zu berühren und etwas anzustoßen, was man Liebe nennen könnte?

Die Diashow, die sie in Lübeck gesehen hatte, hatte genau diese Landschaftsbilder gezeigt. Wie würde die Familie sein, auf deren Hof sie kam? Würde sie sich mit ihr verständigen können?

Äußerlich blieb Margarete ruhig. Neben ihr stand Marianne, die sehr zufrieden wirkte. Es schien, als würden die felsige Landschaft, der raue Wind und die Dunkelheit über dem Meer mehr ihrem Wesen entsprechen als Margaretes, als würden ihre Lebensgeister von der Lebensfeindlichkeit der Insel gerade erst geweckt werden. Margarete hoffte, dass ihre anfänglich eigennützige Idee, Helga mitzunehmen, nun auch die richtige Entscheidung für sie beide gewesen war, dass es ihnen guttun würde, die Vergangenheit und Deutschland hinter sich zu lassen.

»Wie war es mit den Amerikanern?«, erkundigte sich Margarete schließlich bei Marianne, als sie kurz allein an Deck waren. Seit einer halben Stunde kamen sie immer häufiger an breiten Stränden mit schwarzem Sand oder dunklen Steinen vorbei, die aussahen, als hätte jemand sie glatt geschliffen.

»Wir sind noch in ein paar Bars gegangen, in denen sie Jazz gespielt haben«, gab sie kichernd zurück.

»Kannst du überhaupt Englisch?«, fragte Helga.

»Nein, das brauchten wir gar nicht.« Sie grinste verschmitzt. »Man kann sich gut mit Händen und Füßen verständigen, und zum Tanzen brauch ich kein Englisch.«

Helgas Augen wurden groß. »Bist du geküsst worden?«

Mariannes Wangen färbten sich rosa. »Vielleicht«, gab sie achselzuckend zurück. »Schaut mal da drüben, was sind das denn für komische Vögel?«

Margarete und Helga tauschten einen stummen Blick, dann sahen sie sie auch. Große Schwärme von kreischenden Pinguinen mit gelben Schnäbeln flogen über ihre Köpfe hinweg. Einige von ihnen stürzten sich ins Meer und tauchten erst nach einer Ewigkeit wieder auf. »Ich dachte immer, Pinguine gibt es nur am Nordpol, oder war es am Südpol?«, sagte Margarete und kratzte sich an der Stirn.

»Das sind doch keine Pinguine.« Helga schüttelte den Kopf. »Das müssen diese Papageientaucher sein, von denen wir auch Bilder bei dem Vortrag in Lübeck gesehen haben. Erinnerst du dich nicht?«

»Stimmt, ja. Jetzt, wo du es sagst.«

Margarete, Helga und Marianne sahen dem Treiben fasziniert zu.

Doch nicht alle auf dem kleinen Schiff wirkten so sorglos wie Marianne, einige Mädchen hatten rot geränderte Augen und waren traurig. Sie hatten in den ersten Tagen sehr viel geweint und erst jetzt gemerkt, wie schlimm Heimweh sein konnte.

Irgendwann waren neben den zwei Seemännern nur noch die Schwestern und Marianne an Deck. Die anderen Mädchen waren eine nach der anderen an ihren Bauernhöfen abgeliefert worden, bis nur noch sie übrig geblieben waren.

»Siglunes«, murrte einer der Skipper und steuerte das Boot in Richtung Land. Am Ende einer Landzunge stand ein Leuchtturm, und es reihten sich ein paar Gehöfte aneinander. Der Wind hatte aufgefrischt, und die Wellen schlugen höher. Am steinigen Strand lag sehr viel Treibholz. Wie eine kleine Eingebung kam Margarete der Gedanke, dass das Holz, das die Isländer zum Bauen benutzten, angeschwemmt wurde. Ein leises Lächeln stahl sich auf ihre Lippen, die rissig waren durch den kühlen Wind und das Salz in der Luft. Eisige Kälte drang durch ihre Kleidung bis auf ihre Knochen. Sie schlang die Arme um den Körper und bibberte, während sie sich dem Ufer näherten. Marianne wurde mit Händen und Füßen mitgeteilt, dass sie nun an der Reihe war, und zum ersten Mal wirkte das zarte Mädchen ernüchtert.

»Das ist aber nicht Akureyri«, murrte sie leise. »Ich wollte doch so gern in eine Stadt.«

Margarete konnte sich denken, was sie störte. Sie hatte vermutlich vorgehabt, mit Burschen zu schäkern und an den Wochenenden zum Tanz zu gehen. Es sah nicht so aus, als ob in Siglunes viel los wäre. Am Ufer warteten ein paar junge Männer mit Schiebermützen und Kniehosen. Die Frauen trugen die landesübliche Tracht mit langen schwarzen Röcken und weißen Schürzen. Ein paar Kinder rannten kreischend am steinigen Strand entlang und winkten. Die Brandung war durch den scharfen Wind so stark geworden, dass sie nicht dichter ans Ufer heranfahren konnten als ungefähr zwanzig Meter. Zwei der jungen Männer wateten durch das Wasser, einer hob Marianne aus dem Boot. Sie kletterte auf seinen Rücken, ihr Köfferchen wurde vom zweiten getragen. Der eine grinste breit, und obwohl er wahrscheinlich keinen

Tag älter als fünfundzwanzig war, fehlte ihm bereits ein Schneidezahn.

»Vielleicht hat er eins auf die Nase bekommen«, flüsterte Margarete Helga zu und kicherte. »Bis bald, Marianne, wir wünschen dir alles Gute!«, rief sie dem Mädchen nach.

Marianne drehte sich noch einmal um, und der furchterfüllte Ausdruck in ihren Augen ließ Margarete frösteln. Sie winkte den Schwestern ein letztes Mal zu. Dann setzten sie ihre Reise mit dem Strandferðaskip fort.

Margaretes Herz schlug mit jedem Meter, den sie sich ihrem Ziel näherten, schneller. Sie fürchtete sich ein wenig davor, wie ihr neues Leben sein würde. Was, wenn der Bauer ein Trinker war, der seine Frau schlug und ihr an die Wäsche wollte? Was, wenn das Essen doch nicht reichte? Was, wenn sie der Arbeit auf dem Hof entgegen ihren leichtfertig ausgesprochenen Beteuerungen nicht gewachsen war? Plötzlich fühlte sich ihre Kehle furchtbar trocken an.

Nein, mahnte sie sich. Das ist nur die Angst vor dem Ungewissen. Außerdem musste sie sich vor Helga zusammenreißen. Wenn sie jetzt die Nerven verlor, würde ihre Schwester ganz sicher auf dem Absatz kehrtmachen und nach einer Überfahrt zurück nach Hamburg suchen.

»O Gott! Das sehe ich ja jetzt erst. Da liegt Schnee«, meinte Helga indes bestürzt und zeigte auf die Gipfel der umliegenden Berge.

Margarete rührte sich nicht. »Das ist zum Glück etwas weiter weg, dort werden wir schon nicht arbeiten müssen. Land kann man ja wohl dort kaum bestellen.«

Helga schwieg, ihre Lippen waren zwei schmale Striche.

Nachdem sie die nächste Landzunge umrundet hatten, wurde die See wieder ruhiger, und der Wind legte sich. Sie segelten hinein in einen weiten, spiegelglatten Fjord. Für einen Moment lichtete sich die dunkle Wolkendecke, und Sonnenstrahlen bahnten sich ihren Weg. Das Wasser schillerte dunkel und reflektierte das Sonnenlicht. Auf der Oberfläche spiegelten sich die Berge. Die Weite erschien Margarete endlos.

»Eyjafjörður«, brummte der Blonde am Ruder. »Velkomin heim.«

»Was bedeutet das?«, wollte Margarete wissen, obwohl es in ihren Ohren ein wenig wie ein »Willkommen zu Hause« klang. Eine Gänsehaut breitete sich auf ihrem Körper aus. Hier würde sie also leben. Sie hoffte so sehr, dass auf ihren euphorischen Übermut, in dem sie sich für das Auslandsjahr angemeldet hatte, nicht sehr bald ein böses Erwachen folgen würde.

Der junge Mann zuckte mit den Schultern und deutete auf eine kleine Ansammlung von Häusern am rechten Ufer.

Wie schon vorhin bei Siglunes, wo sie Marianne abgesetzt hatten, warteten auch hier einige Bewohner am Ufer und begrüßten das Schiff mit Winken und Rufen. Das Strandferðaskip wurde an einen Steg in einem kleinen Hafen gesteuert. Die beiden Männer an Bord reichten Margaretes und Helgas Koffer über die Reling, wo sie von zwei jungen Burschen in ausgebeulten Hosen übernommen wurden.

Margarete war die Erste, die aus dem Boot klettern wollte, als sich zwei starke Hände um ihre Taille legten. Sie wurde auf den Steg gehoben, als wäre sie leicht wie eine Feder. Sie stieß ein überraschtes »Oh!« aus und blickte in das Gesicht ihres Helfers. Der Isländer grinste schelmisch, und seine blauen Augen funkelten. *So lebendig*, dachte sie.

»Góðan daginn«, sagte er, und seine tiefe Stimme klang angenehm, dunkel, klar und ein bisschen geheimnisvoll. Dann erst ließ er sie wieder sanft auf den Boden sinken. Margarete musste ihren Kopf ein wenig in den Nacken legen, denn er war einen ganzen Kopf größer als sie. Der junge Mann war kräftig, was bestimmt an der harten körperlichen Arbeit lag, der er vermutlich nachging. Ohne Maschinen wie in Deutschland. Was sie aber am meisten an dem Unbekannten faszinierte, war der wache Ausdruck in den stahlblauen Augen. Er sprühte geradezu vor Energie. Anders als die deutschen Männer, deren starren, leeren Blicken sie so oft nach den harten Kriegsjahren begegnet war, konnte sie die Vitalität, die von ihm ausging, beinahe körperlich spüren. Wie ein warmer Mantel legte sie sich um Margaretes Schultern.

Die Kälte wich aus Margaretes Fingern, aus den Wangen und zuletzt aus ihrem Herzen. Als ihr klar wurde, dass er sie noch immer mit einem Grinsen im Gesicht anstarrte und nun auch Helga aus dem Boot geklettert kam, straffte sie sich und ging mit einem unterdrückten Lächeln an dem jungen Mann vorbei. Obwohl die Verlockung groß war, sich noch einmal nach ihm umzudrehen, tat sie es nicht. Sie wusste, sie würde ihm bald wieder begegnen. Die Wartenden dachten vermutlich, dass der fröhliche Gesichtsausdruck ihnen galt. Doch Margarete wusste, dass sie nur für ihn lächelte.

Juli 2017, Hrafnagil, Eyjafjörður

Die rote Mitternachtssonne spiegelte sich in den Fenstern der Häuser, als Pia aus dem Krankenhaus zurückkehrte. *Was für ein Tag*, dachte sie erschöpft, während sie den Zündschlüssel abzog und aus ihrem Volvo ausstieg. Rakel und Leonie würden über Nacht – zum Ausnüchtern – auf der Station bleiben, die beiden waren leicht unterkühlt, doch ansonsten im Grunde unversehrt. Sehr wahrscheinlich würden sie morgen den Kater ihres Lebens haben, aber das geschah ihnen recht. Leonies Vater hatte Pia noch nicht angerufen, obwohl sie Georg natürlich vom Fauxpas der Tochter erzählen musste. Aber das konnte bis morgen warten.

Gähnend zog Pia die Haustür hinter sich zu, schlüpfte aus ihren Schuhen und schlich in die Küche. Mit einem Glas Wasser setzte sie sich an den Esstisch. Das einzige Geräusch, das jetzt, abends um kurz nach elf, die Stille im Haus durchbrach, war das Ticken der Wanduhr. Helga und Margarete waren bereits zu Bett gegangen, sie hatte ihnen zuvor aus dem Krankenhaus per Telefon Bericht erstattet.

Doch Pia war viel zu aufgewühlt, an Schlaf war momentan nicht zu denken. Sie konnte immer noch nicht fassen, dass Leonie schon nach drei Tagen auf Island solch einen Mist fabriziert hatte, dass sie im Krankenhaus gelandet war. Ein leises Klopfen ließ sie aufschrecken.

Sie stand auf und ging zur Haustür, die wie immer nicht abgeschlossen war. Der oder die Wartende traute sich aber offenbar um diese Uhrzeit nicht, einfach unangemeldet hereinzukommen. Pia öffnete die Tür und staunte nicht schlecht, als sie einer Frau mit zerknirschtem Gesichtsausdruck entgegenblickte.

»Hallo, ich bin Erla, Rakels Mama«, sagte diese auf Englisch zu ihr. »Habe eben dein Auto vorfahren sehen. Meinen Mann hast du ja schon im Krankenhaus kennengelernt.«

»Oh, hallo! Möchtest du reinkommen?«, bot Pia ihr an und trat zurück.

»Ich möchte mich vor allem bei dir entschuldigen.«

»Bei mir?« Pia schüttelte den Kopf. »Warum das denn? Nun komm doch erst mal rein, ich mache uns einen Tee. Ich muss das alles auch noch verdauen.«

Erla nickte und zog die Schuhe aus.

Einige Minuten später saßen sie mit dampfenden Teetassen im Wohnzimmer. Rakels Mutter war ihr von der ersten Sekunde an sympathisch. »Es tut mir leid, was heute passiert ist«, sagte diese nun zu Pia.

»Glaub mir, der Quatsch ist bestimmt auf Leonies Mist gewachsen.«

Erla schüttelte den Kopf. »Bestimmt nicht allein. Ich spreche mit Rakel, so was wird nicht mehr vorkommen.«

»Keine Sorge, die einzige Person, auf die ich sauer bin, ist Leonie. Sie und ich, wir haben schon länger Probleme.«

»Teenager«, seufzte Erla und nickte wissend.

»Genau«, stimmte Pia ein. Dann lachten sie gemeinsam über diese absurde Situation.

»Wir sollten ihnen eine Strafarbeit geben«, schlug Pia vor. »Eine Woche Hausputz oder so was.«

»Ihr Deutschen immer mit euren Strafen, das bringt doch nichts.«

»Nicht? Was machst du denn mit Rakel in so einer Situation?«

Sie zuckte mit den Schultern. »Es ist ja zum Glück nichts passiert, die beiden werden aus ihren Fehlern hoffentlich lernen. Ich frage mich eher, warum es so gelaufen ist und was sie angetrieben hat. Rakel musste zumindest klar sein, dass man sturzbetrunken nicht gut reiten kann. Da hätte auch ohne den Nebel viel Schlimmeres passieren können. Ich spreche auf jeden Fall mit Rakel, sie ist eigentlich ein vernünftiges Mädchen. Aber seit sie sich mehr für Jungs interessiert und weniger für die Schule, kommt sie manchmal auf eigenartige Ideen.«

Pia nickte. »Vielleicht hast du recht, einen Grund muss es ja geben. Bisher haben meine Erziehungsmethoden auch nicht wirklich gefruchtet, was besonders frustrierend ist, wenn man selbst vom Fach ist und sein eigenes Kind nicht in den Griff kriegt. Ich arbeite in Deutschland beim Jugendamt.«

»Bist du alleinerziehend? Wo ist denn ihr Vater?«

Pia rollte mit den Augen. »Ich bin froh, wenn ich mit ihm nicht sprechen muss. Der ist selbst noch ein Kind und wäre mir gerade auch keine große Hilfe.«

Erla kicherte. »Wie die meisten Männer.«

»Genau. Der würde Leonie wahrscheinlich noch beglückwünschen zu ihrem ersten Suff und *mir* dann Vorwürfe machen. Das kann er gut. Mein Ex-Mann ist, was Erziehung angeht, nicht gerade eine Unterstützung für mich.«

»Verstehe. Du und Leonie, ihr bekommt das sicher wieder hin. Vielleicht muss der Papa ja auch gar nichts davon erfahren. Ich glaube, dass die beiden ohnehin eine Weile keinen Tropfen mehr anrühren werden.«

»Ich frage mich wirklich, wie es überhaupt so weit kommen konnte, das macht mir Sorgen.«

»Ja, das ist auch gut so. Aber wir sollten sie deswegen jetzt nicht bestrafen. Ich bin eher der Meinung, dass man erklären muss, was hätte passieren können, und ihnen die Eigenverantwortung für ihr Handeln nicht absprechen sollte.«

Pia runzelte die Stirn und rieb sich die Schläfen. »So habe ich das noch nicht betrachtet.«

»Manchmal braucht man eine andere weibliche Sichtweise!«, sagte Erla mit einem verschwörerischen Lächeln.

»Ja, ich weiß. Ich bin, was Leonie angeht, einfach nicht entspannt genug.«

»Das ist doch völlig normal, Pia. So, ich werde dann mal. Du bist sicher erschöpft nach dem Tag, und ich wollte dich gar nicht lange stören.« Erla stellte ihre Tasse ab und stand auf. »Vielen Dank für den Tee! Vielleicht können wir ja in den kommenden Tagen mal wieder einen Kaffee zusammen trinken?«

»Sehr gern sogar. Das würde mich freuen.« Pia erhob sich ebenfalls. »Danke, dass du vorbeigekommen bist!«

Nachdem sich Erla verabschiedet hatte, ging Pia in die Küche und setzte einen Brotteig an. Sie musste sich irgendwie beschäftigen, und die Aussicht, ihre Wut auf Leonie durch kräftiges Kneten loszuwerden, gefiel ihr und beruhigte ihre Seele. Pia knetete den Teig so lange mit der Hand, bis er geschmeidig war und nicht mehr klebte. Kleine Schweißtropfen hatten sich auf ihrer Stirn gebildet, es war anstrengend, ihre Armmuskulatur brannte. Sie musste definitiv mal wieder Sport machen, wenn sie aus dem Urlaub zurück war. Natürlich hätte sie Helgas Küchenmaschine benutzen können, aber sie wollte niemanden aufwecken, und die Arbeit mit den Händen half ihr dabei, den Tag auf ihre Art Revue passieren zu lassen. Außerdem genoss sie das Gefühl, etwas zu tun, dessen Effekt man sehen konnte. Essen mit den Fingern zu verarbeiten, die frischen Lebensmittel mit den eigenen Fingern zu spüren war schlicht etwas ganz anderes als die Arbeit im Jugendamt, die teilweise doch sehr frustrierend und ernüchternd war.

»So, fertig«, murmelte sie, deckte die Schüssel ab und stellte sie beiseite. Der Teig konnte jetzt gut zwölf bis vierundzwanzig Stunden ruhen. »Immer noch nicht müde. O Gott, ich spreche schon mit mir selbst. Das erste Zeichen fürs Irrewerden.«

Sie schüttelte den Kopf und schloss die Lider für einen Augenblick. Dann begann sie, die Schublade, in der Helgas Plastikbehälter ungeordnet herumflogen, neu zu organisieren. Die neue Struktur in den Schränken färbte hoffentlich auf das Chaos in ihrem Kopf ab, denn auch jetzt noch wirbelten ihre Gedanken von einem Thema zum nächsten. Was sie morgen unbedingt noch tun musste, war, Ragnar zu danken. In der Hektik hatte sie das völlig vergessen, dabei wären die Mädchen ohne sein schnelles Handeln garantiert nicht so glimpflich davongekommen. Ragnar. Die Erinnerung an seine Umarmung ließ sie einen Moment innehalten. Sie hatte sich sicher und geborgen bei ihm gefühlt, was absurd war, sie war schließlich nie in Gefahr gewesen. Und wenn sie eins nicht brauchte, dann einen männlichen Beschützer.

»Du spinnst, Pia«, schimpfte sie mit sich murmelnd und stapelte die Plastikschüsseln energisch ineinander.

• • •

»Guten Morgen«, hörte Ragnar eine weibliche Stimme hinter sich. Er ließ den Huf der Stute Ljósá los und richtete sich auf.

»Ah, Pia. Guten Morgen! Wie geht es dir?« Sie sah müde aus, und unter ihren hübschen Augen lagen dunkle Schatten. Ihr braunes Haar hatte sie achtlos zu einem Knoten hochgedreht, einige Strähnen hingen lose heraus.

»Puh«, sagte sie. »Ich bin immer noch ein bisschen durcheinander, wenn ich ehrlich bin. Ich möchte mich bei dir bedanken.«

Er hob eine Augenbraue. »Bedanken?«

Für einen Moment hatte er befürchtet, dass sie ihm Vorwürfe machen wollte, nachdem der erste Schreck verflogen war. Sie hätte gute Gründe dafür. Ragnar hätte besser aufpassen müssen. Er hätte Rakel fragen sollen, wo die Mädchen hinreiten wollten und was sie vorhatten. Die halbe Nacht hatte er darüber nachgedacht, und Pias Besuch überraschte ihn daher nicht. Aber ... Dank?

»Ja natürlich«, gab sie verlegen zurück und strich sich eine Haarsträhne hinters Ohr. »Ohne deine Hilfe hätten wir sie nie so schnell gefunden.«

»Magst du einen Kaffee?«

Pia verzog ihren Mund. »Den hätte ich eigentlich nötig. Ich kann mir vorstellen, wie ich aussehe. Ich habe noch die halbe Nacht in der Küche verbracht und Brotteig geknetet, weil ich so sauer war. Aber ehrlich, du musst dir keine Umstände machen. Ich will nicht stören, ich wollte mich wirklich nur bedanken, dass du so umsichtig gehandelt hast.«

»Das macht doch keine Umstände, ich war sowieso gerade fertig mit dem Ausschneiden der Hufe. Ich habe selbst eine Tochter und kann gut verstehen, dass du dir große Sorgen gemacht hast.«

»Oh, du hast eine Tochter? Wie alt ist sie denn?«

»Kristín ist sechs, sie lebt bei ihrer Mutter. Wir haben zwar das gemeinsame Sorgerecht, aber ihr fällt immer was ein, warum mein Wochenende häufig ausfallen muss.« Er malte Gänsefüßchen in die Luft.

»Wie schade, das tut mir leid.«

»Ja, mir auch. Sehr sogar. Ich hoffe ja immer, dass es sich mit der Zeit bessern wird, aber … ich habe eher den Eindruck, es wird schlimmer.«

»Es ist häufig so, dass der Partner, der verlassen wurde, irrational reagiert und das Kind vorschiebt, um sich zu rächen.«

»Du klingst, als ob du dich auskennst? Klingt logisch, aber Harpa hat mich verlassen, sie hat mich betrogen. Gott, too much information! Entschuldige.« Er zog eine Grimasse und schaute Pia entschuldigend an.

»Nein, schon okay, kein Problem. Glaub mir, ich kenne mich sehr gut aus, wie es ist, betrogen und verlassen zu werden.« Sie lachte sarkastisch. »Vielleicht hören wir lieber auf, über Ex-Partner zu sprechen. Ich nehme dann doch lieber den Kaffee.«

»Das ist eine sehr gute Idee.« Ragnar führte die Stute am Halfter zurück in ihre Box und strich ihr noch einmal über die Flanke. Nachdem er das Gatter hinter ihr geschlossen hatte, ging er zu Pia und schlug ihr kameradschaftlich auf die Schulter. »Komm mit, du siehst wirklich aus, als könntest du etwas Koffein vertragen.«

Zu seiner großen Überraschung lachte Pia tief aus dem Bauch heraus. »Danke, sehr diplomatisch ausgedrückt.«

Er zuckte mit den Schultern. »Tja, so sind wir Isländer. Charmant bis auf die Knochen.«

Während der Kaffee durchlief, kramte Ragnar Haferkekse, Butter, Marmelade und Käsescheiben hervor und stellte alles auf den Küchentisch. »Bedien dich«, sagte er. Es blieb ihm nicht verborgen, dass sie sich interessiert in seiner Küche umsah, bevor sie ihm antwortete. Er hatte das Haus vor einigen Jahren von seinem Großvater übernommen und seitdem kaum etwas verändert. Die Küchenschränke waren aus Buche, die Arbeitsplatte aus grauem Resopal, der Fliesenspiegel hatte die gleiche Farbe. Der Boden im

Erdgeschoss war vor einigen Jahren neu verlegt worden, aus Kostengründen hatte der Großvater helles Laminat gewählt. Nicht schön, aber für ihn hatte es gereicht, und für Ragnar reichte es auch. Er legte keinen Wert auf schicke Designermöbel oder teure Kücheneinrichtungen.

»Was ist das denn für eine Kombination? Süße Kekse mit Käse?« Pia sah ihn stirnrunzelnd an.

»Hast du das nach vier Tagen auf Island noch nicht mitbekommen? Wir essen alles mit Käse und Butter.« Seine Mundwinkel bogen sich nach oben. »Oder Marmelade und Sahne.«

Pia neigte den Kopf. »Nee. Irgendwie nicht.«

Ragnar nahm sich einen runden Haferkeks, bestrich ihn mit Butter und warf eine Scheibe goldgelben Käse darauf. »Süß und salzig, die perfekte Kombination. Probier mal. Ist wirklich lecker.«

Es amüsierte ihn, wie sie ihn misstrauisch beäugte, als hätte sie Angst, dass er sie vergiften wolle.

»Na gut. Auf deine Verantwortung«, sagte sie schließlich und baute sich ein Türmchen wie seines.

Ragnar hob eine Augenbraue. »Soll ich dir einen Versicherungsschein dafür ausstellen, dass dich diese Kombination nicht umbringen wird?«, neckte er sie.

»Was soll das denn nun?«

Er konnte ein Lachen kaum mehr unterdrücken. »Ihr seid doch gegen alles versichert, was man sich nur vorstellen kann.«

Pia biss in ihr Käse-Keks-Sandwich. »So ein Quatsch.«

Ragnar ahnte, dass er Pia nicht weiter reizen sollte. Die Arme war wirklich überspannt und hatte offenbar heute keinen Sinn für seinen Humor. Dabei machte es höllischen Spaß, sie zu necken, bis ihre Augen funkelten und sie ihm die Antwort um die Ohren knallte. Warum, wollte er momentan lieber nicht näher analysieren.

»Na gut. Hast du dir schon überlegt, wo du morgen hinfahren willst?«, fragte er sie schließlich.

Verwirrt sah sie ihn an. »Äh, nein. Wieso?«

Er stand auf und goss den durchgelaufenen Kaffee in zwei Becher. »Milch? Zucker?«

»Nein danke, ich trinke ihn schwarz.«

»Hier, bitte. Dann würde ich vorschlagen, dass wir mit Mývatn anfangen, das Wetter soll gut werden, dann ist es dort besonders schön.«

Pia verschluckte sich. »Äh. Wir?«

Ragnar grinste. »Hat Helga dir nichts gesagt?«

»Wie, gesagt?«

Gott, sie war bezaubernd, wenn sie so verdutzt dreinschaute wie jetzt. »Helga hat mich gebeten, dir ein bisschen was zu zeigen. Sie meint, du wärst zu stolz, um selbst zu fragen.«

Sie schnappte nach Luft wie ein Fisch auf dem Trockenen. »Nein! Hat sie nicht.«

»Doch, das hat sie.« Er steckte sich den restlichen Keks in den Mund. »Ich mache das wirklich gern. Ich finde es irgendwie süß, dass du dich nicht traust, mich zu fragen, nachdem du auf der Fähre so gar keine Skrupel hattest, deine Meinung zu sagen.«

Pias Gesichtsfarbe wechselte von blass zu zartrosa. »Bitte, Ragnar, das muss doch gar nicht sein. Du hast wirklich schon genug getan.« Sie stand auf und warf dabei beinahe ihren Stuhl um.

Wieso war sie so nervös? Ragnar lehnte sich lässig zurück und streckte die Beine aus.

»Willst du nicht wenigstens den Kaffee austrinken? Du bist doch im Urlaub, warum die Eile?«

»Ich habe dich schon viel zu lange aufgehalten. Wirklich, es ist mir unangenehm, du hast doch sicher zu tun, und ich ... gehe jetzt besser.«

Ragnar rieb sich über seine Bartstoppeln. »Glaub mir, wenn es mir etwas ausmachen würde, hätte ich Nein gesagt.«

Sie schüttelte den Kopf und strich sich eine Strähne aus dem Gesicht. »Stimmt natürlich, ich hatte vergessen, wie wenig es dich kümmert, was andere von dir halten.« Sie zwinkerte ihm zu. Ihm gefiel ihre Schlagfertigkeit, die mit einem Hauch von Schüchternheit gepaart war. Eine Kombination, die er sehr attraktiv fand.

»Danke für das zweite Frühstück. Tschüss, Ragnar!«

»Sehr gut, ich hole dich morgen am Vormittag ab.«

Sie schaute ihn für einige Sekunden still an, dann nickte sie.

»Wann?«, fragte sie.

Er atmete aus und wunderte sich über seine erleichterte Reaktion. Er war tatsächlich irgendwie ... froh, dass sie seine Gesellschaft nicht ablehnte. Ragnar lachte herzhaft, zum Teil über seine absurden Gedanken, zum Teil, weil er es süß fand, dass sie auch im Urlaub die Uhrzeiten genau festlegen wollte. »Wenn es hell ist«, erwiderte er und spürte, dass seine Mundwinkel verräterisch zuckten.

Pia schaute ihn zweifelnd an. Er konnte förmlich hören, als es Klick bei ihr machte. Dann presste sie die Lippen aufeinander. »Haha, sehr witzig, dann kannst du gern ein paar Stunden auf dem Bettvorleger warten, bis ich wach bin.«

»Tut mir leid. Ich komme gegen zehn. Besser?« Er hob die Hände.

Pia grinste jetzt auch. »Klar. Bis morgen dann! Und ... vielen Dank! Ich weiß es wirklich zu schätzen, dass du dir die Zeit nimmst.«

Ragnar schüttelte schmunzelnd den Kopf, als die Tür mit einem Krachen ins Schloss fiel. Die Frau musste dringend anfangen, ihren Urlaub zur Entspannung und zum Kultivieren ihrer inneren Ruhe zu nutzen, bevor er vorbei war und sie völlig durchdrehte.

Sein Blick fiel auf den Stapel ungeöffneter Briefe, die er seit seiner Rückkehr noch nicht gelesen hatte. Ganz oben lag ein Umschlag von seiner Bank, vermutlich die Kontoauszüge. Er musste ihn nicht öffnen, um zu wissen, dass es nicht gut aussah. Der Hof und die Zucht warfen einfach nicht genug ab, um auf Dauer davon leben zu können. Noch nicht. Bis dahin musste er sich etwas überlegen. Er konnte natürlich einige seiner Pferde verkaufen, aber das würde die Löcher nur kurzfristig stopfen und letztendlich alles schlimmer machen. Die Pferde würden ihm dann wieder für die Nachkommen fehlen. Eigentlich war das Jobangebot, das er auf der Fähre telefonisch erhalten hatte, genau das, was ihn über Wasser halten würde. Allein der Gedanke, sich wieder mit Profihandball beschäftigen zu müssen, löste jedoch Übelkeit in seiner Magengegend aus. Seit dem Ende seiner Karriere hatte er nicht ein einziges Spiel gesehen, nie den Sportteil gelesen und sich schon gar nicht mit irgendwelchen Meisterschaften auseinandergesetzt, die er nun als Fachmann kommentieren sollte. Er musste einen anderen Weg finden, an Geld zu kommen, wenn er sich von seiner erst kürzlich gefundenen Ausgeglichenheit nicht gleich wieder verabschieden wollte.

Juni 1949, Hjalteyri, Eyjafjörður

Margarete blickte durch das kleine Fenster ihrer Kammer hinaus in den blauen Himmel. Sie vermisste die Sterne und lauen Sommernächte zu Hause. Obwohl sie es nie für möglich gehalten hätte, vermisste sie sogar Onkel Willi und Tante Erna. Das Schlimmste aber war, sich nicht verständigen zu können. Nicht mal mit Helga konnte sie darüber sprechen, denn ihre Schwester hatte genug mit sich selbst zu tun – zudem fürchtete Margarete sich vor möglichen Vorhaltungen ihrer Schwester. Es war schließlich ihre eigene Idee gewesen, nach Island zu reisen.

Margarete trocknete die feuchten Wangen mit einem Taschentuch und atmete tief durch. Irgendwann fiel sie in einen traumlosen Schlaf, ehe sie wenig später schon wieder auf den Beinen stehen musste.

Das Meer im Fjord glitzerte in der Morgensonne des anbrechenden Tages und stimmte sie versöhnlicher für die bevorstehenden Herausforderungen. Nachdem sie sich kurz gewaschen und angezogen hatte, ging sie hinunter in die Stube und legte Holz nach, ehe sie sich einen Eimer schnappte, um Wasser zu holen. Die kühle Luft löste ein Prickeln auf Margaretes Gesicht aus, als sie aus dem warmen Haus trat, um sich auf den Weg zum Brunnen zu machen. Sie genoss die weite Aussicht auf die sattgrünen Weiden und die lang gezogene Bucht. Butterblumen ließen die dunklen Wiesen gelb durchsetzt erstrahlen. Dennoch war ihr die ansonsten karge Umgebung noch fremd. Zu Hause blühten die Kirschbäume, oh, wie sie sie vermisste!

Þórður kam gerade vom Melken aus dem Stall. Den Namen des Bauern konnte sie auch nach zwei Wochen nicht vernünftig über die Lippen bekommen, Ssourdur, mit rollendem R. Fürs Erste hatte sie es daher aufgegeben, ihn direkt anzusprechen. Er war von kräftiger Statur, mit großen Händen und breiten Schultern, wie man sie nur von der täglichen Arbeit auf dem Hof bekam. Seine langen Beine steckten in dicken schwarzen Gummistiefeln. Er trug zwei silberne Milchkannen auf einem Gestell am Rücken zu einem Loch im Boden, das mit Wasser gefüllt war, und zwinkerte ihr zu.

»Góðan daginn, Magga«, grüßte er.

Sie mochte ihn, er war ein umgänglicher Mensch, der seine Frau und Kinder gut behandelte. Zumindest was das anging, hatte sie Glück gehabt. Seine Gattin Bjarghildur war von schlichtem Gemüt, zierlich und von zarter Natur. Die Töchter Dísa und Sigga sahen mit ihren goldenen Locken und blauen Augen aus wie Engel. Sie waren aufgeweckt und fröhlich, und Margarete hatte sie bereits nach kurzer Zeit ins Herz geschlossen. Lediglich die mangelnde Fähigkeit, sich zu verständigen, erschwerte den täglichen Umgang.

Die Familie hatte ihr gleich einen Spitznamen verpasst und aus Margarete Magga gemacht. Zuerst hatte es sie irritiert, mittlerweile hatte sie sich daran gewöhnt, denn wie sollte sie sich auch beschweren, wenn niemand sie verstand.

»Góðan daginn«, gab sie zurück und setzte ihren Weg zum Brunnen fort. Das Leben hier war einfach, Komfort ein Fremdwort. Nicht einmal fließendes Wasser oder Strom für mehr als eine Stunde gab es auf Ytribakki. Die Familie hatte an die fünfzig

Hühner, ein paar Schafe und drei Pferde. Die meisten Schafe waren momentan, bis auf wenige Tiere, auf dem Hochland. Die drei Kühe molk der Bauer zum Glück selbst, Margaretes Aufgabe bestand lediglich darin, sich um den Haushalt zu kümmern, wo es genug zu tun gab.

Margarete griff nach der Pumpe und drückte kräftig, bis sie den Zug spürte und nach ein paar Sekunden Wasser aus dem gusseisernen Hahn in ihren Eimer schoss.

Sie hörte Hufschläge und drehte sich um. Margaretes Herz machte einen Hüpfer, als sie auf einem Schimmel den jungen Mann erspähte, der sie bei der Ankunft aus dem Boot gehoben hatte. Théodor, oder Théo, wie er gerufen wurde, ritt vom elterlichen Hof Bragholl, der direkt neben Ytribakki lag. Als er sie entdeckte, winkte er grinsend. Er war stets gut gelaunt, wenn sie ihn sah. Sie war einmal zum Kaffeetrinken mit Bjarghildur auf Bragholl gewesen und hatte die Familie als sehr nett empfunden. Einen Mann im Haus – abgesehen von den Kindern, von denen einige schon erwachsen waren – gab es nicht. Margarete vermutete, dass der Vater verstorben war, die großen Geschwister aber waren mittlerweile alt genug, um der Mutter mit dem Hof zu helfen.

Sie hob den Arm, erwiderte seinen Gruß und sah ihm eine Weile hinterher. Sie konnte nicht verhindern, dass sie sich fragte, wie es wohl wäre, Théos Frau zu sein, als sie sich den Eimer griff und zum Haus zurückging. Das musste ein glückliches Mädchen sein, das ihn eines Tages bekam. Vielleicht war er ja sogar schon jemandem versprochen. Nicht einmal das wusste sie, und der Gedanke daran versetzte ihrer Freude über die Begegnung einen Dämpfer.

Zurück im Haus, setzte sie Hafergrütze für das Frühstück auf dem Herd auf. Der Boden in der zweckmäßig eingerichteten Küche bestand aus weiß gestrichenen Holzdielen. Neben dem Ofen stand eine Kiste mit Kohle und alten Zeitungen. Daneben ein kleines Körbchen mit getrocknetem Islandmoos, Rentierflechte und arktischem Thymian. Über dem Herd gab es ein Regal, welches das wenige Geschirr der Familie beherbergte. Gusseiserne Töpfe und Pfannen baumelten an Haken in einer Reihe. Aus dem Fenster blickte man direkt auf den Hof der Nachbarn, zu Théo. Margarete war selbst überrascht gewesen, wie groß ihre Freude darüber gewesen war, dass er in dem weißen Gebäude mit dem karmesinroten Dach lebte.

»Oh, verflucht«, schimpfte Margarete und riss den Topf vom Feuer, als sie das wütende Blubbern des Haferschleims aus ihren Tagträumen holte. Sie blies hinein, aber das nützte nichts mehr. Der verdammte Kohleherd, mit dem sie auf dem Ytribakki kochten und backten, ließ sich einfach nicht regulieren. Mehrmals schon war ihr das Frühstück angebrannt, weil sie noch nicht gelernt hatte, wie man vernünftig mit dem Ding umging. Immerzu knisterte oder knackte etwas, ausgehen durfte er nie. Wenn sie morgens aufstand, musste sie als Erstes zusehen, dass sie das Feuer wieder ordentlich in Gang brachte. Margarete stellte den Topf auf ein Holzbrett und atmete hörbar aus. Eine Bewegung vor der Fensterscheibe ließ sie aufblicken. Sie runzelte die Stirn, als sie eine Frau mit grauen Haaren im Nachthemd sah, die mit nackten Füßen über die Wiese lief. Margarete bedeutete Bjarghildur, die mit einer Stickarbeit am Küchentisch saß, aus dem Fenster zu schauen.

»Wer ist denn das?«, fragte Margarete auf Deutsch.

»Þetta er amman. Laufey«, erwiderte sie und schüttelte den Kopf. Margarete verstand nicht ganz, aber als Bjarghildur die Hand hob und mit dem Zeigefinger vor ihrem Gesicht kreiste, kapierte sie, was sie meinte. Laufey war nicht ganz klar im Kopf, wahrscheinlich war sie eine Schwachsinnige.

»Ég verð að fara út«, brummte Bjarghildur und zog sich eine Strickjacke über ihren verschlissenen Pullover, bevor sie die Küche eilig verließ. Kurz darauf beobachtete Margarete die Bäuerin, wie sie mit Laufey, Théos Oma, sprach und sie anschließend zu deren Haus zurückbrachte.

Margarete seufzte. Mit den Kindern war die Kommunikation einfacher, dachte sie, als Dísa und Sigga neben sie traten und an ihrer Kittelschürze zupften. Sie lächelte die beiden an. »Góðan daginn«, sagte sie. Die zwei plapperten wild drauflos, und obwohl Margarete kein Wort verstand, konnte sie sich dennoch denken, was die Schwestern wollten. Also nahm Margarete den Topf, deutete hinein und schaute den Mädchen ins Gesicht. Sie nahm den Löffel und tat so, als ob sie davon essen wollte, dann zeigte sie wieder auf die beiden, die augenblicklich heftig nickten.

»Das dachte ich mir schon. Setzt euch, ich bringe euch einen Teller. Und dann muss ich rüber ins große Haus, zum Waschen.« Es tat gut, in ihrer Muttersprache mit ihnen zu sprechen. Ansonsten schwieg Margarete meistens. Alle außer den Kindern reagierten eher befremdlich darauf, wenn Margarete manchmal einfach etwas auf Deutsch sagte – und es wäre Margarete sicher nicht anders gegangen, in der umgekehrten Situation. Es war besser, das Fremde zu verstecken, als es den anderen immer wieder in Erinnerung zu rufen, dachte sie. Nur hatte sie nicht geahnt, wie einsam man sich fühlte, wenn man nicht einmal die einfachste Emotion, ob Freude oder Ärger, mit jemandem durch Sprache teilen konnte. Am Anfang war sie einmal in Tränen ausgebrochen, weil sie sich am Herd verbrannt und gleichzeitig das Essen ruiniert hatte, aber eigentlich war es schlicht ein Gefühl der totalen Überforderung und Fremdheit gewesen, das die Tränen schließlich aus ihr herausbrechen ließ. Bjarghildur hatte das natürlich nicht verstanden. Aber sie hatte Margarete über den Rücken gestrichen, beruhigend auf Isländisch gemurmelt und ihr mit Gesten zu verstehen gegeben, dass sie sich nicht sorgen bräuchte, weil ihr das Essen verbrannt war. Margarete war dankbar um diese Berührung gewesen, denn auch das war etwas, worüber sie vor ihrem Aufbruch nach Island nicht nachgedacht hatte: dass sie nicht nur mit niemandem würde sprechen können, sondern dass es nun auch außer Helga niemanden mehr gab, den sie umarmen oder mit dem sie etwas anderes teilen konnte als ein scheues Lächeln.

Die tägliche harte Arbeit ließ ihr glücklicherweise nicht viel Zeit, um über all dies zu grübeln, aber manchmal, nicht oft, blieben ihr ein paar Minuten der Ruhe, und dann brach die Einsamkeit mit voller Wucht über sie herein. Bisher bot ihr Island jedenfalls nichts von der Leichtigkeit und Freiheit, die sie sich auf der Reise hierher erhofft hatte. Im Gegenteil, da war eine dunkle Masse in ihrem Magen, die sie wenig essen ließ und jedes Lachen zu einem Weinen herunterzuziehen drohte. Heute, am Samstag, war Waschtag, und das Einzige, was sie an diesen Tagen etwas aufheitern konnte, war, dass sie vielleicht Théo treffen würde. Die Großfamilie hatte einen riesigen Raum, in dem sich die benachbarten Frauen trafen und gemeinsam die Wäsche machten.

Dísa und Sigga schauten sie scheu an und wechselten ein paar Worte miteinander, die Margarete nicht deuten konnte. »Ich weiß, ihr versteht nichts, was ich zu euch sage, aber das macht nichts, wisst ihr?«, sagte Margarete zu ihnen. Sie ahnte, dass sich an dem schweren Klumpen in ihrem Magen erst etwas ändern würde, wenn ihr dies tatsächlich nichts mehr ausmachte – oder wenn sie endlich etwas mehr von dieser seltsamen Sprache verstand, die in ihren Ohren immer noch nach einer bloßen Aneinanderreihung von Lauten und nicht nach Wörtern klang, die sie unterscheiden konnte.

Sie war dabei, den Kindern ihr Frühstück zu geben, als Bjarghildur, die Hausfrau, húsmóðir, wie man hier sagte, hereinkam. Sie sah blass und müde aus. Wenngleich sie stets freundlich zu ihr war, so spürte Margarete ihre Unsicherheit ihr gegenüber. Sie konnte es sogar verstehen, immerhin konnte Margarete sich ihr gegenüber weder verständigen, noch wussten sie, wer Margarete war und aus welchen Verhältnissen sie stammte. Margarete kam Bjarghildur ein wenig reserviert vor, aber vielleicht lag es wirklich nur an der Sprachbarriere, es änderte aber nichts daran, dass das Gefühl der Einsamkeit auch nach zwei Wochen auf Island noch überwältigend war.

Manchmal, wenn Margarete abends in ihrer kleinen Kammer unter dem Dach lag und durch ihr winziges Fenster in den roten Himmel schaute, überrollte sie die Traurigkeit geradezu, und sie weinte hemmungslos in ihr Kissen, damit sie bloß niemand hörte. Sie klammerte sich an den Gedanken, dass das bald besser würde, bald, wenn sie endlich etwas mehr von dem verstand, was die Leute erzählten. Immer häufiger dachte sie dann an Théo und wie verschmitzt er sie immer angrinste. Sein Gesicht vor ihrem inneren Auge, ließen die Melancholie und das Drücken in ihrem Bauch etwas nach. Es war die Hoffnung, dass sie doch irgendwann dazugehören würde, die ihr half, sich in den Schlaf zu träumen.

Margarete wollte dies alles ihrer Schwester nicht anvertrauen. Sie musste jetzt für sie beide stark sein. Wenn sie an Helga dachte, zog sich der Knoten in ihrem Bauch sogar noch mehr zusammen. Helga tat sich noch schwerer, sie weinte jeden Abend, wie sie Margarete beichtete, außerdem hatte sie abgenommen, obwohl an ihnen beiden nach den Jahren der Entbehrung ohnehin kaum ein Gramm Fett zu finden war.

Zwar lag der Hof, auf dem die Schwester untergebracht war, nur fünfzig Meter von Margaretes neuem Zuhause entfernt, doch

Helga hatte eine Großfamilie zu versorgen und kam kaum dazu, sich mit Margarete zu treffen. Auch war es ihre Aufgabe, die Kühe zu melken, was sehr viel Zeit in Anspruch nahm. Margarete fragte sich insgeheim, ob es tatsächlich die richtige Entscheidung gewesen war, Helga von der Reise nach Island zu überzeugen. Dass ihre Schwester mit den unbekannten Lebensumständen nach wie vor haderte, lastete schwer auf Margaretes Gewissen.

Gleich, beim Waschtag im Nachbarhaus, wollte sie sie ein bisschen aufmuntern, so gut es eben ging, und morgen konnten sie ja auch wieder gemeinsam in die Kirche gehen. Die Sonntage mochte Margarete am liebsten. Nicht, weil es da weniger zu tun gab. Aber an diesem Tag war sie sicher, dass sie Théo in jedem Fall sehen würde. Und sie konnte auch Helga treffen. Zuletzt hatten sie einen ausgedehnten Spaziergang an der Küste gemacht und dabei sogar einige Wale im Fjord gesehen. Das war der hellste, leichteste Moment seit Langem für Margarete gewesen, und sogar in Helgas Augen war für einen kurzen Augenblick ein lebensbejahendes Glitzern zurückgekehrt.

Jetzt aber durfte Margarete nicht weiterträumen, sie war mit der Schmutzwäsche auf dem Weg zum großen Hof, Bragholl, und musste sich darauf konzentrieren, ihre Aufgaben gewissenhaft auszuführen.

Margarete war ein bisschen aufgeregt, immer wieder stellte sie die schwere Wäsche kurz ab, um sich einige widerspenstige Strähnen aus der Stirn zu streichen. Ohne es sich selbst ganz einzugestehen, sehnte sie sich danach, ihm zu begegnen. Es machte die Schwere in ihrem Magen ein bisschen leichter, den Tag ein bisschen hoffnungsvoller.

Margarete ging langsam mit dem schweren Korb ins Haus, wo bereits mehrere Frauen bei der Arbeit waren. Sie grüßten sie freundlich, nachdem Margarete sie schüchtern angesprochen hatte, ließen sich aber nicht weiter stören. Nur Helga blickte länger auf und schenkte Margarete ein müdes Lächeln. Helgas Arme steckten schon bis zu den Ellbogen in Seifenlauge, und sie rieb die Wäsche immer wieder auf dem Waschbrett auf und ab. Margarete war zwar noch nie in einem echten Dampfbad gewesen, aber so ähnlich musste es sich anfühlen. Sie hasste die feuchte Hitze und die anstrengende Arbeit. Hoffentlich kam wenigstens Théo kurz vorbei.

Margarete erwiderte das Lächeln und suchte sich einen Platz in Helgas Nähe, sodass sie sich bei der Arbeit leise unterhalten konnten. Oft waren sie beide aber auch einfach zu müde zum Sprechen. Aber auch die bloße Anwesenheit einer vertrauten Person tröstete Margarete ein bisschen.

Stunden später hatte Margarete noch nicht einmal die Hälfte geschafft. Doch sie war durchgeschwitzt und erschöpft. Ihre Hände waren rot aufgesprungen und schmerzten. Seufzend zwang sie sich weiterzumachen, als sich die Tür öffnete und die Sonne aufging.

»Góðan daginn, stelpur«, sagte Théo und grinste spitzbübisch. Margarete liebte den Klang seiner dunklen, etwas rauen Stimme. Sein Gesicht war vom Wetter gegerbt, die Haare ordentlich frisiert, aber eine widerspenstige Strähne fiel ihm immer wieder in die Stirn. Die Ärmel seines Hemdes hatte er bis zu den Ellbogen hochgekrempelt, er hatte sehnige und gebräunte Unterarme mit goldenen Härchen. Sie konnte nicht anders, aber sie musste ihn immerzu anstarren. Das Leuchten in seinen Augen, als sich ihre Blicke trafen, ließ die Schmetterlinge in ihrem Bauch tanzen. Für eine Sekunde verlor sie sich darin und atmete tief ein. Für einen Atemzug rührten weder Théo noch Margarete sich, dann räusperte sich Theo und scherzte etwas in Richtung einer der Frauen und tauchte einen Finger in die Lauge. Der Moment war verflogen, aber Margarete war glücklich. Obwohl Théo irgendwie geheimnisvoll auf sie wirkte, glaubte sie, erkannt zu haben, dass auch er sie anziehend fand.

Ihr entging allerdings nicht, dass auch die anderen Frauen – selbst die längst verheirateten – ihn verstohlen ansahen und oft kicherten und Scherze machten. Nur seine Schwestern Sessilja und Þóra verdrehten die Augen, als wüssten sie schon, warum er hier war. Sie musste dringend Isländisch lernen, um zu verstehen, was die Frauen über ihn sagten – und auch, damit sie mit ihm sprechen konnte. Äußerlich ließ sie sich nichts von ihrem Schwärmen für ihn anmerken, lächelte nur den Boden an und freute sich, als er noch einmal ihren Blick erhaschte. Dieses Mal schlug sie die Augen nieder. Es kam ihr ein wenig so vor, als schliche er wie eine Katze um ihren Waschzuber herum, als ob er sie interessant fände, sich vor den anderen aber nicht traute, sie anzusprechen.

Sie wusste, dass er ein paar Brocken Englisch beherrschte, daran konnte es nicht liegen. Jetzt sagte ein Mädchen vom Nachbarhof etwas zu ihm und schaute unter halb gesenkten Lidern zu ihm auf. Margarete rieb das Wäschestück so fest auf ihrer Rubbel, dass ein ganzer Schwall Wasser über den Zuber schwappte. Als sie Helgas warnenden Blick auf sich spürte, riss sie sich zusammen und schloss für einen Moment die Augen. Und dann war Théo auch schon wieder verschwunden. Sie ärgerte sich, dass sie die Gelegenheit nicht besser hatte nutzen können, und überlegte fieberhaft, was sie tun konnte, um ihm näherzukommen.

Sie musste dringend Isländisch lernen, damit sie sich mit ihm unterhalten konnte. Sie hatte so viele Fragen an ihn! Bei der Vorstellung, Théo anzusprechen, brannten ihre Wangen, und ihr Herz schlug höher. Hoffentlich traute sie sich im richtigen Moment überhaupt, auf ihn zuzugehen.

Juli 2017, Hrafnagil, Eyjafjörður

Die Sonne strahlte mit voller Kraft und ließ das satte Grün der Wiesen noch intensiver leuchten. Kein Wölkchen trübte den azurblauen Himmel, eine leichte Brise strich über die Felder. Das waren die besonderen Tage auf Island, die selbst Ragnar, der hier geboren war, eine Sekunde innehalten ließen, bevor er den Motor seines Wagens startete.

Im Kofferraum wartete ein Korb mit »Nesti«, einem Picknick, auf Pia und ihn. Den hatte Helga gepackt und ihnen mitgegeben. Ragnar freute sich darauf, die Leckereien mit Pia zu probieren. Helga war eine ausgezeichnete Köchin und Bäckerin, und bei dem wundervollen Wetter und der interessanten Begleitung würde es gleich noch besser schmecken.

»Wie geht es Leonie?«, fragte Ragnar, während Pia sich anschnallte und ihre Kamera auf den Boden zwischen ihre Füße legte.

»Das schlechte Gewissen frisst sie fast auf. Sie ist momentan zahm wie ein Kätzchen.«

»Sei nicht zu streng mit ihr.«

Pia hob eine Augenbraue. »Das sehe ich irgendwie anders. Es hätte gar nicht erst passieren dürfen, aber jetzt muss sie auch die Konsequenzen dafür tragen.«

Ragnar vermutete, dass Pia Angst hatte, irgendwann völlig die

Beziehung zu und die Einflussnahme auf ihr Kind zu verlieren. Der Moment, in denen Teenager mit Abnabelung experimentierten, war auch der Augenblick, in dem die Eltern die Nähe zu den Kindern neu ausloten mussten. Alle Eltern wollten ihre Kinder um jeden Preis beschützen, aber die Kids mussten auch die Möglichkeit bekommen, ihre eigenen Fehler zu begehen, um daraus zu lernen. Und das ging nur, wenn die Eltern sie nicht zu sehr kontrollierten, sondern ihnen durch ihr Vertrauen auch Spielraum ließen. Er hoffte, dass er das bei Kristín später auch einmal so sehen würde. Wenn sie den ersten Idioten als Freund zu Hause anschleppte, den er selbstverständlich unmöglich finden würde. Er verzog das Gesicht.

Vermutlich nicht.

»Es ist doch alles gut gegangen. Das wird sich schon wieder zurechtruckeln«, sagte er dennoch zuversichtlich.

»Das hoffe ich sehr, trotzdem. Ich hätte nie erwartet, dass sie so verantwortungslos handelt, ich meine, was habe ich ihr denn beigebracht ... Da fragt man sich wirklich, was man als Mutter falsch gemacht hat.«

Ragnar ließ den Motor an. »So dramatisch war es jetzt auch wieder nicht, und an dir liegt es bestimmt nicht. Sie hat ihre Lektion gelernt, oder?«

»Und die wäre?«

»Dass man sich nicht erwischen lassen darf, wenn man Schnaps klaut.«

Pia verdrehte die Augen. »Stimmt, jetzt, wo du's sagst, eine der wichtigsten Lehren im Leben.«

»Kurz was anderes, hast du einen Badeanzug dabei?«

Ihr Kopf fuhr herum. »Wieso?«

»In Mývatn gibt es heiße Quellen. Von der Blauen Lagune hast du sicher schon mal was gehört?«

»Ja natürlich.«

»Ein ähnliches Naturbad gibt es auch dort. Aber man kann sich vielleicht auch Badezeug ausleihen. Oder nackt baden .... Haha! Können wir ja dann sehen.«

»Hm«, machte Pia. »Genau. Ich muss auch nicht unbedingt schwimmen gehen.«

»Wie du meinst. Diese Straße hier bist du ja schon mit deiner Oma gefahren, oder? Du kennst dich also schon aus«, sagte er, um die angespannte Stimmung im Wagen ein bisschen aufzulockern.

»Genau, wir waren in Hjalteyri.«

»Was hat sie davon gehalten?«

»Nicht viel, um ehrlich zu sein. Der Hof, auf dem sie gelebt hat, steht nicht mehr. Sie war irgendwie sehr schweigsam, tief in ihre eigenen Gedanken versunken. Ich habe mir schon Sorgen gemacht, dann hat sie sich auf einmal umgedreht und gesagt, sie habe genug gesehen und wenn ihr eins gerade noch gefehlt habe, dann, auf ihre alten Tage noch mal sentimental zu werden.«

Ragnar zog die Stirn kraus. »Es ist bestimmt sehr emotional für sie, das alles wiederzusehen. Wollte sie niemanden von damals besuchen?«

»Nein, sie meinte mal, dass ja eh keiner mehr leben würde. Aber als ich versucht habe nachzufragen, wollte sie partout nichts zu ihrem Jahr auf Island sagen. Wahrscheinlich, weil sie denkt, dass ich es sowieso nicht nachvollziehen kann. Keine Ahnung, meine Oma ist da sehr speziell und bei dem Thema gerne mal stumm wie ein Fisch. Sie und Helga haben sich ja seit über sechzig Jahren nicht gesehen, die Einladung zu ihrem Geburtstag war wohl so was wie eine Einladung zur Friedenspfeife.«

»Und, haben sie die schon geraucht?«

Pia gluckste. »Nicht, dass ich was davon mitbekommen hätte. Ich habe keine Ahnung, ob sie überhaupt ein Wort darüber verloren haben, wenn ja, dann war ich nicht dabei. Eigentlich glaube ich eher, dass keine von beiden bisher das Thema aufgegriffen hat – was auch immer das Problem war.« Sie zuckte mit den Schultern. »Ist mir ein Rätsel, ehrlich, obwohl es mich brennend interessiert. Irgendwie warte ich darauf, dass mal die Türen knallen oder sie sich wenigstens anschreien, was weiß ich.«

Er lachte. »Diese temperamentvollen Deutschen. Was machen die beiden heute eigentlich?«

Er bemerkte, dass Pia ihn skeptisch anschaute. Vermutlich fand sie seine Deutschland-Witzeleien nicht lustig, was ihn wiederum amüsierte. Pia war das beste Beispiel für diese merkwürdig übersteigerte Kontrolllust, die ihm sehr deutsch vorkam. Die Frau war seltsam zurückgenommen, obwohl er vermutete, dass sie durchaus eine Menge Feuer in sich hatte. Es loderte nur auf Sparflamme.

»Heute Nachmittag sind sie schon wieder zum Kartenspielen unterwegs. Ich wusste gar nicht, dass meine Oma so einen Spaß daran hat. Ich sehe hier Seiten an ihr, die habe ich noch nie an ihr bemerkt.«

Ragnar lächelte. »Isländer lieben Bridge oder Kani, das ist ein bisschen wie Skat, nur weniger kompliziert. Ja, als ich mit ihr geredet habe, hatte ich auch ein bisschen das Gefühl, dass sie in mancherlei Hinsicht aufblüht. Komisch, das über eine so betagte Frau zu sagen. Hatte sie denn ein schwieriges Leben in Deutschland?«

»In ihrer Jugend? Ja klar, das waren harte Zeiten, wie überall, nachdem im Krieg alles in Schutt und Asche gelegt worden war.«

»Das meine ich nicht; nachdem sie aus Island zurückgekehrt ist, ohne Helga, meine ich. Hat sie ein glückliches Leben geführt? Hat sie geheiratet? Das würde erklären, warum sie auf einmal denkt, was wäre, wenn sie damals doch hiergeblieben wäre, oder so.«

Pia verschränkte ihre Hände im Schoß. »Soweit ich weiß, war sie mit meinem Opa glücklich. Dafür hat sie, nachdem sie Island verlassen hatte, nicht mit Helga geredet.«

»Tatsächlich? Wieso das denn?«

»Ja, vielleicht war sie sauer, dass sie nicht mit ihr zurück nach Deutschland gegangen ist. Ich weiß es wirklich nicht, aber das war die einzige Erklärung, die mir dafür plausibel vorkam. Die beiden schweigen wie ein Grab, ich habe also leider keine Ahnung. Ich habe meine Mutter schon mal gefragt, sie weiß aber leider auch nichts darüber.«

»Geheimnisse dieser Art gibt es bestimmt in vielen Familien. Manchmal wird ja aus einer Mücke ein Elefant gemacht. Es könnte schon sein, dass deine Oma sauer auf Helga war, weil sie nicht mit ihr zurück nach Deutschland wollte. Damals gab es ja noch kein Internet, keine Handys, mancherorts ja noch nicht mal Strom oder Telefon. Es ist leicht, sich aus dem Weg zu gehen und sich aus den Augen zu verlieren, vor allem über so eine lange Distanz. Das Gebäude rechter Hand ist übrigens *Laugaland*, eine Einrichtung für Jugendliche mit Problemen. Sie gehen hier zur Schule, erhalten psychologische Betreuung und besondere Zuwendung. Könnte ja was für Leonie sein«, sagte er mit einem verschmitzten Seitenblick und in der Hoffnung, dass der Schreck nicht noch zu frisch war für solche Scherze.

»Richtig, ich lasse sie einfach hier, wenn ich abfahre, warum bin ich nicht vorher schon darauf gekommen?« Pia schlug sich theatralisch die Hand an die Stirn. Ragnar musste lachen. Er mochte es, wenn sie ihm seine Sprüche nicht einfach durchgehen ließ, und einen Moment lang teilten die beiden ein warmes Lächeln. Dann schaute Pia wieder aus dem Fenster. »Aber mal im

Ernst, das klingt spannend, erzähl mir mehr über diese Einrichtung.«

»Alkoholprobleme, Drogen, Schwierigkeiten in der Familie und so weiter, das sind die Dinge, die hier im betreuten Wohnen angegangen werden sollen. Es gibt sogar ein ganzes Sport- und Freizeitprogramm, das den Jugendlichen dabei helfen soll, positive Selbsterfahrungen zu machen oder so was, ich hab mal einen Flyer dazu in der Stadtbibliothek gesehen.«

»Klingt gut. Die Arbeit mit Jugendlichen ist oft schwerer als die mit Erwachsenen, weil es noch keine ›fertigen‹ Menschen sind, die ihre Probleme selbst angehen wollen. Der Trick ist, ihre Abwehrmechanismen zu umgehen und ihnen so viel Selbstvertrauen und Möglichkeiten der Problemlösung unter der Hand mitzugeben, dass sie es später auch allein anwenden können. Das ist eine große Verantwortung.«

»Du klingst, als hättest du Ahnung davon?«

»Bin quasi vom Fach. Ich arbeite in Deutschland beim Jugendamt, allerdings bin ich mehr der Papierkrieger, anstatt direkt mit den Jugendlichen und Kindern zu arbeiten.«

»Stimmt, du hattest es schon mal erwähnt. Das ist ja sicher ein interessantes Arbeitsfeld. Jetzt muss ich aufpassen, was ich sage. Aber wahrscheinlich hast du mich sowieso schon analysiert, immerhin bin ich ja auch ein bisschen ein großes Kind.«

Pia lachte. »Nein, so schlimm ist es nicht. Ich bin außerdem Sozialpädagogin und keine Psychologin. Willst du trotzdem hören, wie meine Analyse ausfällt?«

Er verzog den Mund. »Will ich das wissen?«

Ihre Blicke trafen sich für eine Sekunde, sie hielt den Atem an. »Ich glaube nicht.«

»Tja, dann wechsle ich mal lieber das Thema.« Er grinste. »Da vorne ist der Fjord, schau nur, wie spiegelglatt das Wasser heute ist. Ein besonderer Tag.«

»Traumhaft, ja. Ich finde, Island ist ganz anders, als ich es erwartet hatte. Es steckt voller Gegensätze. Unberührt und voller Schafe und Pferde, windig und sanft, felsengrau und meeresblau, karg und voll saftiger Wiesen, eisig kalt und … nun ja, immer noch frisch, aber immerhin. Und das ist einfach überwältigend.«

»Das klingt ja so, als wärst du nach ein paar Tagen schon ein echter Fan geworden.«

»O ja, das bin ich wirklich.« Sie lächelte verlegen.

Pia war wunderschön, wenn der strenge Zug um ihre vollen Lippen verschwunden war. Ihre Haut war rosig, ihre Augen glänzten, und ihre sanften Bewegungen hatten eine unbewusste Eleganz. Ihre Natürlichkeit zog ihn an, das war es, was unter ihrer harten Schale immer wieder aufblitzte. Ragnar riss sich von ihrem Anblick los und schaute wieder auf die Straße. Eine Weile sagte niemand etwas, aber das Schweigen war nicht unangenehm.

Ihm gefiel, dass Pia sich häufig erkundigte, sehr aufmerksam zuhörte und alles genau beobachtete. Ein paarmal bat sie ihn, stehen zu bleiben, damit sie Bilder machen konnte. Ihren ersten großen Halt machten sie in Mývatn.

»Wahnsinn«, rief Pia und schoss ein paar Fotos von den weiten Lavafeldern und dunklen Seen. »Das ist ein bisschen wie bei ›Herr der Ringe‹. Fehlen nur noch die Trolle und Elfen.«

Ragnar lachte. »Der Ort heißt Dimmuborgir, die dunklen Städte. Tolkien hat sich seine Inspiration nicht umsonst aus den nordischen Sagen geholt.«

»Wirklich?«

»Ja, wusstest du das nicht? Dann glaubst du also nicht, dass hier in den Felsen und Hügeln in der Umgebung Elfen leben?«

Pia runzelte die Stirn. »Keine Ahnung. Nein, ich bin nicht so der Fantasy-Fan.«

»Ich auch nicht. Aber das ist Volksglaube. Wir haben sogar ein Ministerium dafür, die Welt belächelt uns wegen unserer Elfenliebe. Na egal, die Elfen kümmert das nicht, solange wir die Milch rausstellen.«

»Ihr stellt Milch für die Elfen raus?« Sie beäugte ihn skeptisch.

»Und Kekse.«

»Ehrlich?«

Ragnar lächelte geheimnisvoll. »Finde es doch selbst heraus. Sollen wir hier ein bisschen spazieren gehen? Es ist wirklich anders als das, was du bisher von Island gesehen hast, du wirst viele tolle Bilder machen können. Die Gegend hier ist aus einem kollabierten Lavasee entstanden. Die Lava stammt aus einer Eruption vor mehr als zweitausend Jahren. Diese Kraterreihen gehören nicht zu dem System Krafla, das wir heute noch als Energiequelle nutzen. In dem Gebiet war vor dreißig Jahren ein riesiger Vulkanausbruch, das werden wir uns später ansehen, dazu müssen wir noch ein Stückchen fahren.«

»Das ist doch hoffentlich nicht gefährlich? Jetzt habe ich irgendwie Angst.«

»Brauchst du nicht ... das ist alles sehr sicher. Diese Kraterreihe, in der wir uns bewegen, nennt man Heiðarsporðar, auf Deutsch würde man es als Heiße Spuren übersetzen.«

»O mein Gott! Ihr und eure Namen. Wie soll man das aussprechen? Nur zweitausend Jahre? Ich dachte, es wäre älter.«

Ein Schotterweg führte durch die alte Lava. Es wirkte bedrohlich, wie hoch sich die versteinerten Massen auftürmten. Schwarz und unnachgiebig ragten sie in die Höhe, die Natur passte sich an. Moos und zarte Blüten setzten hie und da Farbtupfer in der dunklen Stadt Dimmuborgir mit den unzähligen Tuffsteinformationen. Unvorstellbar, wie es gewesen sein musste, als diese Kraterreihe aktiv war.

»Die Lava sammelte sich über einem Sumpf; als sie über den nassen Boden floss, begann das Wasser darunter zu kochen. Der Dampf stieg durch Schlote nach oben, Geologen haben Durchmesser von mehreren Metern gefunden. Nachdem die Kruste erstarrt war, floss immer noch flüssige Lava darunter weiter in Richtung des Mývatn-Sees.«

»Das klingt … gruselig.«

»Irgendwann hat das System nicht mehr gehalten, die Kruste brach zusammen. Die Schlote und Teile der kollabierten Lavadecke blieben jedoch erhalten, wie du siehst. Anhand der Schlote haben Geologen die Tiefe des Lavasees auf etwa zehn Meter bestimmen können.«

»Du kennst dich wirklich gut damit aus. Ich finde das wahnsinnig spannend.«

Er lächelte. »Ich habe mich immer schon für die Beschaffenheit der Landschaft hier interessiert, Mývatn ist ganz besonders. Spürst du es nicht?«

Sie neigte ihren Kopf und sah ihn mit undurchdringlichem Blick an. Dann nickte sie zögerlich und runzelte die Stirn. »Doch, es ist ein bisschen verrückt, das muss ich zugeben, aber ich finde, die Gegend hat eine gewisse … Wirkung auf mich, als hätte sie eine eigene Kraft. Ja. So würde ich es beschreiben.«

»Die Erde ist in dieser Region besonders aktiv. Unter den Schichten ist vieles im Gang.«

»Danke, dass du mit mir hergefahren bist, Ragnar.«

Er zuckte mit den Schultern und ging weiter, damit sie sein kleines Lächeln nicht sah. Pia blieb immer wieder stehen und machte Aufnahmen. Ragnar lehnte sich an einen großen Stein, verschränkte die Arme und beobachtete ihre geschmeidigen Bewegungen. Pias Jeans schmiegten sich an ihre runden Hüften, ihre schlanken, aber kräftigen Beine. Er mochte es, wenn Frauen echte Kurven hatten und nicht Beine, dünn wie Streichhölzer.

»Soll ich dich mal fotografieren?«, bot Ragnar ihr an. »Sonst hast du Hunderte von Bildern, aber keines von dir.«

»Ja, äh, klar. Moment.« Sie kam zu ihm und gab ihm ihre Kamera.

Pias Fingerspitzen berührten seine Haut, und Ragnar durchzuckte ein Stromschlag. Sie musste es auch gespürt haben, denn sie zog ihre Hand hastig zurück und wich seinem Blick aus.

Er räusperte sich. »So, dann klettere doch mal hier rauf. Das ist ein gutes Motiv.«

»Meinst du?«

»Ja, das wirkt toll mit dem blauen Himmel im Hintergrund.«

Pia stieg auf den Stein und posierte. »So?«

»Jetzt musst du nur noch lächeln, dann passt es.«

»Ach ja!« Sie kicherte nervös. »Da war ja was.«

Ragnar schoss ein paar Fotos, er zoomte ihr Gesicht heran und hielt einen Moment inne. Ihre ebenmäßigen Züge waren im Halbprofil von anmutiger Stärke und doch sinnlich. Ihre Wangen waren von der kurzen Wanderung gerötet, und ihr braunes Haar flatterte sanft in der leichten Brise des Sommertages. Sein Blick blieb etwas zu lange an ihren vollen Lippen hängen, und er fragte sich, wie es sich anfühlen würde, sie zu küssen.

Abrupt ließ er die Kamera sinken und räusperte sich. »Ich denke, das sollte reichen.«

»Klar.« Pia sprang behände auf den Boden. »Vielen Dank!« Sie nahm die Spiegelreflex wieder an sich, und sie setzten ihren Weg fort.

»Ist alles in Ordnung mit deinem Fuß?«, fragte Pia nach einer Weile.

Verdammt, dieser Frau entging wohl gar nichts. »Es ist nichts.«

»Wirklich? Wir können eine Pause machen, manchmal kommt so was von der Anstrengung, das ist mir schon auf der Fähre aufgefallen.«

Er wandte ihr sein Gesicht zu. »Ist es?« Wann hatte sie ihn beobachtet?

»Ja, hast du dich verletzt?«

»Ist schon eine Weile her, ein Trümmerbruch. Jetzt kommt noch Arthrose dazu. Ein Risiko bei Verletzungen im Gelenk. Davor der jahrelange Profisport, du weißt schon. Kann man nichts machen.«

Pia hob eine Augenbraue. »Wirklich nichts, Osteopathie oder Physiotherapie vielleicht?«

Ragnar biss die Zähne aufeinander. »Glaub mir, es ist nicht so, dass ich es nicht versucht habe. Es war Pech, aber besser als jetzt wird es nicht mehr. An manchen Tagen spüre ich es kaum. Jetzt hatten wir einen Wetterumschwung, und zack …«

»Dann sollten wir zum Auto zurückgehen, Ragnar. Du musst meinetwegen keine Schmerzen aushalten.«

Ihre Fürsorglichkeit war zu viel für ihn. »Das ist doch Quatsch«, brummte er und schwieg für den Rest des Weges.

• • •

Ob Ragnar es auch spürte, fragte sich Pia, als sie eine Stunde später an einem Tisch mit Holzbänken neben einem Parkplatz saßen und Helgas Fresspaket plünderten. Je mehr Zeit sie mit ihm verbrachte, desto mehr wollte sie über ihn erfahren. Ragnar war anders als die Männer, die sie kannte. Seine lässige Natürlichkeit faszinierte sie auf eine seltsame Art. Er hatte es nicht nötig, sich durch Wichtigtuerei zu profilieren, wie viele Typen, die sie in ihrem Leben kennengelernt hatte. Ragnar war eine Rarität unter seinen gleichaltrigen Geschlechtsgenossen, und Pia wusste nicht, ob das nun eine generelle Eigenschaft der Isländer war oder ob Ragnar einfach besonders war. Tatsache war jedoch, dass sie sich zu ihm hingezogen fühlte. Ja, bereits seit der ersten Sekunde, wenn sie ehrlich war. Warum sonst hätte sie so albern und kindisch auf ihn reagieren sollen? Ständig fehlten ihr die richtigen Worte, und es brauchte nicht viel, dass sie in seiner Gegenwart rot anlief. Unglaublich.

»Das war lecker«, sagte Ragnar und schob sich das letzte Stück Schmalzgebäck in den Mund. »Die Dinger essen wir hier übrigens ständig und überall. Ich hab mal auf so einer Internetseite gelesen, dass es die bei uns angeblich nur im Advent geben würde. Totaler Quatsch. Kleinur gehen immer, groß oder klein, völlig egal. So, dann zeige ich dir noch ein bisschen was, bevor wir zurückfahren.«

Sie waren ungefähr zwanzig Minuten unterwegs, und Pia wurde nicht müde, aus dem Fenster zu sehen. Es faszinierte sie nach wie vor, dass es an manchen Stellen des kahlen rötlichen Bergs dampfte.

»Dort, wo es rot ist, ist die Erde warm. Da wächst nichts. Es ist ein sehr aktives Gebiet. Ich sagte ja schon, es ist viel in Bewegung. Erdbeben gibt es auch häufiger.«

»Wie muss man sich so ein Erdbeben vorstellen?«

»Nicht schön, um ehrlich zu sein. Ich mag sie nicht. Allein das Geräusch, es ist wie ein Donnern, das über das ganze Land zieht. Man sieht eine Welle auf sich zukommen, es ist ... « Er schüttelte sich. »Nein, Erdbeben mag ich nicht.«

»O Gott, das glaub ich.« Pia hatte die Augen weit aufgerissen.

Er lachte. »So schlimm ist es auch wieder nicht. In der Schule haben sie immer gesagt: Geht unter den Tisch. Oder: Stellt euch unter den Türrahmen. Man lebt eben damit, in manchen Gegenden gibt es sie häufiger, mancherorts eher selten. Schau mal, da drüben ist das Kraftwerk Krafla, hast du Lust, einen alten Vulkankrater zu sehen? Die Farben sind der Hammer.«

»Unbedingt. Aber was stinkt hier eigentlich so?«

»Keine Angst, hier hat niemand faule Eier verbuddelt. Der Gestank kommt direkt aus der Hölle, das sagen zumindest manche Leute. Das ist Schwefel.«

»Ist mir vorhin schon aufgefallen, als wir an den blauen Seen vorbeigefahren sind. Das war auch krass. Ich habe immer gedacht, dass die Bilder, die ich im Internet gesehen habe, irgendwie mit Photoshop bearbeitet worden sind. Dabei ist die Farbe in echt noch viel intensiver. Es sieht aus, als hätte jemand einen gefärbten Badezusatz reingekippt.«

»Das sind die Mineralien, das Wasser ist natürlich auch warm. Daher mein Vorschlag mit dem Badeanzug. Du erinnerst dich?«

Pia hatte überhaupt keine Lust, sich vor Ragnar im Bikini zu präsentieren, im Gegensatz zu seinem hünenhaften, vom jahrelangen Profisport gestählten Körper hatte sie einige Pölsterchen, die sie ihm nicht zeigen wollte. »Tja, schade«, sagte sie. »Vielleicht ein andermal. Warum machst du das hier eigentlich?«

Sie schauten einander an, und für eine Sekunde blieb die Welt stehen. Sie war sich sicher, dass er bis auf den Grund ihrer Seele blicken konnte. Pias Herz stolperte. Verwirrt wandte sie sich ab.

»Man sagt nicht Nein, wenn Helga einen um etwas bittet«, beantwortete er endlich ihre Frage. Seine Stimme klang rauer als sonst.

Pia wusste nicht, wieso, aber diese nüchterne Antwort enttäuschte sie.

Schon wieder so eine alberne Reaktion. Was hatte sie sich

denn gedacht? Dass er sie anziehend fand und das auch sagen würde? Wohl kaum. Er, der verwegene Pferdewirt, groß, muskulös und furchtlos, machte ja nicht umsonst ständig Scherze über die überversicherten, pflichtbewussten Deutschen. Übersetzt hieß es nichts anderes, als dass er sie langweilig fand. Denn Pia war genau das: pünktlich, ordnungsliebend und zuverlässig. Wenn jemand nach einem Abenteuer suchte, dann garantiert nicht bei oder mit ihr.

Sie schüttelte den Kopf, um ihre lächerlichen Gedanken zu vertreiben. »Helga ist toll.«

»Du hast einiges von ihr.« Für einen Augenblick sagte keiner von ihnen ein Wort. Pia glaubte, sich verhört zu haben. Hatte er ihr gerade wirklich ein Kompliment gemacht? Vielleicht meinte er auch einfach ihre breiten Hüften. Sie verdrehte die Augen.

»Meine Güte, hier ist ein Verkehr. Vor ein paar Jahren war hier so gut wie nichts los. Und jetzt karren sie die ganzen Touristen in Bussen durch die Gegend«, sagte er nach einem Moment des Schweigens.

Der Weg zum Krater war ähnlich halsbrecherisch wie die Straße bei Seyðisfjörður, und Ragnar fuhr mit seinem Range Rover wie ein Henker. Zumindest regnete es nicht wie bei ihrer Ankunft. Pia hütete sich davor, über seinen tollkühnen Fahrstil zu sprechen. So gut kannte sie ihn noch nicht.

Noch nicht. Was dachte sie da eigentlich? Sie hatte wohl zu viel giftige Dämpfe eingeatmet.

Pia war froh, der Enge des Wagens zu entkommen, nachdem Ragnar geparkt hatte.

»Huch, hier ist es aber frisch«, rief sie ihm zu.

»Ja, hier oben weht ein raues Lüftchen.« Ragnar umrundete sein Auto und kam auf sie zu.

»Lüftchen, dass ich nicht lache. Verrückt. Man wird ja fast

weggeweht.« Der Wind war eisig. Er kam nicht in Böen, sondern blies die ganze Zeit gleich heftig. Dadurch war es so laut, dass sie schreien musste. Und kalt. Sehr kalt. Außer ihnen waren noch viele andere Touristen an diesem Ort, anscheinend ein sehr beliebtes Ausflugsziel.

»Komm mit, vergiss die Kamera nicht.« Es führte ein Schotterweg nach oben an den Kraterrand. Die Erde war rötlich, es wuchs kein einziger Grashalm in diesem Gebiet. Es waren nur ungefähr fünfzig Meter zu Fuß, aber bis sie oben angekommen war, war sie bis auf die Knochen durchgefroren. Sie kniff die Augen zusammen und zog die Kapuze über den Kopf. Der Ausblick entschädigte sie für die unangenehmen Witterungsverhältnisse. Der Krater war mit hellblauem Wasser gefüllt, das aussah, als ob es jemand, wie bei den Seen vorhin, mit einem Zusatz gefärbt hätte. Die rötliche Erde stand in starkem Kontrast dazu und ließ den Himmel, an dem weiße Wolken rasch vorüberzogen, noch intensiver leuchten.

»Gib mir mal deine Kamera, ich mach noch ein paar Bilder von dir.«

»Gern. Aber mach schnell«, rief sie, um den Wind zu übertönen.

Wenig später klapperte sie sogar mit den Zähnen, wie peinlich!

»Mein Gott, du bist ja ein zartes Pflänzchen.« Er lachte und zog sie an seinen stahlharten Körper. Er rieb über ihren Rücken und versuchte so, sie zu wärmen. Seine Aktion verfehlte ihre Wirkung nicht, Pias Gesicht brannte, und ihr Herz klopfte schnell. Der Duft seines frischen Aftershaves tat ein Übriges, und auf einmal war ihr alles andere als kalt. Sie blickte zu ihm auf und verlor sich in seinen Augen. Ihr Atem stockte. Sein Mund war so dicht vor ihrem Gesicht, dass sie sich nur ein bisschen nach oben strecken müsste, um ihn zu küssen. Seine Lippen waren sanft geschwungen und leicht geöffnet. Ob er das Gleiche dachte wie sie? Jedenfalls sagte er kein Wort, sondern hielt sie einfach weiter in seiner Umarmung. Sein athletischer Körper presste sich regelrecht an ihren, sie genoss jede einzelne Sekunde, ihn so dicht bei sich zu spüren. Wie lange war es her, dass ein Mann sie so gehalten hatte? Sehr lange. Noch länger, dass sie es genossen und sich nach mehr gesehnt hatte.

Verflucht! Was war eigentlich mit ihr los? Das konnte ja wohl nicht wahr sein! Sie würde den Teufel tun und sich dem nächstbesten Isländer an den Hals werfen, der sich ihr näherte. Um ein Haar hätte sie der Versuchung nachgegeben und ihn geküsst. Aber wozu sollte das bitte führen?

Richtig. Zu gar nichts. Verärgert wand sie sich aus seiner Umarmung und stapfte zum Geländewagen. Wenn sich Ragnar über ihre Reaktion gewundert hatte, so ließ er sich kurz darauf bei der Rückfahrt jedoch nichts davon anmerken. Und das machte Pia nur noch wütender. Auf sich selbst.

Juli 1949, Hjalteyri, Eyjafjörður

Eisiger Nordwind pfiff ums Haus, während gleichzeitig die Sonne schien. Die Isländer nannten es Fensterwetter, gluggaveður, von innen war es herrlich hinauszuschauen, sobald man aber hinausging, drang die Kälte durch jede Kleidungsschicht hindurch. Margarete saß in ihrer Kammer unter dem Dach, und ihr Füller kratzte über gebleichtes Papier. Außer einem Bett gab es in dem kleinen Zimmer ohne Ofen nur noch einen winzigen Tisch und einen Stuhl mit dünnen Beinen. Die Waschschüssel hatte sie auf die Dielen gestellt, um Platz zum Schreiben zu haben. Sie war noch nie eine große Briefeschreiberin gewesen, aber seit sie fort war aus Lübeck, fand sie mehr und mehr Gefallen daran. Sie beschönigte ihr Leben auf dem ärmlichen Hof für Tante und Onkel, ließ den Kummer weg, den sie am Morgen empfand, die wund gescheuerten Hände, die schmerzenden Glieder in der Kälte, die bleierne Müdigkeit nach einem Tag harter Arbeit in der Stille ihrer eigenen Gedanken, die sie nicht teilen konnte, und die Einsamkeit in den hellen Nächten. Sie vermisste so vieles, sogar ganz kleine, alltägliche Annehmlichkeiten, die trotz ihrer Armut in Deutschland normal für sie gewesen waren. Badewanne, Toilette mit Spülung oder Strom, all das gab es hier nicht. Sie musste zugeben, dass sie unterschätzt hatte, was es bedeutete, in einem fremden Land ohne Komfort zu leben. Dazu kam die Sprache, nach einem Monat verstand sie noch immer kaum einen vollständigen Satz.

Doch es gab auch schöne Seiten, sie genoss die Stille beim morgendlichen Wasserholen im Hof. Wie die kühle Morgenluft auf ihren Wangen prickelte, ehe sie ihre Hände in das kühle Wasser eintauchte und sich damit das Gesicht benetzte. Sie genoss die gemeinsamen Mahlzeiten, das Lachen der Kinder am Tisch, nachdem sie in Lübeck immer nur in die traurigen Gesichter von Onkel Willi und Tante Erna hatte blicken können. Mit jedem Tag vermisste sie ihr Zuhause ein Stückchen weniger, und wenn sie die Sehnsucht doch einmal zu übermannen drohte, ging sie zum Ufer und suchte nach Muscheln. Das Meer war zwar ganz anders hier, aber auch zu Hause hatte sie es geliebt, am Wasser zu sein. Allein das half manchmal, die Entbehrungen, die harte Arbeit und das Heimweh zu überwinden. In den guten Momenten half es sogar, wieder an eine bessere Zukunft glauben zu können.

Margarete unterschrieb ihre Zeilen, faltete den Briefbogen und schob ihn in einen Umschlag, den sie bereits adressiert hatte. Den würde sie heute nach Akureyri zur Post bringen. Ein weiterer Lichtblick an ihren ausgefüllten Tagen war der tägliche Besuch des Milchwagens. Sie hatte schnell gelernt, dass dieser auf dem Land nicht nur benutzt wurde, um Milchkannen von den Höfen zum *Kaupfélagið*, der Bauernkooperative, zu transportieren. Für den Wert der Güter, die die Bauern dort einbrachten, wurden sie entweder bezahlt oder bekamen andere importierte Waren wie Mehl oder Zucker, die man auf Island wegen des Klimas nicht anbauen konnte. Sie erinnerte sich, wie sie versucht hatte, Þórður klarzumachen, dass er das Mehl, in dem Mehlwürmer zappelten, wieder zurückbringen musste.

»Sieh hin«, hatte sie gesagt und ihm die weiße Porzellandose mit der blauen Aufschrift »Hveiti« vor die Nase gehalten.

Er hatte mit den Schultern gezuckt. »Hvað?«, hatte er gefragt und etwas zu Bjarghildur gebrummt, das sie nicht verstanden hatte.

»Ist das etwa normal für euch?«, hatte Margarete geschimpft. »Bei uns würde man so einen Mist reklamieren. Ihr habt doch nicht für verdorbene Waren bezahlt!«

Þórður und seine Frau hatten sie nur mit hochgezogenen Augenbrauen angeschaut. Sie hatte es schließlich mit Tränen in den Augen aufgegeben. Margarete schüttelte sich bei der Erinnerung an die ekelhaften Tierchen. Sie hätte schreien können, weil sie sich einfach nicht verständlich machen konnte.

»Gott«, murmelte sie und rieb sich mit der Hand über das Gesicht. »Das hätte ich nicht gedacht, als ich hergekommen bin.«

Mehl gab es oft nur mit Schädlingen, Obst und Gemüse, außer Steckrüben, bekamen sie gar nicht. Auch wenn sie es vor Helga nie zugab: Sie vermisste es, in einen Apfel zu beißen oder einen Salat mit Gurken zu essen. Einfache Dinge, die man hier nicht kaufen oder anbauen konnte. An Tante und Onkel schrieb sie immer nur, wie wunderbar es war, dass man nicht hungern musste, was ja stimmte, und wie gerne sie Fisch mochte und dass Bleikja, Saibling, ihre Lieblingssorte war. Den gab es zwar nur selten, aber wenn, dann war es wie Weihnachten. Das Fleisch war süß, saftig und wundervoll aromatisch, nachdem es über Schafdung geräuchert worden war.

»Ich habe wirklich keinen Grund zu klagen«, murmelte sie leise, während sie ihre müden Augen in dem kleinen Spiegel neben dem Bett betrachtete, auch um sich selbst Mut zu machen, und ging nach unten.

Der Hausherr saß in der Stube am Fenster und las die Zeitung, wie jeden Morgen, nachdem er die Kühe gemolken hatte. Wenn er fertig war, nahm sie sich heimlich das Morgunblaðið und blätterte darin. Mittlerweile hatte sie sich an die komischen Buchstaben gewöhnt, und seit sie vor ein paar Tagen festgestellt hatte, dass ihr Lieblingsbuch »Schatten über der Marshalde« darin als Fortsetzungsroman, auf Isländisch »Lars in Marsled«, abgedruckt wurde, war sie ganz kribbelig geworden. So konnte sie die einzelnen Passagen auf Isländisch lesen und gleichzeitig mit ihrer deutschen Ausgabe vergleichen und Wort für Wort übersetzen. Das Wörterbuch lag immer daneben. Immer wenn sie ein paar Minuten Muße hatte, arbeitete sie sich Stück für Stück voran. Das Neuerlernte übte sie dann mit den Kindern jeden Tag, die Buchstaben allein sagten ihr ja nichts über die Aussprache. Die Kleinen hatten ihr schon vieles beigebracht, aber sie verstand nach wie vor nur einfache Worte oder Sätze.

Da es den Anschein machte, dass Þórður die Zeitung noch nicht ausgelesen hatte, zog sie sich eine Strickjacke über und ging hinaus zum Brunnen, um Wasser zu holen. Sie blieb einen Augenblick an der offenen Haustür stehen und saugte die frische Morgenluft in ihre Lungen. Morgens, wenn sie die Klarheit und Stille des anbrechenden Tages genießen konnte, waren ihre Glieder noch nicht schwer von der Arbeit. Dann vergaß sie die Entbehrungen, das Heimweh und die Sprachprobleme – denn hier gab es den Schmerz der Witwen, der Mütter, die gebrochenen Kriegsheimkehrer, den Gestank von verbrannten Häusern und Menschen nicht, hier gab es nur Stille und Frieden, und es konnte keinen Ort geben, der einen größeren Kontrast zu ihrer zerstörten Heimat herstellte, als diesen.

Margarete entdeckte in der Ferne eine Gestalt. Sie stöhnte leise auf, als sie Laufey, Théos Oma, etwas entfernt im seichten Wasser waten sah. Sie trug einen verschlissenen Pullover, eine verdreckte Leinenhose und Gummistiefel, über die sie knielange

Wollsocken gekrempelt hatte. Ihr weißes Haar hing ihr wirr und in dichten Strähnen ums Gesicht. Sie wirkte völlig abwesend.

Sie wollte doch nicht etwa schwimmen gehen? Margarete hatte keine Ahnung, was die Alte vorhatte, aber als sie sah, dass sie immer weiter hinausging, gefror ihr das Blut in den Adern. In dieser Sekunde wurde Laufey von einer Welle erfasst, sie schwankte und konnte sich gerade noch fangen. Margarete musste etwas tun, ansonsten würde ein Unglück geschehen.

»Verflucht!«, stieß Margarete aus, ließ den Eimer fallen und rannte hinunter zum Ufer.

»Laufey!«, rief sie. Ihre Stimme klang atemlos, nachdem sie das ganze Stück gelaufen war. Die Alte hob den Kopf und schaute sie aus wässrigen Augen an.

»Komm mit«, sagte Margarete und winkte sie zu sich. Aber nichts geschah. Sie wandte sich einfach wieder ab und spielte mit den Wellen.

Margarete zog die Schuhe aus und raffte ihre Röcke. Sie musste die alte Frau da rausholen. Nach ein paar Schritten im eiskalten Wasser erfasste sie Panik. Sie war keine gute Schwimmerin, was, wenn sie selbst stürzte? Dann wären sie beide verloren.

»Laufey!«, schrie sie noch einmal.

»Hm?«, machte Laufey und rührte sich nicht.

»Koma!«, versuchte Margarete es mit dem isländischen Wort »Komdu!«.

Die Alte neigte den Kopf.

»Komdu!«, rief Margarete noch einmal im deutlicheren Befehlston. »Núna!«

Endlich schien Laufey zu begreifen, brabbelte etwas Unverständliches und kam langsam, an den Hosenbeinen triefend und Schritt für Schritt aus dem Wasser. Margarete suchte nach ihren Schuhen, schlüpfte wieder hinein und ließ Laufey dabei keine Sekunde aus den Augen, nicht, dass sie es sich noch einmal anders überlegte.

»Wo sind deine Stiefel?«, fragte sie auf Deutsch. Natürlich erhielt sie keine Antwort.

»Verflixt! Wenn ich nur endlich Isländisch könnte!« Sie sah sich um, fand aber nichts. War sie vielleicht barfuß gekommen? Margarete atmete scharf ein und straffte sich. Sie konnte ja nachher noch einmal suchen, jetzt musste sie Laufey zurückbringen. Sie nahm die Frau am Arm und begleitete sie hinauf zum Hof Bragholl.

»Góðann daginn«, sagte sie, als sie mit der senilen durchnässten Großmutter die Küche betrat.

»Amma!« Théos Schwester Sessilja sprang auf und rannte auf sie zu. »Hvað varstu að gera? Takk, Magga. Takk.« Sie bedachte Margarete mit einem breiten Lächeln. Dann schaute sie wieder zu ihrer Oma. »Þetta gengur ekki lengur svona, amma.«

Sessilja führte Oma zu einem Stuhl, holte ein Tuch und rieb die Füße der alten Frau ab.

»Kann ich sonst noch helfen? Hjálpa?«, erkundigte sich Margarete.

»Viltu Kaffi?«, fragte Théos Schwester und bot ihr einen Stuhl an. »Sestu.«

Ja, gegen einen Kaffee und ein bisschen Gesellschaft hatte sie nun wirklich nichts einzuwenden nach dem Schreck, also setzte sie sich an den Küchentisch.

Nach und nach trudelten immer mehr Familienmitglieder ein. Sessilja erzählte, was passiert war, vor Margarete stand eine dampfende Tasse. Vermutlich diskutierten sie darüber, was man tun sollte, dass die Oma nicht mehr so häufig davonlief. Margarete hatte schon oft von solchen Fällen gehört, man konnte nichts tun, außer die Türen abschließen, was auf einem so großen Hof wie diesem schwierig war, da ständig jemand ein und aus ging.

Sie wollte sich gerade für den Kaffee bedanken und gehen, als die Tür aufschwang und Théo hereinkam. Sein Anblick erschreckte sie, so hatte sie ihn noch nie gesehen. Etwas Wildes, Fremdes lag in seinen Augen. Er hatte eine Platzwunde am Kopf, die stark blutete. »Þettað er lítið«, knurrte er und ließ sich auf einen Stuhl fallen. Seine langen Beine streckte er von sich. »Helvítis Meri«, fluchte er.

Er schimpfte auf seine Stute, warum? Hatte sie ihn abgeworfen? Zu gern wollte Margarete ihn fragen, was ihm widerfahren war, aber sie wusste nicht, wie man das ausdrückte.

Margarete sah sofort, dass die Wunde genäht werden musste. Sie stand auf und machte sich verständlich, indem sie zu ihm ging und Sessilja mit Gesten bedeutete, dass sie Nadel und Faden benötigte. Außerdem brauchte sie etwas zum Desinfizieren, doch sie hatte keine Ahnung, wie das auf Isländisch hieß. Sie wollte ihnen gerne erklären, dass sie oft bei ihrem Vater ausgeholfen hatte, seit sie zwölf gewesen war. Kleinere Verletzungen waren in seiner Praxis an der Tagesordnung gewesen. Aber dafür reichte weder ihr Englisch noch ihr Isländisch.

»My father was a doctor. Alkohol? Jod?«, fragte sie in einem Mischmasch aus Deutsch und Englisch.

»Ah. Jau jau«, erwiderte Théos Mutter Ingibjörg und kramte im Schrank neben dem Kohleofen. Sie war mollig, hatte wurstige Finger, ein Doppelkinn und ausgeprägte Tränensäcke, aber ein fröhliches und herzliches Lächeln. »Hérna, vinan«, sagte sie und reichte ihr ein Fläschchen, das dem Geruch nach mit hochprozentigem Alkohol gefüllt war.

Théo schien nicht begeistert zu sein, als er sah, was sie vorhatte.

»Bíddu«, rief er, polterte davon und kam mit einem Flachmann zurück, aus dem er sich einen großen Schluck genehmigte. Margaretes Hände waren feucht, ihre Knie weich. Kurzerhand nahm sie ihm die Flasche ab und führte sie an ihre Lippen, trank einen großen Schluck.

Ihr war bewusst, dass sie beobachtet wurde, aber der beißende Selbstgebrannte lenkte sie ab. Mit einem lauten Klirren stellte sie den Schnaps auf den Tisch und ignorierte die staunenden Blicke der Familie. Sofort breitete sich ein warmes Gefühl in ihrem Bauch aus, das ihre Nervosität etwas schmälerte. Sie atmete tief ein, kippte sich etwas Desinfektionsmittel über Hände sowie Nadel und Faden und platzierte sich dann zwischen Théos kräftige Schenkel.

»Das wird jetzt ein bisschen wehtun«, warnte sie ihn und vermied es, in seine Augen zu schauen. Das würde sie nur wieder irritieren und ablenken.

Er nickte und nahm noch einen Schluck. Sie legte ihre Finger auf seine glatte Stirn, die sich kühl und trocken anfühlte. Théo sagte etwas, und alle im Raum grölten. Vermutlich ein dämlicher Spruch über Frauen, die Ärzte spielten, oder ein Witz darüber, dass er sich nur verletzt hatte, um sich von einer hübschen Frau zusammenflicken zu lassen.

»Ja, ja«, sagte Margarete und setzte die Nadel an. Théo verstummte.

Mit vier Stichen war die Sache erledigt, der Scherzbold hatte nur scharf eingeatmet, aber sonst keinen Mucks von sich gegeben. Er war ein harter Kerl, dachte sie und verkniff sich ein Schmunzeln. Sie hatte schon ganz andere erlebt, die wegen einer Schürfwunde jammerten wie ein Waschweib.

»Fertig«, sagte sie und schnitt das Ende des Fadens mit einem Messer ab.

Als sie die Utensilien zurück auf den Tisch legte, fiel ihr auf, dass alle im Raum sie anschauten. Sie zuckte mit den Schultern. »Es ist nur eine Kleinigkeit, wenn man weiß, was man tut. Ich muss jetzt aber wieder los.« Wie immer kam sie sich seltsam dabei vor, etwas zu erklären, das niemand verstand.

Sie versuchte noch, Théo klarzumachen, dass er die Wunde sauber halten sollte, doch das war ein unmögliches Unterfangen. Sie seufzte und nickte der Familie zum Abschied zu. Sie würde in ein paar Tagen wieder nach ihm sehen, das nahm sie sich fest vor.

Juli 2017, Hrafnagil, Eyjafjörður

»Komm, ich begleite dich noch zum Haus«, sagte Ragnar, nachdem sie zu seinem Hof Syðri-Hóll zurückgekehrt waren.

»Das schaffe ich nun wirklich allein. Vielen Dank noch mal für den wunderbaren Tag!«

»Ich trage deinen Korb.« Er zwinkerte ihr zu.

»Ja, stimmt, ich bin auch wirklich ein zartes Wesen, das sonst zusammenbräche.« Der sarkastische Unterton war nicht zu überhören.

»Kann es sein, dass du dir nicht gern helfen lässt?«

Pia fühlte sich ertappt. »Quatsch.«

Ragnars raues Lachen sandte kleine Schauer über ihren Rücken. »Klar. Und mein Name ist Hase.«

»Ragnar Hase. Schön, Sie kennengelernt zu haben.«

Er warf ihr einen spöttischen Blick zu, dann schüttelte er den Kopf.

Sie waren noch ein paar Meter von Helgas Haus entfernt, als bereits die Tür aufging.

»Ah, da seid ihr ja. Wir wollten gerade zum *Kaffi Kú* gehen, dort gibt es die besten Waffeln. Ihr zwei kommt doch mit, oder?« Helga strahlte wie immer eine unglaubliche positive Energie aus.

Pia schaute von Ragnar zu Helga. »Ich weiß nicht, Ragnar hat bestimmt noch auf seinem Hof zu tun. Wir wollen ihn ja auch nicht überstrapazieren.«

»Das klingt ja ganz so, als ob du mich loswerden willst«, sagte er, und in seinen Augen funkelte etwas, das Pia nicht so recht deuten konnte.

Pia hätte gern etwas Pfiffiges erwidert, doch ihr wollte partout nichts einfallen, außer dass sie ihn dann ja auch einfach in den Krater hätte schubsen können. Aber das wollte sie vor ihrer Oma jetzt nicht sagen. Oma musterte sie und Ragnar ohnehin schon sehr interessiert. Was war hier eigentlich los?

»Stell doch den Korb einfach hier ab, Pia. Den nehmen wir nachher mit rein.« Helga zeigte auf die Bank neben dem Eingang. »Leonie ist bei Rakel, sie wollten einen Film schauen.«

»Solange sie sich dabei nicht besaufen, soll es mir recht sein. Schade, dass sie keine Lust hatte mitzukommen.« Pia hatte seit dem Zwischenfall noch immer keinen Weg gefunden, an Leonie heranzukommen. Zwar war Leonie jetzt ganz kleinlaut, aber sie öffnete sich ihrer Mutter nicht, zumindest nicht so wie früher. Wenn sie keine Zeit zusammen verbrachten, verbesserte sich das Mutter-Tochter-Verhältnis bestimmt nicht. Aber Pia wollte sich nicht beklagen, sie hatte einen wundervollen Tag mit Ragnar verbracht, und den wollte sie sich jetzt nicht durch ihre Probleme mit Leonie verderben lassen. Sie musste ihrer Tochter Zeit lassen, sich von selbst zu öffnen, sie durfte sie nicht bedrängen. Und wenn das seine Zeit brauchte, brauchte es eben seine Zeit. Sie war selbst erstaunt, dass sie diesen Entschluss hatte fassen können, es war, als hätte diese grüne Insel wirklich eine beruhigende, besonnen machende Wirkung auf sie – oder vielleicht war es auch die Nähe eines gewissen Mannes. Aber darüber wollte sie lieber nicht zu genau nachdenken.

Fünf Minuten später saß sie mit Ragnar, Oma und Helga im Bauernhof-Café. Es befand sich direkt über dem Kuhstall und war verglast, sodass man als Cafébesucher auf die Kühe und die Melkanlage schauen konnte. Alles war voll automatisch geregelt, die Kühe bewegten sich absolut frei, und doch wirkte es strukturiert und geordnet. Ein Roboter fegte den Mist weg, er sah so ähnlich aus wie die, die man zum Staubsaugen aus Privathaushalten kannte. Es roch zwar auch oben im Café trotz Plexiverglasung ein wenig streng, aber das machte Pia nichts aus.

Jeder hatte eine Waffel mit Schlagsahne und einen Kaffee vor sich stehen, und obwohl sie heute schon eine Menge beim Picknick gegessen hatte, lief ihr bei dem herrlichen Anblick schon wieder das Wasser im Mund zusammen. Wenn das so weiterging, würde sie mit fünf Kilo mehr nach Hause kommen. Das fehlte ihr gerade noch.

»Was ist?«, erkundigte sich Helga. »Alles in Ordnung?«

Pia setzte ein Lächeln auf. »Klar, ich dachte nur gerade, dass ich auch so einen Staubsauger-Roboter für Leonie brauchen könnte, der ständig hinter ihr herfährt.«

Oma lachte. Pia spürte Ragnars Blick auf sich, aber widerstand der Versuchung aufzusehen. Sie wollte nicht schon wieder Herzflattern bekommen – denn das geschah immer, wenn sie ihm tief in die Augen sah.

»Spannendes Konzept insgesamt«, sagte sie stattdessen. »Ich habe überhaupt nicht gewusst, dass es solche modernen Ställe, in denen alles automatisiert ist, hier überhaupt gibt. Die Kühe wissen wirklich von selbst, wann sie zu ihrer Melkstation müssen?«

»Ja, verrückt, nicht?«, stimmte Helga ihr zu. »Zu meiner Zeit mussten wir das alles ja noch per Hand machen. Knochenarbeit. Es ist gut, dass man der Jugend hier wenigstens zeigen kann, dass die Milch nicht aus der Packung kommt, sondern von der Kuh. Ich finde das wichtig.«

»Soll ich dich ein bisschen herumführen? Dir alles erklären?«, bot Ragnar an, als sie aufgegessen hatten.

Pia hatte Respekt vor Kühen, eigentlich vor allen Tieren, die größer waren als ein Hund. Sie hoffte, dass sie den Stall nicht würde betreten müssen. »Aber nur, wenn ich nicht ausmisten muss, dafür bin ich einfach nicht richtig angezogen, weißt du?«, sagte sie.

»Ach, das ist aber eine gute Idee, Ragnar. Mach das, ich bin mir sicher, Pia hat diese Tiere noch nie aus direkter Nähe gesehen.« Margarete schaute ihre Enkelin mit einem spöttischen Lächeln an, um ihren Mund bildeten sich viele kleine Lachfalten.

Pia war zu verblüfft, um etwas Passendes zu erwidern. »Ich fasse es nicht«, murmelte sie. Als sie ihren Kopf hob, sah sie, dass Ragnar mit einem Lachanfall kämpfte.

»Was ist daran eigentlich so lustig?«, fragte sie. »Es ist ja nicht so, als würde ich denken, dass Kühe lila sind wie in der Milka-Werbung. Als Sozialpädagogin arbeite ich nun mal mehr mit menschlichen Patienten als mit tierischen.«

»Stadtkinder«, sagte Helga mit einem gutmütigen Grinsen. »Nun geht schon, ihr Turteltäubchen.«

Pia schüttelte ungläubig den Kopf und stand auf. »Turteltäubchen. Dass ich nicht lache«, schimpfte sie leise.

Ragnars Hand legte sich von hinten auf ihre Schulter. »Ach, lass die zwei doch. Nimm es nicht so ernst. Ich glaube, die lenken nur von ihren eigenen Zwistigkeiten oder ›Beziehungsproblemen‹ ab.« Er malte Gänsefüßchen in die Luft. Da konnte er definitiv recht haben. Pia seufzte. Dass er ihr das erklären musste, sagte ja mal wieder viel über ihre Blindheit ihren eigenen Familienangehörigen gegenüber aus. Vielleicht lag es auch einfach daran, dass sie sehr abgelenkt war, und sie wusste leider auch viel zu genau, von wem.

• • •

Sie waren noch nicht weit gekommen, als Ragnar Rósa, die rothaarige, dralle Besitzerin des Cafés, entdeckte. Er fand ihre Sommersprossen niedlich, und sie war auch meistens sehr nett. Zu ihrer Art von Nettsein gehörte aber auch, dass sie redete wie ein Wasserfall, was er fürchterlich anstrengend fand. Bedauerlicherweise kam sie schnurstracks auf sie zu und begrüßte ihn gleich mit einem Wortschwall, dem er kaum folgen konnte.

»Rósa, das ist Pia. Besuch aus Deutschland«, antwortete er auf Englisch, damit sie Pia mit ins Gespräch einbeziehen konnten.

Rósa musterte Pia argwöhnisch, als ob sie rätselte, ob Pia seine Freundin sei. Dann erinnerte sie sich offenbar an ihre guten Manieren und lächelte. »Hallo, Pia, schön, dich kennenzulernen. Wie gefällt dir Island?«

»Oh, es ist beeindruckend«, erwiderte sie, und Ragnar überlegte fieberhaft, wie er Rósa schnellstmöglich abwimmeln konnte. Denn er wusste, welches Thema sie gleich anschneiden würde.

»Das freut mich«, flötete Rósa und richtete ihre volle Aufmerksamkeit wieder auf Ragnar. Ihm wurde unangenehm heiß. »Wie ist es mit der Hochzeit, gehen wir zusammen hin?«

Zu spät, dachte er.

»Äh«, war alles, was er spontan hervorbrachte. Eine kleine Pause entstand, in der er fieberhaft überlegte. »Ich habe schon Pia gebeten, mich zu begleiten«, log er.

Wenn Pia sich darüber wunderte, dann ließ sie sich nichts anmerken. Anscheinend las sie die Situation richtig. Sie spürte offenbar, dass das nun ihre Gelegenheit war, ihm einen Gefallen zu tun. Er erwartete nichts dergleichen von ihr, war ihr aber zutiefst dankbar, dass sie mitspielte. Rósa versuchte schon seit Monaten, bei ihm zu landen, und er wurde sie einfach nicht los. Er mochte sie, aber mehr eben auch nicht. Doch wenn er ihr offen sagte, dass er kein Interesse an ihr hatte, würde er sie nur unnötig verletzen, und ihm lag viel an guter Nachbarschaft. Rósa presste eine Sekunde ihre Lippen aufeinander, dann straffte sie sich. »Natürlich, gar kein Problem.« Sie nickte erst Pia, dann Ragnar zu. »Ja, ich muss dann auch mal wieder. Wir haben ein volles Haus.«

Ragnar atmete erleichtert aus, nachdem Rósa aus ihrem Blickfeld verschwunden war. »Danke!«

»Wow!« Pia lachte. »Das kam aus tiefster Seele. Ist sie so anstrengend?«

Er verdrehte die Augen. »Wir sind zusammen zur Schule gegangen und kennen uns ewig. Sie ist geschieden, ich bin geschieden.« Er zuckte mit den Schultern. »Aber mehr ist da von meiner Seite aus nicht.«

Pia verzog den Mund. »Das sieht sie anscheinend anders.«

Er seufzte. »Ja.«

»Und jetzt?«

»Könntest du eventuell wirklich mit mir zu dieser Hochzeit gehen?« Irgendwie gefiel ihm der Gedanke, mit Pia aufzutauchen, nicht nur, weil Rósa ihm dann nicht so auf die Pelle rücken würde.

Pias Augen weiteten sich. »Zu deinem Schutz, nehme ich an. Welche Hochzeit überhaupt?«

»Ja, das klingt gut. Beschütz mich.« Er zwinkerte ihr zu. Flirteten sie etwa gerade?

Seltsamerweise gefiel es ihm. »Es sind befreundete Nachbarn, wie das hier eben so ist. Wir kennen uns natürlich schon seit Schulzeiten.« Er vergrub die Hände in den Hosentaschen.

»Hm. Ich weiß gar nicht, ob ich was zum Anziehen für so eine Feier dabeihabe.« Sie legte einen Finger an ihre Lippen und schaute nach oben, als würde sie überlegen.

Ragnar kniff ein Auge zu. »Ich schätze, du hast für Helgas Party mindestens drei Outfits zur Auswahl im Koffer.«

Pias Wangen röteten sich.

»Ha! Erwischt«, rief er lachend. »Es wäre mir *wirklich* eine Freude, wenn du mich begleiten würdest.«

Sie zögerte, doch dann nickte sie und zuckte mit den Schultern. »Warum eigentlich nicht? Ich mag Hochzeiten ... solange es nicht meine eigene ist.«

»Gebranntes Kind?«

»O ja.«

»Verstehe. Dann sind wir uns ja auch in diesem Punkt einig. Ich habe auch genug von der Ehe.«

Ragnar fiel erst hinterher auf, was er von sich gegeben hatte. Jetzt dachte sie sicher, dass er ihr klarmachen wollte, dass er kein Interesse an ihr hatte. Hatte er ja auch nicht. Na gut, vielleicht fand er sie attraktiv. Aber er meinte keinesfalls, dass er und sie ... Gott, er war ein Idiot.

»So war das nicht gemeint«, murmelte er.

Pia grinste. »Schon gut, du bist mir nicht auf den Schlips getreten. Es ist völlig in Ordnung, wenn das kein romantisches Date wird, Ragnar. Wir sind beide alt genug, um nicht mehr an Märchen zu glauben. Lass uns mal die beiden Damen nach Hause bringen, ich will auch nach Leonie sehen. Nicht, dass sie wieder Dummheiten ausheckt.«

Pia ging zurück zum Tisch, obwohl er ihr noch nichts von den Örtlichkeiten gezeigt hatte. Ragnar strich sich über seine Bartstoppeln und schaute ihr nachdenklich hinterher.

August 1949, Hjalteyri, Eyjafjörður

Es war ein warmer Sommertag im Eyjafjörður. Die Schwestern trugen nur ihre Staubmäntel und keine dicken Wollpullover darunter, wie an den meisten anderen Tagen, als sie sich auf den Weg nach Akureyri machten. Die Wartezeit auf den Milchwagen verkürzten sie sich mit dem Singen deutscher Lieder. Sie mussten nicht lange warten, bis der rumpelnde Transporter auf dem Schotterweg angerauscht kam.

Helga und Margarete kletterten auf die Ladezone des Milchwagens und setzten sich vor die verzinkten Milchkannen. Plötzlich kam Théo aus dem Haus gegenüber gerannt, winkte dem Fahrer des Wagens und schwang sich kurz darauf behände zu ihnen nach oben. »Gaman að sjá ykkur, stelpur«, grüßte er breit grinsend.

Von seiner Verletzung war nicht mehr viel zu sehen, nur noch eine rote Linie. Offenbar hatte er auch etwas in der Stadt zu erledigen, was Margarete ganz kribbelig machte. Sie konnten sich inzwischen in einem Mischmasch aus Englisch und Isländisch verständigen, das ging immer besser. Sie sahen einander beinahe jeden Tag, wenn auch nur zufällig. Théo war sehr viel mit den Pferden zugange, und solange das Wetter schön war, gab es auch auf den Höfen draußen genug zu tun.

Helga saß zwischen ihnen, fast wie eine Gouvernante, dachte Margarete. Sie ließ sich davon allerdings nicht stören.

»Kommt ihr am Samstag zum Ball?«, erkundigte sich Théo.

»Wo ist denn einer?«, fragte Margarete und strahlte ihn an. Sie hatte natürlich vermutet, dass die isländische Jugend auch hier regelmäßig zum Tanz ging, aber bislang hatte sie noch niemand eingeladen. Mit Théos Schwestern Sessilja und Þóra hatte sie auch noch keine richtige Freundschaft geschlossen. Ihre Tage waren mit Arbeit ausgefüllt, und daneben blieb nicht viel Zeit, jemanden kennenzulernen. Dazu kam, dass Margarete immer das Gefühl hatte, dass die anderen Frauen der umliegenden Höfe sie argwöhnisch musterten, als ob sie eifersüchtig wären, dass Théo ihr mehr Aufmerksamkeit schenkte als ihnen – was zum Teil auch stimmte.

»Wir nehmen euch mit. Ist nicht weit.« Théo grinste spitzbübisch. Eigentlich sollte sie den Blick, wie es sich für ehrbare Mädchen gehörte, niederschlagen, aber sie war wie gebannt von seinem Anblick.

»Hótel Hjalteyri?«, fragte sie aufgeregt. Sie konnte es gar nicht erwarten, endlich wieder unter Leute zu kommen und Zeit mit Théo zu verbringen, etwas mit ihm zu erleben, das nichts mit Arbeit zu tun hatte, vielleicht sogar mit ihm zu tanzen. Bei dem Gedanken wurde ihr noch wärmer in ihrem Staubmantel.

Dass es in Hjalteyri sogar ein Hotel gab, hatte sie zuerst überrascht, aber der Name war bereits hin und wieder gefallen. Es gehörte einer reichen dänischen Familie, die neben einigen Fischtrawlern auch einige Bauernhöfe verpachtete. Das hatte Margarete sich zumindest durch die Zeichen und Worte von Théos Schwestern zusammengereimt.

»Nein, aber da wird auch manchmal gefeiert«, sagte Théo augenzwinkernd.

Helga flüsterte. »Bist du sicher, dass wir das dürfen?«

»Helga«, sagte sie zu ihrer Schwester. »Wir sind Arbeiterinnen, keine Sklaven. Wenn wir am Sonntag nicht bis in die Puppen schlafen, können wir bestimmt auch mal ausgehen.«

Dem hatte Helga zum Glück nichts entgegenzusetzen. Der Milchwagen rumpelte eine gute halbe Stunde über die geschotterte Straße, bis er vor dem Gebäude der Kaupfélagið anhielt.

Théo sprang behände von der Ladefläche. »Komið þið«, rief er ihnen zu und lächelte spitzbübisch.

»Du zuerst«, raunte Margarete ihrer Schwester zu.

Helga erhob sich und ließ sich von Théo herunterhelfen. Dann war Margarete an der Reihe, und ihr Herz klopfte schnell in ihrer Brust. Er streckte ihr seine kräftigen Hände entgegen, und sie legte ihre in seine. Für einen Moment stand ihre Welt still, seine Haut war warm und von der harten Arbeit schwielig. Ihre Blicke trafen sich, und kleine Schmetterlinge flatterten in ihrem Bauch auf, als er sie kurzerhand – wie schon auf dem Steg bei ihrer Ankunft – an der Taille packte, sie durch die Luft wirbelte und dann viel zu schnell wieder auf dem Boden abstellte.

»Takk«, hauchte sie und sah zu ihm auf. Seine blauen Augen leuchteten intensiv, und das warme Gefühl in ihrem Magen breitete sich über ihren ganzen Körper aus.

Als Antwort hielt er ihr seine Wange hin. Er wollte, dass Margarete ihm einen Kuss gab.

Bevor es so weit kam, zog Helga sie am Staubmantel, und Margarete stolperte davon.

»So weit kommt es noch, dass du dich ihm am helllichten Tag an den Hals wirfst«, schimpfte Helga, lächelte aber, vermutlich, weil sie nicht wollte, dass Théo mitbekam, worum es ging.

Théo wirkte ganz und gar nicht zerknirscht oder gar beleidigt, im Gegenteil. Seine Augen funkelten, und er tippte sich zum Gruß an die Schiebermütze.

»Bless«, rief er ihnen zu, deutete eine Verbeugung an und marschierte in die Kooperative.

»Ist er nicht hinreißend?«, stieß Margarete aus und sah ihm hinterher.

»Er ist hinreißend hinter jeder Schürze her«, erwiderte Helga und hob eine Augenbraue.

»Théo wollte nur nett sein und sonst nichts.« Und wenn es nach ihr ging, dann hatte sie gar nichts dagegen, wenn er hinter ihrer Schürze her war. Der einzige Grund, warum sie nicht mit einem bissigen Kommentar auf Helgas Gouvernanten-Plattitüden antwortete, war, dass sie wusste, wie schwer Helga sich immer noch mit dem Verlust ihres Verlobten Karl tat. Immer wenn sie nach getaner Arbeit in ihrer Kammer lag und auf Karls Bild starrte, das neben ihrem Bett an der Wand hing, konnte sie seine Abwesenheit kaum ertragen. Margarete verdrehte dennoch die Augen und machte sich auf den Weg zum Postamt.

Die Augustdämmerung legte sich wie ein Vorhang über das Tal. Eine Sommernacht im Norden, auf die sich Margarete besonders freute. Die Aussicht auf eine Tanzveranstaltung hatte sogar dafür gesorgt, dass sie dem samstäglichen Waschtag etwas hatte abgewinnen können.

Margarete suchte ihr hübschestes Kleid aus ihren wenigen Habseligkeiten heraus, dann kämmte sie sich die Haare, bis sie glänzten. Sie waren ein ganzes Stück gewachsen, seit sie Lübeck verlassen hatten. Auch ihre Taille und ihre Wangen waren ein wenig fülliger geworden, jetzt, wo sie endlich wieder regelmäßig essen konnten. Sie war froh, dass sie nicht mehr jede Rippe zählen konnte. Durch die tägliche Arbeit hatte sie außerdem an Stärke gewonnen, die schwere Arbeit auf dem Hof gab ihr Selbstvertrauen. Sie konnte alles schaffen, wenn sie sich nur Mühe gab.

So hatte sie sich in Lübeck nie gefühlt. So einsam sie hier zu Anfang auch gewesen sein mochte, sie hatte immer eine sinnvolle Aufgabe gehabt, ganz anders als zu Hause. Mit funkelnden Augen zog sie ihre Augenbrauen mit einem abgebrannten Streichholz nach, das musste genügen. Echte Schminke hatte sie nach wie vor nicht. Die Mode auf Island unterschied sich gar nicht so von der zu Hause, dachte sie, als sie ihre Schuhe schnürte. Die Bauern hatten alles, was sie brauchten, auch wenn sie vieles selbst nähen oder stricken mussten, weil das Geld fehlte, um in Läden einzukaufen. Dennoch war man hier glücklich, und das war mehr, als sie von vielen Bekannten in der Heimat sagen konnte. »Margarete ...«, hörte sie die Stimme ihrer Schwester von unten.

»Ja, ich komme gleich«, gab sie zurück und eilte zu ihr. Auf dem Weg zum Tanz schlossen sie sich den anderen jungen Leuten der umliegenden Höfe an. Théo, sein ältester Bruder Aðalsteinn mit seiner Verlobten, Sessilja und Þóra waren auch dabei. Der Marsch zum Tanz dauerte beinahe eine Stunde, aber das störte sie nicht, sie lachten und scherzten den ganzen Weg über. Und auch wenn die beiden Mädchen aus Deutschland nicht alles verstanden, waren sie heute mehr Teil der Gruppe als in den acht Wochen davor. So fühlte es sich zumindest für Margarete an, als sie einen Blick mit Théo wechselte, der ihr eine Hand reichte, um eine Pfütze zu überspringen. Sie meinte, die Funken zwischen ihnen sprühen zu sehen.

Margaretes Herz schlug schneller, als sie ein weißes Haus mit einem schwarzen Dach erreichten. Die Tanzmusik drang bis zu den Berghängen hinauf. Fünf Stufen führten zur weit offen stehenden Eingangstür. Margarete bebte innerlich vor Anspannung und Freude, als sie mit Helga und den anderen zusammen hinaufging. Selbst Helgas Züge entspannten sich, und sie wirkte wie verzaubert, als sie die Treppe hochschritt. Ihre Haare und ihre Wangen glänzten heute wie schon seit Langem nicht mehr, und ein kleiner Funke in Margaretes Herz leuchtete für ihre Schwester, die in diesem Augenblick so strahlend war wie früher, bevor der Tod in ihr Leben eingebrochen war.

O Gott, wie sehr hatte sie es vermisst, unter Leuten zu sein, Spaß zu haben und vor allem – zu tanzen. Unverheiratete Mädchen wie Helga und sie, jung, schön und blond, zogen allerorts die Aufmerksamkeit junger Männer auf sich, auch wenn ihre Kleider nicht die schönsten waren. Aber heute Abend war die Beachtung, die man ihnen schenkte, besonders groß. Die beiden Deutschen wurden von den Isländerinnen argwöhnisch beobachtet und von den Burschen angestarrt. Vielleicht sind wir für die Einheimischen als Ausländerinnen geheimnisvoller als die Mädels aus dem Dorf, schoss es Margarete durch den Kopf, und sie musste grinsen.

»So anders ist es ja gar nicht«, sagte sie leise zu Helga, als sie den Saal betraten. Die Luft war stickig und warm, eine Mischung aus Schweiß und billigem Rasierwasser schlug ihnen entgegen. Die Mädchen saßen rechts an der Wand, die Burschen links. Auf einer kleinen Bühne, die aus gestapelten Kisten bestand, saß ein Kerl mit einer Quetschkommode. Er spielte und sang dazu, während die Paare bereits eifrig über die Dielen wirbelten. Den Tanz kannte Margarete nicht, aber es sah lustig aus, immer wieder hüpften und sprangen alle und drehten sich im Kreis.

»Komm«, sagte sie zu Helga und zog sie an den Rand. Ihr entging natürlich nicht, dass alle sie neugierig musterten. Einige der Gesichter kannte sie, viele nicht. Es schien jedoch so, als wüssten alle, wer sie waren. Margarete hob den Kopf ein wenig höher, sie störte die Aufmerksamkeit der anwesenden Vertreter des anderen Geschlechts ganz und gar nicht. Zu lange war es her, dass sie diese Atmosphäre, die schnellen Drehungen und die verheißungsvollen Blicke, erlebt hatte. Aber sie erinnerte sich nur zu gut, es fühlte sich ein wenig so an, als wäre sie betrunken, wie ein kleiner Rausch. Die Mädchen schlürften Brause, die Burschen ließen Selbstgebrannten in Flachmännern kreisen. Es war also nur noch eine Frage der Zeit, bis die Knaben mutiger wurden. Margarete überlegte, mit wem sie – außer Théo – gerne tanzen würde, und freute sich still.

»Setzen wir uns«, meinte Helga und beachtete die Albernheiten der Kerle, wie sie es nannte, gar nicht.

Kaum nachdem sie Platz genommen hatten, wagten sich auch schon die ersten beiden zu ihnen vor. Ein dürrer Rothaariger mit Sommersprossen, ausgebeulten Kniehosen und hübschen grünen Augen. Der Zweite war dunkelhaarig und kräftig.

»Dansa?«, fragte der Dunkelhaarige Margarete, sie nickte und reichte ihm ihre Hand. Was er wollte, war nicht schwer zu verstehen gewesen. »Bis gleich«, rief sie Helga zu, die zu Margaretes großer Überraschung ebenfalls auf dem Weg zur Tanzfläche war.

Der Dunkelhaarige hieß Jói und sagte sonst nicht viel, vermutlich war ihm klar, dass sie ohnehin nichts verstand. Das tat ihrer Freude aber keinen Abbruch. Sie war nach ein paar Runden sowieso so außer Atem, dass sie kein Wort mehr hätte sprechen können. Erst als der Mann auf der improvisierten Bühne mit seiner Ziehharmonika eine Pause einlegte, ließ sie sich von Jói zurückbringen. Er holte ihr ein Glas Brause, und dann war auch Helga wieder an ihrer Seite. Ihr Gesicht war gerötet, ihre Haare am Ansatz feucht. Vermutlich sah Margarete genauso derangiert aus, aber das störte sie nicht.

»Und, wie war es?«, fragte sie Helga, während sie sich mit den Händen Luft zufächelte.

»Der arme Junge war so nervös, er hat immerzu geplappert, aber es war schön.«

»Hast du denn was verstanden?«

»Natürlich nicht. Du etwa?«

Sie lachten, dann wurde Margaretes Aufmerksamkeit auf Théo gelenkt. Er stand ein paar Meter weiter und schäkerte mit einem Mädchen, das sie nicht kannte. Als ob er spürte, dass er beobachtet wurde, wandte er seinen Kopf in ihre Richtung. Sein Lächeln wurde breiter, dann zwinkerte er und nickte ihr zu, als ob er sagen wollte: Ich habe dich nicht vergessen, lass mich das hier nur kurz erledigen.

Margarete spürte, dass sie rot wurde. Hoffentlich konnte er das auf die Entfernung nicht erkennen.

Als die Musik wieder einsetzte, schaute sie sich suchend nach Théo um. Sie war überrascht, dass er auf dem Weg zu ihr war. Einige Sekunden später stand er vor ihr. Sein Grinsen war entwaffnend und ließ die Schmetterlinge in ihrem Bauch tanzen. Galant bot er ihr seinen Arm, den sie vorsichtig ergriff, als könnte sie nicht so ganz fassen, dass er echt war. Sie warf einen Blick zurück und sah, dass Helga zeitgleich von einem anderen jungen Mann aufgefordert worden war, sie musste sich also keine Sorgen machen, dass sie sich unbeachtet fühlte. Sie sollten auf jeden Fall häufiger zum Tanz gehen, dachte Margarete. Dann zog Théo sie in seine Arme, und sie musste nach Luft schnappen. Als hätte der liebe Gott ihre Gebete erhört, spielte der Musiker nun ein langsames Lied. Théo zog sie eng an sich. Er roch gut, männlich herb und ein bisschen nach frischem Heu. Immer wieder trafen sich ihre Blicke, und Margaretes Herz machte jedes Mal einen kleinen Sprung.

Das Lied ging zu Ende, bevor Margarete Théos rätselhaftes Grinsen ganz in sich aufgesogen hatte. Ein junger Mann tippte ihm auf die Schulter, Margarete kannte ihn vom Sehen. Pétur, ein lustiger Knabe von einem benachbarten Hof, der Théo allerdings nicht das Wasser reichen konnte. Ganz offensichtlich fand er, dass er nun an der Reihe war, mit ihr zu tanzen. Margarete nickte, sie wollte nicht, dass jemand dachte, sie würde sich an Théo klammern – und der sollte ruhig mitbekommen, dass er Konkurrenz hatte. Aber sie schenkte Théo noch ein strahlendes Lächeln, bevor sie mit Pétur ging.

Plötzlich gab es einen lautstarken Tumult am anderen Ende des Saals. Offenbar war gerade ein Streit entbrannt, der jetzt mit fliegenden Fäusten ausgetragen wurde. Bestimmt hatten ein paar Burschen nur einen Grund gesucht, um sich zu prügeln, und da war ein schönes Mädchen sicher Anlass genug. Helga kam schnell auf Margarete zu. »Das ist ja wie zu Hause, die Knaben finden wohl, dass es nur eine gute Feier ist, wenn man sich gegenseitig eins auf die Rübe hauen kann.«

Margarete lachte. »Schauen wir mal, wer gewinnt.«

Jói, ihr erster Tanzpartner, setzte einen Haken links, sein Gegner taumelte und fiel zu Boden. Er rieb sich kurz über das schmerzende Kinn, knurrte und sprang sofort wieder auf die Beine. Der Schlag hatte ihn anscheinend erst so richtig angeheizt. Mit Anlauf warf er Jói um und krachte mit ihm auf einen Tisch, der mit einem lauten Rums zusammenbrach. Die beiden rappelten sich schnell wieder auf, beide atmeten schwer. Nun bekam Jói eins auf die Nase, wie in Zeitlupe sackte er zusammen und war einen Moment besinnungslos. Der Sieger wurde bejubelt, Jói umsorgt. Er schlug die Augen auf, fluchte wie ein Kutscher, nahm seine Niederlage ansonsten aber gelassen. Die Streithähne vertrugen sich schnell wieder, als jemand ihnen einen Flachmann reichte. Sie teilten sich den Schnaps und klopften sich gegenseitig auf die Schultern. Jói ließ sich nun von einer hübschen Blonden die Nase abtupfen. Die Traube löste sich auf, und die Musik spielte weiter.

Margaretes Aufmerksamkeit wurde auf ein Paar gelenkt, das

sich neben den Streithähnen vorbeischlängelte. Es war Théo mit einer drallen Brünetten. Das Mädchen, mit dem er vorhin getanzt hatte! Sie kniff die Augen zusammen und beobachtete, wie sie durch die Tür verschwanden.

»So ein Hallodri«, murmelte Margarete, und ein ungewohntes bitteres Beißen pulsierte durch ihre Adern, als wären sie mit Säure gefüllt. Aus purer Sturheit tanzte sie danach mit jedem, der sie fragte, bis Helga irgendwann so herzhaft gähnte, dass selbst Margarete einsah, dass es keinen Sinn hatte, auf Théo zu warten.

Juli 2017, Hrafnagil, Eyjafjörður

Leonie sprach mit großem Eifer über das isländische Schulsystem, während sie zusammen im Wohnzimmer saßen. Ihr Handy durfte dabei selbstverständlich nicht fehlen, immer wieder machte sie Bilder, zog Grimassen und blinzelte kokett und hielt so alle, die es interessierte, über Instagram und Snapchat auf dem Laufenden. Pia wunderte sich, dass in den Augen ihrer Tochter auf Island alles so viel besser war als auf ihrem Gymnasium in Hamburg. Erstaunlich, dass Leonie ihre grundsätzliche Meinung bezüglich Schule in den letzten Tagen so drastisch geändert hatte – so ganz traute Pia diesem Umschwung aber nicht, da musste etwas anderes dahinterstecken.

»Ich meine, wie geil ist das denn, die haben hier drei Monate Sommerferien. Drei Monate! Stell dir das mal vor.«

Pia verzog den Mund. »Ja, das glaube ich, dass du das cool findest. Dafür haben sie aber auch vierzehn Schuljahre.«

Leonie zuckte mit den Schultern und machte eine Blase mit ihrem Kaugummi. »Na und? Danach weiß man bestimmt wenigstens, was man studieren möchte.«

Pia hob eine Augenbraue. »Ach, auf einmal redest du wieder über ein Studium.«

»Mama«, unterbrach ihre Tochter sie. »Ich habe nie gesagt, dass ich *nicht* an die Uni gehen will.«

»In dem Fall wäre es durchaus sinnvoll, du würdest dein Abitur machen.«

Leonie verdrehte die Augen. »Meine Schule ist einfach scheiße, da lernt man nichts, so wie die Leute da drauf sind. Das müsstest du doch verstehen. Der Leistungsdruck und so.«

»Und das ist hier so anders?«, fragte Pia.

»Rakel hat erzählt ...«

»Rakel, ich höre immer nur Rakel. Ich weiß gar nicht, ob sie so der beste Einfluss für dich ist. Und ob du die Schule genauso finden würdest wie sie, das weißt du doch gar nicht«, unterbrach sie Leonie.

»Ja, ist halt so. Sie hat jedenfalls gesagt, dass es hier auf der Schule voll cool wäre. Die haben Workshops und Gruppenarbeiten. Jeder kann mit seinem eigenen Computer zur Schule gehen.«

»Ja, genau. Am besten mit einem neuen MacBook Pro.«

»Die sind halt die besten.«

»Ist klar.«

»Mann, Mama. Du bist so ... Argh! Es hat doch keinen Zweck.« Leonie sprang vom Sofa auf.

»Was ist, wo willst du jetzt hin? Ach warte, lass mich raten. Zu Rakel?«

»Und? Was dagegen?« Leonie verschränkte die Arme vor der Brust. »Freu dich doch, dass ich hier Anschluss gefunden habe. Heute Abend ist übrigens eine Party, und da gehen wir hin.«

»Ähm. Und wer hat dir das erlaubt?«

Helga kam mit einer Tasse Tee ins Wohnzimmer, nahm sich die Zeitung und setzte sich an den Tisch. »Lass sie nur. Elias ist ein guter Junge, er wohnt vier Häuser weiter.«

»Siehst du, Mama, Tante Helga ist viel lässiger als du.« Ihre Tochter tippte ungeduldig mit der Fußspitze auf den Boden.

Pia biss sich auf die Unterlippe. Sollte sie sich darüber wundern, dass Helga besser informiert war als sie? »Ich werde es anscheinend sowieso nicht verhindern können. Aber du trinkst nichts.«

»Ja, ist ja gut. Oh, schau mal, wer gerade angeritten kommt.« Sie zeigte aus dem Fenster und schaute Pia dann triumphierend an. »Der Traumprinz auf dem weißen Ross.«

»Sei nicht so frech«, mahnte sie ihren Sprössling und verkniff sich zu sagen, dass Ragnar sicher kein Traumprinz war. Welcher Mann war das schon? »Bist du mit ihm zu einem Ausritt verabredet?«

Es war ein paar Tage her, dass Pia Ragnar zuletzt gesehen hatte. Die letzten Ausflüge hatte sie allein unternommen, obwohl er ihr mehrfach angeboten hatte, mit ihr zu fahren. Sie war ihm jedoch aus dem Weg gegangen, weil sie zum einen kein Interesse an einem Urlaubsflirt hatte und zum anderen niemandem zur Last fallen wollte. Und der Spannung, die sie auf dem ersten Ausflug zwischen ihnen wahrgenommen hatte, wollte sie keinen Nährboden für tiefergehende Emotionen bieten.

»*Ich* bin nicht mit ihm verabredet, aber du vielleicht!«, meinte Leonie spitz und sah ihre Mutter an.

»Du kannst doch reiten, oder?«, mischte sich Helga in die Unterhaltung ein.

Pia wurde flau im Magen. »Was soll das, Leonie?«

»Ach komm«, sagte ihre Tochter. »Du stehst doch auf ihn. Ich habe ihm gesagt, dass du gern mal die Umgebung auf einem Pferderücken erkunden würdest. Ich glaube, er fand die Idee gut.«

Pia schnappte nach Luft. »O Gott!« Ihr fehlte der Sauerstoff, um Leonie zurechtzuweisen, sie war viel zu beschäftigt damit, nicht zu hyperventilieren. Jetzt war wohl der falsche Zeitpunkt, um zuzugeben, dass sie ein bisschen Angst vor Pferden hatte, seit sie das letzte Mal von einem heruntergefallen war.

Und Oma kam natürlich auch gerade zur rechten Zeit die Treppe herunter, um sich das Spektakel, wie Pia direkt aus dem Sattel kippen würde, nicht entgehen zu lassen. Sie hatte ihr Mittagsschläfchen wie auf Kommando beendet. »Was ist hier denn schon wieder los?«

»Ich soll ausreiten«, klärte Pia ihre Großmutter auf, während Ragnar die Pferde draußen anband und mit langen Schritten aufs Haus zukam. Heute war sein Gang beinahe geschmeidig, nur wenn man es wusste, erkannte man, dass er den einen Fuß ein wenig nachzog.

»Dann ziehst du dich wohl besser mal an, Mädchen.« Mit stoischer Gelassenheit griff Oma nach ihrem Sudoku-Heftchen und ließ sich in einen Sessel sinken.

»Ich bin dann auch weg, viel Spaß! Ich schlafe bei Rakel.«

»Ähm, Leonie«, sagte Pia.

»Ja?«

»Ich werde mich bei Rakels Mama Erla nach euch erkundigen. Wenn mir zu Ohren kommt …«

»Spar es dir, Mama.« Leonies ernster Gesichtsausdruck ließ Pia eine bissige Antwort hinunterschlucken. Vielleicht hatte Leonie ja tatsächlich ihre Lektion gelernt.

»Schon gut«, sagte Pia nur.

Leonie und Ragnar begrüßten und verabschiedeten sich im Türrahmen. Pia blieb keine Zeit zum Durchatmen.

»Ah, hallo, zusammen. Bist du so weit, Pia?«, begrüßte Ragnar die Damen im Raum.

»Hi! Bis vor einer Minute war mir nicht bewusst, dass wir verabredet sind.«

»Überraschung!«, rief er grinsend und hob die Hände.

Sie spürte Helgas und Omas Blicke auf sich und gab sich geschlagen. »Hast du einen Helm?«

Ragnar lachte und nickte. »Dachte mir schon, dass du lieber auf Nummer sicher gehst.«

Mit klopfendem Herzen folgte sie Ragnar nach draußen, wo er zwei Pferde an einen Pfosten angebunden hatte.

»Groß sind sie ja nicht«, murmelte sie.

»Nein, aber sie sind ganz schön schnell. Das hier ist ein ganz Lieber. Wir nennen ihn das Tölt-Sofa. Einfach aufsitzen und genießen.«

Sie runzelte die Stirn und beäugte den Rappen. Seine Mähne war so üppig, dass sie seine Augen kaum sehen konnte. »Ist er blind?«

Ragnar lachte. »Nein, keine Sorge. Das wird schon. Für eine besonders hübsche Mähne bekommen die Pferde eine gute Beurteilung.«

»Du züchtest professionell?«

Er zuckte mit den Schultern. »Ich versuche es zumindest, bin aber noch ganz am Anfang. So schnell geht es nicht, ich habe noch nicht viele Pferde vorgestellt.«

»Wow, klingt aber spannend. Kann man davon leben?« Zu spät bemerkte sie, dass die Frage viel zu weit ging. »Entschuldige«, sagte sie hastig. »Das geht mich natürlich überhaupt nichts an. So, wen haben wir denn da?« Sie ging auf den Rappen zu und streichelte ihn sanft zwischen den Augen, um auf Tuchfühlung zu gehen.

»Bist du so weit?«, fragte Ragnar hinter ihr.

»Ja«, log sie und ging neben den Sattel, um aufzusteigen.

Sie stellte ihren Fuß ins Steigeisen, griff die Zügel und – wurde von Ragnar mit einem Schubs in den Sattel gehoben.

»Hey«, rief sie überrascht.

Er lachte. »Diese Hilfe bekommen nur besondere Gäste. Hier ist noch dein Helm.« Er hob einen schwarzen Helm vom Boden auf und reichte ihn ihr. »Ist es okay, wenn ich deine Steigbügel einstelle?«

»Klar.« Ragnar nestelte an ihren Steigbügeln und streifte dabei immer wieder ihre Oberschenkel. Pias Puls ging viel zu schnell, es war Jahre her, dass sie zum letzten Mal auf einem Pferderücken gesessen hatte. Ihre Nervosität lag jedoch nicht nur am bevorstehenden Ausritt, wie sie sich eingestehen musste.

»Ich hoffe, dass das auch wirklich ein ganz ruhiges Tier ist«, sagte sie zu Ragnar und schaute auf ihn herunter. Er stand gebeugt neben dem Pferd und fummelte am Ledergurt, der die Steigbügel hielt.

»Klar. Wie alle Isländer. Völlig entspannt und immer gut gelaunt.«

»Das macht mir wenig Mut.« Sie unterdrückte ein Kichern.

»Was willst du denn damit sagen?« Er trat einen Schritt zurück und sah überrascht zu ihr auf. Seine Augen funkelten amüsiert.

»Das bleibt wohl mein Geheimnis.« Wenn das Pferd so hyperaktiv war wie die Menschen, denen sie bisher begegnet war, dann hatte sie einen strammen Ritt vor sich.

»Wie du meinst. Leonie sagte, du kannst reiten?« Er vergrub die Hände in den Taschen.

»Wie man es nimmt, es ist 'ne Weile her, dass ich auf einem Pferd gesessen habe.«

»Gangpferdeerfahrung?«, fragte er weiter.

»Nicht wirklich.« Pia hatte zwar von Tölt und Rennpass gelesen, aber selbst nie auf einem Islandpferd gesessen.

»Super«, sagte er und schwang sich in den Sattel. »Das sind die besten Voraussetzungen für einen entspannten Nachmittag.« Er schien es tatsächlich so zu meinen. Pia schaute ihm verblüfft hinterher.

»Das glaube ich kaum«, murmelte sie wenig enthusiastisch.

Ihr war klar, dass ihr nachher alles wehtun würde. Hintern, Muskeln, Rücken ... alles.

»Oh doch. Du bist schon genug verkopft. Je weniger du über Tölt weißt, desto besser. Ich kann mir schon vorstellen, dass die Deutschen es viel komplizierter machen, als es ist. Mach einfach nur das, was ich dir sage. Tief in den Sattel setzen und Hüfte locker.«

Pia überging seinen Kommentar über Deutsche, die zum Verkomplizieren neigten, denn dazu hätte sie vermutlich keine passenden Gegenargumente gehabt. So antwortete sie nur leise: »Das haben alle Männer gern.«

Ragnars Lachen war dunkel und kräftig. »Stimmt wohl, Pia. Aber ganz ernsthaft: Du musst dich tief in den Sattel setzen, dann töltet Faxi ganz von allein.«

Sie ritten im Schritt los, und für ein paar Minuten sagte niemand etwas.

Pia gewöhnte sich langsam an die Bewegungen des Tieres. Das Islandpferd setzte seine kurzen Beinchen selbst im Schritt in einem viel schnelleren Tempo voreinander, als die großen Reitpferde, die Pia bisher geritten hatte, es taten. Das führte dazu, dass sich die ganze Körperbewegung des Tieres unter ihr völlig ungewohnt und ziemlich zackig anfühlte. Pia war ein bisschen steif und verkrampft, aber sie versuchte, sich den Bewegungen des Tieres anzupassen, so gut sie konnte. »Du wirst morgen schrecklichen Muskelkater haben, wenn du dich nicht endlich ein wenig entspannst.«

»Du hast leicht reden.«

»Soll ich Faxi als Handpferd an meine Zügel nehmen?«, bot er ihr scherzhaft an.

»So weit kommt's noch.«

»Ich mag deinen Sturkopf.«

Pia stieß zischend die Luft aus. »Na warte, bis du dir deinen Schädel daran eingerannt hast.«

»Siehst du? Irgendwie nett.«

»Nett?«

»Komm schon, Pia. Du musst doch zugeben, dass es gut läuft.«

Sie runzelte zweifelnd die Stirn. Aber je mehr sie sich entspannte und mit Faxis Bewegungen mitging, desto mehr konnte sie sich auf ihre Umgebung konzentrieren. Durch die Bewegung des Tieres fühlte sie sich irgendwie enger mit der Natur um sie herum verbunden. Sie hörte den Wind über die Wiesen rauschen, immer wieder fegten Böen über das hohe Gras. Die schnellen Schrittchen des Islandpferdes trugen sie sicher über den unebenen, steinigen Boden, während sie über die rollenden Hügel und die grüne Weite schauen konnte.

»Ich weiß nicht, wie ich das hier finden soll«, sagte sie schließlich. »Aber die Landschaft ist toll. Vom Auto aus kommt das alles gar nicht so unmittelbar rüber. So fühlt es sich viel mehr so an, als wäre ich ein Teil davon.«

• • •

Die kühle Luft hatte Pias Wangen ein zartes Rot verliehen. Ragnar fragte sich, wie es sich wohl anfühlen würde, mit seinen Fingerspitzen darüberzustreichen.

»Sag ich doch.« Ragnar nickte zufrieden und schaute wieder nach vorne.

»Das Grün ist einfach der Wahnsinn, und das Blau des Himmels erst. Irgendwie fühle ich mich total frei.«

Ragnar verstand, was sie meinte. »Nimm die Füße aus den Steigbügeln.«

»Was? Auf keinen Fall.«

»Doch. Und schließe die Augen.«

»Bist du verrückt geworden?«

»Das Pferd kennt den Weg.«

»Du willst mich umbringen!«

Er schüttelte den Kopf. »Du hast einen düsteren Sinn für Humor. Ich will nur, dass du es auch wirklich genießt«

»Indem ich die Augen schließe und meine Füße baumeln lasse?«

»Du vertraust deinem Pferd nicht.«

»Wie auch, ich kenne das Tier gerade mal eine halbe Stunde.«

Ragnar seufzte. »Du bist ein hartnäckiger Fall.«

»Da bist du nicht der Erste, der das sagt.«

»Dachte ich mir. Also was ist jetzt?«

»Ach, Ragnar.«

»Tu es für mich«, bat er sie und stellte gleich darauf fest, wie dämlich sich das anhörte.

Noch mehr überraschte ihn ihre Reaktion. »Na gut, aber auf deine Verantwortung.«

»Ich übernehme sehr gern die Verantwortung für dich.«

Ups!

Er war doch zu blöd. Aber es stimmte, es machte ihm Spaß, mit Pia unterwegs zu sein. Üblicherweise ritt er allein aus, was ihn sonst nicht störte. Er mochte die Einsamkeit – aber mit Pia ... egal.

»Augen zu, Füße hängen lassen«, wies er sie an.

»Und dann?«

»Einfach genießen.«

Er beobachtete, wie sie vorsichtig die Füße aus den Steigbügeln zog und die Augen schloss. Ein paar Minuten schwiegen sie. Er konnte sehen, wie sich ein Lächeln auf ihre Lippen schlich.

Ob sie wohl ahnte, dass er sie beobachtete? Wahrscheinlich nicht, denn gerade sah sie wirklich entspannt aus.

»Darf ich die Augen jetzt wieder aufmachen?«

»Ja. Und, wie war es?«

Pia ruckelte sich auf dem Pferderücken zurecht. »Ja ... irgendwie schön!«

»Prima. Dann versuchen wir es jetzt mal im Tölt. Lass den Quatsch von wegen Leichttraben, genau das Gegenteil. Tief in den Sattel mit deinem Gewicht, Zügel aufnehmen und von hinten antreiben, vorne hältst du das Pferd mit Paraden zusammen.«

»Yes, Sir.«

»Braves Mädchen.«

»Meinst du jetzt mich oder das Pferd?«

Sie lachten beide, dann tölteten sie an.

»Gott, das ist ja toll!«, rief Pia atemlos.

»Reisegangart, man kann ewig so reiten.«

»Wunderschön.«

»Freut mich, dass es dir Spaß macht.«

Nach einigen Minuten bat Ragnar sie anzuhalten. Sie stiegen aus dem Sattel, wobei er ihr gern die Hand gereicht hätte, es dann aber doch ließ, damit sie sich nicht bevormundet fühlte. In den letzten Minuten hatte sie völlig sicher im Sattel gewirkt. Sie hoben die Zügel über die Köpfe der Tiere und ließen die Pferde am Fluss trinken.

»Ich muss schon sagen, du führst ein beneidenswertes Leben«, sagte Pia und setzte sich ins Gras. Ragnar ließ sich neben sie fallen und schaute sie zweifelnd an. Aber nein, sie schien es nicht sarkastisch gemeint zu haben. »Ich mag es hier.«

»Das klingt irgendwie frustriert.«

Er konnte ihr jetzt schlecht von seiner Ex-Frau erzählen, für die ein Leben auf dem Land nie infrage gekommen war. Mit seinem Unfall war auch seine Ehe zugrunde gegangen, was ihn vor allem wegen Kristín immer noch belastete.

»Hey!« Sie legte ihm eine Hand auf den Arm. »Es tut mir leid, wenn ich was Falsches gesagt habe.«

Er griff nach ihrer Hand und hielt sie für ein paar Sekunden. Er konnte es gar nicht verhindern, wie von selbst strich sein Daumen über ihren Handrücken. »Nein, das ist es nicht. Ganz und gar nicht.«

Sie schaute zu ihm auf, und ihr stockte der Atem. Als hätte sie die Sehnsucht in seinem Blick erkannt. Ragnars starke Arme legten sich um ihre Taille und zogen sie dicht an seinen athletischen Körper. Es fühlte sich seltsam vertraut an, verwirrend und berauschend zugleich.

Plötzlich löste er sich von ihr, trat einen Schritt zurück und atmete scharf aus. »Entschuldige, ich weiß überhaupt nicht, was in mich gefahren ist!« Er wich ihrem Blick aus, eilte zu den Pferden und nestelte für einige Minuten am Zaumzeug, ehe er mit den Tieren zurückkehrte und so tat, als wäre nichts passiert.

• • •

Auf dem Ausritt hatte sich etwas zwischen ihnen verändert. Natürlich, so einen Moment konnte man nicht vergessen, vor allem nicht, wenn er so sinnlich war wie dieser. Einerseits wünschte Pia sich, er hätte sie geküsst, andererseits hatte sie seine Aussage nach der kurzen Umarmung zutiefst irritiert. Sie beschloss deswegen, es sei das Beste, so zu tun, als hätte es diesen intimen Moment nie gegeben.

Pia nahm einen Schluck Weißwein und ließ sich tiefer in das warme Wasser des Whirlpools gleiten. Es war kühl geworden, und Dampf stieg aus dem heißen Pott auf. Sie hatte Helgas Rat befolgt und nahm ein Bad, um ihre Muskeln zu entspannen und dem drohenden Muskelkater vorzubeugen.

Aus dem Haus drangen aufgebrachte Stimmen. Da war der Teenager mal friedlich, weil nicht anwesend, und dann stritten sich plötzlich Oma und Helga. Pia drehte sich um und warf einen Blick durch die erleuchteten Fenster ins Haus. Die beiden standen in der Küche und diskutierten heftig. Waren sie schon immer wie Feuer und Eis gewesen?

»Zum Glück nicht mein Problem«, murmelte sie und ließ sich wieder ins Wasser gleiten. Ihre Aufmerksamkeit wurde auf einen bekannten Herrn auf einem Pferderücken gelenkt. Ragnar hatte anscheinend noch nicht genug Bewegung und frische Luft bekommen, denn er ritt in einem Höllentempo auf einem Rappen auf dem nahe gelegenen Schotterweg vorbei. Das musste dieser Rennpass sein, von dem sie neulich gelesen hatte. Nicht jedes Islandpferd beherrschte diese rasante Gangart, die sogar schneller war als Galopp und bei der das Tier immer die zwei Beine auf einer Seite parallel bewegte. Ragnar machte wirklich eine Top-Figur dabei, das musste man ihm lassen. Sie seufzte.

Pia schloss die Lider und träumte ein wenig vor sich hin. Sie ließ diese Gedanken sonst nicht zu, aber die Erschöpfung und Entspannung, die sie nach den Stunden mit Ragnar in der Natur empfand, kamen einem Rausch gleich. In diesem wohligen Moment stellte sie sich vor, wie es wäre, wenn sie sich vielleicht doch auf einen Urlaubsflirt mit ihm einlassen würde. Er war bestimmt ein hervorragender Liebhaber.

»Mama?«, riss Leonies Stimme sie aus ihrer rosaroten Blase.

»Hm«, machte sie und öffnete die Augen. Zum Glück konnte ihre Tochter keine Gedanken lesen.

»Wie findest du mein Outfit?«

Leonie stand in Jeans und bauchfreiem Top vor ihr, darüber

trug sie eine schwarze Lederjacke. »Sieht gut aus«, sagte sie, um Leonie zu besänftigen, bevor sie hinzufügte: »Aber ist das nicht ein bisschen frisch für das Wetter?«

»Gar nicht. Ist doch warm heute.« Sie verzog ihren rot geschminkten Mund. »Wir wollen noch ins Kino vor der Party.«

»Kino. Vor der Party. Aha! Und dafür die viele Schminke, dabei sitzt ihr doch im Dunkeln.«

»Mann, Mama. Soll ich so rumlaufen wie du?«

»Leonie!«

Ihre Tochter presste die Lippen aufeinander und schaute sie herausfordernd an.

»Gut, ich gehe dann«, sagte sie schließlich.

»Wie kommt ihr überhaupt dorthin?«, wollte Pia wissen.

»Elias hat einen Führerschein.«

»Kann ich diesen Elias vielleicht einmal kennenlernen?«

»Gott, du bist so peinlich! Soll er zu dir in den Pott hüpfen oder wie? Keine Angst, ich will ihn nicht heiraten. Wir gehen nur zu viert ins Kino, und nachher kommen ein paar Leute, die seinen Geburtstag mit ihm feiern.«

»Ein Doppeldate?«

»Du bist echt so was von Achtziger, Mama.«

»Ja, stell dir mal vor. Ich bin keine siebzehn mehr.« Sie versuchte, geduldig mit Leonie zu sein. Sie war eben in einem schwierigen Alter. Aber in Momenten wie diesem wünschte sie sich, einen Ansprechpartner zu haben, mit dem sie ihre Sorgen wegen Leonie teilen konnte.

»Bin dann weg.«

»Wann kommst du zurück?«

»Gibt es jetzt eine Ausgangssperre? Ich habe doch gesagt, ich schlafe bei Rakel.«

Pia unterdrückte ein Stöhnen. »Okay. Aber bitte pass auf dich auf, ja?«

»Mache ich.«

»Viel Spaß!«

Und dann war sie wieder allein. Pia schloss die Augen und ließ sich vollständig ins Wasser gleiten.

August 1949, Hjalteyri, Eyjafjörður

An den ständigen Wind musste man sich gewöhnen. Kein Vergleich zu den Lüftchen, die Margarete von der deutschen Ostseeküste kannte. Mittlerweile wusste sie, dass die starken Böen hier völlig normal waren und kein Sturm aufzog, wie sie zunächst häufig befürchtet hatte. Butterblumen und Löwenzahn blühten ringsherum und verwandelten die grünen Wiesen über Hjalteyri in ein gelbes Meer. Der kühle Nordwind peitschte ihr immer wieder die blonden Haare ins Gesicht. Ab und zu blitzte die Sonne durch die dichten grauen Wolken. Bislang war es zum Glück trocken geblieben, deshalb hatten sie sich nach dem sonntäglichen Kirchgang aufgemacht, um wild wachsende Blaubeeren zu sammeln.

»Das sind ja wirklich kleine Dinger«, sagte Helga und ging in die Hocke.

Dísa und Sigga pflückten Gänseblümchen, bastelten sich Kronen und Ketten daraus und sangen dazu immer wieder das Kinderlied Dansi dansi, dúkkan mín. *Tanz, mein Püppchen, tanz.*

»Aber sie sind süß und lecker«, wandte Margarete ein und fing an mitzusummen, weil sie den Text noch nicht konnte. Die Melodie hatte sie längst im Ohr.

Helga seufzte. »Ich vermisse die Obstwiesen zu Hause. Weißt du noch, wie wir bei den Großeltern im September immer Äpfel aufgelesen haben? Jetzt ein Stück Apfelkuchen mit Streuseln, das wäre was, oder?«

»Dafür würde ich fast meine Seele verkaufen«, seufzte Margarete. »Die Beeren sind aber auch gut. Davon werde ich gleich nachher eine Marmelade kochen, wenn wir noch genug Einmachzucker haben.«

»Die paar Dinger werden ja kaum für fünf Gläser reichen.«

»Was soll's. Im *Skyr* schmecken sie bestimmt auch gut.«

»Dein Pragmatismus ist ... bewundernswert.«

Margarete schmunzelte, ohne aufzusehen, und sammelte weiter. Die Mädchen Dísa und Sigga halfen ihnen fleißig, sangen, lachten, tanzten, versprühten ihre kindliche Energie und steckten Margarete damit an. Sogar Helga brummte hin und wieder die Kindermelodie. Margarete war froh, dass Helgas Wangen seit wenigen Wochen wieder rosiger waren. In ihren Augen schimmerte manchmal sogar der Glanz, den Margarete von früher kannte. Es war so, als würde Helga nach und nach aus einem langen Winterschlaf erwachen. Noch sprach sie nicht darüber, als müsste sie sich selbst erst davon überzeugen, dass der Abschied von der Trauer auch erlaubt war. Doch Margarete konnte sehen, dass ihre Schwester sich veränderte. Und mit ihr selbst war es nicht anders. Seit einer Weile weinte sie sich nicht mehr abendlich in den Schlaf. Die Arbeit ging ihr leichter von der Hand, und das tiefe Gefühl von Einsamkeit, das sie am Anfang empfunden hatte, war langsam geschmolzen wie Schnee in der Sonne. Sie konnte sich jetzt gar nicht mehr so recht erklären, was ihr am Anfang eigentlich so schrecklich und fremd am Leben hier vorgekommen war. Ihr Bedürfnis, den Schmerz mit anderen zu teilen, ihren Gefühlen in der Sprache Ausdruck verleihen zu können, war auch mit wachsender Vertrautheit zu den Kindern, zu Bjarghildur und ihrem Þórður und zu Théos Schwestern kleiner geworden – es kam ihr so vor, als bräuchte sie gar nicht für alles Worte, als könnte sie mit einem Lächeln, einem Seufzen, einem Augenrollen oder Kopfschütteln genug Verbundenheit zu den anderen herstellen. Wenn sie nun mit den anderen lachte oder abends in der Küche mit den Kindern Lieder sang, fühlte sie sich geborgen, als gehörte sie schon immer hierher. Auch ihre Sprachkenntnisse waren zwar nicht so schnell wie erhofft, aber dafür stetig angewachsen. Zum Teil konnte sie inzwischen einfachen Unterhaltungen folgen, Witze und Neckereien verstehen. Jeder neue Satz, den sie verstehen konnte, war für sie, als hätte sie kleine, kostbare Blumen entdeckt, die sie dankbar vom Wegesrand auflas. Vielleicht war es auch einfach so, dass sie sich inzwischen an das Leben und die Menschen hier gewöhnt hatte – und sie hatte etwas, auf das sie insgeheim hoffen konnte. Denn wenn sie jetzt einen verstohlenen Blick mit Théo teilte, las sie etwas in seinen Augen, das sie vorher dort nicht zu sehen geglaubt hatte. Das war etwas, das ihr niemand nehmen konnte, das aber auch niemand wissen musste. Dieses Geheimnis wärmte nachts ihr Herz.

Wenn Margarete von den Beeren aufschaute, konnte sie in der Ferne den Fjord sehen. Immer wieder tauchten dicke schwarze Wale dort auf, deren Pusten man bis hinauf zu den Weiden hören konnte. Das erste Mal hatte sich Margarete beinahe zu Tode erschreckt, weil sie nicht gewusst hatte, was los war. Jetzt erkannte sie das zischende Geräusch und blickte auf, um die dicken Säuger zu beobachten. Die Fischer fluchten über die Wale, sie sagten, sie würden die ganzen Fische im Fjord wegfressen. Margarete fand das seltsam, das Meer war doch so groß, es war doch sicher genug für alle da, Mensch wie Tier.

Auf dem Rückweg zum Haus sahen sie Théo mit seinem Bruder. Die beiden standen auf dem Anlegesteg und angelten. Dabei waren sie in eine heftige Diskussion vertieft.

»So fangt ihr keine Fische, Jungs«, murmelte sie leise und fragte sich, worüber die Geschwister wohl streiten mochten.

»Weißt du, was sie haben?«, meinte Helga beiläufig.

»Nein, woher denn?«, gab Margarete zurück.

»Gestern beim Waschen hat Sessilja mir erzählt, dass Théo immer wieder wettert, dass man als Bauer im Norden zu nichts kommen würde.«

Margarete runzelte die Stirn. »Und was meint er damit?«

»Das hat sie nicht gesagt. Aber sein Bruder ist verlobt, als Ältester übernimmt er den Hof, hat er ja schon so gut wie gemacht, seit sein Vater tot ist. Und dann sind da noch mehr Geschwister, die auch alle nichts haben. Da kann man dann ja eins und eins zusammenzählen.«

»Aber Land gibt es doch genug. Er könnte sich was Eigenes aufbauen.«

»Das schon, aber ein Haus zu bauen, das erfordert mehr als Mut. Ein bisschen Kleingeld braucht man auch.«

Natürlich hatte Helga mal wieder als Erste durchschaut, wie die Bauern hier Erbschaft und Besitz regelten, während sie selbst keine Ahnung hatte. Über all das hatte sich Margarete überhaupt noch keinen Kopf gemacht, zu fremd und neu waren ihr die Regeln des Lebens im Eyjafjörður. Schmerzhaft wurde ihr bewusst, dass sie auch heute noch nicht alles einordnen und sich schon gar kein genaues Bild davon machen konnte, auf welchen Säulen sie selbst ihre Zukunft aufbauen wollte. Nur eins wusste sie: Sie wünschte sich, an Théos Seite zu sein. Ob als Bäuerin oder nicht, das war ihr völlig egal.

Margarete hatte am nächsten Tag aus ihrer Ausbeute tatsächlich ein paar Gläser Marmelade, *Bláberjasultu*, gekocht und aus den letzten Mehlresten *Pönnukökur*, hauchzarte Pfannkuchen, gebacken. Nun stand sie am Küchenfenster und sah zum Nachbarhof hinauf. Ihr Magen zog sich nervös zusammen, als sie Théo auf der Weide entdeckte.

Mit langen Schwüngen zog er die Sense immer wieder kraftvoll durch das Gras. Die Ärmel seines Hemdes hatte er hochgekrempelt. Er schwitzte. Sie wusste, wie anstrengend diese Arbeit war. Für Maschinen war kein Geld da, man musste alles per Hand erledigen.

Sollte sie zu ihm gehen? Seit dem Tanz neulich hatten sie kaum ein Wort miteinander gewechselt, sie war immer noch ein bisschen sauer auf ihn, auch wenn er immer fröhlich grinste und seine Augen verheißungsvoll funkelten, wenn sie einander begegneten. Vielleicht hatte sie ja auch etwas falsch interpretiert, als sie ihn mit dem anderen Mädchen gesehen hatte ...

Kurzerhand packte sie ein paar Pfannkuchen in ein Tuch, dazu füllte sie Kaffee in eine hellblaue Emailkanne mit weißen Punkten, ergriff zwei Becher und ging zu ihm hinauf. Mit jedem Schritt, den sie auf ihn zuging, kribbelte es mehr in ihrem Bauch.

»Hallo«, sagte sie, als sie nur noch ein paar Meter von ihm entfernt war und er sie entdeckte.

»Sæl Magga«, gab er zurück und lehnte sich auf den Stiel seiner Sense.

»Kaffi?«, fragte sie lächelnd und hob ihr Mitbringsel in die Luft.

»Já, já, auðvitað.« Seine dunkle Stimme klang fröhlich.

Margarete lächelte über seine Reaktion. An das ständige »Jau Jau«, das man in Island zu jeder Tageszeit und beinahe in jeder Konversation hörte, hatte sie sich auch gewöhnt und kapiert, wie man es benutzen musste. Es gab verschiedene Formen: Ein etwas fragendes Jau Jau kam einem deutschen »Echt?« gleich. Wenn man in einem Gespräch war und keiner mehr etwas zu sagen hatte, seufzte man das »Jau jau« als eine Art »Dann wollen wir mal wieder weitermachen«. In diesem Falle jetzt gerade wollte Théo ihr aber mitteilen, dass er »unbedingt und selbstverständlich« mit ihr ein Päuschen machen würde.

Es war das erste Mal seit Langem, dass Margarete die Möglichkeit hatte, ein paar ungestörte Minuten mit ihm allein zu verbringen. Helga war nicht in der Nähe, um auf sie aufzupassen, und auch die anderen waren bei der Arbeit in den Ställen. Margarete fühlte sich unbeobachtet.

Théo legte seine Sense auf den Boden und bedeutete ihr, ihm zu folgen. So saßen sie kurz darauf hinter einem Heukegel, vor Wind und Blicken geschützt, beisammen. Théo goss Kaffee in die Becher. Margarete reichte ihm einen Pfannkuchen. Dabei berührten sich ihre Fingerspitzen, sie schaute zu ihm auf, und das Funkeln in seinen Augen ließ die Schmetterlinge in ihrem Bauch auffliegen. Es war ein wundervolles Gefühl, so dicht neben ihm zu sitzen. Er zwinkerte und biss in das süße Gebäck.

»Já, já, hvað segjirðu, Magga?«, erkundigte er sich nach ihrem Befinden und stopfte sich gleich das nächste Stück des Pfannkuchens in den Mund.

»Mjög gott.« Sie lächelte ihn an. »Hast du viel zu tun?«

»Alltaf.« Er grinste. »Hvernig er í Þýskalandi?«

»Wie es in Deutschland ist? Auf einem Bauernhof? Wir haben viel mehr Maschinen als ihr«, gab sie in einem Kauderwelsch aus Deutsch, Englisch und Isländisch zurück.

Er zuckte mit den Schultern. »Engir peningar. Það snýst bara allt um fisk. Peningurinn fer allur í fiskvinnsluna.« Er seufzte, und Margarete spürte, dass es ihn belastete, dass die Bauern kaum Hilfe vom Staat erhielten. Alles Geld ginge in die Fischindustrie, hatte er gesagt.

Sie legte ihm eine Hand auf den Arm und drückte aufmunternd seinen Oberarm, um ihn ihr Verständnis fühlen zu lassen. Théo starrte finster auf seine Füße. »Bróður minn tekur yfir búið. Hann er elstur og á konu.«

Sein Bruder würde den Hof übernehmen, wie Helga gesagt hatte. Es war das erste Mal, dass sie Zeit hatten, sich ernsthaft zu unterhalten. Und es war das erste Mal, dass er sie an seinem Leben teilhaben ließ, an seinen Ängsten. Er blickte zu ihr auf, und die Intensität in seinem Blick ließ ihr Herz schneller schlagen. Der Ausdruck in seinen Augen war schmerzvoll, traurig.

Sie verstand, was er meinte. Er wollte ihr sagen, dass er als jüngerer Sohn in einer so großen Familie nichts zu bieten hatte. Aber das war Margarete egal.

»In Deutschland hatten wir nichts«, sagte sie deshalb mit fester Stimme. »Ich mache mir nichts aus Geld. Ég þarf enga peninga.«

Er runzelte die Stirn, als ob er nicht begriff, was sie ihm klarmachen wollte. Dass ihr Besitztümer egal waren, dass sie mit wenig leben konnte. Aber der Mut hatte sie verlassen, sie wusste ja nicht, ob er genauso für sie empfand wie sie für ihn. Oder ob er ihr das nur erzählte, weil er sonst niemanden hatte, mit dem er seine Sorgen teilen konnte.

Sie lächelte, um ihm zu bedeuten, dass alles gut werden würde, dass er sich nicht sorgen müsste. Sie streckte die Finger aus, drückte seine schwielige, warme und starke Hand, damit er sie verstand. Sein Blick änderte sich. Ihr Herz stolperte, als er seine Hand aus ihrer löste, ihren Rock langsam nach oben schob und seine Hand auf ihr Knie legte, warm und fest.

»Théeeeeeoooo«, rief jemand in der gleichen Sekunde mit Nachdruck vom Haus herüber. »Hvar errrtuu? Komdu!«

Es war, als würde ihr jemand das flatternde Herz aus der Brust reißen. Nicht jetzt, dachte sie verzweifelt.

Er lächelte sie an, zog seine Finger zurück und drückte ihr einen Kuss auf die Lippen, bevor er mit einem »Takk fyrir, vinan« davonlief und Margarete mit einem schmerzlich süßen Lächeln im Gesicht zurückließ.

Danke, Süße, hatte er gesagt. Seine Worte weckten Sehnsüchte in ihrem Herzen, von denen sie gar nicht gewusst hatte, dass sie sie in dieser Intensität empfinden konnte. Es war, als wäre er der Mond, der das Meer ihrer Emotionen unausweichlich wie Ebbe und Flut bewegte. Sie konnte es nicht länger verleugnen: Sie war verliebt.

Auf dem Weg zurück sah sie ihn mit einem dicken Mann in einem schicken Anzug vor einem Automobil stehen.

»Wer ist das da oben?«, fragte sie Bjarghildur, die vor dem Haus in der Sonne saß und strickte.

»Ein Däne, dem gehören ein paar Bauernhöfe in der Gegend.«

Ach, sie erinnerte sich. »Und das Hotel?«

Bjarghildur nickte. »Ja. Auch das. Und ein paar Schiffe.«

Das ungute Gefühl, das diese Worte in ihr auslösten, erschien ihr später wie ein Omen für das, was kommen würde. In diesem Augenblick wandte sie ihren Blick ab, um nicht das zu sehen, was sie bereits leise in ihrem Herzen erahnte.

Juli 2017, Hrafnagil, Eyjafjörður

»Kann es sein, dass du immer aufräumst, putzt oder bügelst, wenn du nervös bist?«, hörte Pia Omas Stimme hinter sich.

Sie hielt mitten in der Bewegung inne und drehte sich zu ihr um. »Wie bitte?«

»Schau dich doch mal an. Du stehst hier in Kleid und Nylonstrümpfen und ordnest Helgas Gewürzregal neu. Dabei war es prima so, wie es war.«

Pia war froh, dass ihre Haut von Make-up bedeckt war und Oma die Röte, die sich vermutlich darunter abzeichnete, nicht sah.

»Das ist total albern, Oma. Ich möchte nur behilflich sein.«

»Genau, und du bügelst ja auch so gern. So wie gestern und vorgestern, als dein Kopf geraucht hat. Du denkst zu viel nach.«

Pia runzelte die Stirn. »Was genau willst du mir damit sagen?«

»Dass du dich in den Pferdewirt verguckt hast und das auch nicht zum Verschwinden bringen kannst, indem du besonders viel darüber nachdenkst.«

Wäre ihr Kiefer nicht fest angewachsen, wäre er jetzt auf den Boden geknallt. »Oma!«

»Was denn? Ich war auch mal jung.«

»Ach, erzähl doch mal«, versuchte sie, von sich abzulenken.

»Ihr habt es heute doch viel leichter, man muss ja nicht mehr gleich heiraten.«

Pia unterdrückte den Impuls, Oma ins Gesicht zu sagen, dass sie noch eine solche Plattitüde nicht aushalten würde. Außerdem hatte sie bereits eine Ehe hinter sich, und das Drama mit ihrem Ex-Mann wollte sie unter keinen Umständen mit einem neuen Kandidaten wiederholen – auch wenn Ragnar eigentlich ein ganz anderer Typ war.

»Wirklich? Deswegen gibt es auch so viele Singles, und jede dritte Ehe wird geschieden, oder?«, stieß Pia schließlich zwischen zusammengebissenen Zähnen hervor.

»Ihr seid vielleicht einfach nicht leidensfähig genug.«

Sie rollte mit den Augen, manchmal war Oma einfach unmöglich.

»Pah, so ein Quatsch. Ich habe in meiner Ehe genug gelitten, bevor ich mich getrennt habe.«

Und nach der Trennung ging der ganze Ärger überhaupt erst richtig los. Georg rief ja immer noch ständig an und wollte sich in ihr Leben einmischen.

»Das meine ich ja auch gar nicht.«

»Was dann?«

»Wenn du Ragnar magst, dann sag es ihm doch einfach mal, und schau, was passiert. Es muss ja nichts für immer sein.«

Was geschah hier eigentlich gerade? Pia kratzte sich am Kopf.

»Oma, ich weiß selbst noch gar nicht, ob ich ihn mag. Woher willst du das also wissen?«

»Vom Gewürzregal.«

Pia schüttelte den Kopf und fuhr mit ihrer Arbeit fort. »Ich hatte einfach noch ein bisschen Zeit, was nur daran liegt, dass Isländer im Allgemeinen wohl immer zu spät kommen.«

Oma lachte. »Das hast du also schon registriert?«

»Das war ja nicht schwer. Wenn man um zehn verabredet ist und ganz selbstverständlich erst um zwölf auftaucht, und das jedes Mal – das ist doch eindeutig.«

»Das nenne ich mal eine gute Analyse. Helga, hast du das gehört?«, rief Oma Helga zu, die draußen auf der Veranda kniete und Stiefmütterchen in einen Kübel einpflanzte.

»Könntest du Leonie bitten, mir Bescheid zu geben, wenn sie vom Ausritt mit Rakel zurück ist?«

»Glaubst du, die Gören machen sich noch mal über eine Flasche Brennivín her?«

»Ich denke nicht, sonst hätte ich sie gar nicht mehr gemeinsam losziehen lassen.«

»Sie ist vielleicht jung und dumm, aber nicht komplett dämlich, immerhin, das hast du hingekriegt, Pia.«

»Treffend analysiert. Ich will trotzdem, dass sie Bescheid sagt, wenn sie wieder da ist.«

»In Ordnung. Sieh mal, da fährt Ragnar vor. Viel Spaß!« Oma tätschelte ihr die Wange.

Oma und Körperkontakt! Was war heute eigentlich mit ihr los? Sonst interessierte sie sich nicht so brennend für ihr nicht vorhandenes Liebesleben. Aber sie hatte keine Zeit, sich weiter Gedanken darüber zu machen, denn Ragnar stieg aus seinem Wagen aus und kam auf das Haus zu.

Wow, er sah großartig aus. Der dunkelblaue Anzug saß perfekt, und das weiße Hemd betonte seinen gebräunten Teint sehr vorteilhaft. Für eine klitzekleine Sekunde zuckte ein absurdes Bild durch ihr Hirn. Blumengestecke, ein Altar mit brennenden Kerzen, ein Pfarrer und sie und Ragnar als Brautpaar.

Sie schüttelte sich. Mein Gott, sie fuhren zu einer Hochzeit, ja, aber sie hatte überhaupt kein Interesse daran, jemals *selbst* wieder den Bund der Ehe zu schließen. Und schon gar nicht auf Island.

• • •

Ragnar hätte sich nicht als nervös bezeichnet, aber völlig gelassen war er auch nicht.

»Hallo, zusammen«, grüßte er, als er Helgas Küche betrat. Ihm stockte der Atem, als er Pia entdeckte, die vor dem Waschbecken stand und ihn musterte. Ihre glänzenden braunen Haare hatte sie im Nacken zusammengefasst und hochgesteckt, sodass ihr schlanker Hals und ihre anmutig geformten Schlüsselbeine vorteilhaft betont wurden. Sie trug ein zartes geblümtes Sommerkleid, das ihre Schultern frei ließ.

»Du siehst bezaubernd aus.« Er trat vor sie und küsste ihre Wange. Ihr vertrauter Geruch stieg ihm in die Nase und ließ ihn eine Sekunde vergessen, dass sie nicht allein waren. Als er bemerkte, dass Margarete am Küchentisch saß, trat er hastig einen Schritt zurück. Pia lächelte verlegen. Sie war einfach hinreißend, wenn sie aufgeregt war. Dabei stand Ragnar sonst nicht auf Frauen, die ständig zwischen heiß und kalt wechselten. Aber bei Pia war irgendwie alles anders. Völlig verrückt.

»Danke, du hast dich aber auch sehr schick gemacht«, erwiderte sie.

»Dann wollen wir mal, nicht?«, sagte Ragnar.

»Ja, unbedingt. Wir sind schon ein bisschen spät dran.«

Pia hielt sich eine Hand vor den Mund, als müsste sie ein Lachen verbergen. Ragnar verstand schon, was sie meinte. In seiner Zeit als Profihandballer hatte er schließlich oft genug in die Mannschaftskasse zahlen müssen, weil er zu spät gekommen war.

»Ist genetisch bedingt«, sagte er, legte Pia eine Hand auf den unteren Rücken und führte sie zur Tür.

»Viel Spaß«, rief Margarete ihnen hinterher.

Helga kam ums Haus herumgelaufen. »Ach, ihr seid ein schönes Paar. Habt einen schönen Tag, ihr beiden, Hochzeiten sind etwas ganz Wunderbares.«

»Was habt ihr noch vor?«, erkundigte sich Ragnar, während er die Beifahrertür für Pia öffnete.

»Das Wetter ist so schön, ich werde mir mein Golf-Set schnappen und ein bisschen spielen. Margarete nehme ich mit, ein bisschen Bewegung tut der Alten gut.« Helga schnalzte mit der Zunge und verschwand dann wieder im Haus. »Die Frau hat eine Energie, das ist kaum auszuhalten. Gestern habe ich sie sogar darauf angesprochen, und da hat sie nur beiläufig gemurmelt, dass sie nach dem Tod ihres Mannes erst richtig zu leben begonnen hat. Was auch immer das bedeutet.« Pia schüttelte nachdenklich den Kopf und stieg ein.

Eine Viertelstunde später saßen sie auf einer harten Kirchenbank in der kleinen Kapelle der Gemeinde Hrafnagil. Die Wände waren weiß gestrichen, der Kirchengang mit roten Rosen geschmückt, und auf dem Altar standen neben zwei Blumengestecken lange brennende Kerzen. An den Seitenwänden prangten religiöse Bilder in opulenten goldenen Rahmen, die Kanzel war ebenfalls mit goldenen Applikationen versehen. Die Gäste waren schick gekleidet, aber nicht übertrieben aufgebrezelt. Dunkle Anzüge, bunte Sommerkleider und lange Roben drängten sich dicht an dicht auf den wenigen Bänken der örtlichen Kirche.

»Es ist wunderschön hier«, flüsterte Pia in Ragnars Ohr. »Sehr reich ausgestattet, bei uns sehen so nur katholische Kirchen aus.«

»Schon im zwölften Jahrhundert stand hier eine Kirche, und das will was heißen, denn so viele Isländer gab es zu der Zeit ja nicht. Diese hier haben sie aber erst in den Zwanzigerjahren gebaut. Aber ja, wir mögen unsere Kirchen prunkvoll.«

»Schön, dass hier jeder Platz besetzt ist. Kennst du die Leute alle?«

»Ich würde lügen, wenn ich Nein sagen würde. In Island kennt ja irgendwie jeder jeden, und ich war mal, äh, recht populär.«

Pia richtete den Blick auf ihn. »Ja, habe ich mitbekommen. Der Handballstar. Ich finde, für einen Promi bist du ziemlich normal.«

Der übliche Stich, wenn er an sein altes Leben zurückdachte, fuhr ihm in den Magen. »Tja«, seufzte er. »Was ist schon normal.«

»Ich habe immer gedacht, so stark nach einer Karriere zu streben müsste automatisch bedeuten, dass man narzisstisch und, nun ja, irgendwie unentspannter ist, weil man sich nur auf eine Sache konzentriert. Wie Ronaldo zum Beispiel.«

Ragnar lachte so herzhaft, dass sich die Gäste in der Bank vor ihnen stirnrunzelnd umdrehten. Er hob die Schultern und ignorierte sie, bis sie sich wieder abwandten.

»Du willst doch jetzt nicht sagen, dass ich so schmierig aussehe wie er?«, provozierte er sie leise.

Pia klopfte ihm spielerisch auf den Oberschenkel. »Würde ich nie tun, du erinnerst mich eher an einen Wikinger – verwegen, mit dem unrasierten Gesicht, den zu langen Haaren und außerdem groß und muskulös. Ronaldo sieht doch gegen dich aus wie ein Milchbubi.«

Ragnar sagte für einige Sekunden nichts. Pia räusperte sich und schaute auf ihre Hände. Er fühlte sich geschmeichelt, obwohl man ihm sonst eigentlich nicht nachsagen konnte, dass er besonders eitel war. Ein bisschen tat es ihm aber auch weh, über sein altes Leben zu sprechen. An das erinnert zu werden, was er verloren hatte.

»Schau dir nur den Bräutigam an, der Arme ist so nervös«, lenkte er von sich ab.

»O ja, der weiß ja gar nicht, was auf ihn zukommt.« Sie kicherte. »Hoffentlich ist die Braut nett, wenn er vor Angst einfach umkippt und ihre Hochzeit ruiniert.«

Ragnar lachte. »Das wäre sie bestimmt, auch wenn ich hoffe, dass es nicht so weit kommt. Ich kenne Auður schon seit Ewigkeiten, sie hat ein Herz aus Gold, genauso wie er. Er heißt Bragi.«

»Gut, dass ich die beiden nicht trauen muss, die Namen könnte ich niemals fehlerfrei aussprechen.«

»Versuch es doch mal.«

»Äuuuudur.«

Er nickte. »Fast. Man spricht es eher so aus: Äüsür, der Buchstabe in der Mitte ihres Namens ist ein bisschen wie das englische TH. Die Zungenspitze muss zwischen die Zähne.«

Sie pustete die Luft aus ihren Lungen. »Ich finde es wirklich bewundernswert, dass Oma und Helga es geschafft haben, in recht kurzer Zeit Isländisch zu lernen, und das ganz ohne Sprachkurs. Es klingt völlig anders als alle anderen Sprachen, die ich kenne. Ich glaube nicht, dass ich das je so akzentfrei hinbekommen würde. Und bei Helga hört man doch keinen Akzent, oder?«

»Helga spricht, als hätte sie schon immer auf Island gelebt. Eigentlich lernen Deutsche Isländisch am besten, Dänen sind dagegen hoffnungslos verloren.«

»Ach ja?«

»Dänisch ist wie Englisch aufgebaut, die Dänen haben daher große Schwierigkeiten mit unserer Grammatik, aber die deutsche ist unserer ganz ähnlich.«

In diesem Moment begann die Orgel zu spielen, das Murmeln der Gäste wurde lauter, Köpfe drehten sich in Richtung der Eingangstür. Die Anwesenden erhoben sich, als die Braut am Arm ihres Vaters in die *Kaupangskirkja* geführt wurde. Ragnar hörte Pia ganz leise seufzen und beobachtete sie verstohlen. Obwohl sie die Braut nie zuvor gesehen hatte, glitzerte wahre Begeisterung für

Auður in Pias Augen. Ihre herzliche Reaktion löste etwas in Ragnar aus, etwas, das er eigentlich nie mehr hatte fühlen wollen, etwas, das er vor allem nicht für eine Frau empfinden wollte, die in wenigen Tagen wieder aus seinem Leben verschwinden würde. Es war ihre Fähigkeit, von sich selbst abzusehen und echte Freude für jemand anderes fühlen zu können, die ihn so berührte. Es zeigte ihm, dass sie ein Mensch war, der andere aus tiefstem Herzen glücklich sehen wollte. Für ihr Glück konnte sie ihre Seele öffnen.

Ragnar schluckte und hoffte, dass diese Sentimentalität nach der Trauung verfliegen würde. Bei dieser ganzen Gefühlsduselei musste man ja irre werden.

»O Gott, sie hat so ein kleines spitzbübisches Lächeln, als wäre sie wirklich mit euren Feenwesen verwandt«, flüsterte Pia ihm zu, ohne ihn anzusehen.

Sie hatte recht, Auður war wunderhübsch, weil sie aus dem Inneren heraus strahlte. Es war nicht ihr cremefarbenes bodenlanges Kleid in A-Linie, auch nicht ihre hellblonden Locken mit eingeflochtenen Sommerblüten, die ihre Schönheit ausmachten. Die Emotionen, die sich in ihren Augen spiegelten, gaben ihren sonst ruhigen Zügen etwas Außergewöhnliches. Sie liebte Bragi von Herzen, und Ragnar freute sich für die beiden.

Während er mit den Augen dem Gang der Braut durch die Kirche nach vorne folgte, fiel sein Blick auf seine Ex-Frau Harpa. Sie war mit ihrem neuen Partner gekommen – seinem ehemals besten Freund Brandur, der eine ihrer Hände in seinen beiden Händen hielt. Das Bild legte sich über seine gerade noch empfundene Hochstimmung wie ein Sargtuch. Ragnar konnte nicht verhindern, dass ein bitteres Gefühl wie Galle in ihm aufstieg. Es war schon eine Weile her, dass sie ihn verraten hatten, aber tief in seinem Inneren hatte er ihnen noch nicht verziehen. Und auf seltsame Weise band ihn dieses Gefühl noch an Harpa, ob er wollte oder nicht. Er versuchte, diesen schmerzhaften Gedanken abzuschütteln, doch es wollte ihm nicht recht gelingen. Er blickte erneut zu den beiden. Seine Tochter konnte er nirgendwo entdecken.

»Was ist?«, fragte Pia leise, und ihr heißer Atem streifte sein Ohr.

Er versuchte zu lächeln. »Alles in Ordnung.«

Der Pfarrer begrüßte die Gemeinde, und es wurde mucksmäuschenstill um ihn.

September 1949, Hjalteyri, Eyjafjörður

Der Herbst näherte sich unaufhaltsam und brachte eine immense Farbvielfalt mit sich. Gelb, Braun und unterschiedlichste Rottöne breiteten sich über den Feldern und Hügeln aus. Auf den Bergkuppen hatte Margarete heute Morgen bereits den ersten Schnee entdeckt. Der Winter war nicht mehr weit entfernt. Sie bezweifelte in diesem Augenblick nicht mehr, dass es richtig gewesen war, nach Island zu kommen, aber die Furcht, ob sie die permanente Dunkelheit in der kalten Jahreszeit aushalten konnte, blieb.

»Isländisch lernt man in fünf Jahren oder gar nicht«, meinte Bjarghildur zu ihr, als sie Margarete wie jeden Tag über die Zeitung gebeugt in der Küche fand. »Du bist sehr fleißig.«

Sie hob den Kopf und lächelte. »Danke! Ich gebe mir Mühe.«

Ihr Isländisch war in den letzten Wochen wirklich viel besser geworden, es war, als wären die ersten Schritte die schwersten gewesen, und nun reihten sie sich wie von selbst aneinander. Mittlerweile konnte sie einfache Sätze bilden und eine Menge verstehen – sofern nicht mehrere Leute durcheinanderredeten. Bjarghildur rieb sich über den Bauch. »Uff«, machte sie. »Zum Glück ist mir nur noch manchmal schlecht.«

Margarete hatte schon vor einer Weile mitbekommen, dass die Bäuerin wieder schwanger war, und das, wo sie doch gerade erst von einer Fehlgeburt genesen war. Das Baby sollte im Frühjahr kommen.

»Hoffentlich wird es dieses Mal ein Junge«, sagte Bjarghildur und nahm sich etwas Hafergrütze und Skyr. Dísa und Sigga spielten vor dem Haus, das Wetter war gut, nachdem es die letzten Tage sehr stürmisch gewesen war. Þórður war vor zwei Tagen mit einigen anderen Bauern davongeritten, die Schafe wurden nun für den Winter aus dem Hochland geholt. Margarete hatte mitbekommen, dass das hier eine große Sache war, zudem hatte sie gesehen, dass Þórður zwei Flaschen Selbstgebrannten eingesteckt hatte. Vermutlich wurde, wie immer, wenn Männer zusammenkamen, auch getrunken. Théo nahm mit seinem Bruder auch am Schafabtrieb teil, sie hatte die beiden gesehen, als sie mit zwei Handpferden und einem Hund von ihrem Hof getöltet waren. Obwohl sie sich immer wohler hier fühlte, trat sie, was die Bekanntschaft mit ihm anging, irgendwie auf der Stelle. Seit sie zu ihm auf die Weide gegangen war, hatten sie sich nicht mehr allein getroffen. Der kleine gestohlene Augenblick lag dabei immer noch wie eine warme Sonne in ihrem Herzen. Sehnsüchtig wartete sie darauf, dass er sich wiederholte. Beim Tanz waren sie sich zwar begegnet, doch sie waren einfach nie allein. Margarete war noch zweimal mit Helga ausgegangen. Glücklicherweise liebte Helga diese Bälle so sehr wie sie, sie blühte dort regelrecht auf. Aber so nah wie an jenem Tag hinter dem Heu waren Margarete und Théo sich nicht mehr gekommen. Dummerweise hatte Helga aufgepasst wie ein Schießhund. Ihre große Schwester war schlimmer als eine Äbtissin!

Es war jedes Mal beinahe gleich abgelaufen. Sie wurde ständig zum Tanz aufgefordert, sie und Helga bekamen nach wie vor eine Art Sonderbehandlung. Natürlich gefiel das einigen der isländischen Mädchen überhaupt nicht, aber damit kamen die Schwestern gut klar. Die Burschen waren meist betrunken, und es gab jedes Mal eine Rauferei. Sie *wollten* sich prügeln. Es waren immer dieselben Streithähne, die aufeinander losgingen, aber nie wurde jemand ernsthaft verletzt.

Margarete hatte ihm verziehen, dass er beim ersten Tanz mit einem anderen Mädel verschwunden war. Helga bestand jedoch darauf, dass Théo kein Kandidat zum Heiraten war. Das hatte sie ihr bereits seit dem ersten Tag gesagt. Bestimmt nur, weil sie selbst keinen fand, den sie mochte. Ihr Herz war immer noch an Karl gebunden, der auf dem Grund des Meeres lag. Was ihr nicht die Berechtigung gab, Margarete ihre Gefühle zu neiden, fand sie. Die Schwestern hatten beide viele Bewunderer. Wenn Helga keinen davon wollte, sollte sie doch Margarete wenigstens einen gönnen. Und keiner brachte Margaretes Herz so zum Flattern wie Théo.

Helga und Margarete rechten mit den Kindern Sigga und Dísa am Nachmittag das letzte Heu des Sommers zusammen. Sie schwitzten, die Schultern schmerzten, und die Handflächen brannten von der schweren Arbeit. Plötzlich hörten sie donnernde Hufschläge und laute Pfiffe.

»Sie kommen, sie kommen«, rief Dísa überschwänglich und rannte los. Beinahe hätte sie ihre Schale mit Beeren verloren.

Und dann sahen sie sie. Unzählige Schafe, gefolgt von Reitern auf ihren Pferden. Bellende Hunde sprangen umher und sorgten dafür, dass die Herde zusammenblieb und kein Tier verloren ging. Schon von Weitem hörten sie die Jubelrufe und Siegesschreie der Männer.

Der Trubel, der nun im Dorf herrschte, war unbeschreiblich. Die Schafe wurden in eine Umzäunung gedrängt und von dort aus nach Besitzer sortiert. Das dauerte Stunden, aber niemanden störte es. Im Gegenteil, es wurde getrunken und gefeiert. Sogar Helga schien am bunten Treiben Gefallen zu finden. So fröhlich und glucksend war sie sonst nur beim Tanzen. Margarete hielt nur nach einem Ausschau: Théo. Er war mittendrin und kämpfte gerade mit einem sturen Bock, den er bei den Hörnern gepackt hatte, um ihn zu separieren. Einige Burschen saßen auf dem Zaun und spornten Théo mit Rufen an. Sie starrte gebannt auf diesen kleinen Kampf und fand, dass Théo eine ganz hervorragende Figur dabei machte.

Als er genug hatte, sprang er behände über den Zaun und ging davon. Ein kleiner Stich meldete sich in ihrem Herzen. Er hatte sie gar nicht beachtet. Sie legte sich etwas abseits ins Gras und schloss die Augen. Als sie Schritte hörte, öffnete sie die Lider und unterdrückte das Lächeln, das sich auf ihr Gesicht schlich, als sie Théo sah, der sich mit einem Ächzen neben sie legte und sich auf die Unterarme aufstützte. Er roch nach harter Arbeit und Brennivín.

»Sæl, vinan«, begrüßte er sie lächelnd.

Hallo, Süße. Sie spürte, wie die Hitze in ihre Wangen stieg.

»Halló, Théo«, erwiderte sie auf Isländisch. »Wie ist es gelaufen? Bist du müde?«

»Bara vel«, sagte er.

Einfach gut.

Dann riss er einen Grashalm ab und kaute darauf herum.

Es verging keine Minute, da kamen auch schon seine Freunde Jói und Pétur zu ihnen und warfen sich neben Théo ins Gras. Margaretes Herz sank, sie hatte gehofft, dass dies eine Gelegenheit sein könnte, in der Théo sich ihr wieder öffnete, mit ihr sprach, ihr erzählen würde, was in ihm vorging. So wie in dem Moment, als er über seinen Bruder gesprochen hatte, der den Hof übernehmen würde, auf dem Théo sein ganzes Leben verbracht hatte.

Die drei riefen sich auf Isländisch kurze Sätze zu, die Margarete nicht verstand, dann boxte Jói Théo in die Seite, und alle lachten.

»Ach, da bist du«, rief Helga. »Ich muss jetzt zurück, die Kühe melken.«

»In Ordnung«, gab Margarete zurück, die erkannte, dass sie in Anwesenheit von Théos Freunden keine Chance hatte, seine Aufmerksamkeit zu erringen. Sie versuchte, ihre Enttäuschung zu verbergen, und lächelte gegen das Gefühl an. »Ich gehe mit. Die Jungs hier sind schon betrunken, wahrscheinlich prügeln sie sich gleich wieder. Da muss ich nicht dabei sein.«

Sie verabschiedete sich und ging davon.

Margarete trug schwere Gummistiefel, ein Kopftuch, und ihr Kittel war blutbespritzt. Ihre Hände waren rot und rissig, als sie sich zwei Tage später vor das Haus setzte und durchatmete.

»Sæl, Magga«, rief Théo aus einigen Metern Entfernung. Sie hatte ihn gar nicht kommen hören.

»Halló«, gab sie freundlich zurück.

Er kam in Wollpulli und mit Schiebermütze auf dem Kopf auf sie zu. »Wart ihr fleißig?«

»Ja, ich habe den ganzen Tag Schafsmägen zusammengenäht und in Blut gerührt.«

In die Schafsmägen wurde das gekochte Blut mit Fleischstückchen gefüllt und gegart. Anfangs hatte sie sich geekelt, aber nach einer Weile war das Gefühl verflogen. So lebte man hier nun mal, geschlachtet wurde selbst, natürlich musste man sich dann auch um die Verarbeitung des Fleischs und der Innereien kümmern.

»Pass nur auf, im Winter wirst du dich langweilen. Wenn es immerzu dunkel ist und man draußen nicht viel machen kann, bleibt viel Zeit fürs Nichtstun.«

»Man kann lesen«, schlug sie mit flatternden Lidern vor.

»Das stimmt. Ich kenne unsere Bücher beinahe auswendig.«

»Oder Karten spielen?«

»Ja, das ist in Ordnung.« Er trat von einem Fuß auf den anderen. »Komm, ich will dir was zeigen.«

Margarete sah an sich hinunter, aber ihn schien ihr Aufzug nicht zu stören.

Zögernd lief sie hinter ihm her. »Was ist?«, fragte sie, als sie um das Haus herum zu den Pferden gingen.

»Ich habe dich nie reiten sehen«, fing er an.

»Weil ich es nicht kann.«

»Möchtest du es lernen?«

»Willst du es mir beibringen?«

Er kratzte sich unter der Mütze. »Wieso nicht?«

»Gib es zu, du willst nur sehen, wie ich abgeworfen werde.«

»Nein, ganz sicher nicht.«

»Warum dann?«

Völlig überraschend nahm er ihre Hand. »Wenn ich hierbleibe, wirst du reiten lernen müssen.«

Margarete musste schlucken. Sie sah zu ihm auf, und das Blau seiner Augen strahlte noch intensiver als sonst.

»Wo willst du denn sonst hin?«

»Keine Ahnung, was gibt es hier für uns?«

Für uns. Es klang, als wären ihre Gebete erhört worden, als würden ihre Träume endlich wahr werden. Aber sie musste sichergehen. Sie trat einen Schritt näher an ihn heran, stand dann so nah, dass sie einander fast berührten, und legte dann eine Hand auf seine starke Brust. »Ich habe nur für ein Jahr unterschrieben, aber ich könnte mir vorstellen zu bleiben.«

Die Stalltür flog auf, und Sessilja kam mit ihrem siebenjährigen Bruder, dem Jüngsten, heraus. Sie hatten einen Korb mit Eiern in den Händen.

»Verflucht, kann man hier denn nirgendwo allein sein?«, brummte Théo, und Margarete musste lachen, obwohl ihr gar nicht danach zumute war. Sessilja warf ihnen einen wissenden Blick zu. »Théo ist ein alter Schwerenöter. Pass bloß auf, dass er dir nicht das Herz stiehlt, Magga.«

Margarete erwiderte nichts, denn dafür war es längst zu spät.

Juli 2017, Kaupangskirkja, Hrafnagil, Eyjafjörður

»Was für eine Trauung, es wirkte alles so nah und gefühlvoll. Wirklich ergreifend, auch wenn ich nicht verstehen konnte, was der Priester gesagt hat«, meinte Pia, als sie nach der Zeremonie in einer langen Schlange standen, um den Frischvermählten zu gratulieren. Das Paar hatte Glück. Die Sonne hätte nicht heller strahlen und der Himmel nicht wolkenloser sein können. Die Wiesen um die weiße Kirche mit dem roten Dach waren frisch gemäht, und der herrliche Duft von Gras kitzelte in ihrer Nase. Pia schloss für einen Moment die Augen und atmete tief ein. Mit jedem Tag, den sie auf Island war, liebte sie die raue Unberührtheit dieses Landes mehr.

Ragnar wurde unterdessen immer wieder angesprochen, ihm wurde auf die Schulter geklopft, die Frauen umarmten ihn, fassten ihn am Arm und machten Witze, über die er müde lachte. Bis eben war ihr nicht klar gewesen, dass ihn auf dieser Insel anscheinend wirklich jeder kannte – und verehrte. Es war ein seltsames Gefühl, danebenzustehen und von den Frauen völlig ignoriert zu werden, zumal sie nichts von dem verstand, was gesagt wurde. Sie war beinahe erleichtert, als sie Erla, Rakels Mama, einige Meter entfernt entdeckte. Vielleicht konnte sie nachher mit ihr ein paar Worte wechseln. Andererseits, sie konnte sich nicht beschweren, dass ihr Begleiter ihr keine Aufmerksamkeit schenkte. Im Gegenteil, er hatte während der Trauung immer wieder für sie übersetzt, als ob es ihm wirklich wichtig wäre, dass sie sich wohl- und nicht ausgeschlossen fühlte.

»Vielen Dank, dass du mitgekommen bist«, raunte Ragnar ihr ins Ohr, und sie erschauderte. Er stand so dicht hinter ihr, dass sie die Wärme, die von seinem Körper ausging, fühlen konnte. Für einen ganz kurzen Moment hatte sie sich gewünscht, wirklich mit ihm hier zu sein, als seine Begleiterin und nicht bloß als Geleitschutz vor den Aufmerksamkeiten der Cafébetreiberin. Nur für eine Sekunde, aber die hatte gereicht, um ihr Herz stolpern zu lassen. Allein der Gedanke war so fremd, so ungewohnt, dass sie unwillkürlich die Augen schloss, um ihn auszublenden. Sie wusste zu gut aus ihrer ersten Ehe, welch hohen Preis man oft dafür zahlen musste. Diesen Schmerz wollte sie nie wieder erleben.

Sie hatte ein Leben und einen Job in Hamburg, Freunde und Familie, das reichte ihr. Und eine Tochter, die gerade versuchte, sie selbst zu werden und die Pubertät ohne größere Katastrophen zu überstehen. Davon mal abgesehen war ja noch nicht mal etwas zwischen Ragnar und ihr passiert, und nur weil er nett zu ihr war, hieß das noch lange nicht, dass er Interesse *dieser* Art an ihr hatte. Von einer Partnerschaft zu träumen, bevor man einander richtig nahegekommen war, kam ihr selbst völlig absurd vor.

»Gern«, war daher das Einzige, was sie auf seine Dankbarkeit hin herausbrachte, und dann waren sie an der Reihe mit ihren Glückwünschen. Braut und Bräutigam begrüßten sie freundlich auf Englisch und bedankten sich, dass sie mit Ragnar gekommen war. Die beiden waren Pia sofort sympathisch, sie waren so ungekünstelt und bodenständig, und sie verstand, warum Ragnar mit ihnen befreundet war.

»Wir wünschen euch noch viel Spaß auf unserer Feier«, sagte

Auður zu ihnen, bevor Pia und Ragnar für die nachfolgenden Gratulanten Platz machten.

»So«, verkündete er mit einem schiefen Grinsen, als sie sich ein paar Meter entfernt hatten. »Jetzt könnte ich ein Glas Sekt vertragen.«

Pia verstand, was er meinte. Die Kette der Leute, die ein paar Worte mit Ragnar wechseln wollten, riss nicht ab. »Anstrengend, all diese Leute zu begrüßen?«

Er rieb sich das unrasierte Kinn. »Es ist normal, deswegen vermeide ich größere Veranstaltungen normalerweise.«

»Wie bist du denn früher damit umgegangen?«

Ein Schatten huschte über sein Gesicht, dann straffte er sich. »Es war anders. Ich war anders.« Mehr sagte er nicht. Pias Aufmerksamkeit wurde auf eine sehr schlanke Blondine gelenkt, die auf beeindruckend hohen Absätzen auf sie zukam. An der Hand hielt sie einen sehr großen dunkelhaarigen Mann, der ein wenig verlegen wirkte. Pia verstand erst im letzten Moment, dass die beiden zu ihnen wollten. Ragnar versteifte sich augenblicklich, und sie spürte instinktiv, dass das nicht die üblichen entfernten Bekannten waren, die sie bisher getroffen hatten.

Pia entging nicht, dass die Blondine sie musterte. Es stand ihr deutlich ins perfekt geschminkte Gesicht geschrieben, dass sie sich fragte, was eine wie Pia an Ragnars Seite machte.

»Pia«, sagte er auf Englisch. »Das sind Harpa, meine Ex-Frau, und Brandur, ihr Mann.«

»Hallo, Ragnar«, sagte seine Ex und tauschte mit ihm einen Blick, den Pia nicht so recht deuten konnte. Etwas zwischen alter Vertrautheit und Schmerz lag darin. Ein dumpfes Gefühl senkte sich in Pias Magen. Dann hielt Harpa Pia ihre akkurat manikürten Fingerchen hin. »Freut mich.«

»Gleichfalls«, erwiderte Pia mit einem gezwungenen Lächeln.

Es gab kaum etwas Unangenehmeres als die Begegnung mit Ex-Partnern, sie kannte das selbst nur allzu gut.

Nach einer sehr kurzen, dafür umso steiferen Begrüßungsrunde wechselte Harpa ins Isländische.

Pia war klar, warum. Allerdings würde sie eine Menge darauf verwetten, dass Harpa sich von Ragnar getrennt hatte, denn er wirkte immer angespannt und verbittert, wenn sie ins Spiel kam. Auch Harpas Partner, Brandur, fühlte sich offenbar unwohl. Er sagte kein Wort und trat von einem Fuß auf den anderen, was bei einem Hünen wie ihm reichlich dämlich aussah. Sie selbst war wahrscheinlich kein Stück besser, aber im Vergleich zu einer Frau wie Harpa *musste* sie einfach verunsichert sein, da sie das Gefühl hatte, wie ein unansehnlicher Tölpel zu wirken. Im Vergleich waren ihre Beine zu kurz, die Hüften zu breit und ihre Haare zu braun. Sie wusste, wie albern es war, sich von allzu schönen Frauen einschüchtern zu lassen, aber dieses Gefühl saß einfach zu tief, um es gleich abzuschütteln. Sie biss sich auf die Unterlippe und versuchte, ihr Lächeln aufrechtzuerhalten.

Es sah ganz danach aus, dass sich das Gespräch dem Ende zuneigte, zumindest klang es nach »Wir sehen uns später«, dem üblichen Blabla, das man sich zuwarf, wenn man jemanden loswerden wollte.

Sie spürte Ragnars Hand auf ihrem unteren Rücken: »Lass uns mal zur Feier fahren.«

Pia nickte Harpa und Brandur freundlich zu und ging mit Ragnar zu seinem Wagen. Sie vermied es, über die Begegnung mit seiner Ex-Frau zu sprechen, seiner Körperhaltung nach zu urteilen hatte er auch keinen Bedarf, darüber zu reden.

»Ihre Mutter, die Oma, passt heute auf meine Tochter auf«, murmelte er und hielt das Lenkrad fest umklammert, obwohl der

Motor noch nicht lief. In diesem Moment wirkte er so verloren, dass Pia ihn gern in den Arm genommen hätte.

»Das ist ja schade.«

»Ja, das finde ich auch. Es bringt mich zur Weißglut, aber natürlich muss ich mich beherrschen. Aber du hörst solche Geschichten sicher häufiger?«

»Ja, leider. Leben sie weit weg?«

»Eigentlich nicht. Die Schule ist in Akureyri, ich darf sie jedes zweite Wochenende sehen, aber meine Ex-Frau erfindet immer irgendwas, warum es nicht klappt. Heute wäre doch perfekt gewesen, ich hätte mich um sie gekümmert. Aber Harpa ... Ach!« Er atmete seufzend aus.

»Du vermisst sie«, stellte Pia sanft fest.

Er drehte ihr den Kopf zu, und der Schmerz, den sie in seinen Augen erkannte, tat ihr in der Seele weh. Aus einem Impuls heraus griff sie nach seiner Hand. »Es wird einfacher, wenn sie größer sind. Dann wird Harpa auch nicht mehr so besitzergreifend sein.«

Er schluckte, dann zog er seine Finger zurück. »Tut mir leid.« Seine Stimme klang rau, er schüttelte den Kopf. »Ich ... es ist schon in Ordnung.«

»Nein, das ist es nicht. Sie hätte sie mitbringen können, dann hättet ihr euch für ein paar Stunden sehen können. Es ist dein gutes Recht, sauer auf sie zu sein, wenn sie dir deine Tochter vorenthält.«

»Ich wusste nicht mal, dass sie eingeladen ist, verdammt!« Er schlug mit der Faust aufs Lenkrad.

»Es ist immer schwer, wenn man sich trennt.«

»Seit wann bist du geschieden?«

»Drei Jahre. Leonie war da auch schon älter. Aber einfach ist es nie. Die Kinder leiden doch sehr darunter, egal, wie alt sie sind.

Aber ich bin mir trotzdem sicher, dass Leonie noch mehr gelitten hätte, wenn wir mit unseren ewigen Streitereien einfach weitergemacht hätten.«

»Und ... hat dein Ex-Mann eine neue ... Partnerin?«

Pia nickte. »Ja. Um ehrlich zu sein, er hat schon andere Frauen gevögelt, als wir noch zusammen waren.« Komischerweise hielt es ihn nicht davon ab, immer noch ihr Leben bestimmen zu wollen. Nachdem sie ihm zuletzt deutlich gemacht hatte, dass nie wieder etwas zwischen ihnen laufen würde, kam er eine Woche später mit seiner neuen »großen Liebe« an, als ob er sie eifersüchtig machen wollte. Gut, es hatte nicht gewirkt. Sie wünschte sich nur, er würde sie endlich in Ruhe lassen.

Ragnar seufzte und fuhr sich mit der Hand durch die Haare. »Das ist ein Scheißgefühl.«

Pia lachte bitter. »Ja.«

Er neigte den Kopf und sah Pia mit einem merkwürdigen Ausdruck in den Augen an, den sie nicht deuten konnte. Vielleicht hatte er Ähnliches erlebt. Dann presste er die Lippen aufeinander und atmete tief durch. »Ich glaube, wir könnten beide einen Drink vertragen.«

»Auf jeden Fall.« Sie legte eine Hand auf seinen Oberarm. »Harpa hat keine Ahnung, was sie verloren hat.«

Ragnar schluckte. »Danke, Pia! Und jetzt lass uns nicht weiter darüber sprechen. Ich bin ein harter Wikinger, wir haben keine Gefühle.« Er grinste traurig.

Pia wackelte mit dem Kopf und hob die Hände. »O ja, ihr starken Helden! Wenn man nur einen Bart und ein Schiff hat, dann steht man einfach über den Dingen.«

Sie lachten beide, als sie vom Kirchhof fuhren.

Dezember 1949, Hjalteyri, Eyjafjörður

Die frische Schneedecke funkelte in der schwachen Wintersonne. Es war klirrend kalt. Dafür erstrahlte der Himmel über dem spiegelglatten Fjord in einem herrlichen Blau.

In den drei Tagen zuvor hatte ein so heftiger Schneesturm getobt, dass Þórður es nicht einmal bis hinüber zu den Ställen geschafft hatte, um die drei Kühe zu melken. Der Schnee türmte sich nun meterhoch an der Hauswand. Sie hatten beinahe den ganzen Vormittag geschaufelt, um die Fenster freizubekommen.

»Das kommt nicht so oft vor«, hatte er gebrummt, »Aber man muss die Natur respektieren.«

Bjarghildurs Bauch wölbte sich beachtlich unter ihrem Kleid, dabei hatte sie noch etliche Wochen vor sich. »So ist das mit Zwillingen«, sagte sie immer wieder und lachte. »Du kannst dir wohl vorstellen, wie überrascht ich war, als mir die Hebamme beim Abtasten im letzten Monat gesagt hat, dass ich zwei Kinder erwarte und nicht eins.«

Trotz der harschen Witterungsbedingungen hatten sie auch im Winter genug zu essen. An sechs Tagen gab es Fisch und Kartoffeln, am Sonntag nach der Messe Lamm. Margarete mochte die einfache isländische Kost, nur Trockenfisch fand sie seltsam und Schafsköpfe noch schlimmer.

Þórður schaute aus dem Fenster in den Himmel und rieb sich

sein kantiges Kinn. »Der Winter wird hart und lang, sagen die Alten.« Seine Eltern waren früh gestorben, die Schwester in Siglufjörður verheiratet. Bjarghildurs Eltern lebten an der Ostküste, die man im Winter nur über den Seeweg erreichte.

»Man muss die Natur respektieren«, wiederholte Margarete seinen Spruch leise.

»Das hast du dir gut gemerkt, auch dein Isländisch hat sich in der kurzen Zeit erstaunlich entwickelt«, meinte er anerkennend.

Sie freute sich über das Lob und nutzte die Gelegenheit, um sich die Erlaubnis für einen Ausgang einzuholen. »Ich gehe zu Helga, ich bin mit der Hausarbeit fertig.«

»Geh nur, die Mädchen spielen, und Bjarghildur hat sich noch einmal hingelegt.«

Margarete nickte und griff sich ihr Stickzeug. Man ging nie ohne etwas in den Händen zu den Nachbarn. Oft traf man sich auch zum Kartenspiel, das war das Schöne am Winter, draußen gab es weniger zu tun, und man konnte es sich in der Stube mit Handarbeiten gemütlich machen. Zu kaufen gab es kaum etwas, und wenn doch, war es sehr teuer. Die meisten Bauern, so wie auf Ytribakki, waren jedoch so arm, dass sie alles selbst herstellen mussten. Ihren Lohn hatte Margarete bis heute noch nicht bekommen, aber sie hoffte auf den Frühling.

Die fünfzig Meter bis zu dem Hof, auf dem Helga lebte, kosteten Margarete große Mühe. Sie versank bis zu den Oberschenkeln im frisch gefallenen Schnee, an manchen Stellen sogar bis zur Hüfte. Schweiß lief ihr über den Rücken bis hinunter in die wollene Unterwäsche. Als sie die Tür aufstieß, atmete sie schwer. Aus der Küche duftete es verführerisch nach süßem Gebäck. Der Geruch weckte Erinnerungen an eine längst vergangene Zeit in ihrer Kindheit.

In dem Haus der Großfamilie war es niemals still, was den Vorteil hatte, dass eine Person mehr oder weniger kaum auffiel.

»Hast du wieder was Leckeres gezaubert?«, fragte Margarete und drückte ihre Schwester an sich.

»Ja, immer wenn der Bauer zur Kooperative fährt, bitte ich ihn, etwas vom guten Mehl zu kaufen. Wenn sie meine Kuchen nicht so mögen würden, würden sie bestimmt nicht das hart verdiente Geld dafür ausgeben.«

»Du hast dich in ihre Herzen gebacken.« Margarete lachte und setzte sich an den Tisch.

»Gib schon her deine Strümpfe. Die Schuhe stelle ich auch ans Feuer.«

»Danke dir, Schwesterchen. Sag, was gibt es Neues?«

Helga zuckte mit den Schultern. »Nun, was soll schon passieren? Ich glaube, gar nichts? Bei der einen Stunde, die wir am Tag Strom haben, kann ja nicht viel geschehen. Ich kann gar nicht fassen, dass es fast die ganze Zeit dunkel ist.«

Margarete nahm ihre Stickarbeit wieder auf. »Im Sommer war es dir zu hell, im Winter zu dunkel. Man kann es dir kaum recht machen.« Obwohl es wie ein Scherz klingen sollte, lag viel Wahrheit darin. Im Sommer hatte Margarete noch gedacht, dass Helga endlich über den Verlust hinwegkommen würde, sie war aufgeblüht, hatte viel häufiger gelacht. Aber mit dem Einbruch der Wintermonate und den damit einhergehenden langen Nächten und kurzen Tagen war sie in ihre alte Lethargie zurückgefallen, die Margarete zunehmend weniger ertragen konnte.

»Es sind ja nur noch ein paar Monate. Die Hälfte meiner Zeit auf Island ist vorbei, im Juni gehe ich zurück, das steht fest.«

»Warte doch erst einmal ab, Helga. Vielleicht änderst du deine Meinung ja noch. Ich kann mir gut vorstellen hierzubleiben. Zu Hause erwartet uns nichts mehr, Helga.«

Helga setzte sich zu Margarete an den Tisch. »Dein Théo ist hinter jedem Rock im Dorf her. Das weißt du doch. Mach dir nicht zu viele Hoffnungen.«

Margarete sah zur Seite und zog ihr Tuch enger um ihre Schultern. Was wusste Helga schon. Erst letzte Woche hatte ihr Théo ein Geschenk gebracht, ein Spitzentaschentuch aus Dänemark, das er beim Kaupfélagið erstanden hatte, nur für sie. Würde er das tun, wenn sie ihm nichts bedeuten würde?

»Man hat es viel leichter im Umgang mit den Burschen hier«, beharrte Margarete. »Ich wäre schön blöd, wenn ich zurück nach Lübeck ginge, wo ich eine von vielen bin. Hier sind wir was Besonderes, merkst du denn nicht, dass uns alle hinterherpfeifen? Wenn wir beim Tanz sind, sind wir immer die Ersten, die aufgefordert werden.«

»Das mag sein, aber hast du mal nachgedacht, warum? Wir sind nur besonders, weil wir neu sind. Interessant, weil wir keine Isländerinnen sind, mit denen sie aufgewachsen sind.«

»Ach was, wo sind wir denn anders als isländische Mädchen? Sogar die Sprache können wir mehr und mehr verstehen.«

Helga schüttelte den Kopf. »Ich beschwere mich ja auch nicht.«

Margarete unterdrückte ein Augenrollen. Wenn Helga eines tat, dann sich ständig beschweren. »Aber sag, ist wirklich kein Einziger dabei, denn du dir als Ehemann vorstellen könntest? Was ist mit Jói oder Pétur?«

Helgas Blick sagte mehr, als sie mit Worten ausdrücken konnte. Margarete überkam ein tiefes Gefühl von Ungeduld, sie hatte genug davon, dass Helga nicht über Karls Tod hinwegkam. Trauer würde ihn auch nicht mehr lebendig machen, und Helga hatte ihr ganzes Leben doch noch vor sich. Wollte sie wirklich als alte Jungfer enden?

»Habt ihr denn schon alles für Heiligabend vorbereitet?«, wechselte sie das Thema, weil ihr die Muße fehlte, das leidige Thema wieder und wieder durchzukauen. Es war offenbar sowieso sinnlos, Helga wollte nicht nach vorne schauen. Sie lebte in der Vergangenheit.

Margarete blieb bis zum Abend, sie genoss die Stunden im großen Haus von Helgas Familie. Nach dem Abendbrot saßen sie in der Stube, Karitas, die Tochter des Bauern, spielte auf einem Harmonium, die anderen Frauen arbeiteten an ihren Näharbeiten im Schein der Öllampe. Der Bauer und die zwei Knechte des Hofes saßen in der anderen Ecke und flickten Reitzeug. Es war heimelig warm im Zimmer, Margarete musste gähnen.

»Ich glaube, ich werde langsam aufbrechen.«

Helga blickte sie traurig an. »Wie schade.«

»Ja, ich muss leider früh raus; wenn es heute Nacht doch wieder zu schneien anfängt, habe ich den Salat.«

Am vierundzwanzigsten Dezember hatte sich das ganze Dorf in der kleinen Kirche versammelt. Unzählige Kerzen brannten, jeder hatte sich herausgeputzt, so gut es nur ging. Die Orgel spielte *Í dag er glatt í döprum hjörtum*, und die Gemeinde begann zu singen.

því Drottins ljóma jól.
Í niðamyrkrum nætur svörtum upp náðar rennur sól.
Er vetrar geisar stormur stríður
þá stendur hjá oss friðarengill blíður,
og þegar ljósið dagsins dvín,
Drottins birta kringum skín …

Mittlerweile kannten die Schwestern einige Lieder auswendig, da sie häufiger gesungen wurden. Auch das Glaubensbekenntnis sprachen sie, so gut es ging, auf Isländisch mit. Sogar die Seemänner waren heute anwesend, eine absolute Seltenheit, denn die harten Kerle waren oft monatelang unterwegs. Einige hatten die Augen geschlossen und schliefen, die armen Gesellen waren total erschöpft. Sie kannte kaum eines der Gesichter, weil sie den Sommer und Herbst über nicht zu Hause gewesen waren. Nein, so ein Eheleben wollte sie nicht, da war sich Margarete sicher. Ob die Ehefrauen wohl auch mit ihren Männern fremdelten, wenn sie so lange fort waren? Zu viele traurige Geschichten erzählte man sich außerdem von jungen Männern, die nicht heimkehrten, weil sie über Bord gegangen waren. Der Atlantik war zum Grab von Abertausenden geworden, nicht nur während des Krieges.

Sie drehte ihren Kopf ein wenig nach links. Da saß Théo und beobachtete sie. Margarete wurde ganz warm, ihre zuvor kalten Finger begannen zu kribbeln, und sie lächelte ihn an. In ihrem Magen breitete sich ein Glücksgefühl aus wie eine kleine Sonne, sie fühlte sich, als würde sie schweben. Margarete wünschte sich, im nächsten Jahr neben ihm auf der Bank zu sitzen – als seine Frau.

Der Pfarrer bat die Gemeinde, sich zu erheben, er sprach den Segen, und dann war die Messe beendet. Vor der Kirche umarmte Margarete Helga, deren Gesicht noch ganz ernst von der Messe war. Es schneite schon wieder, einige Schneeflocken verfingen sich in Margaretes Wimpern, sodass sie blinzeln musste. Wegen der Kälte gingen die meisten schnellen Schrittes nach Hause und hielten sich nicht mehr lange vor der Kirche auf.

»Laufey!«, rief jemand. »Habt ihr sie gesehen?«

Betreten schauten sich die Verbliebenen um, die Gespräche verstummten.

Überall nur Kopfschütteln. Niemand hatte Théos Oma gesehen, dabei war sie eben noch mit in der Kirche gewesen.

»Verflucht«, hörte Margarete Théos Stimme und wandte sich um. »Sie ist weggelaufen. Wir müssen sie suchen.«

»Ich helfe euch«, bot Margarete an, und die ersten Umstehenden nickten und gingen in verschiedene Richtungen davon.

»Weit weg kann sie nicht sein«, brummte Théos Mutter Ingibjörg und raffte ihre Jacke zusammen, als der Schneefall stärker wurde.

»Helga, geh nur. Ich komme nach«, rief Margarete ihrer Schwester zu.

»Du kennst dich hier doch gar nicht aus«, wandte Helga ein.

»Ich wohne seit einem halben Jahr hier, natürlich kenne ich mich aus. Und jetzt geh!«

Sie schob Helga sanft, aber bestimmt von sich und lief dann zu Théos Familie. »Ich helfe suchen«, teilte sie ihnen mit.

Sessilja, Théos Schwester, nickte dankbar. »Komm, wir gehen hier entlang.«

Margarete verbarg ihre Enttäuschung darüber, dass Sessilja Théo zuvorgekommen war. Schnell schob sie ihren Unmut beiseite. Hier ging es nicht um sie, sondern darum, die verwirrte Laufey zu finden, ehe sie erfror.

Sessilja und Margarete gingen in Richtung des alten Hafens, Laufey hatte immer schon einen Hang zum Wasser gehabt. Margarete erinnerte sich daran, wie sie sie im Sommer am Ufer gefunden hatte. Heute würde eine solche Aktion unter Garantie böse enden.

»Wir finden sie bestimmt«, versuchte Margarete, ihre Freundin aufzumuntern.

»Ja, sie ist sicher nicht weit gekommen.«

Der Schnee knirschte unter ihren abgetretenen Stiefeln. Es war eisig, die Kälte biss in ihre zarte Haut und drang tief bis auf ihre Knochen. Margarete zog den Kopf ein, auch wenn sie wusste, dass es nichts nützte. Der fast volle Mond erhellte den Weg in dieser dunklen Winternacht.

»Was ist eigentlich mit dir und Théo?«, fragte Sessilja nach einigen Minuten der Stille.

»Mit Théo?« Sie lachte künstlich. »Na, gar nichts. Das weißt du doch.«

Sessilja guckte sie schief von der Seite an. »Weiß ich das? Ich hab doch gesehen, wie ihr euch immer anschaut.«

Nun wurde Margarete doch noch warm unter ihren dicken Wollschichten. »Nee ...«, gab sie ausweichend zurück.

»Ich kann verstehen, dass du ihn magst. Er ist ein alter Charmeur, aber ... und das sage ich dir als Freundin, nicht als seine Schwester ... er ist ein Schwerenöter, und du bist nicht der erste Rock, hinter dem er herläuft – und keines der Mädchen hat er je ehrbar gemacht.«

Margarete schluckte schwer, in ihrem Magen bildete sich ein Knoten. So war Théo nicht, das mit ihr war etwas Besonderes. »Erzähl keine Märchen«, gab sie daher nur schroff zurück.

Sessilja seufzte leise. »Ich sage das nicht, um dich zu ärgern, Magga.«

»Schon gut. Lass uns weitersuchen.«

Margarete beschleunigte ihren Schritt, nach einigen Minuten hatte sie ihre Fassung wiedergefunden und konzentrierte sich auf das Wesentliche – die Suche nach der schwachsinnigen Großmutter. »Wo kann Laufey nur sein?«, murmelte sie tonlos. »Sie muss doch schon halb erfroren sein!«

»Im Wasser ist nichts.«

Im Fjord trieben dicke Eisschollen, die das Mondlicht reflektierten. Zum Glück rührte sich ansonsten nichts im Wasser. Oder sie kamen zu spät. Der Gedanke ließ Margarete frösteln.

Ihre Glieder waren steif gefroren, und ihr Gesicht konnte sie nicht mehr spüren, als sie Stunden später die Küche auf Hof Bragholl betraten.

»Habt ihr sie gefunden?«, fragte Sessilja angsterfüllt und rieb sich die Hände.

»Ja, zum Glück. Aber erst vor einer halben Stunde, sie ist beim Hotel herumgeirrt. Wir haben sie mit einer Wärmflasche ins Bett gelegt.« Ingibjörg rieb sich die Stirn.

»Wie konnte sie nur so schnell verschwinden?«, wollte Þóra wissen.

»Ich habe mich nur kurz mit dem Pfarrer unterhalten, dann war sie schon weg.«

Aðalsteinn und Théo saßen mit zwei dampfenden Bechern vor dem Ofen. »Nun ist sie ja wieder da«, brummte Théo und trank.

»Ich habe Hunger, wird das heute noch was?«, wollte der andere wissen.

»Magga, du bist herzlich eingeladen, mit uns zu essen«, sagte Ingibjörg und hob den Deckel von einem Topf.

»Wirklich?«, fragte sie. »Das ist doch nicht nötig ...«

»Sei nicht albern.« Sessilja hakte sich bei ihr unter. »Du bist stundenlang mit mir durch die Kälte gestiefelt, da ist eine warme Mahlzeit das Mindeste, was wir dir anbieten können.«

Sie hob die Schultern und lächelte. »Na gut, aber ich brauche nicht viel.«

»Willst du uns beleidigen?« Ingibjörg schüttelte amüsiert den Kopf. »Ein Maul mehr werden wir auch noch satt bekommen. Es ist Weihnachten.«

Die Stube war weitläufiger, als sie es von Ytribakki kannte. An der großen Tafel, auf die zur Feier des Tages eine gestärkte Tischdecke gelegt worden war, hatte die ganze Familie Platz. In der Mitte stand eine Kerze, und an den mit Holz verkleideten Wänden hingen Schwarz-Weiß-Fotos in abgenutzten Rahmen. Auf dem kahlen Boden lag ein ausgetretener Teppich, der kaum mehr Farbe in sich trug. Dank des Ofens war es heimelig warm, und so langsam tauten ihre Füße auch wieder auf. Aus der Küche hörte sie es klappern, während sie mit einem Tee auf dem Sofa saß und sich ausruhte.

Wenig später wurden die Teller gefüllt. Es gab Lamm, braune Soße, Erbsen und Kartoffeln. Von allem war reichlich vorhanden.

Die Brüder ließen ihren Flachmann unter dem Tisch hin- und herwandern, die Mutter, Sessilja und Þóra tranken nicht. Die anderen drei waren noch zu jung.

Nach dem Essen wurde Kaffee gereicht, dazu gab es für jeden einen Apfel.

»O Gott«, stöhnte Margarete. »Das ist so lecker. Wie lange habe ich keinen mehr gegessen!«

»Gib mir deine Tasse«, sagte Ingibjörg. »Ich will aus dem Kaffeesatz lesen.«

Margarete hob eine Augenbraue. Sie hatte schon häufiger gesehen, dass die Frauen beim Nähen auf einmal anfingen, sich über die Tassen zu beugen und wild zu diskutieren.

»Bitte«, meinte sie.

Ingibjörg lächelte, Sessilja und Þóra kicherten. Théo und Aðalsteinn stritten sich über Politik und die Ungerechtigkeit des Systems. Es ging um Genossenschaftsbonzen und all die anderen, die den Bauern das Geld aus der Tasche zogen, soweit Margarete es verstehen konnte.

Sie hatte keine Ahnung von der hiesigen Politik, daher fiel es ihr schwer, die wenigen Brocken, die sie verstand, in den richtigen Kontext zu bringen. Also beschäftigte sie sich lieber mit Théos jüngstem Bruder. Der Siebenjährige spielte mit seinem Geschenk, er hatte ein blaues Holzauto mit beweglichen Rädern bekommen.

»Ah«, machte Ingibjörg und nickte eifrig. »Ich sehe da einen Mann.«

»Uhhhh«, riefen die Mädchen. Margarete schaute verstohlen zu Théo. Ihre Blicke trafen sich, und er zwinkerte ihr zu.

»Aber vorher gibt es eine Krankheit. Eine Frau, die dir nahesteht.«

Margarete dachte sofort an Helga. War ihre Trauer mit der Krankheit gemeint? Aber dieses Kaffeesatzlesen war ohnehin Unfug. Dennoch breitete sich ein komisches Kribbeln in ihrem Nacken aus. Als würde es sich nicht nur um Spinnereien einer alten Frau handeln. Sie schüttelte den Kopf, als könnte sie so das Gefühl loswerden, besann sich dann wieder und nickte stattdessen, weil sie nicht unhöflich sein wollte.

»Da, am Ende lichtet sich die Dunkelheit. Du hast eine gute Zukunft vor dir«, schloss Ingibjörg und setzte die Tasse mit einem Scheppern zurück auf den Tisch.

»Vielen Dank für das Essen«, sagte Margarete. »Ich sollte jetzt gehen.«

»Théo, begleite sie bitte.«

Margarete protestierte nicht, obwohl sie die paar Meter auch ohne Hilfe durch den Schnee schaffen würde. Sie war froh, dass sie kurz mit ihm allein sein konnte.

Er torkelte leicht, als er aufstand.

»So«, sagte er mit schwerer Zunge, als sie auf dem Weg zu Ytribakki waren. »Das war also Weihnachten.«

»Ich hoffe, deine Oma erholt sich schnell.«

»Ach, das tut sie immer. Du bist nett.«

Ihr Herz machte einen Satz. »Und hübsch«, fügte er hinzu. »Wie kommt es, dass ein Mädchen wie du keinen Mann hat?«

»Es gab nach dem Krieg kaum vernünftige Männer in Deutschland, außer den ganz schwierigen Burschen.«

»Schwieriger als hier?«

Sie atmete leise aus. »Definitiv.«

»Dann hättest du nichts gegen einen Ehemann und eine Familie?«

»Es kommt drauf an, wer der Mann ist.« Sie hatten Ytribakki erreicht und standen einen Moment vor der Haustür. Sie hatte die Klinke noch nicht in der Hand, als Théo auflachte.

»Du bist klug, Magga. Viel zu klug, um hier auf dem Land zu versauern.«

Dann gab er ihr einen Kuss auf die Stirn, sie roch den Alkohol in seinem Atem. »Gute Nacht«, sagte er, machte kehrt und verschwand mit ihrem Herzen in der Dunkelheit.

Juli 2017, Hrafnagil, Eyjafjörður

Leise Musik tönte aus den an der Decke befestigten Lautsprechern. Die Hochzeitsgesellschaft saß an Achtertischen mit fester Sitzordnung, das Brautpaar mit den Ehrengästen in der Mitte des Festsaals. Murmeln, Lachen und Klappern tönte durch den großen Raum. Die Stimmung war ausgelassen, und Pia und Ragnar hatten entspannte und freundliche Tischnachbarn. Die üblichen Reden von Freunden und Eltern waren schon vorbei, momentan baute eine Band ihr Equipment auf der Bühne auf.

Pia lachte gerade über einen Witz, den Erla gemacht hatte, und nippte an ihrem Weißwein. Ragnar erwischte sich immer wieder dabei, wie er sie verstohlen beobachtete. Sie war witzig, überhaupt nicht angespannt oder langweilig, wie er bei ihrem ersten Zusammentreffen vor der Fähre zunächst gedacht hatte. Sie war genau das Gegenteil davon. Pias Persönlichkeit hatte so viele Facetten, die man Schicht für Schicht entdecken musste. Sie gab nicht gern etwas von sich preis, aber heute war sie wunderbar gelöst und frei. Obwohl sie kaum jemanden kannte und oft kein Wort verstand, weil alle ganz leicht wieder ins Isländische fielen, schien sie Spaß zu haben. Es war faszinierend. Er war fasziniert. Von ihr.

Vielleicht habe ich doch schon einen Drink zu viel gehabt, dachte er und goss sich etwas Wasser in ein Glas.

»Bist du satt geworden?«, fragte er sie, als sie ihren Dessertteller mit einem Stöhnen von sich schob.

»O Gott, ich glaube, mein Kleid platzt gleich.« Sie gluckste.

Er beugte sich ein Stück zu ihr. »Das würde ich gerne sehen.«

Pias Kopf schnellte herum, und er konnte trotz ihres Makeups und des gedämpften Lichts erkennen, dass sie rot wurde. »Wie bitte?«

Ragnar grinste. »Sorry.«

Der *Veislustjóri*, der Moderator der Feier, kündigte gerade an, dass es demnächst losgehen würde mit der Musik, man solle sich noch einmal die Gläser füllen lassen und sich dann bereitmachen.

»Was ist los?«, wollte Pia wissen. Da er gerade dabei gewesen war, sich zu ihr zu beugen, stießen sie mit dem Kopf zusammen.

»Autsch«, riefen sie unisono, rieben sich die schmerzenden Schädel und lachten.

Ragnar nahm die Weißweinflasche aus dem Kühler und füllte ihr Glas randvoll.

»Was machst du da?«

»Habe eben von der Bühne aus den Auftrag bekommen, dir nachzuschenken.«

»Hä?« Sie schaute sich um, und da sich das gleiche Bild an einigen Tischen zeigte, verstand sie. »Ach so, er hat gesagt, nachschenken und tanzen gehen?«

»Hey, du bist doch ein Naturtalent, ich wusste es!«

Pia kicherte. »Genau, genial bin ich eben auch.«

»Kommst du mit an die Bar? Ich habe keine Lust mehr auf den Mädchenkram hier.«

»Mädchenkram?«

»Wein. Ich brauche was Richtiges.«

»Uhhh«, machte sie. »Der Herr will etwas, das in der Kehle

brennt. Männerkram.« Sie lachte. Pia hob ihr Glas am Stiel an und spreizte den kleinen Finger ab.

»Sage ich doch.« Er stand auf und schaute sie fragend an.

»Wir gehen mal eben an die Bar«, informierte Pia Erla, die sie neugierig musterte.

Sie nickte und lächelte wissend. »Bis gleich, wir sehen uns.«

Ragnar legte Pia sanft die Hände an die Hüften und schob sie zärtlich durch die Menge vor sich her. Er genoss es, den Duft ihres Haares einzuatmen, ihre Bewegungen, ihren Körper zu spüren. Vielleicht war er ihr ein bisschen dicht auf den Fersen, aber sie beschwerte sich nicht, also ließ er seine Hände, wo sie waren.

• • •

Natürlich wurden sie an der Bar in Gespräche verwickelt, von denen Pia so gut wie nichts verstand. Isländer redeten nüchtern schon gerne, und sie plapperten natürlich noch mehr, wenn sie getrunken hatten. Pia lehnte sich mit dem Rücken an die Bar und sah sich um, während Ragnar an seinem Gin Tonic nippte und mit einem dickbäuchigen Herrn mittleren Alters plauderte. Ragnars Hand lag auf ihrer Schulter, und er streichelte immer wieder über ihre nackte Haut. Er schien sich dessen gar nicht bewusst zu sein, eine beiläufige zärtliche Berührung, die sich auch für Pia sehr natürlich und keineswegs unangenehm anfühlte. Vielleicht sogar ein bisschen zu gut. Sie schob es auf den Schwips und sagte sich, dass morgen keiner von ihnen mehr daran denken würde.

Überhaupt wurde alles viel körperlicher, sobald man ausgelassen feierte und genug Alkohol floss, das galt nicht nur für sie und Ragnar. Auf der Tanzfläche lieferten einige Gäste das beste Beispiel dafür. Schon nach wenigen Songs – isländischen Schlagern, die sie natürlich nie zuvor gehört hatte – ging die Post ab. Einige

Meter entfernt entdeckte sie Rósa, die mit einem blonden, schlaksigen Mann, den Pia auf Mitte vierzig schätzte, schweigend an einem Tisch saß. Ihre Blicke trafen sich, und die Eifersucht in Rósas Augen war unübersehbar. Pia konnte sie ein wenig verstehen. Sehr sogar. An ihrer Stelle würde sie sich genauso zurückgesetzt und verletzt fühlen.

Wie ein Paukenschlag durchzuckte sie die Erkenntnis. Nicht nur Rósa war in Ragnar verliebt.

Sie schnappte nach Luft. Ihr Herz hämmerte hart gegen ihre Brust.

»Hey, alles okay?« Ragnar musste ihre Reaktion bemerkt haben.

»Was?« Sie blinzelte, noch immer überwältigt von ihren eigenen Emotionen.

»Komm, lass uns kurz an die frische Luft gehen, es ist wirklich stickig hier drin.«

Er entschuldigte sich bei seinem Gesprächspartner, nahm ihre Gläser und führte Pia auf die Terrasse. Es war kühl geworden, eine Wohltat nach der abgestandenen Hitze im Saal. Pia fröstelte.

»Hier, nimm meine Jacke.« Er stellte die Getränke auf einen Stehtisch und schlüpfte aus seinem Jackett.

»Nein, das ist nicht nötig.«

Er verzog den Mund. »Sei nicht albern, du hast ja eine Gänsehaut.« Er fuhr mit seinen Fingerspitzen über die zarte Haut ihres Oberarms, und sie erschauderte.

»Siehst du? Keine Widerrede.«

Pia protestierte nicht mehr, als er ihr die Jacke hinhielt. Sie schlüpfte hinein, und sofort spürte sie, wie seine Wärme auf sie überging. Ein Hauch seines Aftershaves stieg aus dem Stoff der Jacke in ihre Nase. Sie riss sich am Riemen, denn die Versuchung, die Augen zu schließen und leise zu seufzen, war groß.

Jemand rief Ragnars Namen, und Pia zuckte zusammen. Hoffentlich nicht noch eine Ex-Partnerin oder Frau, die sich in ihn verguckt hatte. Schnell schob sie den Gedanken beiseite. Dennoch war sie erleichtert, die Person zu sehen, zu der die klare Stimme gehörte.

»Das ist Nina, sie arbeitet beim *Laugaland*, erinnerst du dich, wir sind neulich daran vorbeigefahren.«

Pia nickte. »Hallo«, grüßte sie auf Englisch, und sie tauschten einen Händedruck aus. »Ich bin Pia. Freut mich. Natürlich erinnere ich mich.«

»Guten Tag, Pia«, sagte Nina auf Deutsch mit starkem Akzent. »Ich bin die Leiterin der Einrichtung.«

»Ah, wie spannend. Sie können Deutsch?«

»Ich habe in Berlin studiert.«

»Das ist ja toll.«

Nina lachte und schob sich ihre schwarze Brille ins Haar. Sie schätzte die Frau auf Ende vierzig. »Ach!« Sie winkte ab. »Es ist lange her. Bist du schon lange auf Island?«

»Ein paar Tage, ja. Es gibt noch so viel zu sehen.«

»Ich hoffe, der Rosenkavalier hier zeigt dir ordentlich was.«

Pia lächelte verlegen. Sie wollte ihr nicht sagen, dass sie nur mit Ragnar hier war, weil er … ach, egal. »Ja, er ist toll.« Das war nicht einmal gelogen.

»Pia arbeitet im Jugendamt. Sie ist Sozialpädagogin«, merkte Ragnar an, stützte sich mit den Ellbogen auf dem Tisch ab und beobachtete sie aufmerksam.

»Ach, wirklich?«, sagte Nina entzückt, nahm eine Zigarette aus ihrer Clutch und zündete sie an der Kerze an, die auf dem Stehtisch in einem Glas flackerte. »Das ist interessant. Da sind wir ja quasi vom gleichen Fach.«

»Ragnar hat mir schon etwas über *Laugaland* erzählt, das Konzept interessiert mich sehr.«

Nina lächelte und zog dann an ihrem Glimmstängel. »Komm doch einfach mal in den nächsten Tagen vorbei, ich fürchte, heute bin ich schon zu ... beschwipst, um noch fachsimpeln zu können.«

Pia nickte, sie würde wirklich gerne erfahren, wie betreutes Wohnen für Kinder und Jugendliche in Island gestaltet war. »Ja, sehr gerne. Wann passt es dir denn?«

Sie sah aus dem Augenwinkel, dass Ragnar mit einem Grinsen kämpfte. Vermutlich war das wieder so ein Deutsch-Dings, und auf Island lief es ganz anders.

Nina schien sich davon nicht beeindrucken zu lassen, sie blieb völlig ruhig, jedoch funkelten ihre Augen ebenfalls amüsiert. »Ich bin in der kommenden Woche fast jeden Tag im Büro, komm doch einfach vorbei, wenn du Zeit hast.«

Sie runzelte die Stirn. »Soll ich vorher anrufen?«

»Klar, die Nummer findest du im Internet, ich äh, habe jetzt leider keine Karte dabei.«

»Das macht doch nichts, natürlich. Kein Problem«, beeilte sie sich zu sagen. Machten Isländer immer so ihre Termine? Das war irgendwie lässig und anstrengend zugleich, man musste dann ja immer damit rechnen, unangekündigten Besuch zu bekommen.

»So, ihr Lieben, ich wollte eigentlich zur Toilette gehen«, sagte Nina entschuldigend, drückte ihre Zigarette aus und verabschiedete sich. »Hat mich gefreut, bis nächste Woche, Pia!«

Und dann war sie auch schon verschwunden.

Ragnar zuckte mit den Schultern. »Sie ist wirklich gut darin, etwas über ihre Arbeit zu erzählen, sie wird sich viel Zeit nehmen und dir alles erklären. Das stört sie nicht, mach dir keine Gedanken.«

»Da mache ich mir gar keine Gedanken«, log sie.

Er lachte und trank seinen Longdrink aus. »Sicher.«

Sie musste schmunzeln. »Was ist jetzt, tanzen wir, oder gehen wir nach Hause?«

Ragnar schien das als Aufforderung zu sehen. Erst als sie schon auf der Tanzfläche waren, dachte sie daran, dass sein Fuß vielleicht schmerzen könnte. Falls dem so war, so ließ er sich nichts anmerken.

Pia war angetrunken genug, um sich nicht davon stören zu lassen, dass sie keinen einzigen Song kannte, den die Band spielte. Alle anderen flippten förmlich aus, grölten mit, hüpften oder sprangen wild umher. Ragnars Jackett hing über einem Stuhl am Rand, die Ärmel seines weißen Hemdes hatte er nach oben gekrempelt. Sein dunkelblondes Haar fiel ihm strähnig ins Gesicht, und Schweißtropfen glitzerten auf seiner Stirn. Auch er schien ein Faible für isländische Partyschlager zu haben, denn er sang selbst aus vollem Halse mit. Plötzlich schnappte er sich Pia und wirbelte sie über das Parkett. Seine starken Hände waren überall, alles drehte sich. Sie lachte und ließ sich von ihm führen. Eine Schrittfolge konnte sie nicht ausmachen, das störte sie auch nicht, denn seine Nähe entschädigte für das fehlende Taktgefühl. Sie war selbst schweißgebadet, als er um eine Pause bat und sie mit an die Bar zog, wo er zwei Drinks bestellte.

»Da seid ihr ja wieder.« Pia wandte sich um und schaute in Erlas Gesicht.

»Waren nie weg.«

»Eine kesse Sohle habt ihr da aufs Parkett gelegt. Ich wusste gar nicht, dass Ragnar so ein guter Tänzer ist.«

Pia hob eine Augenbraue und kicherte. »Ich auch nicht.«

»Ihr seid süß zusammen.«

Pia winkte ab. »Ach was.«

Erla musterte sie einen Augenblick still, öffnete ihren Mund, als ob sie etwas sagen wollte, entschied sich dann aber offenbar dagegen.

»Hier, bitte.« Ragnar drückte Pia einen Gin Tonic in die Hand. »Oder wolltest du was anderes?«

»Äh, nö. Passt schon. Prost!« Sie stieß mit ihm und Erla an und nahm einen Schluck.

»So, ich muss mal meinen Mann einsammeln gehen, der hat sich schon vor einer Stunde zum Klo verdrückt, der hängt bestimmt irgendwo fest. Der kann sich aus Gesprächen nie loseisen.« Erla verdrehte die Augen und gab Pia einen Kuss auf die Wange. »Man sieht sich.«

»Tschüss«, rief Pia ihr hinterher. Auf der Tanzfläche entdeckte sie Ragnars Ex-Frau mit ihrem neuen Freund. Die beiden lieferten sich einen Dance-Battle der besonderen Art. Die Funken sprühten förmlich über das ganze Parkett. Pia nahm aus dem Augenwinkel wahr, dass Ragnar sich versteifte und dann abwandte.

»Sollen wir ... gehen?«, fragte sie ihn leise.

»Bist du müde?«

Eigentlich war sie überhaupt nicht müde. »Ja.«

»Dann bringe ich dich nach Hause.«

»Fahren kannst du ja wohl nicht mehr.«

»Es sind nur zwanzig Minuten zu Fuß.«

»Hast du mal meine Schuhe gesehen?« Sie trank noch einmal von ihrem Gin Tonic.

»Ich trage dich, wenn nötig.«

»Ich bin schwerer, als ich aussehe.«

Ragnar schüttelte den Kopf und legte ihr einen Arm um die Schulter. »Ich dachte, du hältst mich für einen Wikinger und nicht für einen Schwächling?«

Sein Gesicht war plötzlich ganz dicht vor ihrem. Sie konnte

seinen Atem auf ihrer Haut spüren. Obwohl der Lärm im Raum ohrenbetäubend war, hörte sie in diesem Moment nur ihren eigenen dröhnenden Herzschlag in ihren Ohren.

Scheiße, dachte sie, und dann senkten sich Ragnars Lippen auch schon auf Pias Mund, und die Welt um sie herum verschwamm.

Januar 1950, Hjalteyri, Eyjafjörður

Der Jahreswechsel brachte dichten Schneefall und eisigen Wind. Das Holz im Gebälk der Häuser knarzte und quietschte. Manchmal klang es wie flüsternde Stimmen, die Unheil verkündeten. Eisblumen zierten die Fenster. Wenn Margarete aufwachte, fand sie fast täglich Reif auf ihrer Decke.

Als sie nach unten in die Küche kam, stand bereits ein Topf, in dem ein Sud köchelte, auf dem Kohleofen. Sie blickte aus dem Fenster, und was sie entdeckte, ließ sie trotz der Wärme im Raum frösteln. Es war selten gut, wenn der Pfarrer geholt wurde, das wusste sie. Mit gesenktem Kopf und hochgeklapptem Kragen trat er an diesem Morgen durch die Tür zum Hof Bragholl.

»Laufey«, murmelte Bjarghildur und bekreuzigte sich.

Théos Oma lag mit einer Lungenentzündung und hohem Fieber darnieder, das wusste Margarete, aber alle waren hoffnungsvoll gewesen, da sie in den letzten Tagen kleine Fortschritte gemacht hatte. Bis jetzt.

Ihre letzte eigensinnige Reise hatte ihr Schicksal besiegelt. Der alte, geschwächte Körper war dabei, den Kampf gegen die Krankheit zu verlieren. Es war immer schlimm, wenn man einen geliebten Menschen gehen lassen musste, egal, wie alt er war. Margarete musste schlucken und dachte an Théo.

»Vielleicht ist es besser so. Das ist doch kein Leben«, sagte

Margarete schließlich abgeklärter, als sie sich fühlte, und wandte sich ab.

»Sie war ja schon ein paarmal völlig entkräftet und sterbenskrank. Aber den Pfarrer, den haben sie noch nie gerufen«, murmelte Bjarghildur. Auf dem Küchentisch stand ein Teller mit Hafergrütze, in die sie Stückchen von saurer Schlachtwurst geschnippelt hatte. Sie setzte sich, rührte aber die Mahlzeit nicht an.

»Willst du nicht essen?«, fragte Margarete leise.

»Ich kannte sie gut. Die Laufey.«

Margarete schlug die Augen nieder und setzte sich zu ihrer Hausmutter. »Seit wann kanntet ihr euch denn?«

Bjarghildur begann zu erzählen. »Sie war eine lebenslustige Frau, aber das Alter bringt Veränderungen mit sich, die wir zum Glück vorher nicht erahnen. Laufey war klug und weise, aber seit ihr Kopf nicht mehr richtig funktionierte, war nichts mehr wie früher. Wir alle müssen sterben, aber es ist immer besser, wenn man vorher glücklich gelebt hat. Und das hat sie.«

Margarete spürte einen Kloß im Hals, es tat gut zu hören, dass die alte Frau ein gutes Leben geführt hatte. Trotzdem musste es schwer für die Angehörigen sein, sie kannte das Gefühl, Abschied zu nehmen, zu gut. Viel zu gut.

Kein Weinen und Wehklagen wurde in den folgenden Tagen mit dem Wind von Bragholl nach Ytribakki getragen. Laufey war friedlich eingeschlafen, ihr Leib wartete nun darauf, zur letzten Ruhe gebettet zu werden, und ihre Angehörigen schienen diese Ruhe für sie nicht stören zu wollen.

»Sie können sie nicht beerdigen«, sagte Þórður am dritten Tag nach ihrem Tod. »Der Boden ist gefroren.«

Margarete nahm einen Stängel Thymian aus dem Körbchen und kaute darauf herum. »Und jetzt?«

Er rieb sich über das Kinn. »Sie werden bis zum Frühling warten müssen.«

»Mein Gott!« Margarete presste sich die Hand auf den Mund. »Das ist ja schrecklich ... wie ... wo?«

»Hinter dem Stall. Da passiert nichts, es ist zu kalt.«

Ihr wurde übel. »Laufeys Leiche wird monatelang hinter dem Haus in einem Sarg stehen?«

»So ist es nun mal. Was soll man machen?«

»Gott hab sie selig«, sagte Bjarghildur.

Margarete schauderte. »Da kann man ja nur hoffen, dass man im Sommer stirbt.«

»Was macht's für einen Unterschied?«, wollte der Bauer wissen.

»Für die Toten vielleicht nicht ... aber die Hinterbliebenen. O Gott, sie müssen da jeden Tag dran vorbei ...«

»Seit wann bist du so zart besaitet, Mädchen?«

Sie nahm den Thymianzweig aus dem Mund und warf ihn ins Feuer. »Schon gut. Ich werde mal nach Helga sehen. Bis später!«

Als sie nach draußen in die Kälte trat, überlegte sie, dass sie vielleicht doch einmal schauen sollte, wie es Théo ging. Für ihn war es sicher auch hart, denn er hatte Laufey ja schließlich am Weihnachtsabend gefunden. Auf dem Weg nach Bragholl sah sie ihn schon von Weitem. Er stand vor dem Stall und starrte abwesend über den Fjord.

Sie winkte ihm zu. Nach einem kurzen Zögern winkte er zurück. Die letzten Meter rannte sie auf ihn zu. Ihr Atem hinterließ weiße Wölkchen in der eisigen Luft.

»Hallo«, sagte sie, als sie bei ihm angekommen war, und blickte zu ihm auf.

»Hallo, Süße.« Er legte ihr eine kalte Hand an die Wange. In seinen Augen erkannte sie tiefe Trauer und eine Schwermut, die ihr ins Herz schnitt.

»Komm«, sagte sie, ohne groß darüber nachzudenken, und ging mit ihm in den Stall, dort war es zumindest ein bisschen wärmer. Sie zog ihn mit sich in eine leere Box, und sie setzten sich ins Heu. »Wie geht es dir?«, fragte sie sanft und hielt noch immer seine Hand.

Théo streichelte ihren Handrücken, blickte jedoch nicht zu ihr auf. Er seufzte leise.

Ein Ruck ging durch seinen Körper. Er drehte sich zu ihr, nahm ihr Gesicht zwischen beide Hände. Auf seinen Zügen lag ein entschlossener, hungriger Ausdruck, der ihren Herzschlag aus dem Takt brachte. Sie nickte stumm, dann senkte er seine vollen Lippen auch schon auf ihre. Er legte alles in diesen Kuss, Margarete spürte seine Zerrissenheit. Sie liebte ihn. Sie liebte ihn von ganzem Herzen.

Schon bald küssten sie sich intensiver. Obwohl der Stall unbeheizt war, froren sie nicht. Im Gegenteil. Ihre erhitzten Körper spendeten sich gegenseitig Wärme und Lust. Sie hatte sich ihr erstes Mal nicht so vorgestellt, dennoch war sie überglücklich, als sie etwas später eng an Théo gekuschelt im Heu lag. Ihre Finger waren mit seinen verschränkt, und er strich immer wieder über ihr auf dem Heu ausgebreitetes Haar. Worte waren nicht nötig. Sie hätte auch gar nicht gewusst, was sie sagen sollte. Ihm ging es offenbar genauso. Sie waren nun auf einer Ebene verbunden, die viel tiefer ging als jeder Satz, den er hätte aussprechen können. Margarete war glücklich.

Juli 2017, Hrafnagil, Eyjafjörður

Pia hatte schon oft in Romanen gelesen – wenn sie allein war und sich einsam fühlte, griff sie gern und oft zu Liebesschnulzen –, dass ein guter Kuss einer Explosion der Sinne gleichkam. Sie hatte sich stets gefragt, wie es sich wohl anfühlen musste, wenn eine einzige Berührung eine Kette von Reaktionen auslöste. Ähnlich dem Effekt, wenn man den Stecker einer Lichterkette in die Steckdose steckte. Zack – und auf einmal brannten alle Lämpchen.

Es hatte achtunddreißig Jahre gedauert, bis sie es am eigenen Leib erfuhr – und nun war sie für immer verdorben. Sie wusste, dass sie ab jetzt jeden Kuss mit diesem vergleichen würde. Es war ein Jammer, denn wie das hier enden würde, war ja eigentlich klar.

Schwer atmend legte sie Ragnar ihre Hand auf den Brustkorb und schob ihn ein Stück von sich. Sie wusste, dass sie sich eigentlich nicht von ihm küssen lassen sollte. Aber konnte etwas wirklich falsch sein, das sich so vollkommen richtig anfühlte?

Pia, rief sie sich innerlich zur Ruhe, *jetzt werd nicht albern! Er hat dich nur geküsst, weil er es nicht aushält, seine Ex-Frau mit ihrem Neuen zu sehen. Ein Mann geht so damit um, es hat nichts zu bedeuten.*

Dieser Gedanke ernüchterte sie so sehr, dass sie zumindest wieder halbwegs klar denken konnte.

»Verdammt, ich wusste, dass das passiert. Ich muss nach Hause«, keuchte sie, hauchte ihm einen Kuss auf die Wange und stolperte wie Aschenputtel davon – nur der Schuh blieb dran. Und einen Kürbis, der sich um Mitternacht in eine Kutsche verwandelte, hatte sie natürlich auch nicht. Oh, stopp! Das war ja andersherum gewesen. Egal. Sie hätte nicht so viel trinken dürfen.

Erst jetzt fiel ihr auf, dass Ragnar keinen Versuch gemacht hatte, ihr zu folgen. Er hatte sie nur verständnislos angestarrt und sie wortlos gehen lassen.

Pia stöhnte unterdrückt, und der Impuls, sich mit der flachen Hand gegen die Stirn zu schlagen, war groß. Sie tat es nicht, stattdessen rannte sie die Stufen nach unten und nahm lieber in Kauf, dass sie auf den hohen Absätzen einige Kilometer gehen musste, als noch länger in Ragnars verwirrender Nähe zu bleiben. Verlaufen würde sie sich nicht, es gab nur eine Straße, und die führte direkt an Helgas Haus vorbei.

Dicke Wolken hingen am Himmel, es war immer noch hell, aber die Sonne war verschwunden. Gierig atmete sie die frische Luft ein, und mit jedem Atemzug, den sie inhalierte, beruhigte sich ihr Herzschlag ein wenig, nicht aber ihre Gedanken.

Nach dem Fußmarsch war sie zwar immer noch nicht ganz nüchtern, und ihre Füße schmerzten fürchterlich, aber zumindest war sie nicht mehr so aufgebracht wie zuvor.

In Helgas Küche füllte sie ein Glas mit Wasser und schaute auf die Uhr. Zehn nach zwei, und sie war kein bisschen müde. Auf dem Küchentisch entdeckte sie ein paar Krümel, sie griff nach dem Lappen, befeuchtete ihn und wischte sie fort. Wenn es mit Gefühlen doch auch nur so einfach wäre. Wo hatte sie sich da nur hineingeritten? Wieso, zur Hölle, hatte sie nicht einen Mann wie Ragnar in Hamburg kennenlernen können?

»Ach«, fluchte sie unterdrückt. »Es ist zum Kotzen.«

Der Tisch war längst sauber, aber sie wischte immer noch an

derselben Stelle, als Helga plötzlich im Morgenmantel neben ihr auftauchte.

»Ist alles in Ordnung, Kind?«

»Oh, entschuldige. Ich wollte dich nicht aufwecken.«

»Ach was. Hast du nicht.« Sie winkte ab. »Wenn man mal so alt ist wie ich, braucht man nicht mehr so viel Schlaf. Also, was ist los? Spuck es aus! Irgendwas treibt dich doch schon seit Tagen um.« Sie setzte sich an den Küchentisch und schaute Pia gespannt, aber gleichzeitig verständnisvoll an.

Pia ließ die Schultern sinken, holte Milch, zwei Gläser und Schokolade und begann zu erzählen.

• • •

Ragnar fragte sich, ob er Pia hinterherlaufen sollte. Irgendwie wusste er einfach nicht, was er sagen sollte. Ihr »Verdammt, ich wusste, dass das passiert« hatte ihn auch nicht gerade beruhigt oder gar optimistisch gestimmt, dass sie mehr von ihm wollte.

Das brachte ihn zu der Frage: Wollte *er* mehr von ihr?

Seit dem Ausritt brodelte dieser Gedanke im hintersten Winkel seines Herzens. Bislang hatte er sich die Antwort darauf versagt, denn, selbst wenn, ein Was-auch-immer-mit-Pia würde genau für die Dauer ihres Urlaubs Bestand haben. Wollte er das?

Nein.

Er wollte überhaupt keine Beziehung, Affäre oder belanglosen Sex.

Warum, verdammt, fühlte er sich dann so leer? Und einsam, viel schlimmer, als er es gewohnt war?

Er rieb sich mit der Hand über das Gesicht und orderte noch einen Drink.

Was ihm zu seinem Glück noch fehlte, war Harpa, die in diesem Moment mit Brandur an der Hand zur Bar getorkelt kam. Auf eine Unterhaltung mit den beiden konnte er gut und gerne verzichten, deshalb schnappte er sich seinen Whiskey und verzog sich auf die Terrasse. Erst viel später fiel ihm auf, dass Harpa ihm in diesem Moment zum ersten Mal seit der Trennung völlig egal war. Es tat ihm nach wie vor leid, dass er Brandur als besten Freund verloren hatte, weil er ihn mit seiner Frau betrogen und sie ihm letzten Endes ausgespannt hatte. Aber ansonsten war da nichts mehr. Keine Wut, keine Bitterkeit, kein Hass und kein Verlangen nach Harpa.

Sie. War. Ihm. Egal.

Noch so eine Erkenntnis, die ihn an seinem Verstand zweifeln ließ. Er ahnte, dass die Bekanntschaft mit Pia etwas in ihm in Bewegung gebracht hatte. Etwas veränderte oder erneuerte sich, er konnte es nicht genau definieren. Andererseits war die Angst davor, wieder etwas zu empfinden, viel zu groß, als dass er sich darüber freuen konnte.

Ende Januar 1950, Hjalteyri, Eyjafjörður

Der Zusammenhalt unter den jüngeren Leuten auf den umliegenden Höfen war groß. Mit Théos Schwestern Sessilja und Þóra verband Margarete mittlerweile eine innige Freundschaft. Seit sie geholfen hatte, Laufey im Schnee zu finden, hatte sich das Verhältnis zu den Schwestern merklich verbessert, war enger geworden. Immer häufiger verbrachte Margarete Zeit im Haus der Familie, obwohl die Mädchen etwas jünger waren als sie. Natürlich, so gestand sie sich ein, war sie auch wegen des Bruders gern dort. Sie hatten seit dem gemeinsamen Nachmittag im Stall nicht darüber gesprochen, ob sie offiziell zusammen waren, aber Margarete war sich sicher, dass Théo etwas für sie empfand. Dass er sie ebenso aufrichtig liebte wie sie ihn. Natürlich wäre es unpassend, ihr jetzt in der Trauerzeit einen Antrag zu machen. Das verstand sie, und sie fand es richtig zu warten. Das zeigte nur, was für ein anständiger Kerl er war. Manchmal nagten dennoch die Zweifel an ihr, aber die wischte sie so schnell beiseite, wie sie angeflogen kamen.

»Vielen Dank für den Kaffee«, sagte sie zu den Schwestern, packte ihr Handarbeitszeug ein und stand auf. »Ich muss jetzt auch wieder zurück.«

Verstohlen schaute sie zu Théo. Das schwache Licht einer Öllampe umgab ihn wie ein Heiligenschein.

»Ich begleite dich«, schlug er vor. Er saß auf einem Stuhl und putzte seine Stiefel. Sie hatten einander den ganzen Abend heimliche Blicke zugeworfen, die Margaretes Puls in die Höhe getrieben hatten. Sie war froh, dass er die Chance ergriff, einen Augenblick mit ihr allein zu sein.

Einige Minuten später gingen sie schweigend durch den knirschenden Schnee. Es war eiskalt, so kalt, dass ihre Nasenspitze nach wenigen Sekunden taub war.

»Sieh mal nach oben.« Théo zeigte in den schwarzen Himmel, an dem helle grüne Lichter umherwirbelten wie ein wildes, magisches Feuer. Es sah aus wie ein riesengroßer, leuchtender Zauberbann aus einer anderen Welt. Überirdisch. Margarete stockte der Atem.

»Was ist das? Es ist wunderschön.«

»Nordlichter«, erklärte er.

Die Schönheit des Augenblicks trieb Margarete Tränen in die Augen. Sie wusste nicht, wieso diese Dämme in diesem Augenblick brachen, aber sie weinte. Zum ersten Mal seit dem Zusammensein im Stall erlaubte sie sich, ihrer Enttäuschung darüber, dass Théo bisher über ihre Zukunft geschwiegen hatte, freien Lauf zu lassen. Ihre Schultern bebten, und immer mehr salzige Tränen bedeckten ihre Wangen. Alle Empfindungen, Ängste und Sorgen über ihre Zukunft, die sie über Monate fest in sich verschlossen hatte, bahnten sich nun einen Weg an die Oberfläche. Sie dachte an all das Leid, Elend und die Trauer, die sie in der alten Heimat und zu Anfang auf Island durchlebt hatte, um hier bei ihm neu anzufangen, mit ihm neu anzufangen, wenn er sie doch nur endlich fragen würde. Sie dachte aber auch daran, wie sich das Leben für sie entwickelt hatte, seit sie ihn kannte, wie viel leichter ihr Herz seitdem geworden war. So viel Schmerz lag nun bereits hinter ihr, es war überstanden. Sie konnte in die Zukunft blicken, hatte einen Mann an ihrer Seite, mit dem sie etwas verband.

Théo zog sie in seine Arme. Er hielt sie einfach nur fest, als ob er verstünde, was in ihr vorging. Kein schelmischer Spruch kam über seine Lippen. Er war einfach nur für sie da. Deswegen liebte sie ihn, er wusste einfach in den richtigen Momenten, was er tun musste.

»Für die Wikinger war das Polarlicht eine Spiegelung des Scheins bei einem Kampf. Irgendwo auf der Welt wurde eine große Schlacht geschlagen. In der alten Vorstellung ritten Walküren über den Himmel und suchten nach Helden, die an Odins Tafel speisten. Auf deren Rüstungen brach sich das Mondlicht und wurde zum Nordlicht«, murmelte er mit rauer Stimme an ihrem von der Kälte prickelnden Gesicht. Sein Atem war heiß und süß. »Eigentlich kein Grund zum Weinen, weißt du.«

Da war er wieder, der witzige Kerl, der kein Wässerchen trüben konnte. Margarete wischte sich über die Augen und lachte. »Hast du dir das gerade ausgedacht oder in einem Buch gelesen?«

»Ich habe mich immer für unser Land interessiert, für die Geschichten darüber. Ich wäre gerne zur Universität nach Reykjavík gegangen, um noch viel mehr darüber zu lernen.«

Er musste nicht mehr dazu sagen, Margarete verstand genau, was er meinte. Die Bauern waren arm. Man brauchte keinen Uniabschluss, um Schafe zu scheren, Pferde zu zähmen und Heu zu machen. Die Familie hatte keines ihrer Kinder aufs Gymnasium geschickt, obwohl sie alle intelligent genug gewesen wären. Doch sie konnten es sich nicht leisten, auf eines zu verzichten. Man brauchte die Arbeitskräfte auf dem Hof.

»Du hättest den Professor ohnehin nur verrückt gemacht«, erwiderte Margarete leise, um sein schweres Herz zu erleichtern.

Er legte den Kopf schief. »Du bist ganz schön frech geworden. Als du nur ein paar Worte Isländisch konntest, war das nicht so.«

Sein Gesicht kam näher. Margarete war wie elektrisiert und

zitterte vor Anspannung. Sein warmer Atem strich erneut über ihr Gesicht, dann senkten sich seine Lippen auf ihren Mund.

Der Kuss dauerte nur ein paar Sekunden. »Das hätte ich schon längst wieder tun sollen«, murmelte Théo und strich mit seiner schwieligen Hand über ihre Wange.

»Und warum hast du nicht?«

Er lachte heiser. »Wir sind nie ungestört, immer ist jemand da. Sicher steht jetzt auch jemand hinter den Gardinen und beobachtet uns.«

Margarete hob die Schultern. »Wäre das denn so schlimm?«

»Man redet gern.«

»Wie überall.«

Er seufzte.

»Was ist?«, fragte Margarete.

»Ich will fort von hier.«

Ein Stich in ihrem Magen ließ sie zusammenfahren. »Fort?«

»Ja, nach Reykjavík. Dort findet man leicht Arbeit. Ich habe den Dänen im Sommer gefragt, ob er mir Kredit gibt, damit ich mir selbst einen Hof bauen kann, aber er hat Nein gesagt. Ich habe keine Perspektive hier in Hjalteyri.«

Ihr Herz klopfte schnell. Er wollte den Norden verlassen. Vermutet hatte sie es schon lange, und er hatte es immer wieder angedeutet. Es aber nun so konkret aus seinem Mund zu hören, erschreckte sie. »Warum sagst du mir das?« Sie bekam keine Luft mehr.

»Magga, komm mit mir!«

Sie atmete zischend aus. Das war es, worauf sie so lange gewartet hatte. Und jetzt, wo er es ausgesprochen hatte, fühlte es sich ganz anders an, als sie gedacht hatte. »Aber«, stammelte sie. »Mein Vertrag gilt nur für ein Jahr.«

Er nickte, und der Schein der Polarlichter spiegelte sich in seinen Augen wider. »Ich will im Frühjahr gehen. Ich besorge mir Arbeit, und dann kommst du nach.«

In ihrem Kopf drehte sich alles. »Aber …«

»Hier ist nichts für uns. Das musst du doch sehen? Du musst dich nicht gleich jetzt entscheiden. Aber eins sollst du wissen …«

Sie hob ihren Kopf. »Ja?«, hauchte sie.

»Wenn du mit mir gehst, dann als meine Frau.«

Das Glücksgefühl, das seine Worte in ihr auslösten, war so intensiv, dass sie glaubte, gleich ohnmächtig zu werden. »Théo«, erwiderte sie und küsste ihn lange.

Als sie sich voneinander lösten, seufzte sie leise. »Ich bringe dich jetzt nach Hause, Ástin mín.«

Meine Liebe.

Margarete nickte, sprachlos vor Glück, und ließ zu, dass er seine Finger mit ihren verschränkte. Gemeinsam gingen sie den Weg entlang.

Juli 2017, Hrafnagil, Eyjafjörður

»Es tut mir leid, dass ich dich geküsst habe.«

»Entschuldige, ich wollte das nicht.«

»Pia, du bist eine wunderbare Frau, aber das mit uns hat keine Zukunft.«

»Verdammt!« Ragnar fluchte, schlug mit der Faust aufs Waschbecken und wich dem Blick seines Spiegelbildes aus. »Ich habe keine Ahnung, was ich zu ihr sagen soll!«

Genervt polterte er aus dem Badezimmer die Treppe hinunter.

»O Gott«, stieß er hervor, als er Pia in seinem Hausflur entdeckte.

»Hallo, Ragnar«, stammelte sie und verschränkte ihre Finger ineinander. »Tut mir leid, ich, äh, habe geklopft ...«

Ihm wurde schrecklich heiß. Was hatte sie mitbekommen? »Ist alles in Ordnung?«, fragte er, seine Stimme klang atemlos, sein Herz raste. Es war ihm unsäglich peinlich, und er hoffte inständig, dass sie nicht schon länger hier stand und sein kleines Selbstgespräch unfreiwillig belauscht hatte.

»Ich, äh, hast du Leonie gesehen? Sie ist vor einer Weile mit ziemlicher Wut im Bauch weggegangen und ... na ja, bei uns ist die Luft ziemlich dick. Eigentlich bin ich irgendwie selbst auf der Flucht ...« Sie lächelte schief.

»Ah, verstehe. Das leidige Thema mit der Schule? Leonie ist

bei den Pferden, mach dir keine Sorgen. Hätte ich gewusst, dass du sie suchst, hätte ich natürlich Bescheid gesagt. Möchtest du vielleicht einen Kaffee?«

»Ja, sehr gern.«

Froh, dass sie ihn nicht auf seine Selbstgespräche hingewiesen hatte, ging er in die Küche und holte zwei Tassen aus dem Schrank. »Brauchst du Milch oder Zucker?«

»Schwarz, bitte.«

Ragnar nahm die Kaffeebecher und ging auf die überdachte Veranda, die gen Süden ausgerichtet war. Die Sonne schien auf sein Gesicht. Da sie in einer windgeschützten Ecke waren, brannte sie nach kurzer Zeit heiß auf seiner Haut. »Dicke Luft also?«, fing er an, setzte sich und zog seinen Pullover aus. Darunter trug er ein weißes T-Shirt.

Sie saßen beide mit Blick auf die Weide, der Tisch mit den Kaffeetassen zwischen ihnen.

»O ja.« Pia seufzte und schwieg, dann fuhr sie fort. »Leonie und ich haben uns heute Morgen mal wieder bis aufs Blut gestritten. Ich kapiere einfach nicht, wieso das Mädchen die Schule schmeißen will. Sie macht einen großen Fehler. Ich weiß auch nicht, warum ich jetzt bei dir auf der Matte stehe. Oder irgendwie schon. Ich habe das Gefühl, du bist der Einzige hier, der mich versteht.«

»Du bist herzlich willkommen, jederzeit. Und wegen der Feier ...« Er stockte und dachte an den Kuss und wie schön er gewesen war, aber dass sich das nicht wiederholen durfte, denn es würde zu nichts führen.

Er wandte ihr sein Gesicht zu. Im selben Moment sagten sie beide: »Es tut mir leid.« Für eine Sekunde, die sich sehr, sehr lang anfühlte, blickten sie einander in die Augen. Als sie bemerkten, dass sie beide das Gleiche von sich gegeben hatten, brachen sie in Gelächter aus.

»Ja«, sagte Ragnar immer noch amüsiert. »Also, ich ... auf der Hochzeitsfeier. Es tut mir wirklich leid, wenn ich dir zu nahe getreten bin. Ich hatte deutlich zu viel getrunken ...«

Pia winkte ab. »Ja, ich ja auch. Vergessen wir die Sache einfach.«

»Genau, es ist im Grunde ja nichts passiert«, stimmte er ihr zu.

Lügner, dachte er. Natürlich war eine ganze Menge passiert. Es hatte sich definitiv etwas verändert, aber Pia wirkte nicht so, als ob sie das genauso sähe. Überhaupt war sie sehr zurückhaltend. Er wusste, dass sie schlechte Erfahrungen gemacht hatte. Schließlich ließ man sich ja nicht grundlos scheiden. Und Helga hatte auch schon Andeutungen gemacht, dass Pias Ehe schwierig gewesen war. Davon konnte er natürlich ein Lied singen. Sie waren beide offenbar aus ganz ähnlichen Gründen allein – tiefe Wunden hinterließ eine Trennung, vor allem, wenn Kinder involviert waren, leider immer.

»Gut, dann können wir das ja ... hinter uns lassen«, meinte sie und wirkte erleichtert. Dann lehnte sie sich im Stuhl zurück und nahm den Kaffeebecher zwischen ihre Hände. »Es ist ja ganz schön warm hier in der Sonne.«

Ragnar sah Rakel und Leonie auf die Ställe zugehen, sie kicherten und steckten die Köpfe zusammen. »Es läuft gut für die beiden«, sagte er.

Pia atmete hörbar aus. »Ja. Scheint so, als kämen sie gut klar miteinander.«

»Was stört dich?«

»Teenager. Momentan habe ich das Gefühl, ich bin die einzige Person da drüben, die nicht total durchgeknallt ist. Oma und

Helga streiten sich andauernd, das ist kaum auszuhalten. Nein, es ist nicht auszuhalten.«

»Dann hast du es nicht aus Ausrede benutzt, um mit mir zu sprechen?«, neckte Ragnar sie.

Pia hob ihren Kopf und runzelte die Stirn. »Na ja, ein bisschen vielleicht. Was aber nichts daran ändert, dass mich die Situation mit Leonie fertigmacht. Und das wird sich wohl auch nicht ändern, wenn wir uns weiterhin nur anschreien.«

Ragnar nahm einen Schluck von seinem Kaffee. »Das ist ein schwieriges Thema, das verstehe ich.«

»Ja, allerdings. Sie braucht das Abitur, und so schlechte Noten hat sie eigentlich nicht.«

»Aber sie hat keine Lust mehr zu lernen und möchte ihr eigenes Geld verdienen?«

»Sie kann mir ja nicht mal selbst sagen, was der Grund ist. Bocklosigkeit, wenn du mich fragst. Irgendwie umkreisen wir uns wie Geier. Ich finde, es sollte mal reiner Tisch gemacht werden.«

»Ist das dein fachmännischer Rat, Frau Sozialpädagogin?«

Pia grinste. »Ja, so ist es, aber bei meiner eigenen Tochter bekomme ich es einfach nicht hin. Egal, lass uns über etwas Erfreulicheres sprechen. Oder einfach das Thema wechseln, sonst kriege ich noch mehr Falten.«

Ragnars Mundwinkel bogen sich nach oben. »Ich finde, du siehst gut aus, und Falten kann ich keine entdecken.«

»Dann sieh lieber nicht so genau hin.«

»Oh, ich habe schon genau hingesehen. Keine Falten.«

Pia lachte, und er freute sich, dass er sie etwas aus der Reserve locken konnte. »Hast du mittlerweile rausgefunden, warum deine Oma nicht auf Island geblieben ist damals?«

»Nicht wirklich, um ehrlich zu sein, in den letzten Tagen habe ich nicht einmal mehr danach gefragt.«

»Hat Helga nie versucht, mit deiner Oma in Kontakt zu bleiben?«

»Davon weiß ich nichts, allerdings könnte ich mir vorstellen, dass meine Oma Briefe unbeantwortet gelassen hat. Die Frau kann so stur sein. Aber bei der Einladung zum Geburtstag ist sie doch über ihren Schatten gesprungen, also muss Helga schon gewusst haben, wo Oma lebt. Also .... Frag mich nicht. Ich weiß leider gar nichts.«

»Irgendwie spannend, oder? Möchtest du mehr Kaffee?« Er setzte sich auf.

»Nein danke. Sonst bekomme ich noch Herzflattern vom vielen Koffein.« Pia stellte ihre Tasse auf dem kleinen Tisch zwischen ihnen ab.

»Wirst du noch weiter nachhaken? Also wegen deiner Oma und Helga?«

Pia rieb sich die Schläfen. »Ich habe, ehrlich gesagt, keine Ahnung. Es ist immer schwierig; sobald ich das Thema bei Oma anschneide, herrscht Funkstille. Und Helga habe ich noch nie so direkt darauf angesprochen, irgendwie erscheint mir das unpassend, so lange kenne ich sie ja noch nicht. Die beiden mögen sich, aber irgendwas muss ja vorgefallen sein. Oma ist so wahnsinnig stur und Helga irgendwie auch. Ich glaube ja immer noch an ein großes Missverständnis.«

»Sind eben beide aus demselben Holz geschnitzt.«

»Definitiv.«

»Du hast auch ein bisschen Ähnlichkeit mit ihnen.« Ragnar grinste spöttisch.

Pia schnappte nach Luft. »Das ist ja wohl die Höhe, so ein alter Vogel bin ich hoffentlich noch nicht geworden!« Dann lachte sie.

»Komm, Pia. Ich mache uns was zu essen, in der Zwischenzeit

kannst du ja überlegen, wie man die beiden aus der Reserve locken kann.«

»Das ist doch nicht nötig, ich will dir keine Umstände machen.«

»Keine Widerrede, sehr viel mehr als Rührei kann ich sowieso nicht, und ich habe Hunger.« Er stand auf und nahm die Tassen.

»Es ist also eine ganz eigennützige Aktion?« Pia lächelte und erhob sich ebenfalls.

»So kann man es auch sagen. Sie haben mich durchschaut.« Er grinste breit.

In Pias Augen blitzte etwas auf, dann räusperte sie sich und wandte den Blick ab.

Februar 1950, Hjalteyri, Eyjafjörður

Die Sonne im Februar brachte zwar keine Wärme, doch Margarete war froh über jedes Licht nach der ewigen Dunkelheit. Zwei Stunden war es täglich hell, und mit jedem weiteren Tag wurde der Zeitraum ein bisschen länger. Aber die Dämmerung kam schnell, und ehe man sichs versah, hatte die Nacht einen wieder eingeholt. Die Vorräte neigten sich allerorts dem Ende zu, und mit dem traditionsreichen Fest Þorrablót wurde der Frühling herbeigerufen.

Schon Ende Januar hatte man auf den umliegenden Höfen damit begonnen, die Lebensmittel für das Þorrablót einzulegen, zu säuern oder zu räuchern: Es gab nun eingelegte Schafshoden, Schwartenmagen, Trockenfisch, Schweinsfett, Blutwurst, geräuchertes Lamm und fermentierten Hai.

»Gibt es auch wieder Schafsköpfe?«, fragte Margarete und schüttelte sich leicht, als sie sich erinnerte, wie sich die Männer immer um die Augen in den versengten Schafsköpfen stritten. Sie galten als besonderer Leckerbissen. Margaretes Magen hatte sich gehoben, als sie einmal gesehen hatte, wie Théo mit einer Gabel ein Auge aufgespießt und mit einem wohligen Seufzen verspeist hatte. Sie bekam auch jetzt noch eine Gänsehaut davon.

»Natürlich. Das ist Tradition. Das Fest ist dem Gott Þór gewidmet«, sagte Sessilja, während sie *Flatkökur*, flache Teigfladen aus Roggenmehl und Wasser, für das morgige Festmahl in einer

Pfanne backte. »Er hat dem vierten Wintermonat seinen Namen gegeben.«

»Aber ihr glaubt doch nicht mehr an die alten Götter, oder? Ihr seid doch Christen?«

Sessilja lachte. »Natürlich, Magga. Aber du hast in den letzten Wochen selbst erfahren, wie hart so ein Winter sein kann. Manchmal muss man an alles glauben, was man kennt. Die Vorräte neigen sich dem Ende zu ... man weiß nie, wann der Schnee endgültig taut und die Wiesen und Täler freigibt.«

»Was meinst du?«

»Du bist im Juni gekommen, da waren die Bergspitzen noch weiß.«

Als ob sie dieses Bild jemals vergessen könnte. »Wann wird es denn wieder wärmer?«

Sessilja zuckte mit den Schultern. »Hoffentlich im April. Wenn es ein strenger Winter ist, kann es auch mal Mai werden, bis wir Gras sehen.«

»O Gott! Das sind ja noch fast drei Monate.«

»Eben. Wir sind dankbar, dass wir mehr oder weniger gut durch die dunkle Zeit gekommen sind. Bis jetzt.« Ein Schatten huschte über ihr Gesicht. Der Verlust der Großmutter war schwer gewesen, aber ihr Leiden hatte nicht lange gedauert. »Doch es ist noch nicht vorbei. Meistens wird es im März aber schon besser. Zumindest heller.«

Margarete schluckte.

»Ach, entschuldige. Ich wollte dir keine Angst machen. Freu dich auf morgen. Das wird toll«, fügte Sessilja mit einem milden Lächeln hinzu.

»Ja, das wird es.« Margarete freute sich tatsächlich schon sehr auf das Fest. Obwohl sie noch nicht offiziell mit Théo verlobt war, so erwartete sie doch, dass er bald öffentlich verkünden würde, dass sie seine Braut sein würde. Vielleicht ja schon morgen.

»Es wird richtig gefeiert.« Sessiljas Augen leuchteten.

Was das hieß, verstand sie sofort. Isländer feierten immer mit viel Schnaps. Was anderes als selbst gebrannten Brennivín konnte sich hier niemand leisten, und Bier war verboten. Schon vor Mitternacht würden die meisten betrunken unter dem Tisch liegen.

»Das Haus wird aus allen Nähten platzen.« Sessilja kicherte, offenbar hatte sie Bilder aus den letzten Jahren im Kopf.

»Da bin ich. Hallo, ihr Lieben!« Helga kam in die Küche, ihre Wangen waren von der Kälte gerötet. »Ich konnte nicht früher.«

»Komm nur, es gibt noch genug zu tun.« Sessilja umarmte Helga und schob ihr eine Schüssel mit Kartoffeln hin, die sie schälen sollte.

Am nächsten Morgen spürte Margarete sofort, dass etwas anders war als sonst. Bjarghildur war blass, und immer wieder stützte sie sich an der Tischkante ab oder lief unruhig auf und ab. Dísa und Sigga spielten mit ihren Puppen in der Stube, während der Vater im Stall war, um die Kühe zu melken und Eier bei den Hühnern einzusammeln.

»Es ist zu früh«, jammerte Bjarghildur immer wieder mit schmerzerfüllter Stimme. Sie ging jedoch nicht auf Margaretes Fragen ein. Aber diese konnte sich denken, was los war. Die Wehen hatten eingesetzt.

Nicht heute, dachte Margarete und hoffte, dass die Babys sich doch noch Zeit lassen würden.

Am Nachmittag stöhnte Bjarghildur immer häufiger und krümmte sich wieder und wieder vor Schmerzen. »Geh die Hebamme holen«, wies sie ihren Mann an. »Du nimmst die Kinder, Magga. Das ist nichts für sie.«

»Denkst du, die Hebamme kommt noch rechtzeitig?«, fragte Þórður und streichelte die Wange seiner Frau. »Bei der zweiten Geburt kam sie zu spät, so schnell ist Sigga da gewesen.«

»Aber ja, nun geh schon. Das Wetter ist gut; wenn du dich beeilst, seid ihr in zwei Stunden hier.«

Er nickte, und wenige Minuten später galoppierte er vom Hof.

Margarete war noch nie bei einer Geburt dabei gewesen, aber sie hatte schon viele Geschichten darüber gehört. Doch nichts davon hatte sie auf das vorbereitet, was sie an diesem Tag erwartete.

Kurz nachdem Þórður vom Hof geritten war, schrie Bjarghildur überrascht auf. Ihr Fruchtwasser ergoss sich mit einem lauten Platschen auf den Küchenboden.

»Mama«, riefen die Mädchen erschrocken.

»Ist schon gut, das ist normal.«

Mit dem Eröffnen der Fruchtblase wurden die Wehen so heftig, dass Bjarghildur sich hinlegen musste. Margarete stützte sie und half ihr ins Bett. Sie war hin- und hergerissen. Eigentlich sollte sie die Kinder versorgen, aber ihr kam es so vor, als ob die Mutter sie viel mehr benötigte.

»Wen kann ich um Hilfe bitten? Ich kann rüber zu Bragholl laufen? Ingibjörg weiß sicher, was zu tun ist.« Margarete wurde hektisch.

»Nein«, stöhnte Bjarghildur. »Es ist nicht meine erste Geburt. Sei nicht albern, die wollen alle feiern. Stören wir sie nicht … Aaaaaahhh.« Sie wurde heftig geschüttelt, als die nächste Wehe über sie hereinbrach.

Margarete brach der Schweiß aus. »Kinder, ihr geht spielen. Seid schön artig«, mahnte sie die beiden. »Ich gehe jemanden holen, der sich auskennt.«

»Nein!«, sagte Bjarghildur mit solchem Nachdruck, den sie nicht von ihr gewohnt war, dass Margarete zögerte. »Die Hebamme wird gleich hier sein. Sonst brauche ich niemanden.« Bjarghildur schloss die Augen und ruhte sich aus, bis die nächste Wehe sie gequält aufstöhnen ließ.

»Ich wusste, dass es wehtut. Aber ich habe vergessen, wie sehr!«, schrie sie und klammerte sich am Bettrand fest, sodass ihre Knöchel weiß hervortraten.

Sie warteten nun schon seit Stunden auf Þórður, er war am Morgen fortgeritten, und nun war es spät und schon lange wieder dunkel. Þórður hätte längst zurück sein müssen. »Wann kommt die Hebamme endlich? Ich hole jetzt Hilfe.« Hoffentlich war dem Bauern nichts passiert. Vereiste Wege, ein Pferd ... sie musste nicht lange nachdenken, um Horrorbilder in ihrem Kopf auftauchen zu lassen. »Nein.« Sie schüttelte vehement den Kopf, er war sicher nur aufgehalten worden.

Bjarghildur war mittlerweile so erschöpft, dass sie nicht länger protestierte. Irgendwas stimmte nicht, das konnte Margarete sogar ohne große Erfahrung erkennen.

Sie rannte zu Théos Hof, die Hitze und die beißenden Gerüche von geräuchertem, fermentiertem Hai und Alkohol ließen sie taumeln, als sie die Tür aufstieß.

»Magga«, rief jemand. »Wo warst du so lange? Komm, feiere mit uns!«

Gelächter, Johlen, glasige Augen und noch mehr Wärme, die ihr das Denken erschwerten. »Die Kinder kommen, ich brauche Ingibjörg«, rief sie und verschaffte sich mit wilden Gesten Gehör.

Augenblicklich herrschte Stille.

»Habt ihr die Hebamme gerufen?«, fragte Théos Mutter ruhig.

»Die ist auf dem Weg, aber wir warten schon seit Stunden.«

Ingibjörg schob ihren Stuhl zurück und stand auf. »Das kriegen wir schon allein hin.«

Nun war endlich jemand an ihrer Seite, der wusste, was zu tun war.

Es wurde laut gelacht. »Die Kinder kommen zur rechten Zeit. Ein guter Tag, um geboren zu werden.«

Margaretes Blick suchte vergeblich nach Théo. Aðalsteinn saß auch nicht am Tisch. Keine Ahnung, was die Kerle zu schaffen hatten. Pinkeln, Schnupftabak, eine Rauferei ... die Einfälle betrunkener Brüder waren manchmal so verrückt, dass Margarete es nicht länger hinterfragte. Aber wo war Helga? Die Unterstützung ihrer Schwester hätte Margarete jetzt wirklich gut brauchen können.

Vielleicht war Helga schon wieder gegangen, es war spät, und morgens musste sie immer früh raus. Außerdem hatte sie sicher kein langes Durchhaltevermögen entwickelt, als sie begriffen hatte, dass Margarete nicht kommen würde. Helga hatte auch heute noch diese Anflüge von Schüchternheit. Ihr Isländisch war noch nicht so gut wie Margaretes. Egal, was es war, es war momentan nebensächlich, auch wenn Margarete eine Umarmung und ein paar ermutigende Worte jetzt wirklich nötig gehabt hätte. Ingibjörg machte sich dafür, ohne zu zögern, mit Margarete auf den Weg.

»Seit wann hat sie die Wehen?«, fragte sie, während sie eilig durch die Nacht liefen. Der Schnee knirschte unter ihren Stiefeln, ihr Atem malte kleine weiße Wölkchen in die von Vollmond und Sternen erhellte Nacht.

»Schon seit heute Morgen.«

»Das ist noch nicht zu lange, obwohl es beim dritten meist schneller geht. Aber nun sind es ja zwei ...«

»Sie hat gesagt, dass die Geburten der ersten beiden Mädchen viel schneller gingen. Aber jetzt, ich weiß nicht, ich mache mir

Sorgen, sie hat große Schmerzen, ist schon völlig erschöpft. Beinahe apathisch würde ich sagen.«

»Deine erste Geburt?«

Sie nickte.

»Das wird schon. Keine Sorge.« Ingibjörg klopfte ihr auf die Schulter.

Als sie das Haus betraten, hörten sie Bjarghildurs heiseres Stöhnen bereits an der Tür.

Dísa und Sigga saßen verängstigt am Fußende des Bettes ihrer Mutter.

»Kinder, ihr sollt nicht hier sein. Raus mit euch, husch«, vertrieb Ingibjörg die Mädchen.

»Hole etwas heißes Wasser«, wies Ingibjörg Margarete an. »Ich schaue in der Zeit, was ich für Bjarghildur tun kann.«

Théos Mutter schlug die Decke zurück und untersuchte die werdende Mutter. »Das eine Kind liegt falsch«, murmelte sie mit düsterer Miene. »Steißlage. Es geht nicht voran.«

Bjarghildur krümmte sich vor Schmerzen und stöhnte heiser.

»O Gott«, entfuhr es Margarete. Sie presste sich die Hände auf den Mund.

Sie sprach es nicht aus, aber die Sorge, dass ihre Hausmutter bei der Geburt sterben könnte, war groß. Was sollten sie tun?

Ingibjörg rieb sich über das Gesicht. »Ich kann das Kind nicht drehen. Wir müssen warten. Die Hebamme muss das tun, ich bin nicht erfahren genug. Ich habe zwar schon von solchen Fällen gehört, aber … nein, mir fehlt das Wissen, wie man es richtig anpackt.«

»Irgendwas müssen wir doch tun können!«, rief Margarete.

Ingibjörg schüttelte den Kopf. »Fang an zu beten.«

Juli 2017, Hrafnagil, Eyjafjörður

Pia genoss es, Ragnar zu beobachten. Seine Küche war klein, aber zweckmäßig eingerichtet. Als er gesagt hatte, dass er nicht viel mehr als Rührei zubereiten konnte, hatte er offenbar nicht gelogen. Aktuell schnippelte er eine Paprika, und Pia konnte kaum hinsehen, so ungelenk hantierte er mit dem Messer.

»Du solltest besser nicht betrunken kochen«, meinte sie, und ihre Mundwinkel zuckten verräterisch.

Ragnar hob den Kopf und schaute sie mit hochgezogener Augenbraue an. »Wie darf ich das denn jetzt verstehen? Ist das die verschlüsselte Nachricht, dass du ein Glas Wein möchtest?«

Pia lachte. »Nein.«

Georg hatte nie für sie gekocht, der hatte sich im Gegenteil immer sehr gern bedienen lassen. Weil sein Job ja so anstrengend sei, hatte er immer gesagt. Wenn es nur das gewesen wäre. Sie versuchte, die unschönen Erinnerungen an die letzten Monate ihrer Ehe zu verdrängen. Gleichzeitig war sie froh, dass Ragnar überhaupt keine Ähnlichkeiten mit ihrem Ex aufwies, das war definitiv etwas, das sie sehr anziehend und vor allem beruhigend fand. Jetzt störte nur noch die Tatsache, dass sie dreitausend Kilometer voneinander entfernt wohnten. Und dass sie überhaupt nicht wusste, wie er zu dem Kuss stand.

»Möchtest du?«

»Was?«, gab sie abwesend zurück und rang sich ein Lächeln ab.

»Ein Glas Wein?«

»Ach so, ja, ich weiß nicht, ich sollte nicht …« Es wäre besser, einen klaren Kopf zu behalten, die Gefahr war groß, dass sie ansonsten »vergaß«, dass eine Liebelei mit Ragnar sie nur in neuen Kummer stürzen würde – denn er war ein Mann, mit dem sie sich eine Zukunft vorstellen könnte, wenn …

»Pia«, sagte er und ließ die Schultern sinken. »Hör auf mit diesem *sollte nicht, hätte nicht* und so weiter. Du kannst dir doch etwas gönnen, wenn du es möchtest. Wenn du nicht magst, dann sagst du doch einfach Nein, oder?«

Ihr Mund stand offen, schnell klappte sie ihn wieder zu. Dass Ragnar sie nach der kurzen Zeit so treffend analysiert hatte, schockierte sie irgendwie. Aber es stimmte, sie war im Urlaub, sie verbrachte ein paar nette Stunden mit ihrem derzeitigen Nachbarn, wieso also nicht? »Dann mach doch eine Flasche auf. Siehst du? Wer ist jetzt nicht lässig? Hm?« Sie funkelte ihn herausfordernd an.

Binnen kürzester Zeit hatte sie ein Glas Pinot Grigio vor sich stehen. »Bitte«, sagte er und kümmerte sich wieder um seine Paprika.

»Ich hoffe, ich werde nicht vermisst«, meinte sie und streckte ihre Beine von sich. Sie schaffte es einfach nicht abzuschalten.

»Das ist wieder so ein Ding. Musst du dich immer abmelden, wenn du irgendwo hingehst?«

»So ist das eben, wenn man Verpflichtungen hat«, rechtfertigte sie sich leise. Ihr Telefon hatte sie absichtlich nicht mitgenommen, gestern hatte Georg nämlich dreimal angerufen, und sie hatte absolut keine Lust, hier einen weiteren Anruf von ihm zu erhalten.

»Was soll denn schon sein?« Ragnar kniff die Augen zusammen. Er konnte offenbar überhaupt nicht nachvollziehen, warum Pia so angespannt war. Tja, sie würde es ihm nicht erzählen. Sie wollte es ja selbst vergessen, aber das war leider nicht so leicht. Erinnerungen löschte man nicht aus wie einen Bleistiftstrich mit dem Radiergummi.

Sie zuckte mit den Achseln. »Ja, vielleicht hast du recht.« Sie würde sich auf jeden Fall Mühe geben, endlich mal nicht an ihre Sorgen zu denken.

»Du entspannst dich jetzt mal, und ich zaubere ein, äh, irgendwas.« Er grinste und warf die Paprika zur Eimasse in die Pfanne. »Zur Not habe ich Käse im Kühlschrank.«

»Keine Sorge, ich bin nicht krüsch.«

Er runzelte die Stirn. »Was bedeutet das?«

Sie kicherte. »Ich esse fast alles.«

»Ach so. Sollte ich jetzt beleidigt sein?« Er zwinkerte, und das Funkeln in seinen Augen ließ unzählige kleine Schmetterlinge in ihrem Bauch aufstieben.

»Na ja, das überlegen wir dann noch mal, wenn ich probiert habe«, beeilte sie sich zu sagen und räusperte sich. »Oma«, wechselte sie das Thema. »Ich muss mir mal überlegen, wie wir die beiden wieder zusammenbringen können.«

Für eine Minute herrschte Schweigen in der Küche. Die Eimasse blubberte in der Pfanne vor sich hin, Ragnar war darin vertieft, sie nicht anbrennen zu lassen. Pia beobachtete das Spiel seiner Rückenmuskulatur, die sich deutlich durch den dünnen Stoff des T-Shirts abzeichnete. Wie es sich wohl anfühlen würde darüberzustreichen?

»Fertig!« Er drehte sich so schnell mit der Pfanne in den Händen um, dass Pia es nicht mehr schaffte, ihren Blick abzuwenden. Als er sah, dass sie ihn angestarrt hatte, bogen sich seine Mundwinkel nach oben. Um seine ausdrucksstarken Augen bildeten sich kleine Lachfältchen, die ihn noch attraktiver wirken ließen. Männer, denen man ansehen konnte, dass sie schon viel erlebt hatten, waren einfach verdammt sexy.

Pia spürte, wie die Hitze ganz langsam über ihren Hals in ihre Wangen kroch. Ihr Gesicht brannte. »Schön«, krächzte sie.

»Sollen wir auf der Veranda essen?«

»Klar doch«, sagte sie und stand so schnell auf, dass der Stuhl beinahe umgekippt wäre.

Auf dem Weg nach draußen stieß sie mit Ragnar zusammen.

»Huch!«, rief sie.

»Entschuldige, Teller vergessen ...« Er trat zur Seite und ließ sie vorbei.

Pia atmete tief durch, bevor sie sich an den kleinen Tisch setzte, wo sie zuvor schon Kaffee getrunken hatten. Leonie und Rakel winkten ihr zu, die beiden waren ganz offensichtlich auf dem Weg zu Rakels Haus. Pia sollte es recht sein, sie hatte ihre Dosis Drama für heute abbekommen und fand es in Ordnung, dass Leonie bei ihrer neuen Freundin blieb. Auch wenn ihre Tochter zur Abwechslung einmal nicht der Ursprung ihres dünner werdenden Nervenkostüms war.

»So, da bin ich wieder«, verkündete Ragnar, stellte zwei Teller, Besteck, eine Tüte mit geschnittenem Brot und Butter in einer weißen Verpackung mit der Aufschrift »Smjör« auf dem Tisch ab.

»So, Frau Sozialpädagogin. Guten Appetit!«

»Nenn mich doch nicht so, Herr Wikinger.«

»Okay, aber apropos. Weißt du schon, wann du zum *Laugaland* fährst?«

»Nein.«

»Du solltest das unbedingt machen.« Er häufte Rührei mit Paprika auf Pias Teller.

»Ja, Papa.«

»Siehst du, es geht doch.« Er nickte zufrieden und fing an zu essen.

Pia schüttelte amüsiert den Kopf und nahm ihre Gabel in die Hand.

Ragnar wedelte mit seinem Messer in der Luft herum. »Ich kann mir vorstellen, dass du es da wirklich interessant findest, Pia, du hast richtig gestrahlt, als wir die Nina auf der Hochzeit getroffen haben. Du bist ein sehr neugieriger Mensch.«

Sie konnte ein Grinsen nicht länger unterdrücken.

»Vielleicht hast du recht, aber es liegt auch daran, dass ich schon länger überlege, ob ich nicht doch viel direkter mit Jugendlichen arbeiten möchte. Mein Job zu Hause ist manchmal sehr zermürbend.« Sie schob sich eine Gabel mit Rührei in den Mund.

»Harte Schicksale?«

Sie nickte. »Oft ist es unfassbar und sehr traurig, wenn man hört, warum manche Kinder so ein mieses Leben führen müssen. Das geht mir zunehmend an die Nieren.«

»Verstehe. Noch ein Grund mehr, dir *Laugaland* anzuschauen. Die machen tolle Sachen für die Jugendlichen.«

»Danke!«

Er verzog den Mund. »Wofür?«

»Einfach, dass du mich … antreibst.«

»Klar doch.«

Einen Moment aßen sie schweigend. Pia fühlte sich wohl in seiner Gegenwart. Ragnar war natürlich, überhaupt nicht selbstbezogen und sehr zuvorkommend. Nie würde sie vermuten, dass er ein Promi gewesen war. Oder vielleicht immer noch war. Sie erinnerte sich an die Hochzeit, ja, er war noch immer beliebt, und definitiv kannte ihn hier jeder.

»Was ist?«, fragte er und wischte sich über den Mund. »Hab ich da was hängen?«

Sie schüttelte den Kopf. »Nein. Ich … danke für das Essen. Ich sollte jetzt wirklich gehen, Ragnar.«

»Hab ich was Falsches gesagt?«

»Nein, überhaupt nicht.«

»Was ist es dann?«

Sie verlor sich einen Augenblick zu lange in seinen blauen Augen. »Keine Ahnung.« Sie atmete hörbar aus und rieb sich die Stirn. »Ich … muss einfach los.«

Sie stand auf, Ragnar legte sein Besteck beiseite und erhob sich ebenfalls. Pia wandte sich zum Gehen, aber er hielt sie am Handgelenk fest. »Nicht so schnell, Pia«, sagte er mit rauer Stimme. »Sag mir, was ich falsch gemacht habe. Wenn ich unhöflich war oder …?«

»Nein, das ist es nicht«, stieß sie hervor und machte den Fehler, zu ihm aufzusehen. Der Ausdruck in seinen Augen war elektrisierend. Sie atmete schneller. »Ich … das führt doch hier zu nichts. In ein paar Tagen fahre ich wieder zurück …«

Er schluckte, das Leuchten in seinem Blick erlosch. »Ich weiß.«

»Ich will keinen Urlaubsflirt, Ragnar.«

Er presste kurz die Lippen aufeinander. »Ich auch nicht.«

Sie schauten sich immer noch an. Ihr Herz raste, in ihrem Bauch flatterte eine Horde Schmetterlinge umher. Keiner von ihnen wandte den Blick ab. »Dann ist es einfach besser, wenn ich jetzt gehe.« Ihre Stimme klang atemlos.

Sie wollte nicht gehen. Sie wollte ihn küssen, sich an seine breite Brust schmiegen und seinen würzigen Duft einatmen.

Er hob eine Hand und strich ihr eine Strähne aus dem Gesicht.

Dabei berührten seine Finger ihre zarte Haut an der Wange und hinterließen eine prickelnde Spur darauf.

Ein bedauernder Ausdruck huschte über seine kantigen Züge. »Verdammt ...« Er trat einen Schritt zurück und holte tief Luft. »Tut mir leid, Pia. Ich ... weiß auch nicht, was mit mir los ist.«

Ihr ging es genauso, aber das zu thematisieren würde auch nichts an der Gesamtsituation ändern. »Danke für das Essen«, sagte sie deswegen.

»Ich hoffe, du gehst nicht, weil es dir nicht geschmeckt hat.« Er versuchte, die Situation zu retten, die Befangenheit zu überspielen.

Sie machte mit und lachte. »Nein, Ragnar. Sicher nicht. Es war ein sehr schöner Nachmittag.«

Er nickte und vergrub die Hände in seinen Hosentaschen.

Auf dem Weg zurück zu Helgas Haus wollte Pia sich beruhigen. Aber mit jedem Schritt, den sie sich von seinem Hof entfernte, wünschte sie sich mehr, geblieben zu sein. Sie fluchte leise, als sie in den Flur trat und ihre Schuhe auszog. Es war still.

»Hallo? Jemand zu Hause?«, rief sie.

»Im Wohnzimmer«, hörte sie Helga rufen.

Pia fand die Schwestern, jede mit einer Näharbeit in den Händen, im Wohnzimmer. Es wirkte so übertrieben harmonisch, dass sie die Stirn runzelte. »Alles okay?«, fragte sie.

Oma presste ihre Lippen aufeinander, sagte jedoch nichts. Helgas Gesichtsausdruck konnte man bestenfalls als resigniert bezeichnen.

Irgendwas lag in der Luft.

»Hattest du einen schönen Tag, Pia?«, erkundigte sich Helga.

Was sollte sie darauf antworten? Ihr Nachmittag war wundervoll gewesen, entspannt und aufregend zugleich. Allerdings wollte sie das Thema »Ragnar« nicht diskutieren.

»Ich geh mal nach meinem Brotteig sehen«, wich sie aus und ging in die Küche. Selbiger machte, was er sollte: Er ging auf. Da sie den Teig aber heute Morgen erst angesetzt hatte, war es jetzt viel zu früh, um ihn weiterzuverarbeiten, er musste mindestens bis zum folgenden Vormittag ruhen.

»Helga, hast du vielleicht noch etwas, das ich für dich bügeln kann?«, rief sie.

»Ich kann ein paar Sachen zerknittern, wenn du dringend was brauchst?«

Pia verzog ihr Gesicht. »Haha! Sehr witzig.«

Das Telefon im Flur klingelte schrill. Helgas Schritte erklangen auf dem Laminat.

»Helga«, meldete sie sich.

Dann folgte in regelmäßigen Abständen ein mattes »Jau«. Pia war sofort klar, dass sie keine guten Nachrichten übermittelt bekam. Sie vergaß ihre eigene Misere für einen Moment und trat zu Helga in den Flur. Was sie dann sah, ließ ihr Herz schwer werden. Helga stand mit hängenden Schultern da, auf ihrem Gesicht spiegelten sich ihre Gefühle so klar wider, dass es keiner Worte bedurfte, um zu verstehen, was in ihr vorging.

»Já, gerum það, vinan. Takk fyrir að hringja. Bless«, sagte Helga und legte dann auf.

»Was ist los?«, fragte Pia.

Helga wirkte einen Moment wie versteinert, bevor sie sich regte. »Meine Schwägerin ist letzte Nacht gestorben. Komm, Pia! Ich muss es Oma erzählen. Sie kannten sich gut.«

Helga tätschelte Pias Oberarm und ging zurück ins Wohnzimmer.

»Þóra ist letzte Nacht gestorben«, sagte Helga und setzte sich.

Oma schaute auf. An ihrem Blick konnte Pia sehen, dass Oma nicht fassen konnte, was sie gerade gehört hatte. »Wie?«

»Es ging ihr schon länger nicht mehr gut, aber das war jetzt doch ... plötzlich.«

Oma nahm Helgas Hand und drückte sie. »Es tut mir leid.«

Helga schluckte schwer. »Es werden immer weniger. Bald ist niemand mehr da.« Ihre Stimme war tonlos.

Pia setzte sich, sagte jedoch nichts. Oma schaute sie kurz an, und Pia glaubte, für einen Moment in ihren Augen zu erkennen, dass sie zweifelte. Dass sie zweifelte, ob es richtig war, noch länger an ihrem Streit festzuhalten. Aber kein Wort kam über ihre Lippen. Dennoch hielt sie weiter die Hand ihrer Schwester. Helga weinte lautlos. »Wir waren gute Freundinnen, Margarete.«

»Ich weiß«, sagte Oma seufzend.

Es klang nach vielen ungesagten Worten, nach Schmerz, aber auch nach einer Vertrautheit im Angesicht des Todes der Freundin, die Pia Hoffnung gab. Hoffnung darauf, dass die Schwestern sich auch nach Jahrzehnten, in denen sie voneinander getrennt waren, noch so nah im Herzen waren, dass sie wieder zueinanderfinden würden.

»Ich wünschte, ihr würdet mal über das sprechen, was euch beschäftigt«, sagte sie deshalb sanft. »Ihr seid es doch, die weise sein sollen. Ihr habt so vieles erlebt und durchgestanden. Kann sein, dass ich mich täusche, aber irgendwas steht zwischen euch.« Pia erhob sich. Die Zuneigung, die sie für die beiden empfand, ging tief. Sie waren schon alt; wenn sie es jetzt nicht aussprachen, würde es vielleicht irgendwann zu spät sein.

»Ich werde jetzt einen kleinen Spaziergang zum *Laugaland* machen, vielleicht ist ja jemand da, der mich reinlässt. Ihr seid also ungestört. Bis später!«

Pia griff nach ihrer leichten Daunenjacke, schlüpfte in ihre

Trekkingboots und verließ Helgas Haus. Obwohl sie Helgas Schwägerin nie getroffen hatte, konnte sie ahnen, wie Helga sich fühlte. Aber sie war nicht diejenige, die sie würde trösten können. Sie ließ den Schwestern etwas Raum – hoffentlich würden sie ihn nutzen.

Pia verharrte einen Moment und genoss die Kühle des Abends. Der Wind hatte aufgefrischt, und sie war froh, dass sie ihre Jacke mitgenommen hatte. Selbst an schönen Tagen wurde es abends schnell kalt. Seltsamerweise störte es sie nicht, es war irgendwie erfrischend. Es fühlte sich an, als ob sie mit jedem Atemzug eine Extraportion Sauerstoff in ihre Zellen schickte. Es belebte ihren ganzen Körper und weckte ein Gefühl in ihr, als würde es auch für sie einen neuen Frühling geben.

Der Morgen nach Þorrablót, Februar 1950, Hjalteyri, Eyjafjörður

Aus der Nacht wurde ein Morgen, und noch immer hallten die stetig kraftloser werdenden Schreie Bjarghildurs durchs Haus. Die Hebamme war im Morgengrauen eingetroffen; für eine Wendung des Kindes sei es bereits zu spät, hatte sie gesagt. Das erste Kind sei bereits im Geburtskanal, hatte sie schließlich mit ernster Miene und hochgekrempelten Ärmeln nach der Untersuchung verkündet. Dann wurden Margarete und der Bauer hinausgeschickt.

Þórður saß erschöpft und krank vor Sorge auf einem Stuhl in der Stube. Immer wieder begrub er sein Gesicht in seinen Händen. »Ich weiß nicht, was ich tun soll, wenn sie stirbt«, flüsterte er immer wieder, jedes Mal verzweifelter als das Mal zuvor. Die Mädchen hatte Margarete zu Bett gebracht, sie schliefen, obwohl es draußen langsam hell wurde und der Mittag nahte. Unvermittelt drang erlösendes Babygeschrei durch die Stille.

Sie horchten auf.

Ja, noch einmal. Ein Baby schrie.

»Sie sind da!«, rief Margarete und sprang auf. Eine Gänsehaut breitete sich auf ihrem Körper aus.

Ingibjörg kam etwas später mit einem kleinen Bündel Menschlein ins Zimmer. Das Haar klebte ihr schweißnass am Kopf, unter ihren Augen lagen dunkle Schatten. »Es ist ein Junge«, verkündete sie und drückte es Margarete in die Arme. »Er ist gesund, aber auch für ihn war es eine lange Tortur. Das Geschwisterchen ... sie war einfach zu schwach, zu klein ...« Sie senkte den Blick und musste nicht mehr sagen.

Der Vater sprang auf. »Wie geht es meiner Frau?«

Für einen Augenblick herrschte angespanntes Schweigen im Raum. »Sie ist erschöpft«, gab Ingibjörg leise zurück, wich aber seinem Blick nicht aus.

Tränen stiegen in Margaretes Augen, sie schluckte, als sie den Jungen ansah. Er schlief so friedlich, sein kleines Gesicht war zartrosa und noch immer von Blut und Schmiere bedeckt.

»Sie hat viel Blut verloren. Wir müssen abwarten. Wenn sie kein Fieber bekommt, wird alles gut.«

Blankes Entsetzen war das, was Margarete nach diesen Worten empfand.

Wenn sie kein Fieber bekommt.

Þórður stand die Sorge ebenfalls ins Gesicht geschrieben. Bjarghildur hatte im letzten Winter bereits ein Kind verloren. Und nun das.

»Ich muss zu ihr«, stieß er aus und setzte sich in Bewegung. Ingibjörg hielt ihn am Arm fest.

»Sie braucht Ruhe, mein Junge.«

Er schüttelte den Kopf und schluckte schwer. »Ich werde verdammt noch mal *jetzt* zu meiner Frau gehen und ihr beistehen.« Dann schob er die Nachbarin zur Seite und ging davon.

Stunden später kam die Hebamme ins Wohnzimmer. Margarete spielte mit den Kindern und versuchte, sie so gut wie möglich abzulenken, Ingibjörg kümmerte sich um das Baby.

»Und?« Théos Mutter stand auf.

Sie rieb sich die Stirn. »Unverändert. Das ist in dem Fall gut.«

Margarete atmete aus.

»Was ist mit Mama?«, wollte Sigga wissen.

»Sie ist müde, Kleines«, sagte Ingibjörg. »Magga, lauf rüber und gib Bescheid, dass ich noch bleibe. Ich werde hier gebraucht.«

Sie nickte.

Die kalte Februarluft prickelte auf ihrem Gesicht wie Nadelstiche, als sie zu Ingibjörgs Haus ging. Es dämmerte. Es war später Nachmittag. Spuren der Feier fanden sich im ganzen Haus. Sessilja und Þóra saßen mit Helga in der Küche. Das Gespräch verstummte, als Margarete eintrat.

»Magga!«, riefen die drei unisono.

»Das Baby ist da. Es ist gesund, aber Bjarghildur ... Und das zweite hat nicht überlebt ...« Ihre Stimme versagte, die drei senkten den Blick. Margarete räusperte sich. »Bjarghildur ist schwach. Wir müssen abwarten. Überall war Blut. So viel Blut ...«

»Setz dich. Trink einen Kaffee«, bot Þóra an und stand auf, augenscheinlich froh, dass sie etwas tun konnte.

»Eure Mutter bleibt noch, sie versorgt das Baby. O Gott, was soll ich machen? Ich habe keine Ahnung ...«

»Wir helfen, keine Sorge. Alles wird gut«, sagte Sessilja und legte ihr eine Hand auf den Arm.

»Ich ...«, begann Helga. Margarete fiel auf, dass ihre Schwester ähnlich geschafft aussah, wie sie selbst sich fühlte. Ganz so, als ob sie auch kaum oder gar nicht geschlafen hätte.

»Sch!«, fuhr Þóra dazwischen. »Das ist jetzt nicht der rechte Zeitpunkt.«

»Was ist?«, wollte Margarete wissen.

»Ach!« Sessilja lachte gezwungen. »Helga hat nur einen Brennivín zu viel getrunken, sonst nichts.«

»Du hast getrunken?«, fragte Margarete überrascht.

»Ich ... alle ...«, rechtfertigte sie sich.

»Und jetzt hast du einen Kater?« Margarete lachte. »Deswegen musst du doch kein schlechtes Gewissen haben, Schwesterchen. Ich bin ja froh, wenn du dich mal amüsierst! Glaub mir, ich hätte auch lieber gefeiert.«

»Die Kerle liegen noch im Koma«, sagte Sessilja und rollte mit den Augen. »Die konnten wie immer nicht genug bekommen. Und heute ist der Katzenjammer groß.«

Helga senkte den Blick auf ihre Hände. Margarete wollte sie fragen, ob sonst alles in Ordnung war, aber sie war zu erschöpft nach den letzten vierundzwanzig Stunden. In ihrem Kopf war nur Platz für Gedanken an das neue Baby und die Gesundheit seiner Mutter.

Ende März 1950, Hjalteyri, Eyjafjörður

Die Wolken spiegelten sich im Wasser des Fjords unter dem winterblauen Himmel, die steinigen Berggipfel schienen an einigen Stellen durch das Weiß hervor. Aber es waren nur kleine schwarze Flecke. Der Schnee reichte noch bis ins Tal, der Frühling ließ auf sich warten.

Das Baby trank fleißig an Bjarghildurs Brust. Es war zwar über einen Monat zu früh gekommen, hatte aber nun, vier Wochen nach der Geburt, rosige Wangen und ein volles Gesicht. Die Mutter hingegen erholte sich nur langsam. Sie war bettlägerig und konnte kaum aufrecht sitzen, so schwach war sie. Aber sie war am Leben, damit musste man für den Augenblick zufrieden sein. Þórður machte sich noch immer Vorwürfe, als ob es seine Schuld gewesen wäre, dass der Rappe sich auf dem Weg nach Akureyri ein Bein gebrochen hatte und er zu Fuß hatte weitergehen müssen. Er wollte nichts davon hören, dass es Pech gewesen war. Wahrscheinlich war das seine Art, mit der Angst umzugehen, seine Frau zu verlieren.

Margarete hatte unglaublich viel zu tun, sie musste Bjarghildurs Teil der Arbeit in Haus und Hof übernehmen, der Säugling brauchte viel Zuwendung, und die Mädchen hingen an Margarete wie Kletten, weil ihre Mutter noch immer darniederlag. Einen Namen würde der Junge erst bei der Taufe bekommen, so war es hier üblich.

»Was ist eigentlich mit dir los?«, schimpfte Margarete ihre Schwester Helga, die mit einer Näharbeit vor dem Fenster saß. Als das Baby sein Gesicht verzog und sich wegen ihres harschen Tonfalls erschrak, senkte sie sofort die Stimme. »Du guckst wie drei Tage Regenwetter.«

Helga wirkte in den letzten Wochen noch verschlossener und in sich gekehrter als in den Monaten zuvor.

»Es ist nichts.«

»Warum bist du so schwermütig?«

Helga seufzte. »Diese Dunkelheit kann einen Menschen ziemlich mitnehmen. Immerzu ist es düster und kalt.«

»Nun schau doch aus dem Fenster, bald wird es Frühling.«

»Ja. Bald.«

Margarete konnte es kaum erwarten, dass es wärmer wurde. Und sie wollte Théo sehen. Sie vermisste ihn wahnsinnig. Seitdem sie Tag und Nacht für die Kinder verantwortlich war und nun der ganze Haushalt zusätzlich auf ihr lastete, hatte sie keine freie Minute gehabt, um sich mit ihm zu treffen. Er selbst traute sich offenbar nicht in das Haus, in dem die Hausmutter im Wochenbett auf Genesung hoffte und ständig ein Säugling schrie. Nicht einmal bei der wöchentlichen Wäsche war er aufgetaucht, es war beinahe so, als ob er ihr aus dem Weg ginge.

»Ich habe meinen Platz auf dem Schiff fest gebucht. Im Juni gehe ich zurück nach Deutschland«, sagte Helga und riss Margarete aus ihren Gedanken.

»Willst du es dir nicht noch einmal überlegen?«, bat Margarete ihre Schwester eindringlich.

»Nein.« Sie schüttelte den Kopf. »Mein Entschluss steht fest. Versuch gar nicht, mich zu überreden.«

Erst im April hatte sich Bjarghildur so weit erholt, dass sie den kurzen Weg bis zur Kirche selbst gehen konnte. Zu Laufeys Beerdigung hatte sie es nicht geschafft. Der Schnee war geschmolzen, aber die Wiesen waren noch braun. Das Thermometer kletterte kaum über die Zehn-Grad-Marke. Aber die Sonne strahlte, als ob sie damit sagen wollte, wie froh sie war, dass der Junge nun endlich einen Namen bekommen hatte. Er hieß wie der Vater: Þórður Þórðarsson. Margarete schloss die Augen und wendete ihr Gesicht den warmen Strahlen zu, bevor sie mit Helga ihren Weg zum Nachbarhaus fortsetzen würden. Ingibjörg hatte angeboten, eine Kaffeetafel zur Feier der Taufe herzurichten, »da Bjarghildur noch nicht genesen ist und Magga ohnehin viel zu tun hat«. Gerne hatten sie die Hilfe angenommen.

Margarete atmete tief ein und genoss es, den Frühling in ihren Gliedern zu spüren. Die Windstille war herrlich. Und endlich würde sie auch Théo wiedersehen. Sie hoffte, dass sie sich fünf Minuten mit ihm würde davonstehlen können, wenn der kleine Þórður von den Frauen im Haus bestaunt wurde und sie ihn in ihren Armen wiegten. Helga sog scharf neben ihr die Luft ein und riss sie aus ihren Tagträumen.

»Was ist?«, fragte Margarete.

»Ach nichts, mir war nur ein wenig schwindelig.«

»Hast du die Frühjahrsmüdigkeit, oder wie?«, scherzte Margarete, der nicht mal die Launen ihrer Schwester den Tag vermiesen konnten. Helga war momentan unerträglich, entweder sagte sie kein Wort und saß einfach da, die Lippen fest aufeinandergepresst, oder sie starrte Margarete an, als ob sie ihr etwas erzählen wollte, brachte dann aber kein Wort heraus.

Helga brummte nur, antwortete aber nicht.

»Weißt du, mir wird es langsam zu bunt mit dir«, fauchte Margarete. »Es ist deine Entscheidung, wenn du zurückgehst nach

Deutschland. Ich hätte dich gerne hier bei mir. Aber bitte, Helga. Ich verstehe einfach nicht, warum du ständig so schlecht gelaunt bist. Andauernd jammerst du, dass dir nicht gut ist, obwohl du deine schreckliche Zeit auf Island nun doch bald hinter dich gebracht hast. Freu dich doch einfach.«

Helga öffnete ihren Mund, aber nichts kam heraus. Sie wirkte blass und noch dünner als sonst, aber Margarete hatte kein Mitleid mehr für ihre große Schwester übrig. Irgendwann musste sie selbst wieder die Verantwortung für ihr eigenes Glück übernehmen.

»Argh«, stieß Margarete aus und stürmte ins Haus.

In der Stube duftete es herrlich nach Pfannkuchen und Kaffee, als sie eintrat.

»Das nenne ich aber fein«, sagte Margarete fröhlich.

Théo stand am Fenster und blickte nachdenklich auf den Fjord. »Hallo, Théo«, begrüßte sie ihn und stellte sich mit klopfendem Herzen neben ihn.

»Hallo, Magga!« Er rührte sich nicht, seine Hände hatte er in den Hosentaschen vergraben. »Wie geht es dir?«, sagte er leise, schaute sie jedoch nicht an.

»Ach, du weißt ja. Es gibt viel zu tun mit einem Baby. Bjarghildur kann ja noch nicht so viel machen.«

Er nickte wortlos. Die bewusste, bedächtige Bewegung wirkte beinahe traurig.

»Was ist los?«, fragte Margarete. Sie spürte, dass etwas nicht stimmte.

Er schüttelte den Kopf und ging einfach davon.

Margarete runzelte die Stirn und wollte ihm hinterhergehen. Aber Ingibjörg hielt sie auf. »Sag, Magga. Wie geht es Bjarghildur wirklich?«

Aus diesem Gespräch kam sie wohl oder übel nicht so schnell

wieder heraus, ohne unhöflich zu sein. Margarete erzählte daher von ihrer Hausmutter und ihrem Leiden, bis ein Knall vor dem Haus sie zusammenfahren ließ.

»O Gott«, stießen beide hervor und eilten auf den Hof.

Théo stand mit einem Gewehr in der Hand vor dem Stall, auf dem Boden lag sein Schimmel. Er blutete aus einer Wunde am Kopf, die Augen hatte das Tier weit aufgerissen. Die Beine zuckten noch unkontrolliert, wenige Augenblicke später war das Pferd tot.

Helga krümmte sich einige Meter entfernt und würgte.

Margarete schlug die Hände vor dem Mund zusammen. »Was …?«

Théo ließ die Waffe sinken und drehte seinen Kopf langsam in Margaretes Richtung. Ihre Blicke trafen sich, in seinen Augen las sie nichts als Schmerz und Elend.

»Musste das heute sein, Théo?«, schimpfte Ingibjörg. »Was kann der arme Gaul dafür, Junge? Gleich kommen die Gäste!« Sie fluchte verhalten. Für einen Moment sah sie aus, als ob sie ihrem Sohn eine Ohrfeige geben wollte. Dann riss sie sich zusammen und rannte mit gerafften Röcken zurück ins Haus.

»Warum hast du das getan?«, schrie Margarete fassungslos. Ihre Knie zitterten, sie konnte nicht glauben, dass ihr Théo so plötzlich sein eigenes Pferd getötet hatte. Einfach so, aus einer Laune heraus. Nein, etwas stimmte hier nicht. Neben der Übelkeit, die das tote Tier in ihr auslöste, wuchs noch ein anderes Gefühl in ihrem Bauch. Wut. Was war eigentlich los mit ihm?

Théos Stimme war nur ein Flüstern. »Ich kann ihn nicht verkaufen. Ich gehe weg.«

Ihr Mund stand offen. Sie wollte viel sagen, aber nichts kam über ihre Lippen. Er sprach nicht von einem *wir*. Er hatte *ich* gesagt.

Wollte er sie etwa nicht mehr?

Théo schaute weg, dann stürmte er in die andere Richtung davon. Margaretes Herz wurde schwer. Was war nur in ihn gefahren?

»Lass uns ins Haus gehen«, sagte Helga und zupfte an ihrer Strickjacke. »Die Gäste kommen.«

»Ich will ihm hinterhergehen, er muss mir sagen, was los ist.«

Helga schüttelte den Kopf. »Nicht«, bat sie. »Nicht jetzt. Bitte.«

Margarete zögerte, der Schock über den Tod seines Pferdes, über sein Verhalten und seine abweisende Haltung ihr gegenüber lähmten sie. Sie ließ sich von Helga ins Haus begleiten, während sich tief in ihrem Magen ein Gefühl aufbäumte, als würden sich Schlangen darin winden.

Die Stimmung der kleinen Gesellschaft war angespannt, obwohl jeder versuchte, sich nichts anmerken zu lassen. Doch alle wussten, dass Théos Pferd auf dem Hof ausblutete. Niemand verlor ein Wort darüber.

Helga war blass, sie trank einen Schluck Kaffee. Plötzlich sprang sie auf und rannte hinaus.

Schweigen setzte ein. Sessilja und Þóra tauschten einen Blick. Margaretes Magen zog sich zusammen. Sie wussten, was los war. Und es war bestimmt nicht nur der tote Schimmel vor dem Haus. Schon seit Wochen benahmen sich ihr gegenüber alle irgendwie merkwürdig. Oder war sie diejenige, die sich verändert hatte? Sie wusste es nicht.

»Ich sehe besser nach ihr«, murmelte Margarete und ging mit dem mulmigen Gefühl im Bauch hinter ihrer Schwester her. Sie fand Helga hinter dem Brunnen.

Sie würgte trocken.

Schon wieder.

»Was ist mit dir, Helga? Noch wegen des Pferdes? Oder bist du krank?«

Helga richtete sich auf und wischte sich den Mund ab. »Nein verdammt! Ich bin schwanger.«

Es folgte eine lange Pause. Dann erklang ihre Stimme wieder, viel leiser als zuvor. »Ich wollte das nicht.«

Der Gesichtsausdruck ihrer großen Schwester war dermaßen erschreckend, dass er der Ankündigung einer Katastrophe glich. Dabei hatte Helga die Hiobsbotschaft doch eben schon verkündet. Was sollte noch kommen?

Helga war schwanger, davon ging die Welt nicht unter, auch wenn es natürlich ungelegen kam. Sie würde den Kerl heiraten müssen. Eigentlich gefiel ihr die Idee, dann müsste sie auf Island bleiben. Margarete fragte sich allerdings, wer der Glückliche war, der Helgas Keuschheitsgürtel geknackt hatte.

Und wann? Zum Tanz war sie in letzter Zeit nicht gewesen. Oder war es schon länger her? Nein, ihre Taille war schmal, ihr Bauch flach. Sie konnte noch nicht weit sein.

Vielleicht täuschte sie sich. Helgas Verhalten und alles andere passten jedoch. Helga war in letzter Zeit blasser gewesen als sonst, häufig hatte sie über Schwindel geklagt, und nun kam auch noch Übelkeit dazu.

»Wer …? Was?«, fragte sie, und ihre Stimme brach ab, als sie in Helgas Augen las, dass die schlimmste Botschaft noch nicht über ihre Lippen gekommen war. Sie ahnte es, aber es war doch nicht möglich. Und dann zählte sie eins und eins zusammen, das Schweigen, wenn sie einen Raum betrat, die mitleidigen Blicke.

Nein, das würde ihre Schwester ihr doch niemals antun! Sie liebten einander. Sie waren immer füreinander da. Helga würde sie im Leben nicht hintergehen. Nicht so. Nicht mit Théo, den sie von ganzem Herzen liebte.

Helga kam auf sie zu. Doch Margarete wich zurück. »Nein!«, rief sie verzweifelt, ihre Stimme klang schrill. »Sag mir, dass es nicht von Théo ist!«

Die Tränen, die in Helgas Augen glitzerten, genügten als Antwort. »Ich, es war ... er war betrunken. Ich hatte ... aber ich habe ...«, stammelte sie.

Margarete musste sich zwingen weiterzuatmen.

Alles um sie herum war von besonderer Klarheit, die Konturen des Hauses, der Stallungen und der Berge im Hintergrund. All das sah sie überdeutlich, während Helgas Gesicht vor ihrem verschwamm. Kein Wort kam über ihre Lippen, in ihrem Kopf tobte ein Gedankenwirrwarr, das sich bis in die kleinsten Nervenenden ihres Körpers ausbreitete.

Gleichzeitig lag auf einmal eine ungewohnte Ruhe über allem. Es war die Macht der Gewissheit, dass die einzige Liebe, der sie all ihre Kraft gewidmet hatte, nicht mehr existierte. Ihre Schwester hatte sie verraten. Die Verbundenheit mit Helga hatte sie immer wieder dazu gebracht, sich um sie zu sorgen, für sie da zu sein, ihre eigenen Bedürfnisse hintanzustellen. *Wenn Helga nur endlich wieder glücklich würde ...*, hatte Margarete oft gedacht. Die einzige Freiheit, die sich Margarete erlaubt hatte, war, einen jungen Mann zu lieben und von einer Zukunft mit ihm zu träumen. Das war ihr Fehler gewesen. Nie hätte sie geglaubt, dass ihre Schwester zu so etwas fähig wäre. Nie.

»Sag mir, dass es nicht wahr ist.« Margaretes Stimme war nur ein Flüstern, und doch lag eine Forderung darin, die nicht härter hätte sein können.

Helga schüttelte den Kopf. »Es war nur ein einziges Mal. Er ... ich war angetrunken, er hat mich betrunken gemacht, ich war so verwirrt ... ich ...«

»Sei still!«, sagte Margarete leise und hob ihre Hände. Sie

wandte ihr Gesicht ab, rührte sich ansonsten jedoch nicht. »Sie haben es gewusst, oder?«, fragte sie weiter. Ihre Stimme klang erstaunlich fest. »Alle wissen Bescheid.«

»Wer?«

»Sessilja, Þóra ... auch die Mutter?«

»I-ich weiß es nicht. Die beiden Mädchen ja. Ich musste doch mit jemandem darüber reden. Aber Ingibjörg nicht, nein. Ich habe ihr nichts gesagt.«

»Was seid ihr nur für elende Heuchler.« Margarete spie die Worte aus, ehe sie bitter lachte. »Ich fasse es nicht. Was bist du nur für ein Mensch?«

»Bitte, Margarete, so lass es mich doch erklären.« Helga trat einen Schritt auf sie zu, aber Margaretes Blick ließ sie innehalten.

»Wag es nicht! Ich warne dich.« Margarete keuchte, als hätte jemand ihr in die Magengrube getreten, als ihr das volle Ausmaß dieser Neuigkeiten bewusst wurde. Ihre Zukunft war soeben zu Ende gegangen. Ihr Traum war zerbrochen. Nun hatte sie niemanden mehr. Helga streckte die Hand nach ihr aus, aber Margarete zuckte zurück, als wäre Helga eine Giftnatter.

»Fass mich nicht an! Ich will dich nie mehr sehen«, flüsterte sie leise und wandte sich ab.

»Margarete, warte doch ...«, rief Helga, aber Margarete schüttelte nur den Kopf.

Sie ging rasch, aber ohne Anstrengung. Ihre Füße berührten den Boden, aber sie spürte es nicht. Sie fühlte überhaupt nichts. Aber sie wusste, dass der Schmerz sie bald einholen würde und dass die tiefe Wunde, die in ihrem Herzen klaffte, sie lähmen würde. Jetzt konnte sie das nicht zulassen. Sie musste weitermachen. Berauscht von ihrer eigenen Verbissenheit, rannte sie nach Ytribakki und begann, den weißen Dielenboden in der Küche zu schrubben, bis ihre Hände rot und rissig waren. Noch immer fühlte sie nichts. Nichts außer einer dumpfen Leere.

Juli 2017, Hrafnagil, Eyjafjörður

Manche Dinge werden auch nicht einfacher, wenn man erwachsen ist, dachte Pia und beobachtete Leonie, wie sie mit Rakel Snapchat-Videos aufnahm und sie vermutlich an irgendwelche Jungs verschickte. Die moderne Art, Interesse zu signalisieren. Die Mädchen lümmelten sich im Wohnzimmer auf dem Sofa und gackerten laut.

Als sie in Leonies Alter gewesen war, hatte sie immer geglaubt, dass Erwachsene alles regeln konnten, dass man, sobald man die zwanzig überschritten hatte, automatisch vernünftig und rational handelte. Und nun ging sie Ragnar aus dem Weg, weil sie keine Ahnung hatte, was sie nach ihrem Kuss zu ihm sagen sollte.

Total dämlich, schimpfte sie sich innerlich und knetete den Brotteig noch fester.

»Der ist schon tot«, brummte Oma, die auf der Veranda saß und Zeitung las. Das Fenster war offen, das Wetter mild und sonnig. Ein Schmetterling flatterte zu Helgas Veilchen und setzte sich auf eine Blüte.

»Beobachtest du mich, oder wie?«, rief Pia nach draußen.

»Das muss ich gar nicht, dein angestrengtes Schnaufen hört man sicher kilometerweit.«

Die Versuchung, Oma den Brotteig an den Kopf zu werfen, war groß. Helga war auf dem Golfplatz, und Pia wünschte sich, sie hätte Oma mitgenommen. Aber die beiden hatten sich am Morgen sehr heftig gestritten. Zum ersten Mal in der ganzen Zeit, die sie nun auf Island war, hatte sie miterlebt, wie die Schwestern sich anbrüllten. Pia hatte nicht lauschen wollen – okay, ein bisschen vielleicht –, aber es war unmöglich gewesen, nicht zuzuhören. Bei der Lautstärke!

»Du bist eine selbstsüchtige alte Kuh, bist du schon immer gewesen«, hatte Oma Helga angebrüllt, dass sogar Leonie große Augen gemacht und sich verkrümelt hatte. Pia war wie angewurzelt stehen geblieben.

»Das ist überhaupt nicht wahr! Im Grunde kannst du froh sein, dass du gegangen bist. Meine Ehe war die Hölle und Théo ein Säufer!«, hatte Helga zurückgeschrien.

»Keiner hat dich gezwungen, dich von ihm schwängern zu lassen!«

Helga hatte Tränen in den Augen gehabt. »So war es nicht. Das habe ich dir schon so oft gesagt.«

»Pah! Ich glaube dir nicht. Du hast nur auf eine Gelegenheit gewartet, mir das eine zu nehmen, was mir neben dir am wichtigsten war.«

»Das ist doch nicht wahr. Weshalb sollte ich lügen? Er war so blau in dieser verdammten Nacht, ich war es ebenso, er hat mich betrunken gemacht. Er ist mir nachgegangen und hat mich umschwärmt und bedrängt, und dann ist es einfach passiert. Den Rest kennst du.«

Pia hatte den tiefen Schmerz in Helgas Stimme gehört, aber sie hatte nicht Partei ergreifen wollen, für keine von ihnen, sie wusste ja gar nicht richtig, worum es ging.

»Du hast gewusst, dass wir heiraten wollten. Und dann warst du auf einmal schwanger. Von ihm!«

Pia hatte mit offenem Mund dagestanden und sich nicht rühren können. Die Schwestern hatten ihre Anwesenheit völlig vergessen oder ignoriert. Diese Geschichte war einfach unglaublich.

Helga hatte geschwiegen, dann heiser geflüstert. »Ich habe das nicht gewollt. Ich habe sechzig Jahre über den Verlust meiner Schwester getrauert. Und ich habe nicht verstanden, dass du mir nicht geglaubt hast. Théo war kein guter Mann. Ihn hat es zerfressen, wegen des Kindes bleiben und im Norden ohne berufliche Perspektive leben zu müssen. Er hat seinen Kummer in Alkohol ertränkt und mich schlecht behandelt. Glaub mir, du hast die bessere Wahl getroffen, indem du gegangen bist. Nur meine Kinder haben mir einen Halt im Leben gegeben. Erst nach Théos Tod vor fünfzehn Jahren konnte ich anfangen zu leben.«

Pia hatte schlucken müssen. Sie glaubte Helga. Das erklärte natürlich auch, warum Helga nie einen Tropfen Alkohol anrührte.

Oma hatte jedoch ihren eigenen Kopf. »Du hättest es mir gleich sagen können, dann hätte ich es vielleicht verstanden. Aber du hast geschwiegen. Mir einfach nichts gesagt und mir dann deine Schwangerschaft präsentiert. Etwas zu vertuschen ist für mich wie eine Lüge, und deine lieben Schwägerinnen haben ja auch ihre Klappe gehalten!«, hatte sie gerufen, ihr Nähzeug auf den Tisch geknallt und war davongestürmt.

Seufzend legte Pia den Brotteig in ein Gärkörbchen. Sie war froh, dass die beiden endlich miteinander sprachen – auch wenn man es eher Schreien nennen konnte. Vielleicht würden sie ihre Differenzen nun endlich beilegen. Es war klar, dass sie sich liebten, aber Omas Stolz war verletzt, und daran konnte auch die Tatsache nichts ändern, dass Helga mit einem Mann verheiratet gewesen war, der sich anscheinend von einem guten Kerl zu einem Trinker entwickelt hatte.

Das alles war nun so lange her. Was maßte sich Oma eigentlich immer an, alles besser zu wissen? Ihrer eigenen Schwester weniger zu glauben als ihrem eigenen Dickschädel, auch wenn sie nicht in Helgas Schuhen steckte? »Ich schnaufe also angestrengt, ja?«, rief sie und lief auf die Veranda, die Hände in die Hüften gestemmt. »Du und Helga, ihr umkreist euch wie zwei alte Geier, seit wir hier sind. Legt doch euren schrecklichen Streit endlich ad acta. Mein Gott, Helga wird übermorgen neunzig Jahre alt. Ihr Leben mit diesem Théo war schrecklich, das ist doch offensichtlich, nie spricht sie über ihn, außer um ihn zu verdammen. Was willst du eigentlich? Du hattest, sofern es mir bekannt ist, einen lieben Ehemann, zwei gesunde Kinder und ein sehr gutes Leben. Du hast studiert, nachdem du aus Island wiedergekommen bist, und genügend Geld habt ihr offenbar auch gehabt, das schöne Haus in Hamburg und all das. Was ist eigentlich dein Problem?«

Zum ersten Mal sah Pia ihre Großmutter sprachlos. Omas Mund stand offen, und ihre Augen waren weit aufgerissen. Sie nahm die Zeitung, knüllte sie zusammen und marschierte davon. Pia stöhnte und warf verzweifelt die Arme in die Luft.

Mai 1950, Hjalteyri, Eyjafjörður

Warme Sonnenstrahlen schienen durchs Fenster auf Margaretes Gesicht, Butterblumen setzten bunte Farbtupfer in den grüner werdenden Wiesen. Aber sie nahm nichts davon wirklich wahr.

Die Taubheit war stärker als der Verlust. Théo war nach Reykjavík gegangen, gleich am Tag nach der Taufe, nachdem er sein Pferd erschossen hatte, offenbar das einzige Lebewesen, das ihm wirklich etwas bedeutet hatte. Sie würde ihm keine Träne nachweinen, hatte nicht einmal versucht, ihn zur Rede zu stellen. Sie wollte nicht wissen, warum er sie mit ihrer Schwester betrogen hatte. Es war nebensächlich. Egal, weshalb er es getan hatte, es war unverzeihlich.

Helga lebte nach wie vor auf dem Hof neben Ytribakki, aber Margarete behandelte sie wie Luft. Sie konnte nicht mit ihr sprechen, wollte sich nicht ihre selbstsüchtigen Lügen anhören. Helga trug sein Kind unter dem Herzen.

Ein Kind der Sünde. Ein Kind des Verrats.

Margarete war nicht besonders gläubig, aber für sie war klar, dass dieses Kind, das ohne Liebe empfangen wurde, niemals Glück über Helga bringen würde. Obwohl die Isländer das anders sahen. Jedes Kind war willkommen, egal, unter welchen Umständen es gezeugt worden war. Aber der Erzeuger war fort, Helga war auf sich allein gestellt – und es geschah ihr recht. Margarete hatte kein Mitleid mit ihr.

»Magga, der Topf ist jetzt sauber«, sagte Bjarghildur sanft. Sie saß in einem Lehnstuhl und stillte den kleinen Þórður, der beim Trinken laut schmatzte.

»Was? Ah, ach ja.« Margarete ließ die Bürste und den Topf los und fuhr sich mit den Händen über das Gesicht.

»Eines Tages wirst du mit ihr sprechen müssen.«

»Mit wem?«

»Magga, tu nicht so. Mit Helga natürlich.«

»Für mich ist sie gestorben.«

»Was willst du tun? Für immer neben ihr leben und kein Wort mit ihr wechseln? Ich kannte mal zwei Brüder. Die lebten vierzig Jahre Tür an Tür und sprachen bis zu ihrem Tod kein Wort miteinander. Das ist doch nicht richtig, Magga.« Sie sprach leise, aber sehr eindringlich.

»Was willst du von mir? Soll ich für ihr Balg etwa Hauben häkeln und sie beglückwünschen? Théo war *mein* Verlobter.« Sie waren einander nie offiziell versprochen gewesen, aber es war doch klar gewesen, dass sie mit ihm hatte fortgehen wollen.

Bjarghildur seufzte. »Ich glaube, keiner von beiden wollte, dass das passiert.«

Margarete lachte bitter. »Tja. Von allein ist sie nun nicht gerade schwanger geworden. Nun, eins ist klar, ich werde sicher nicht auf Dauer Tür an Tür mit *ihr* leben.«

»Sie wird zu Ingibjörg nach Bragholl ziehen.«

Margarete schnaubte leise, nahm ein Tuch und trocknete den Topf ab. »Das hat sie sich ja fein ausgedacht. Setzt sich ins gemachte Nest. Sie will auf Island bleiben?« Sie war überrascht, dass nicht mal diese Neuigkeiten sie aus der Fassung bringen konnten. Es veränderte nichts. Oder vielleicht doch. Margarete grübelte und legte die Finger an ihre Schläfe.

»Du solltest wirklich mit ihr sprechen. Sie sagt, in Deutschland hat sie keine Zukunft mehr«, fuhr Bjarghildur fort.

»Ich fasse es nicht!« Margarete schloss die Augen. »Immer wieder hat sie die gleiche Platte heruntergeleiert, dass sie zurückwill, dass sie ihre Überfahrt schon gebucht hat, und dann ... pah. Kommt Théo jetzt wieder zurück aus Reykjavík, oder warum zieht sie hinauf?«

»Das weiß ich nicht. Geh doch einmal rüber, und sprich mit Ingibjörg.«

»Das sind doch alles scheinheilige Lügner. Nie mehr werde ich einen Fuß in dieses Haus setzen.«

»Aber es sind doch deine Freunde.«

»Freunde. Dass ich nicht lache. Nicht mehr, Bjarghildur. Nicht mehr. Freunde lügt man nicht an. Sie haben es alle gewusst.« Margarete ballte ihre Hände zu Fäusten.

»Es war eine Dummheit. Eine einmalige Dummheit im Rausch«, warf Bjarghildur ein.

Margarete verdrehte die Augen. »Bestimmt nicht. Und selbst wenn, es ist mir einerlei. Ich kann mit Menschen dieser Art nichts anfangen. Verlogenes Pack.« Sie dachte nach und schaute auf den in der Sonne schimmernden Fjord. »Aber wenn Helga wirklich hierbleibt, dann kann ich ja ihren Platz auf dem Schiff nehmen. Den braucht sie ja dann nicht.«

Bjarghildur setzte sich so ruckartig auf, dass der kleine Þórður sich verschluckte. »Du willst zurück nach Deutschland?«

Margarete hob die Schultern. »Für mich gibt es hier nichts mehr. Helga hat mir alles genommen. Meinen Verlobten. Meine Zukunft.«

»Aber du hast immer gesagt, dass es hier schöner ist als in Lübeck.«

Darauf wusste Margarete auch keine Antwort. Aber eines wusste sie: dass sie fortmusste. Sie konnte es kaum noch einen Tag länger in Hjalteyri aushalten. Alle wussten es, alle tuschelten darüber. Sie konnte niemandem mehr ins Gesicht sehen. Noch nie im Leben hatte man sie so erniedrigt.

»Weißt du was?«, sagte sie zu Bjarghildur. »Ich werde das jetzt gleich regeln.«

Als Margarete von Helgas Verrat erfahren hatte, war ihr das volle Ausmaß der Folgen noch längst nicht klar gewesen. Mittlerweile sah das anders aus. Sie war nicht mehr nur zutiefst getroffen. Jetzt war sie wütend. Mit unbändigem Zorn im Bauch marschierte sie zu Helgas Hof hinauf. Das Gespräch mit Bjarghildur vor wenigen Minuten hatte ihr nur noch einmal klargemacht, dass es einerseits nichts mehr mit Helga zu besprechen gab, dass andererseits aber noch lange nicht alles gesagt war. Margaretes Entschluss stand fest, sie würde ihren Traum, auf Island ihr Glück zu finden, begraben und wieder nach Deutschland zurückgehen – ohne Helga. Die hatte sich ja nun ein feines Nest gemacht, hatte ein Kind im Bauch und vermutlich auch bald einen Ehemann. Der Gedanke ließ ihre Wut nahezu überschäumen. Ihr Herz hämmerte wild gegen ihre Rippen, sie atmete laut und hatte ihre Hände neben dem Körper zu Fäusten geballt, als sie die Tür aufstieß und nach Helga rief. Sie ging in die Stube und wartete dort.

»Helga, komm runter aus deiner elenden Kammer. Ich will mit dir reden!«, schrie sie.

Ihr war klar, dass alle im Haus sie höchstwahrscheinlich für übergeschnappt hielten, andererseits wussten sie ja, was mit

Helga los war. Wobei sich in ihrer Gegenwart natürlich niemand über Helga äußerte und schon gar nicht negativ.

»Helga!«, schrie sie noch einmal, als sich nichts tat.

Margarete hörte ihre Schritte auf der knarzenden Holztreppe und wappnete sich innerlich für die letzten Worte, die sie in ihrem Leben mit ihrer Schwester sprechen würde.

»Margarete«, sagte Helga und trat in die Stube.

In Helgas Augen glomm ein Funken Hoffnung, der jedoch sofort erlosch, als sie in Margaretes Gesicht schaute.

Margarete schluckte. In ihrem Kopf war das alles viel einfacher gewesen, alles, was sie Helga vorwerfen wollte, war so gut sortiert gewesen. Aber jetzt wusste sie nichts mehr.

Sie atmete tief ein und straffte ihre Schultern. »Ich reise ab.«

»Wie ... ab?«

»Ich gehe. Du brauchst deinen Platz für die Überfahrt nach Hamburg ja nun nicht mehr.« Sie spuckte ihr die Worte förmlich ins Gesicht.

»Nein!«

Margarete lachte bitter auf. »Tu doch nicht so! Hast du das alles vielleicht sogar geplant, ja? Habt ihr euch hübsch über mich lustig gemacht, du und Théo?«

Helga trat einen Schritt auf sie zu. Doch als Margarete heftig den Kopf schüttelte und abwehrend den Arm hob, hielt sie inne. »Komm mir bloß nicht zu nahe, sonst vergesse ich mich!«, brüllte sie jetzt und verlor das letzte bisschen Selbstbeherrschung, das sie bis dahin mühevoll aufrechterhalten hatte. Jetzt schrie sie. »Meine Schwester ist für mich gestorben. Ich will und werde dich nie wiedersehen.«

Alle Farbe wich aus Helgas Gesicht, sie taumelte einen Schritt zurück und hielt sich eine Hand ans Herz. »Nein ...«

»Ich bin fertig mit dir«, spuckte Margarete ihr vor die Füße.

»Du wirst hier niemals glücklich! Du jammerst schon dein ganzes Leben, und so wird es weitergehen. Das ist mein einziger Trost, dass ich weiß, dass du so oder so Island und Théo niemals so lieben wirst, wie ich es getan habe.«

Damit drehte sie sich auf dem Absatz um und rannte hinaus. Die Tür ließ sie offen stehen, es war ihr egal. Bittere Tränen des Zorns, aber auch des Schmerzes rannen über ihr Gesicht. Helga war alles gewesen, was sie noch gehabt hatte.

Nun war sie allein. Vollkommen allein.

Juli 2017, Hrafnagil, Eyjafjörður

Ragnar lehnte an einer Säule und genoss es, einen Moment für sich zu haben. Zuletzt hatte hier die Hochzeit seiner Freunde stattgefunden, heute sah es gänzlich anders aus. Es war Helgas Geburtstag, der heute hier gefeiert wurde. Zwar hatte man die runden Tische mit jeweils acht Stühlen beibehalten, aber die Dekoration fiel insgesamt deutlich weniger üppig aus. Lediglich zierliche Gestecke und kleine Teelichter in weißen Brottüten, in die jemand Löcher geschnitten hatte, zierten den Saal. Er war einer der Ersten gewesen, da ihn Helga gebeten hatte, beim Aufbau zu helfen. Vor einer halben Stunde hatte Helga die Gäste offiziell von der Bühne aus begrüßt und das Kuchenbuffet eröffnet. Alkohol gab es auf dieser Feier nicht, was in Island nicht ungewöhnlich war, denn er war teuer. Oft wurde bei Familienzusammenkünften deshalb gar nicht getrunken.

»Ziemlich viel los?«, hörte er Pias Stimme neben sich.

»Du kannst dich gut anschleichen«, erwiderte er und lächelte ihr zu.

»Ja, entweder das, oder du warst gerade sowieso ganz woanders mit deinen Gedanken.« Sie lächelte ebenfalls.

»Auch möglich.« Für einen Augenblick sagte niemand etwas.

»Wahnsinn, so viele Leute«, murmelte Pia, die offenbar versuchte, das Gespräch in Gang zu bringen. Ragnar freute sich, dass sie sich zu ihm gesellte, aber er wusste auch nicht so recht, was er zu ihr sagen sollte.

»Sie hat eine große Familie«, gab er achselzuckend zurück.

»Ja, Helga hat erzählt, dass beim letzten Treffen über zweihundert Leute da waren.« Pia atmete hörbar aus, bevor sie weitersprach. »Vorgestern ist ihre Schwägerin gestorben. Sie standen sich sehr nahe und waren gute Freundinnen, obwohl sie mittlerweile in Reykjavík lebte.«

»Das tut mir leid.«

»Hat sie ganz schön mitgenommen, ja. Aber es hat auch etwas Gutes ausgelöst.«

Ragnar schaute sie an. »Ja?«

»Es hat bei den Streithennen etwas in Gang gebracht, Oma und Helga meine ich. Ich hoffe, sie fangen jetzt an, sich ernsthaft miteinander zu unterhalten, und versuchen endlich, ihre Vergangenheit aufzuarbeiten.«

»Das wäre eine sehr positive Entwicklung.«

»Wäre es, ja.«

»Und was gibt's vom Teenager?«

»Leonie ist erstaunlich zahm, was auch daran liegen könnte, dass ich sie kaum zu Gesicht kriege.«

»Rakel ist ein gutes Mädchen.« Ragnar spürte, dass Pia und er um den heißen Brei herumredeten, damit sie nicht über sich sprechen mussten. Einerseits fand er es schade, andererseits hatte sich an der Situation zwischen ihnen und ihren verschiedenen Leben ja auch nichts geändert.

»Ich frage mich nur, wie es werden soll, wenn wir wieder zurück sind. Wir haben kein Wort mehr darüber verloren, ob sie nun weiter zur Schule geht oder nicht. Die letzten Monate waren wirklich sehr, sehr nervenaufreibend.«

»Es ist ihre Zukunft.«

»Ja, sicher. Aber man kann ja vielleicht etwas lenken ...«

»Ratschläge geben, ja. Aber letzten Endes ist es ihr Leben, ihre Entscheidung.«

Pia seufzte. »Ich hoffe, sie entscheidet sich für die Schule. Sie ist absolut noch nicht reif für eine Berufsausbildung. Ich habe Angst, dass sie sich auch da nicht entscheiden kann und dann an die falschen Freunde gerät.«

»Trau ihr doch mal ein bisschen mehr zu.«

»Das sagt sich so leicht.«

Ragnar zuckte mit den Achseln. »Ich wollte nicht aufdringlich sein.«

»Nein, ist schon okay. Es ist nur ungewohnt, ich habe sonst niemanden, mit dem ich darüber reden kann.«

»Was ist mit deinem Ex-Mann?«

Pia schnaubte. »Der? Ist keine Hilfe. Moment mal, was macht Oma denn da?«

Ragnar sah, dass Pias Oma auf die Bühne ging und nach einem Mikrofon verlangte. »Sie will offenbar eine Rede halten.«

»O Gott, hoffentlich ...« Pia führte ihren Gedanken nicht zu Ende.

»Sehr verehrte Gäste«, fing Oma auf Isländisch an. »Viele werden sich vermutlich denken, was will die alte Schachtel hier oben, hat sie sich verirrt ...«

Gelächter.

»Was sagt sie?«, fragte Pia leise, und Ragnar übersetzte simultan für sie.

» ... einige kennen mich vielleicht, aber die meisten haben keine Ahnung, wer ich bin. Helga ist meine Schwester, die ältere, das sieht man ja hoffentlich ...«

Noch mehr Lacher.

»Gott, deine Oma ist ja echt ein Naturtalent.« Ragnar grinste.

» ...zu viele Jahre haben wir verloren, weil ...« Sie seufzte leise und senkte den Blick. Dann straffte sie ihre Schultern. »Weil notwendige Worte nicht gesagt wurden, weil nicht vergeben wurde, obwohl das Band unter Schwestern stärker sein sollte als jeder Zweifel. Wir haben uns mal versprochen, dass wir immer füreinander da sein würden, leider habe ich dieses Versprechen nicht eingehalten. Und das tut mir unendlich leid.«

Plötzlich wurde es mucksmäuschenstill im Saal. Helga ging in Richtung der Bühne.

»Liebe Helga, es ist unfassbar, dass ich so lange gebraucht habe, um zu verstehen, dass wir beide die Leidtragenden gewesen sind.«

Ragnar übersetzte für Pia. Sie musste schlucken. Ergriffen hielt sie ihre Hände vor die Brust. Wie automatisch legte er ihr seinen Arm um die Schultern.

»Ich bitte dich um Verzeihung, liebe Schwester. Hier, vor allen, denn ich möchte, dass jeder weiß, wie sehr ich es bereue, all die Jahre mit dir verloren zu haben. Vielleicht hätte ich bleiben sollen, vielleicht hätte ich dich mit zurücknehmen sollen. Ich weiß nicht, was richtig gewesen wäre, aber es war auf jeden Fall falsch von mir, ohne dich zu gehen. Kannst du mir verzeihen?«

Helga nahm die drei Stufen und lief zu ihrer Schwester. Sie umarmten sich lange, innig und tränenreich. Was Helga zu Oma sagte, verstand man nicht im Saal. Es folgten einige Sekunden anrührender Stille, bis die Ersten sich von ihren Stühlen erhoben und anfingen zu klatschen.

Ragnar zog Pia enger an sich und genoss es, ihr blumiges Parfüm zu riechen. Sie strahlte so viel Freude über die Versöhnung der Schwestern aus, dass ihm das Herz aufging. In diesem Moment begriff er, dass es ihm egal war, dass Pia dreitausend Kilometer von ihm entfernt lebte. Dass es egal war, ob er und sie grundverschieden waren. Es zählte viel mehr, dass er zum ersten Mal seit Jahren das Gefühl hatte, jemandem nahe zu sein, jemanden an seiner Seite zu haben, der ihn verstand, mochte und ihm ohne Hintergedanken begegnete.

»Pia«, sagte er mit belegter Stimme und brachte sie mit einer sanften, aber bestimmten Geste dazu, sich ihm zuzuwenden.

Ihre Blicke trafen sich, als sie ihren Kopf hob. Alle Geräusche und Menschen verblassten neben Pias Präsenz. Ragnar verlor sich im warmen Braun ihrer Augen, und eine Welle an Gefühlen überschwemmte ihn. Er hob die Hand und legte sie an ihre zarte Wange. »Ich will nicht mehr dagegen kämpfen«, flüsterte er rau.

Er sah, dass sie schluckte, ihm jedoch nicht auswich. Ihr rot geschminkter Mund war leicht geöffnet, ihr Brustkorb hob und senkte sich schneller.

»Ragnar«, stieß sie atemlos hervor.

Ehe sie protestieren konnte, legte er seine Lippen auf ihre. Küsste sie zärtlich. Liebkoste ihren Mund, bis sie leise seufzte.

Widerstrebend löste er sich von ihr. »Komm«, flüsterte er in ihr Ohr, verschränkte seine Finger mit ihren und zog sie mit sich.

»Willst du mit mir durchbrennen?«, fragte Pia lachend, als sie die Stufen nach unten liefen.

»Mit dir würde ich überallhin gehen«, gab er zurück und hielt einen Moment inne. »Ich will keine Zeit mehr verschwenden. Es ist mir egal, was morgen ist. Ich will heute mit dir zusammen sein, ich will nicht bereuen, dass ich die Chance verpasst habe, dich besser kennenzulernen.«

Sie zögerte einen Moment, dann legte sich ein Lächeln auf ihre Lippen, und sie nickte.

• • •

Die Räder seines Range Rovers drehten durch, als er das Gaspedal bis zum Anschlag durchtrat.

Pia kicherte. »Da hat es aber jemand eilig.« Sie hatte sich auf dem Weg aus dem Festsaal verboten, über die Konsequenzen ihres Handelns nachzudenken, denn er hatte recht. Sie wollte nicht länger im Morgen leben, sondern im Hier und Jetzt. Und in diesem Augenblick wollte sie nichts sehnlicher, als mit ihm zusammen zu sein.

»Da kannst du Gift drauf nehmen«, gab er ebenso lachend zurück.

In Rekordzeit waren sie vor seinem Hof angelangt. Er stellte den Motor ab, sprang aus dem Auto und hielt ihr die Tür auf.

»Danke«, sagte sie und stieg aus.

Er legte seine Hände rechts und links neben ihren Kopf an das Dach seines Wagens und hielt sie mit seinem Blick fest. Seine Pupillen waren geweitet, der Ausdruck in seinen Augen hungrig. Sie wusste, dass er sie küssen würde, bevor er seine Lippen auf ihre senkte.

Fordernd und ungeduldig nahm er Besitz von ihrem Mund. Pia vergrub ihre Finger in seinem Haar und erwiderte den Kuss leidenschaftlich. Es war ihr egal, was die Nachbarn oder sonst wer dachte. Sie konnte ohnehin nicht mehr denken, wenn er das hier mit ihr tat.

Noch nie hatte sie etwas so sehr gewollt, wie mit ihm zusammen zu sein. Ragnar drängte sich dicht an sie, und sie konnte spüren, wie sehr auch er sie wollte. Keuchend schob sie ihn von sich, nahm ihn an der Hand. »Lass uns reingehen.« Ihre Stimme klang belegt.

Ihre Lippen fühlten sich geschwollen an, und ihr Herz raste. Sie wollte mehr ... viel mehr.

Die Haustür fiel mit einem Krachen ins Schloss, es glich einem Startschuss. Ragnar stand vor ihr und umfasste ihr Gesicht mit beiden Händen. Sein Blick war hungrig und durchdringend. Pia erschauderte und musste schlucken. Ihre Lippen waren leicht geöffnet. Ein Lächeln umspielte seinen Mund, ehe er die Augen schloss und sie erneut küsste. Es wurde ein zärtlicher Kuss, in dem so viel von ihrer eigenen Sehnsucht steckte, die sie seit Tagen in sich getragen hatte. Sie schmiegte sich an ihn, ließ ihre Hände unter sein Hemd gleiten und strich über seine harten Muskeln. Er reagierte mit einem Seufzer und vergrub seine Hände in ihren Haaren. Nach und nach wurden ihre Küsse intensiver, fordernder. Begierde strömte durch Pias Adern und ließ ihren Puls rasen. Ihr war heiß, sie wollte mehr. Fort war plötzlich jegliche Zurückhaltung, dafür gab es keinen Raum mehr zwischen ihnen. Noch nie hatte sich etwas so richtig angefühlt, wie ihn zu küssen. Sie zerrte an seinem Hemd, er schob sie immer weiter in sein Heim. Kleider flogen durch die Luft, Zähne schlugen aufeinander, heiseres Stöhnen drang durch das Haus.

Sehr viel später lagen sie ausgestreckt in Ragnars Bett. Er fuhr träge die Linie ihres Schlüsselbeins mit seinem Zeigefinger nach. »Du bist wunderschön.«

Pia hatte ihre Augen geschlossen und genoss das matte Hochgefühl, das sie bis hinab in die Zehenspitzen spürte. »Ob sie schon Suchmeldungen nach uns rausgegeben haben?«, fragte sie müde lächelnd und öffnete ihre Lider.

Ragnar stützte sich auf einen Ellbogen. »Willst du zurück?«

»Definitiv nicht.«

»Dann ist das doch egal.«

»Leonie ... Oma«, gab sie zu bedenken.

»Sch ... Pia.« Er legte ihr seinen Zeigefinger an die Lippen. »Jetzt bist *du* an der Reihe.«

Ob Leonie sie mit Ragnar knutschen gesehen hatte? O Gott, daran hatte sie noch gar nicht gedacht.

»Was ist?«, fragte er.

»Ich habe gerade überlegt, was meine Tochter wohl von mir halten wird, wenn sie ... na, du weißt schon. Ich ... und du. Das hat ja jeder im Saal mitbekommen, oder?«

Er grinste breit und gab ihr einen Kuss. »Glaube ich nicht, die waren doch alle mit Applaudieren beschäftigt. Bin ich dir etwa peinlich?«

Pia stöhnte und drückte sich die Hände auf das Gesicht. »Bestimmt nicht. Das ist es auch nicht. Es geht mehr um mich. Ich kann mir so ungefähr vorstellen, welche Art von Sprüchen Leonie für mich übrig haben wird. Die findet es garantiert superätzend, dass ihre Mutter sich in der Öffentlichkeit mit einem Kerl abschleckt, um es mal mit ihren Worten zu sagen.«

Ragnar lachte laut. »Du wirst es überleben. Keiner verlangt von dir, wie eine Nonne zu leben.«

Pias Magen kribbelte, als hätte sie zu viel Brausepulver genascht. Gleichzeitig fühlte sie sich so beschwingt und befreit wie seit Ewigkeiten nicht mehr – vielleicht noch nie. Leichtfüßig ging sie über den Schotterweg, der von Ragnars Hof zu Helgas Haus führte.

Über den bedeckten Himmel zogen dunkle Regenwolken, es wehte ein rauer Wind. Sie atmete gierig die frische Luft ein, die nach Gras und Erde roch, und genoss die Überdosis Sauerstoff. Sie war nervös, als sie Helgas Haus betrat, nachdem sie die Nacht nach der Geburtstagsfeier bei Ragnar verbracht hatte, ohne Bescheid zu geben. Ihr stand die Begegnung mit ihrer Tochter bevor. Pia kam sich ein bisschen vor, als wäre sie das Kind, das nach einer durchzechten Nacht nach Hause schlich und den abschätzigen Blicken der Eltern aus dem Weg gehen wollte. Was würde Leonie zu ihrer Urlaubseskapade sagen? Seit Leonie in die Pubertät gekommen war, konnte Pia überhaupt nicht mehr voraussehen, wie ihr Kind reagieren würde. Sie hatte völlig den Draht zu ihr verloren und befürchtete, dass Leonie sie verurteilen würde, da Pia sonst diejenige war, die »Sitte und Anstand« predigte – und dann war sie mit einem fast Fremden ins Bett gegangen und hatte es mehr als nur genossen. Ihr Herz klopfte viel zu schnell, als sie die Stufen nach oben nahm, wo sie untergebracht waren, denn sie bereute die Nacht mit Ragnar kein bisschen.

»Mama, wo kommst du denn jetzt her?«, sagte Leonie mit spöttischem Unterton, als sie ihre Mutter entdeckte, die auf Socken nach oben kam. Ihre Tochter stand im Bad und schminkte sich die Augenbrauen. Pia hatte immer noch keine Ahnung, was sie zu Leonie sagen sollte. Ihr Gesicht brannte. »Ähm. Ja«, stammelte sie.

Leonie ließ die Schminksachen sinken. »Gott, seit wann bist du so prüde? Es war längst fällig, dass du endlich mal ein bisschen auftaust. Also, ich finde Ragnar cool.«

O Gott! Leonie fand ihn cool. Sie schloss für eine Sekunde die Augen, als sie sich vorstellte, dass ihre Tochter genau wusste, was sie mit Ragnar letzte Nacht ...

Pia wollte dieses Gespräch nicht mit ihr führen, sie war noch nicht bereit dazu, würde es wahrscheinlich niemals sein. Außerdem wusste sie absolut nicht, was sie zu ihr sagen sollte. Sie schüttelte verlegen den Kopf. »Wäre super, wenn du das nicht gleich auf allen deinen Kanälen posten würdest«, brummte sie und ging ins Schlafzimmer, um sich frische Kleidung zu suchen.

»Gott, Mama«, stöhnte Leonie. »Du bist manchmal echt ... argh! Jetzt machst du wieder einen auf Obermutter.«

Pia schloss die Tür hinter sich, lehnte sich von innen daran und atmete tief durch. Es war ihr unsäglich peinlich, dass jeder im Haus über ihr Liebesleben Bescheid wusste. Das Wort One-Night-Stand schoss ihr dabei immer wieder durch den Kopf. Aber würde es auch dabei bleiben? Vermutlich nicht, denn sie war gleich mit Ragnar zu einem Ausritt verabredet – und sie freute sich auf die Zeit mit ihm. Sie hatte nur noch fünf Tage in Island, und die wollte sie gerne mit ihm verbringen. Was sich mindestens so absurd anfühlte wie die Tatsache, dass sie sich überhaupt auf eine Nacht mit ihm eingelassen hatte.

»Was mache ich hier eigentlich?«, fragte sie sich leise, während sie sich auszog, um duschen zu gehen. Andererseits, sie wollte endlich mal das tun, wonach ihr der Sinn stand. Und Leonie hatte letztens erst wieder gesagt, dass sie nicht wie eine alte Witwe leben sollte. Und genau das tat sie jetzt. Es zu tun hieß aber noch lange nicht, auch zu wissen, wie sie es erklären sollte – musste sie es überhaupt erklären? Sie schüttelte den Kopf und schob den Gedanken beiseite. Nein, sie wollte sich nicht rechtfertigen oder es analysieren. Dafür war später genug Zeit – wenn der Urlaub vorbei war. Jetzt wollte sie an die verbleibenden Tage denken, die sie mit ihm verbringen konnte. Pia lächelte bei der Erinnerung an letzte Nacht. Ragnar war genauso gut im Bett, wie er zuvorkommend und vielschichtig war. Obwohl sie sich kaum kannten, hatte sie das Gefühl, innig mit ihm verbunden zu sein – und das lag nicht nur an ihrer Kompatibilität im Bett.

Juli 2017, Hrafnagil, Eyjafjörður

»Ah, da bist du ja wieder«, begrüßte Ragnar Pia, die in wetterfester Kleidung zwei Tage später über den Hof auf ihn zukam.

»Hat ein bisschen gedauert, ich weiß.«

Er lachte. »Nein, so meinte ich das nicht, meine Liebe.«

Er hielt mitten in seiner Bewegung inne. Hatte er eben wirklich »meine Liebe« gesagt?

Pia schien nicht minder überrascht, ihre Gesichtszüge entgleisten kurz.

Nach einer Sekunde überspielte sie die seltsame Situation und lächelte wieder. »Du warst schon fleißig, wie ich sehe.«

»Ja, obwohl ich meinen Mitarbeiter Pavel habe, der mir viel abnimmt, gibt es immer noch genug zu tun.«

Ragnars Telefon klingelte. »Entschuldige«, sagte er zu Pia und fischte es aus der Jackentasche. Als er die Nummer mit deutscher Landesvorwahl auf dem Display sah, verfinsterte sich seine Miene. Er hob ab und schickte ein schroffes »Ja« in die Leitung.

»Hallo, Herr Skúlason, wie geht es Ihnen? Störe ich Sie gerade? Meyerhoff hier, vom Deutschen Handballverband.«

»Na ja …«, antwortete Ragnar ausweichend.

»Ich will Sie auch wirklich gar nicht lange aufhalten, wollte Sie nur eben fragen, ob Sie schon Zeit hatten, über mein Angebot nachzudenken.«

Ragnar ging ein paar Schritte und rieb sich die Stirn. »Ja, wissen Sie … ehrlich gesagt: Nein.«

Obwohl er das Geld gut brauchen konnte und Januar die optimale Zeit war, um zu verreisen … nein, er konnte sich einfach nicht vorstellen, wieder so tief ins Geschehen einzusteigen. Handball hautnah zu erleben, die Spieler zu sehen, die mit Herzblut, vollem Eifer und Einsatz für ihre Länder spielten … sein Magen zog sich schmerzhaft zusammen.

»Es wäre nicht nur die WM, für die wir Sie als Fachmann engagieren wollen, das Final Four in Köln braucht auch Unterstützung, und dann sind auch bald wieder die Olympischen Spiele. Wissen Sie, die Deutschen lieben die Isländer noch mehr, seit sie bei der Fußball-EM so gut abgeschnitten haben. Und Sie sind ein sympathischer Typ, haben viel Erfahrung, aber das brauche ich Ihnen ja nicht zu erzählen. Was lässt Sie zögern? Das Honorar? Darüber könnten wir noch mal reden …«

»Hören Sie, Herr Meyerhoff«, fing Ragnar an. »Bei mir ist es jetzt gerade ganz schlecht, kann ich Sie zurückrufen?«

»Äh … ja. Sicher. Wann?«

Ragnar atmete tief durch. »Übermorgen. Ich sage Ihnen übermorgen Bescheid.«

»Gut. Aber dann muss ich es wirklich wissen, Herr Skúlason. Die Zeit drängt, die Vorbereitungen laufen …«

»Ja, ich habe schon verstanden. Ich melde mich. Auf Wiederhören!«

Ragnar legte auf. Als ob das Smartphone etwas dafür konnte, ließ er es so energisch in seiner Jackentasche verschwinden, dass er selbst den Kopf darüber schütteln musste.

»Alles in Ordnung?«, fragte Pia, die ein paar Meter hinter ihm stand und offenbar alles mitbekommen hatte.

»Sicher«, brummte er.

»Wenn du in Ruhe telefonieren willst, wir können auch später …«

»Nein«, unterbrach er sie barsch. Dann seufzte er und ging auf sie zu. »Tut mir leid, Pia. Ich wollte nicht unhöflich zu dir sein.«

»Das ist doch nicht schlimm.« Sie drückte aufmunternd seinen Arm.

»Doch, das ist es. Das Thema belastet mich schon eine Weile. Das war jemand aus Deutschland mit einem Jobangebot.«

»Oh!«, machte sie. »Was für ein Job ist es denn, und was wird aus dem Hof?«

»Ich soll die Handball-WM als Kommentator begleiten. Der Hof wäre nicht das Problem, es wären zeitlich befristete Aufträge, im Januar zum Beispiel, da kann man hier ohnehin nicht viel tun. Pavel ist da …«

»Was hält dich dann davon ab?«

»Es ist … ich habe seit …« Er fuhr sich durch die Haare. »Ich habe seit dem Ende meiner Karriere kein einziges Handballspiel gesehen. Ich habe keine Ahnung, was in der Branche los ist, und, ehrlich gesagt … ich will es auch gar nicht wissen.«

»Aber als Kommentator zu arbeiten würde natürlich bedeuten, dass du dich wieder in alles einarbeiten musst, oder?«

»Ja, ich soll bei Gesprächsrunden dabei sein, als Experte. Ich spreche Deutsch, Island ist auch dabei. Ich würde gut reinpassen, haben sie gesagt. Keine Ahnung, wie die auf mich kommen. Eben meinte er noch, dass Island als Sportnation, seitdem die Fußballer so erfolgreich sind, noch populärer bei den Deutschen ist.«

»Aber das ist doch gut?«

Er zögerte. »Ich weiß nicht. Bislang habe ich alles gemieden, was mit Handball zu tun hat …«

Pia nahm seine Hand. Es war ihm unangenehm, so offen vor ihr darüber zu sprechen.

»Ich kann dich total verstehen, Ragnar.« Sie blickte zu ihm auf.

»Wirklich?«

Sie nickte. »Wirklich. Hättest du denn grundsätzlich Interesse?«

Ragnar presste seine Lippen zusammen und überlegte. »Ja«, sagte er schließlich. »Grundsätzlich schon, aber ... es tut einfach weh.« Er sah weg und legte eine Hand auf seine Brust. »Hier drin, es zerreißt mich. Ich war noch nicht fertig mit dem Handball, als dieser Scheißbruch mir alles kaputtgemacht hat. Ich habe jahrelang an einem Comeback gearbeitet, bis ich einsehen musste, dass, ach!« Er atmete noch einmal tief durch. Es ging ihm auch Jahre später noch sehr an die Nieren.

»Hey«, sagte sie leise und legte ihm ihre Hand an die unrasierte Wange. Ihre Handfläche fühlte sich warm und tröstlich an. Er lehnte sich dagegen und schloss die Augen. »Tief in dir drin, da steckt so viel Leidenschaft für deinen Sport. Vielleicht wäre es an der Zeit, dass du dieser positiven Seite wieder freien Lauf lässt.«

Er schluckte. »Spricht da die Pädagogin aus dir?«

»Vielleicht ein bisschen, aber hauptsächlich eine Person, der du am Herzen liegst. Sollen wir uns vielleicht ein Spiel ... gemeinsam ansehen?«

Er öffnete seine Augen, und die Wärme in ihrem Blick tat ihm gut.

»Es ist gerade Sommerpause.«

»Man könnte sicher was im Internet finden ...«

»Gott, ich klinge wie ein Weichei.« Er nahm ihre Hand von seiner Wange. »Ich kann das jetzt nicht.«

»Okay, ist in Ordnung. Dann lass uns ausreiten, da kommst du sicher wieder auf andere Gedanken.«

Er nickte dankbar. »Komm her«, sagte er und zog sie an seinen Körper. »Erst will ich dich küssen.«

• • •

Nach einer heißen Dusche bei Helga fühlte sich Pia erfrischt – aber sie konnte nicht aufhören, an Ragnars Berührungen auf ihrer Haut zu denken. In den zwei letzten Tagen hatten sie sich ständig gesehen, und sie musste auch in den Momenten, in denen sie ihn nicht sah, immerzu an ihn denken. Sie drückte ihre Haare im Handtuch aus. Mit einer Hand fuhr Pia über den beschlagenen Badezimmerspiegel und betrachtete ihr Gesicht darin. Ihre Augen leuchteten, und das Lächeln schlich sich jetzt ganz automatisch auf ihre Lippen. Mit wettertauglichen Klamotten ging Pia schließlich in die Küche. Leonie war bereits wieder zu ihrer Freundin abgedampft, dafür saßen Oma und Helga in inniger Zweisamkeit am Tisch und lasen die isländische Tageszeitung.

»Guten Morgen«, sagte Pia.

Die Köpfe der Schwestern drehten sich langsam in ihre Richtung. »Ah, da bist du ja, Pia, dich haben wir ja in letzter Zeit wenig zu Gesicht bekommen«, erwiderte Helga lächelnd. Oma hob eine Augenbraue und musterte sie eindringlich. Pia war klar, dass sie schon wieder rot anlief – wie ein Teenie, den man bei etwas Verbotenem erwischt hatte.

»Und, habt ihr eigentlich noch lange gefeiert an deinem Geburtstag, Helga?«, fragte Pia unverbindlich und nahm sich einen Kaffee. Sie hatten danach nicht mehr wirklich darüber gesprochen, da Pia den beiden Schwestern Zeit geben wollte, ihre Versöhnung sacken zu lassen und sich wieder aneinander heranzutasten. Und Pia selbst war viel zu viel mit Ragnar beschäftigt gewesen, mit dem sie die letzten Tage und Nächte fast ununterbrochen zusammen gewesen war.

»Es war ein wundervoller Geburtstag.« Helga schob ihre Hand

über Omas. »Aber du hast davon ja nicht viel mitbekommen. Das sagte man mir zumindest …«

»Ähm. Ja.«

»Ragnar ist aber auch ein hübscher Bursche«, kommentierte Oma ungefragt und grinste breit.

»Margarete, du bringst das Mädchen in Verlegenheit.«

»Ihr sagt mir jetzt mal, wieso du Oma Margarete nennst«, lenkte Pia von sich ab.

»Das ist ihr Taufname«, gab Helga achselzuckend zurück.

»Und wieso nennt sie sich selbst dann Greta?«

»*Sie* ist im Raum und kann selbst antworten«, fuhr Oma dazwischen.

»Ja, das interessiert mich aber auch«, meinte Helga.

»Als ich damals aus Island weggegangen bin, war ich nicht mehr die Alte. Die Margarete von damals gab es nicht mehr. Ich bin blauäugig und naiv gewesen, heute sage ich, dass ich dumm war. Ich war verliebt, die erste große Liebe, da glaubt man noch alles, was man gesagt bekommt. Heute ist mir klar, dass alles, was mir Théo vorgegaukelt hat, nicht funktioniert hätte. Er wollte nach Reykjavík, er hat keine Zukunft als Bauer gesehen, dabei war das das Einzige, was er konnte. Als ich dann in Hamburg angekommen bin, wollte ich Island einfach nur hinter mir lassen.«

Pia nickte. »Verstehe.«

»Ist es in Ordnung, wenn ich dich weiter Margarete nenne?«, fragte Helga.

Oma neigte den Kopf und überlegte. Schließlich atmete sie aus. »Ja, irgendwie schon. Ich würde, wie man gestern gesehen hat, auch noch auf Magga reagieren.«

Pia erinnerte sich an die Begegnung mit Helgas Schwägerin Sessilja, der Schwester der verstorbenen Þóra. »War es nicht komisch, sie nach all den Jahren wiederzusehen?«

»Auf jeden Fall. Aber es war gut, den alten Groll hinter uns zu lassen.«

»Sessilja und Þóra waren mir immer eine große Stütze. Théo war ja ständig besoffen. Als ich nach der Geburt unseres dritten Kindes, Laufey, aus dem Krankenhaus heimgekommen bin, da hatte er die Nacht woanders verbracht. Bei einer anderen. Das war nicht das erste Mal, aber in diesem Fall hat es besonders wehgetan, weil ich in der Zeit sein Kind geboren habe. Er hat mich nie geliebt, und das hat er mich auch spüren lassen. Nicht jeden Tag, aber dann, wenn es darauf ankam.« Helga schluckte. »Aber das ist so lange her ...«

»Nein, erzähl mehr«, sagte Pia, der Helgas Schicksal sehr zu Herzen ging.

»Ich habe es sehr bereut, dass ich dem Drängen von Théos Mutter nachgegeben habe. Sie war gläubig, eine gute Frau, und sie hat sich gewünscht, dass alles geregelt wird, sie wollte mich als Schwiegertochter. Aber ... Théo war ja schon nach Reykjavík gegangen, er war weg. Da hätte er auch bleiben sollen. Ich werde nie vergessen, wie er sein Pferd erschossen hat.«

Pia riss die Augen weit auf. »Wie bitte? Wieso denn das?«

»Er hat gesagt, er hätte es nicht mit ansehen können, wie ein anderer sein Pferd reiten würde. Lieber wollte er es tot sehen.«

»O Gott.« Pia hielt sich eine Hand vor den Mund. »Was für eine schreckliche Denkweise.«

»Es waren andere Zeiten.« Helga seufzte leise.

»Mit welcher Begründung kann man ein gesundes Tier abknallen? Einfach so?« Pia hatte schreckliche Bilder im Kopf. »Und du warst dabei?«

»Ich wollte nicht ...«, sagte Helga. »Und ich will es auch nicht verteidigen. Ich will nur sagen, Théo und ich ... alles daran war falsch. Ich wollte es nie, es war nur diese verdammte Nacht beim

Þorrablót, er war wohl so besoffen, dass er gar nicht mehr kapiert hat, welche Schwester er da vor sich hatte. Und ich war so betrunken und traurig, dass ich zwischen Falsch und Richtig nicht mehr unterscheiden konnte, als er mich gedrängt hat. Mein Gott, wir waren so einsam am Anfang hier. Irgendwann habe ich mich einfach nach einer Berührung gesehnt, die mich vergessen machen konnte, dass der Mann, den ich geliebt habe, im Krieg gefallen ist.«

Pia atmete hörbar ein. »Ich kann verstehen, was du sagst, Einsamkeit ist eine schlimme Sache. Menschen machen Fehler.«

Helga schluckte. »Pia, lass es gut sein ... es ist lange her, er ist tot. Ich ... bin heute glücklich.«

Oma saß schweigend daneben, sie hörte Helgas Erklärungen aufmerksam zu, wahrscheinlich zum ersten Mal seit über sechzig Jahren. Pia war dankbar, dass sie diesen Moment miterleben durfte, dass Helga ihr das Vertrauen schenkte und so offen erzählte.

»Er war gewiss kein schlechter Mann, er hatte seine eigenen Träume«, sagte Helga erneut seufzend und schaute auf ihre knochigen Hände. »Er hatte eine Anstellung in Reykjavík, zwar nicht gut bezahlt, aber dennoch. Er war nicht arbeitslos, er hätte nicht zurückkommen sollen. Ich wäre allein klargekommen, auf Island war man als alleinerziehende Mutter nicht geächtet wie bei uns in Deutschland. Ich hätte eine Anstellung gefunden. Aber das sage ich heute ... damals, na ja. Es ist nicht mehr zu ändern. Die ersten Jahre haben wir auf Bragholl, dem Hof seiner Eltern, den der große Bruder Aðalsteinn bewirtschaftete, gelebt.«

»All die Namen«, sagte Pia und setzte sich zu den beiden an den Tisch.

»Ja, er ist schon lange tot, Autounfall. Jedenfalls, Théo hat einen Kredit aufgenommen, wir haben uns auf deren Land ein eigenes Häuschen gebaut. Der Hof hat ja kaum was abgeworfen, und Théo war kreuzunglücklich. Er hat Flóvent, unseren Ältesten, nie beachtet. Er war so ein guter Junge, hat alles versucht, um die Aufmerksamkeit seines Vaters zu bekommen. Es war traurig, das mit anzusehen. Théo hat oft zu ihm gesagt, dass er sein Leben zerstört hat, dass er ohne ihn besser dran wäre. Ihr könnt euch vorstellen, was das mit dem Kind gemacht hat: Er hat mit sechzehn zugesehen, dass er wegkam von uns. Seinen anderen Kindern hat Théo auch nicht viel beigebracht, das kann man nicht leugnen, aber er hat ihnen gegenüber zumindest keine offene Abneigung gezeigt. Ich bin heilfroh, dass aus jedem was geworden ist.« Sie nickte stolz.

»Wer hat euren Hof übernommen?«, fragte Pia.

»Der Zweite, Haukur, er war zufrieden damit, auch wenn man als einfacher Bauer nie reich werden konnte.«

»Und heute? Gibt es den Hof noch? Oma hat in Hjalteyri gar nichts davon gesagt?«

»Die Kinder haben alles verkauft, und die Enkel haben mit Landwirtschaft nichts mehr am Hut. Die meisten sind nach Reykjavík, Akureyri oder ins Ausland gegangen. Das ist auch gut so. Es sind andere Zeiten heute, wer braucht schon einen Bauernhof mit dreißig Schafen und fünf Kühen? Jetzt gibt es doch nur noch diese Großbetriebe.«

»Ich dachte, auf Island wäre das alles nicht so schlimm?«

»Auch hier dreht sich das Rad weiter, Kind.« Helga lächelte, die Melancholie in ihrer Stimme konnte sie jedoch nicht verbergen. »Ich habe meinen Frieden mit allem gemacht. Meine Kinder, Enkel und Urenkel geben mir viel. Sie haben mir immer viel Kraft gegeben.«

Pia atmete hörbar ein. »Nicht alle hätten so gehandelt, ich finde, du bist eine bemerkenswerte Frau.«

»Ach was. Ich hatte ja gar keine Wahl, ich musste für die Kinder da sein, wenn schon mein Mann zu nichts mehr taugte. Es gab auch schöne Zeiten. Im Herbst zum Beispiel, da bin ich mit auf den Schafs- und Pferdeabtrieb gegangen, mein Pferd wusste genau, was es zu tun hatte. Da hieß es nur: Draufsetzen, festhalten, den Rest hat der Gaul selbst hingekriegt.« Helgas Augen leuchteten bei der Erinnerung auf.

»Du hast reiten gelernt?«, fragte Oma ungläubig.

»Was blieb mir denn anderes übrig?« Helga hob die Achseln. »Wer hätte es machen sollen? Frag lieber nicht, wie oft ich anfangs auf dem Hintern gelandet bin, weil ich runtergeflogen bin ... Und Kühe hatten wir ja auch noch, Théo war, wenn er besoffen war, alles egal. Auch sonst war er keine große Hilfe, um ehrlich zu sein.«

»Das Melken hattest du damals ja ziemlich schnell hinbekommen«, sagte Oma.

»Ja, aber auch das war ja zunächst neu ... Als ich auf Island angekommen bin, hatten wir ja keine Ahnung, von nichts! Ich hatte so viel Respekt vor den acht Kühen auf dem Hof. Ich bin in den Stall gegangen, habe der ersten immer erst mal auf den Hintern geklopft und auf Deutsch mit ihr geredet. Ich habe gesagt: ›Du liebe Kuh, du wirst mir doch nicht wehtun, ich melke auch ganz vorsichtig‹, den Schwanz habe ich ihr hochgebunden, der war ja nicht immer sauber, damit sie mir den nichts ins Gesicht hauen konnte. Während der ganzen Zeit habe ich deutsche Lieder gesungen: ›Das Wandern ist des Müllers Lust‹ und so was. Ach Gott, die kann ich heute gar nicht mehr.« Helga winkte ab. »Aber ich schwelge hier in Erinnerungen, das muss doch langweilig für dich sein, Pia.«

»Nein, ganz und gar nicht. Ich finde es sogar sehr spannend, ich habe ja den Kuhstall nebenan im Café gesehen, da sind so viele Tiere, dass es kaum vorstellbar ist, wie es früher gewesen sein muss.

»Einiges ist heute auf jeden Fall besser. Im Winter, wenn es richtig kalt war, dann sind wir für unser Geschäft, du weißt schon, in den Kuhstall gegangen. Richtige Toiletten gab es ja nicht.«

Pia schüttelte den Kopf »Echt?«

Oma nickte. »Da war es zumindest warm, und ob da nun eine Kuh hinmacht oder ein Mensch ...«

»Ich bin doch sehr froh, dass ich das nicht erleben muss.« Pia lachte und trank ihren Kaffee aus. »Was habt ihr heute vor?«

»Ehrlich gesagt, nicht viel, vielleicht gehen wir aber ins Schwimmbad, gestern war es doch sehr spät. Ich bin auch nicht mehr die Jüngste.« Helga lächelte verschmitzt. »Und du? Bist mit Ragnar verabredet?«

Pia schaute verlegen in ihre leere Tasse. »Äh, ja. Ausreiten, wenn das Wetter hält, sonst kochen wir. So langsam finde ich wieder Gefallen daran.«

»Schön, viel Spaß«, sagte Oma. »Wir passen schon auf Leonie auf, keine Sorge.«

Pia machte große Augen. »Ich werde jetzt nicht für die letzten Tage des Urlaubs abtauchen, wenn das eure Sorge ist.«

Oma und Helga wechselten einen stillen Blick. Pia stand auf und schüttelte den Kopf. »Bis nachher ...«

»Ja, natürlich ...«

Dicke Tropfen donnerten gegen die Scheiben, sie kamen aus allen Himmelsrichtungen. Das war das Merkwürdigste, was Pia bislang erlebt hatte. Der Regen fiel nicht von oben nach unten, er prasselte kreuz und quer durch die Gegend. »Bleibt das jetzt lange so?«, fragte sie Ragnar und kuschelte sich an seine warme Brust.

In den letzten Tagen hatten sie eine Art Routine entwickelt:

Sie übernachtete bei ihm, morgens schlich sie zu Helgas Haus hinüber, zog sich um und verbrachte etwas Zeit mit Oma und Helga, während er sich um die Belange auf dem Hof kümmerte. Leonie sah sie meist nur im Vorbeigehen oder zu einer Mahlzeit. Sie war ständig bei Rakel, was Pia momentan sogar begrüßte – seit Jahren dachte sie das erste Mal nur an sich. Sie wusste, dass ihre Tochter gut aufgehoben war, das gab ihr die nötige Ruhe, vor allem auch, weil sie glaubte, dass eine Pause ihnen beiden guttun würde. Dass sie danach vielleicht endlich mal in Ruhe über Leonies Zukunft sprechen konnten, ohne dass eine von ihnen gleich ausflippte. Es lag ja nicht nur an Leonie, das war ihr mittlerweile auch klar geworden. Offensichtlich hatten die Mädchen sogar aus ihrer Schnapseskapade etwas gelernt, soweit sie wusste, hatten sie seitdem keinen Tropfen mehr angerührt.

»Man weiß es nie«, erwiderte Ragnar schläfrig.

Pia malte kleine Kreise mit ihren Fingern auf seine Brust. »Sag mal, hast du mit diesem Mann vom Handballverband noch mal gesprochen?«

Ragnar riss die Augen auf. »Äh. Nein.«

»Solltest du nicht …?«

Er schaute an die Decke. »Keine Ahnung.«

»Tut mir leid, ich wollte mich nicht einmischen.«

Ragnar streichelte ihre Schulter. »Doch, bitte misch dich ein …«

Pia freute sich über dieses Zugeständnis. Ihre Abreise rückte mit jedem Tag näher, und sie hatten noch kein Wort darüber verloren, wie es weitergehen sollte. Ob es überhaupt weitergehen sollte. Sie schluckte. »Ja, dann … ruf den Mann an.«

»Was soll ich sagen?«

»Sag ihm einfach, wie es ist. Dass du Interesse hast, aber noch nicht hundertprozentig zusagen kannst. Halt ihn warm, wie man so schön sagt.«

»Er meinte, er bräuchte dringend eine Antwort – bis vorgestern.«

Pia schnappte nach Luft. »Mensch, dann ist es umso dringender.« Sie krabbelte über ihn und fischte nach seinem Telefon auf dem Nachttisch. »Hier. Seine Nummer hast du wohl?«

»Ja.«

»Dann mach.«

»Wow, du hast ja beachtliche Talente als Domina!« Er grinste breit und erntete für diesen Spruch einen Klaps auf den Oberarm.

»Dir gebe ich gleich Domina.«

Er lachte. »Lieber nicht. Okay, dann rufe ich ihn an.«

»Willst du, dass ich dich allein lasse?«

Er runzelte die Stirn und setzte sich auf. »Nein, Quatsch. Überhaupt nicht.« Ohne auf ihre Reaktion zu warten, wählte er eine Nummer. Es ging nur der Anrufbeantworter ran, so viel bekam Pia neben ihm mit.

»Ja, guten Tag! Ragnar Skúlason hier. Ich ... äh, melde mich wegen Ihres Angebots. Ich muss leider noch ein paar Dinge klären ... auf meinem Hof, bevor ich zu- oder absagen kann. Wenn Sie in der Zwischenzeit jemand anderes finden, dann verstehe ich das natürlich. Ich rufe Sie wieder an, wenn ich weiß, ob ich es machen kann.« Dann legte er auf.

»Und?«, fragte er. »War ich gut?«

Pia verzog ihren Mund. »Ja ... das klang nicht gerade enthusiastisch.«

»Du musst mich auch verstehen. Es ist nicht einfach.«

»Natürlich. Komm!« Sie sprang aus dem Bett und zog sich an.

»Was hast du vor?«

»Wir suchen jetzt ein Handballspiel im Fernsehen, Internet, keine Ahnung.«

Seine Reaktion war wie zu erwarten mäßig begeistert. Ragnar ließ sich mit einem theatralischen Seufzer zurück in die Kissen fallen.

»Ich kann den Computer auch hochbringen ...«

»Jesus, Pia, du bist hartnäckig!«

»Du hast selbst gesagt, es sei ein Superangebot, das dich reizen würde. Lass dich doch nicht von etwas aufhalten, was in deine Vergangenheit gehört.«

Er sagte nichts, aber sein angestrengtes Atmen genügte als Reaktion, um zu verstehen, was er davon hielt.

• • •

Sie kam auf ihn zu, ihre braunen Augen fixierten ihn. Dann legte sie ihm eine Hand auf den Oberarm. Es war zu viel, er konnte ihre Berührung jetzt nicht ertragen. »Nicht ...«, sagte er und wich zurück.

»Du musst dich endlich damit auseinandersetzen, Ragnar. Der Schmerz sitzt so tief, er frisst dich von innen auf.«

»Lass das!«

»Du kannst es, du musst es nur wollen. Du könntest sicher auch Trainer werden? Damit könntest du auch ein zusätzliches Einkommen schaffen, das machen doch viele nach dem Ende der aktiven Karriere.«

»Ich. Will. Nichts. Mit. Handball. Zu. Tun. Haben.«, presste er mühsam beherrscht hervor.

»Merkst du denn nicht, dass du dich damit nur selbst belügst?«

Es war zu viel für ihn, zu präsent war der Druck in seinem Magen. Sein Hals fühlte sich an, als ob ihm jemand eine Schlinge darumgelegt hätte und sie nun langsam, aber stetig enger zöge. »Hör auf!«

»Bitte, Ragnar ... du machst das doch nicht für mich.«

»Verdammt, Pia! Es geht dich nichts an!«, brüllte er so laut, dass sie unwillkürlich zusammenzuckte. Er sah den Schreck in ihren aufgerissenen Augen, er wusste, dass er sie verletzte, weil sie ihm wirklich helfen wollte. Aber ihm war nicht zu helfen. Nicht in dieser Sache.

»Ist in Ordnung, Ragnar«, versuchte sie, ihn zu beschwichtigen.

»Nein, das ist es nicht. Ich will nicht, dass du dich in mein Leben einmischst, du hast keine Ahnung, wer ich bin. Wer ich war.«

Pia atmete scharf ein. »Nein, du hast recht. Ich kenne dich kaum«, erwiderte sie kühl.

»Dann hör verdammt noch mal auf, an mir herumzudoktern. Das haben schon andere versucht.«

Sie schüttelte den Kopf, ihre Miene war ausdruckslos, aber er wusste, dass er zu weit gegangen war. »Weißt du was, Ragnar? Dann schieb dir deine Komplexe sonst wo hin. Das habe ich echt nicht nötig.«

Sie drehte sich um und ging davon. Er hörte, wie sie Schuhe und Jacke anzog und dann die Tür mit Schwung öffnete – und von außen zuschlug. Das Krachen, mit der sie ins Schloss fiel, hallte noch lange in seinen Ohren nach.

Juni 1950, Hamburg

Der Boden schwankte nach sechs Tagen auf See, wie schon ein Jahr zuvor, auch noch an Land unter ihren Füßen. Es roch vertraut im Hamburger Hafen. Ein wenig nach Fisch, Algen und Ruß. Beinahe hätte sie über die Wolken am Himmel gelacht. Schietwetter hieß es immer, wenn auch im Juni Nieselregen das Kopftuch benetzte. Heute störte es sie nicht, denn es gab ihr das Gefühl, aus einem Traum zu erwachen. Einer Illusion, von der sie anfangs geglaubt hatte, dass sie einem Märchen glich. Doch am Ende hatte es sich als Albtraum entpuppt.

Allein. Sie war allein. An diese Realität hatte sie sich noch nicht gewöhnt. Wie immer, wenn sie an Helga dachte, schob sie die düsteren Gedanken beiseite. Das alte Leben war vorbei, sie wollte neu anfangen. Sie musste neu anfangen, was blieb ihr sonst übrig? Sie hatte genug vom Leid, der Trauer und dem bitteren Schmerz, der ihr Herz lähmte.

Kurz und schmerzlos war der Abschied auf Island gewesen. Dísa und Sigga hatten schrecklich geweint. Bjarghildur hatte begriffen, was in ihr vorging, sie hatte Margarete an sich gedrückt und ihr viel Glück gewünscht. In der zarten Frau steckte mehr Verstand und Herz als in allen anderen Heuchlern des Dorfes.

Helga war zum Hafen gekommen, doch Margarete hatte sie ignoriert. Sie wollte ihrer Schwester nicht ins Gesicht sehen, und schon gar nicht wollte sie mit ihr sprechen. Helga trug das Kind in sich, das in Margaretes Leib hätte gedeihen sollen. Vielleicht hätte sie nicht mit Théo schlafen sollen, hatte sie in dem Moment gedacht. Dabei hatte sie immer geglaubt, dass es ein Zeichen gewesen war, dass er es wirklich ernst mit ihr gemeint hatte.

Tja, wie man sich täuschen kann, dachte sie, nahm das Buch »Schatten über der Marshalde« aus ihrem Köfferchen, riss jede Seite einzeln heraus und versenkte sie im schwarzbraunen Wasser des Hamburger Hafens. Mit jedem Blatt, das sie zerfledderte, ließ sie eine Erinnerung an ihr Jahr auf Island versinken.

»Mensch, was machen Sie denn da, junge Frau?«, rief ein älterer Herr, der sich auf einen Gehstock stützte.

»Ich räume auf«, gab sie zurück. Es klang seltsam in ihren Ohren, wieder Deutsch zu sprechen und das förmliche »Sie« zu hören. »Wenn ich Sie störe, gehe ich woandershin«, bot sie an.

Aber er schüttelte nur den Kopf und humpelte davon.

Tock! Tock! Tock! Nach jedem Schritt klackerte seine Gehhilfe auf dem Kopfsteinpflaster.

Zu Fuß ging sie zum Bahnhof und erkundigte sich nach einem Zug. Mit ihrem letzten Geld – die isländischen Kronen musste sie in Lübeck in der Bank umtauschen – löste sie eine Fahrkarte, begab sich dann zum Bahnsteig Nummer fünf und setzte sich auf eine Bank. Die Taubheit in ihr war immer noch da, alle ihre Handlungen gingen ihr wie automatisch von der Hand, weder das Lächeln des Bahnangestellten noch die Gedanken an ihre desolate Zukunft konnten ein Gefühl in ihr wecken. Das Warten auf ihren verspäteten Zug nahm sie mit stoischer Gelassenheit – das Schlimmste, das hatte passieren können, war bereits geschehen. Was sollte sie nun noch stören? Als sie saß, bemerkte sie, dass etwas neben ihr lag, vermutlich war es vergessen worden. Ein Büchlein, in Leder gebunden. Sie schaute sich um, doch sie war allein.

»Der kleine Prinz«, las sie und schlug das Buch auf.

»Entschuldigen Sie, darf ich?«, sprach sie jemand an.

Margarete hob den Kopf und blickte in ein freundliches Gesicht mit klaren Zügen und wachen Augen. Der schlanke Mann trug einen dunklen Hut und einen zweireihigen Anzug. Vermutlich maßgeschneidert. Einen so auserlesenen Stoff hatte sie seit Ewigkeiten nicht gesehen. Das Verlangen, über den Ärmel zu streichen und den feinen Zwirn unter ihren Fingern zu spüren, war groß.

»Bitte«, stieß sie hervor, als sie bemerkte, dass er noch immer auf eine Antwort wartete.

»Was lesen Sie da?«, erkundigte er sich.

Sie hielt das Buch so, dass er die Schrift auf dem Buchrücken lesen konnte.

»Ah, eine wundervolle Geschichte.«

»Haben Sie es gelesen? Es ist doch ein Kinderbuch, oder?«

Er nickte. »Auch für Erwachsene steckt viel darin ...«

Margarete schlug die Lider nieder und schmunzelte.

»Wo wollen Sie hin?«, fragte er nach einer Weile.

»Eigentlich habe ich eine Fahrkarte nach Lübeck, aber mein Zug hätte schon vor zwei Stunden hier sein sollen.«

»Haben Sie die Durchsage nicht gehört?«

»Welche?«

»Ein Zug ist auf der Strecke entgleist, da fährt heute keiner mehr.«

Ihr Magen machte eine nervöse Umdrehung. »O nein!« Wenn sie nicht die lange Zeit im Hafen damit zugebracht hätte, ihr Buch zu zerfleddern ...

»Wo fahren Sie hin?«

»Ich bin gerade aus Berlin angekommen. War dort an der Charité, ich bin Arzt. Aber ...« Er machte eine Pause und lächelte sie an. »Irgendwie haben Sie so verloren gewirkt, dass ich Sie einfach ansprechen musste.«

Margarete lächelte müde. »Verloren. Das hat noch keiner zu mir gesagt.«

»Verraten Sie mir Ihren Namen?«

Sie atmete lange ein, während er sie intensiv musterte. In seinen braunen Augen schimmerten goldene Sprenkel, die ihnen einen warmen Schimmer verliehen.

»Greta. Ich heiße Greta Schuster.«

»Greta.« Er streckte ihr seine Hand hin. »Freut mich. Mein Name ist Alexander Benn.«

Ihre Haut prickelte, als er sie berührte. Einige Sekunden sagte niemand etwas. Er hielt ihre Finger etwas zu lange in seinen, dann ließ er sie mit einem Funkeln in den Augen los.

»Und, Greta Schuster, wo wollen Sie jetzt hin?«

Juli 2017, Hrafnagil, Eyjafjörður

»Ich bleibe hier«, verkündete Oma, als Pia ihren Koffer nach unten trug. Pia und Ragnar hatten nach dem Streit nicht mehr miteinander gesprochen, und sie hatte schon früher gepackt. Sie wollte nur noch abreisen. Sie hatten sich nicht versöhnt, und sie hatten auch kein Gespräch über die Zukunft – oder das Ausbleiben einer Zukunft – geführt. Nach dem Streit kam es ihr ohnehin unrealistisch vor, dass sie über so etwas hätten sprechen können. Was hatte sie sich nur gedacht?

In ihrem Bauch schmorte die Enttäuschung, weil es so viel Unausgesprochenes und Ungelöstes zwischen ihr und ihm gab, weil sie keine Ahnung hatte, was sie ihm hätte sagen sollen oder ob er überhaupt eine Aussprache wollte. Größtenteils verstand sie nicht, was wirklich in ihm vorging. Seit ihrem Streit hatte sie es vermieden, über ihn nachzudenken und über die tiefen Gefühle, die er in ihr geweckt hatte. Er war nicht nur ein wundervoller, zärtlicher Liebhaber gewesen, der genau wusste, wie man eine Frau verwöhnte, Pia hatte auch kurz gedacht, dass sie mehr füreinander empfunden hätten. Dass sie eine Zukunft hätten.

Aber ihr Streit zeigte ihr, dass Ragnar sie nicht dauerhaft in seinem Leben wollte. Schon deswegen war eigentlich klar, dass der Abschied von Island ein endgültiger werden würde.

»Hast du mir zugehört, Pia?«, drang Omas Stimme durch ihre eigenen Gedanken zu ihr.

»Wie bitte?«, gab sie irritiert zurück.

»Du hast mich schon verstanden«, sagte Oma. »Ich habe genug Zeit verschwendet, die ich mit meiner Schwester hätte teilen können, in Hamburg wartet keiner mehr auf mich. Ich bleibe bei Helga auf Island.«

»Das fällt dir jetzt ein?« Pia konnte kaum glauben, was sie hörte.

»Ist das ein Problem? Das Ticket verfällt dann eben.«

»Äh, okay? Und ... wann kommst du dann nach Hamburg zurück?«

Oma zuckte mit den Schultern. »Den Papierkram wird man wohl von hier aus regeln können. Möbel kann man versenden oder verkaufen.«

Pia stutzte. »Du ... meinst, dass du für immer hierbleibst?«

»Für immer. Wie sich das anhört. Meine Liebe, ich bin fast neunzig, mein ›für immer‹ sind vielleicht noch ein paar Jahre. Und ja, das habe ich vor.«

»Weiß Helga das schon?«

Oma lachte. »Bitte! Natürlich weiß sie es. Wir haben darüber gesprochen.«

»Wo steckt sie überhaupt?«

»Beim Friseur.«

Pia rieb sich die Schläfen und versuchte, das eben Gehörte zu verarbeiten. »Also, dann ... fahre ich heute Nacht mit Leonie allein.«

»Wieso tut ihr euch überhaupt den Stress an, nachts loszufahren?«

»Es ist doch sowieso hell, und wir sparen uns so die Übernachtungskosten in einem Hostel.«

»Wann kommst du wieder?«, erkundigte Oma sich.

»Wie? Wieder? Meinst du, ich soll dir deine Sachen bringen?«

Oma schüttelte den Kopf. »Natürlich nicht, wofür gibt es Speditionen? Ich meine wegen deines Amors.«

»Wahrscheinlich nie.«

Oma machte große Augen. »Sag bloß, ihr habt noch nicht darüber geredet?«

»Es ist schwierig, wir haben uns gestritten. Außerdem sind wir nicht mehr die Jüngsten, wir haben beide schon einmal den Fehler gemacht, uns auf jemanden einzulassen, mit dem es dann nicht dauerhaft geklappt hat. Da entscheidet man so was nicht mehr so unbedacht.«

Sie lachte bitter. »Sei nicht albern, Pia. Hast du Angst?«

Pia war kurz davor, Oma zu schütteln, weil sie es leider genau auf den Punkt brachte. »Sicher nicht.«

»Der Junge ist bis über beide Ohren in dich verliebt.«

»Der Junge ist fast vierzig, Oma, und kann sich nicht einmal entschuldigen, nachdem er mich angeschrien hat.«

»Na und? Ihr seid beide noch jung, ihr habt noch Zeit zueinanderzufinden, wenn ihr wollt.«

»Das kommt drauf an, wie man es betrachtet. Ich bin definitiv zu alt, um an Amors Pfeile zu glauben, wenn du schon den Namen ins Spiel gebracht hast.«

Oma winkte ab.

»Pia, jetzt redest du, als wärst du über achtzig.«

»Was willst du mir damit sagen?« Pia tippte mit dem Fuß auf den Boden, den Griff des Koffers in der Hand.

»Ich will dir sagen: Mach nicht den gleichen Fehler wie ich, nämlich zu fahren, ohne ihm eine Chance zu geben.«

Pia sah ihre Großmutter einen Moment lang schweigend an. Oma hatte recht, sie sollte sich wenigstens mit Ragnar aussprechen, bevor sie Island verließ. Er war ihr zu wichtig, als dass sie es ertragen konnte, dass so viel Ungesagtes zwischen ihnen stand – und sie wusste, ein echter Abschied würde es für sie einfacher machen, mit der Sache abzuschließen. »Werde ich nicht. Darf ich jetzt mal durch?«

Pia schlug den Kofferraum energisch zu, schloss die Augen und atmete tief durch. Dann lief sie zu Ragnars Hof hinüber.

»Ragnar?«, rief sie, als sie im Flur stand.

Keine Antwort.

Hm. Er war eigentlich fast immer auf dem Hof, sie war fest davon ausgegangen, ihn hier anzutreffen. Vielleicht war er kurz ausgeritten. Das Wetter war gut, der Himmel erstrahlte tiefblau mit nur wenigen Schleierwolken am Horizont. Es war zwar frisch, sodass sie eine leichte Daunenjacke trug, aber die Sonne wärmte ihr Gesicht, als sie wieder nach draußen trat. Gemein, dass es heute so schön war, da fiel der Abschied noch schwerer.

Beim Stall fand sie Pavel, Ragnars Range Rover war weg.

»Hast du Ragnar gesehen?«

Pavel hob den Kopf, er sprach kein Deutsch und nur wenig Englisch. »Ragnar farinn«, brummte er auf Isländisch und mistete dann weiter aus.

»Where did he go?«

Pavel sah noch einmal zu ihr. »Telephone, ring ring. Veit ekki.«

Okay, er hatte also keine Ahnung. Na toll!

Pia wollte auch nicht, dass es aussah, als würde sie ihm hinterherlaufen. Er war wahrscheinlich einkaufen oder hatte etwas zu erledigen.

»Na schön«, murmelte sie und ging spazieren, um sich darüber klar zu werden, was sie wollte. Was sie ihm noch sagen sollte.

Als sie nach zwei Stunden noch einmal nachsah, war er immer noch nicht zurück. Und so blieb es auch. Mit jeder weiteren

Stunde, die verstrich, fühlte sie sich schlechter. Deutlicher konnte Ragnar ihr nicht mitteilen, was er dachte. Er hatte es nicht nötig, sich von ihr zu verabschieden.

Pia kochte innerlich, es fehlte nicht viel, und sie würde explodieren. Das Gefühl paarte sich mit bitterem Schmerz. Sie hatte das Bedürfnis gehabt, sich mit ihm auszusöhnen. Ihm persönlich Lebewohl zu sagen

Dass Leonie mit miesepetriger Miene im Wohnzimmer saß, machte es nicht besser. »Was ist, fahren wir jetzt bald mal? Warum sitzen wir hier noch rum?«

Oma und Helga hatten sie schon vor einer Stunde auf Wiedersehen gesagt, die beiden hatten sich gegen Mitternacht schlafen gelegt.

»Ja, dann lass uns fahren. Wir können ja dann im Auto ein Nickerchen machen.«

»Was auch immer.« Leonie zuckte mit den Schultern und stand vom Sofa auf.

Pias Herz wurde schwer, als sie die Jacke vom Haken nahm, ihre Handtasche und den Rucksack mit dem von Helga gepackten Proviant aufhob und in die Schuhe schlüpfte.

Ragnar war nicht gekommen, er hatte sich nicht gemeldet, und sein Telefon war abgeschaltet. Sie konnte es kaum glauben, aber es stimmte wohl. Pia hatte sich in ihm getäuscht, dabei hatte er immer aufrichtig und geradlinig auf sie gewirkt. Sie hätte zumindest vermutet, dass er bereit wäre, ihr in die Augen zu sehen und ihr Lebewohl zu sagen. Selbst wenn er nicht mit ihr zusammen sein wollte. Sie wusste ja nicht einmal mehr, was sie selbst wollte.

»Mama?«

»Was? Ja, sorry. Ich komme.«

Pia schluckte den Kloß im Hals hinunter und ignorierte das Brennen in den Augen.

Juli 2017, Hirtshals

Auf dem Weg zum Parkdeck, nach achtundvierzig Stunden mit sich und ihren Gedanken weitestgehend allein auf See, fühlte sich Pia etwas besser. Es war, als ob sie mit jedem Kilometer, der zwischen sie und Ragnar kam, wieder klarer im Kopf wurde.

Ja, es tat nach wie vor weh, so abserviert worden zu sein. Aber immerhin sah sie das Ganze nach zwei Tagen auf See jetzt so realistisch, dass sie sich einreden konnte, dass er ihr eigentlich einen Gefallen getan hatte. Sie hatte beschlossen zu versuchen, die schönen Tage in Erinnerung zu behalten. Die Bitterkeit würde sicher irgendwann abklingen wie eine verschleppte Grippe. Doch sie machte sich nichts vor: Bis dahin würde es einige Zeit dauern.

»So, Leonie«, sagte sie, als sie die Rampe nach unten von Bord fuhren. »Sag mal, was wirst du jetzt machen?«

Leonie kaute auf ihrem Kaugummi. »Was meinst du?«

»Ich habe dich im Urlaub mit dem Thema weitestgehend in Ruhe gelassen, weil ich wollte, dass du selbst entscheidest und nachdenkst. Wegen der Schule, meine ich.«

Sie machte eine Blase und ließ sie platzen. »Hab meine Meinung nicht geändert.«

»Soll heißen?«

»Ich werde mir einen Job suchen.«

»Ach, und als was?« Pia hob eine Augenbraue. Sie konnte sich ihre Tochter beim besten Willen nicht berufstätig vorstellen, sie steckte doch noch mitten in der Pubertät.

»Keine Ahnung. Muss ich mir noch überlegen.«

Genau das meinte Pia. Aber sie wollte auch nicht gleich wieder streiten.

»Leonie, bitte. Es sind doch nur noch zwei Jahre bis zum Abi«, bat sie sie sanft.

»Weißt du eigentlich, was zwei Jahre auf dieser beknackten Schule bedeuten?«

»Wir könnten eine andere Schule finden, Hamburg ist groß genug.«

»Nein.«

Pia schlug mit der flachen Hand aufs Lenkrad. Nun hatte sie sich doch nicht beherrschen können. »Verdammt noch mal, so machst du dir deine Zukunft kaputt.«

»Bekomm du doch erst mal dein eigenes Leben in den Griff!«

Pia war sprachlos, darauf fiel ihr auch nichts mehr ein. Zum Teil natürlich, weil ihre Tochter den Nagel auf den Kopf getroffen hatte.

Den Rest der Fahrt brachten sie mehr oder weniger schweigend hinter sich, außer einsilbigen Antworten auf einsilbige Fragen hatten sich die beiden nichts zu sagen. Pia atmete erleichtert auf, als sie in ihre Straße im Stadtteil Barmbek einbogen. Sie sehnte sich nach einer heißen Dusche, ihrem Sofa und dem Wohlfühlpyjama. Der Urlaub war nicht so erholsam gewesen, wie sie es sich gewünscht hatte. Psychisch gesehen fühlte sie sich sogar schlechter als zuvor. Kein Wunder.

Auf der Suche nach einer Parklücke wurde sie wenigstens gleich fündig.

»Mama, schau mal«, sagte Leonie.

»Was ist?« Pia rangierte und war voll konzentriert, rückwärts einparken war mit dem kastigen Volvo Millimeterarbeit.

»Da, auf den Stufen ...«

»Mein Gott, kannst du mal in ganzen Sätzen ...!« Der Rest des Satzes blieb Pia im Hals stecken, als sie sah, wer auf der Treppe zu ihrem Wohnhaus wartete.

Ragnar. Mit einem Strauß roter Rosen in den Händen.

Sie blinzelte. Aber auch nach ein paar Sekunden löste er sich nicht wie eine Fata Morgana in Luft auf.

»Willst du nicht zu ihm gehen?« Leonie schubste sie in die Seite.

»Äh, ja.«

Pia stellte den Motor ab und stieg aus. Ragnar hatte sie schon entdeckt und war aufgestanden.

»Ragnar?«, fragte sie und bemerkte, dass ihre Stimme schrill klang. Ihr Herz raste, und ihre Beine fühlten sich an wie weich gekochte Spaghetti.

...

Ragnar war froh, dass sie ihn nicht gleich wild beschimpfte oder – noch schlimmer – ignorierte. Sie hätte allen Grund dazu, und das war ihm klar.

»Hallo, Pia«, sagte er mit belegter Stimme und ging die fünf Stufen zu ihr hinunter.

»Blumen?« Sie schaute vom Strauß zu ihm auf.

»Ich wollte mich entschuldigen. Für den Streit, für mein idiotisches Temperament und meinen Stolz, für ... dafür, dass ich dir das alles an den Kopf geworfen habe, weil du mir zu nahe gekommen bist und ich das in dem Moment nicht ertragen konnte.«

Pia schluckte. »Deswegen hast du den weiten Weg auf dich genommen?«

Er atmete tief durch. »Ich wollte schon viel früher zu dir kommen, als du noch in Island warst, dich um Verzeihung bitten und ... über uns reden. Aber dann kam etwas dazwischen. Es ist eine lange Geschichte, und ich hoffe, du glaubst mir.«

»Hätte es ein Anruf nicht auch getan?«

»Mama!« Leonie war ausgestiegen und stand nun einen Meter von ihnen entfernt.

»Ist schon gut, deine Mutter ist zu Recht sauer auf mich, aber ich möchte es kurz erklären. Wenn ich darf.«

Pia nickte.

»Also, ich war dabei, etwas fürs Abendessen vorzubereiten, als ich einen Anruf bekam. Es war Harpa ...« Pias Gesichtsausdruck verfinsterte sich. »Nein, nicht so. Es ist wegen Kristín gewesen. Sie ist mit einem Blinddarmdurchbruch ins Krankenhaus gekommen. Ich habe alles stehen und liegen lassen und bin sofort nach Akureyri gefahren.«

Pia streckte die Hand nach seinem Arm aus, dann ließ sie sie wieder sinken. »O nein, geht es ihr gut?«

Ragnar schluckte, die Erinnerung an die bangen Stunden, während sie im OP und danach auf der Intensivstation gelegen hatte, nahmen ihn sehr mit. »Ja, sie hat es überstanden, aber ... sie hatte Glück. Es ... ich ... ich habe einfach nicht denken können, Pia. Es tut mir leid, ich konnte nur an Kristín denken, und na ja«, er zuckte mit den Schultern, »dann habe ich mir gedacht, es ist besser, dass ich dir persönlich sage, was ich unbedingt loswerden will, und nicht einfach am Telefon, auch wenn das bedeutet, dass ich achtundvierzig Stunden länger warten musste – und du auch.«

Pia schluckte. »Und das wäre?«

Ragnar legte den Strauß Rosen zur Seite und nahm ihre eiskalten Hände in seine. »Ich … also, Pia, das klingt jetzt vielleicht komisch, aber … ich habe in der kurzen Zeit mit dir gemerkt, dass du mir wichtig bist. Sehr wichtig sogar. Und ich könnte mir vorstellen, dass wir noch mehr Zeit miteinander verbringen. Viel mehr Zeit. So für immer in etwa?«

Er grinste.

»Und wie stellst du dir das vor? Schau dich mal um … das ist Hamburg …«

»Mama, lass ihn doch mal ausreden!« Dass Leonie offenbar auf seiner Seite war, überraschte Pia nicht.

»Ich mache es kurz. Pia, ich habe mich in dich verliebt. Ich würde mir wünschen, dass wir uns auf Island eine gemeinsame Zukunft aufbauen, denn Kristín ist dort, und ich kann mir nicht vorstellen, weit entfernt von ihr zu leben. Aber wenn das nicht geht, dann kann ich vielleicht ein paar Wochen herkommen, und wir wechseln uns ab …?«

Pias Mund stand offen. »Moment mal? Ich komme nicht ganz mit.«

»Mama meint: Ja!« Leonie grinste. »Endlich mal ein Mann, der weiß, was er will.«

Ihre Mutter rollte mit den Augen. Ragnars Herz klopfte wie verrückt, er hatte Angst, dass seine Reise nach Deutschland umsonst gewesen war, dass Pia vielleicht nicht so für ihn empfand wie er für sie. »Und?«, fragte er mit rauer Stimme.

»Willst du nicht erst mal reinkommen? Ich bin irgendwie überfordert …« Pia rührte sich nicht von der Stelle. »Wie soll das gehen?«

»Wenn wir nach Island ziehen, gehe ich dort aufs Gymnasium«, verkündete Leonie.

»Das geht alles so schnell«, murmelte Pia.

Ragnar nahm ihre Hand und gab ihr einen Kuss auf den Handrücken. »Es tut mir leid, dass ich dich so überfalle, aber mir ist im Krankenhaus während der langen Wartezeit einiges klar geworden. Ich habe mir gewünscht, dass du bei mir wärst. Der Gedanke an dich hat mir Kraft gegeben, auch wenn ich nicht zum Hörer gegriffen habe. Das tut mir leid. Aber ich weiß, dass ich dich nicht einfach gehen lassen kann. Aber wenn du nicht so für mich empfindest …«

Pia schluckte. »Nein, das ist es nicht. Überhaupt nicht. Ich habe mich nur in den letzten zwei Tagen damit auseinandergesetzt, dass du, also dass wir, dass … Jedenfalls, ich dachte, du hättest kein Interesse daran, die Affäre zu vertiefen.«

Ragnar lachte. »Doch, das habe ich. Und für mich ist es viel mehr als eine Affäre, Pia. Leonie, würde es dir was ausmachen, wenn ich kurz mit deiner Mutter allein rede?«

»Äh, ja. Geht klar. Ich geh schon mal vor.« Leonie zwinkerte, sprang die Stufen zum Eingang hinauf und verschwand im Haus.

»Meine Güte, dieses Kind.« Pia schüttelte den Kopf.

Ragnar hob ihr Kinn sanft an, das Herz hämmerte gegen seine Rippen. Sie hatte seine Frage noch immer nicht beantwortet. »Pia?«

Ihre Blicke trafen sich, und sein Magen fuhr Achterbahn. Pias Augen leuchteten, und der Ausdruck ihrer Gefühle darin ließ ihn vor Glück schweben. »Ich war so enttäuscht, als du weg warst. Pavel konnte mir nichts sagen, und ich dachte einfach, dass meine Gefühle einseitig wären.«

»Das sind sie nicht. Im Gegenteil. Dann empfindest du also etwas für mich?«, erwiderte er.

»Ja, das tue ich. Ich habe mich auch in dich verliebt. Ich hätte nie gedacht, dass ich mich mal so Hals über Kopf in etwas stürzen könnte. Ich meine, wir sind ja keine fünfzehn mehr.« Pia lachte und nahm seine Hand.

»Nein, das sind wir nicht. Zum Glück. Ich weiß heute viel besser, was ich will. Nämlich dich.«

»Du hast mir so gefehlt.« Pia verringerte den Abstand zwischen ihnen.

»Du hast mir auch gefehlt, es tut mir leid, dass es bei mir etwas länger gedauert hat, das alles zu begreifen.« Seine Stimme klang belegt. Sein Blick wanderte zu ihren Lippen, er legte einen Arm um ihre Taille und zog sie eng an seinen Körper.

»Ich will dich küssen.« Sein Atem strich über ihren Mund.

»Dann tu es doch«, hauchte sie

Das ließ er sich nicht zweimal sagen.

Epilog

Oktober 2017, Hrafnagil, Eyjafjörður

Pia konnte es auch nach zwei Wochen auf Island noch nicht fassen, dass das nun ihr neues Zuhause sein sollte. Sie hatte tatsächlich alles stehen und liegen lassen – auch weil die Zeit wegen des Schulanfangs gedrängt hatte. Den Job beim Jugendamt hatte sie schnell gekündigt, das war ihr sogar ein Vergnügen gewesen. Aber alles andere hatte sie an einen Marathon erinnert. Sie hatte jeden Tag gepackt, organisiert und war auf allerlei Ämtern und Behörden gewesen, um Omas und ihre eigenen Angelegenheiten zu regeln. Krankenversicherung, Rente, Mietvertrag … Aber es hatte alles geklappt, und nun stand sie in Helgas Haus und packte Omas Kisten aus. Leonie war in der Schule und Ragnar im Stall. Übermorgen würde sie ihre neue Stelle im *Laugaland* antreten. Sie konnte es kaum abwarten und war dementsprechend aufgekratzt und nervös. Es tat ihr gut, dass sie sich mit Auspacken beschäftigen konnte.

Helga und Oma hatten Besuch und tranken Kaffee mit Marianne. Sie war eine der Frauen, mit denen die Schwestern 1949 von Hamburg nach Island gereist waren. Ihr Leben war glücklicher verlaufen als das von Helga, sie hatte sich in den Bauerssohn verliebt, ihn geheiratet und fünf Kinder mit ihm bekommen. Sie hatten eine harmonische Ehe geführt und sich wirklich geliebt. Pia hatte beim Auspacken mit halbem Ohr zugehört, wie die drei

Damen über alte Zeiten gelacht und auch ein wenig gelästert hatten.

»Das waren harte Winter hier, Mannomann. Hätte ich das vorher gewusst, wäre ich bestimmt nicht nach Island gereist«, sagte Marianne und schmunzelte. »Aber heute bin ich froh, Island war das Anstrengendste und Beste, was mir passieren konnte. In Deutschland gab es nach dem Krieg nichts mehr für mich.«

Pia schaute aus dem Fenster und versuchte, sich vorzustellen, wie es wohl früher hier gewesen sein mochte, ohne Internet, ohne Strom, ohne Heizung. Unvorstellbar. Sie hatte großen Respekt für die drei. Das gab ihr auch Mut für ihren eigenen Neuanfang; wenn die Frauen es damals geschafft hatten, würde sie sich sicher selbst schnell hier einleben. Mit einem leichten Lächeln auf den Lippen öffnete sie den letzten Umzugskarton.

»Wo sollen die Bilder hin, Oma?«, fragte Pia. »Das ist die letzte Kiste.«

Helga nahm Pia das gerahmte Hochzeitsfoto aus der Hand. »Ist er das?«, fragte sie Oma.

»Ja. Ich war nur einmal verheiratet.«

»Fesch.«

»Das war er, gut aussehend und klug.«

»Wie habt ihr euch eigentlich kennengelernt?«, wollte Pia wissen.

Oma lächelte versonnen. »Ich bin in Hamburg vom Schiff gestiegen, habe erst mal ein Buch zerfleddert und im Hamburger Hafen versenkt. Dadurch bin ich zu spät an den Bahnhof gekommen, und mein Zug nach Lübeck war natürlich weg. Ich saß also da und wartete auf den nächsten – der nicht kam. Auf einmal setzte sich ein Mann neben mich und sprach mich an.«

»Oh, so war das?« Pia grinste. »Ganz schön romantisch.«

»Ja, ich weiß auch nicht. Irgendwie hat es Klick gemacht, es war der Startschuss für mein neues Leben. Er hatte Manieren, war gut angezogen – Alexander war ganz anders als die Bauerntölpel, mit denen ich es hier zu tun gehabt hatte. In der Sekunde habe ich entschieden, dass es die alte Margarete nicht mehr gab. Er hat mich gefragt, wie ich heiße. Und da habe ich gesagt: Greta Schuster. Daraufhin fragte er mich, wohin ich jetzt gehen wolle. Und ich bin mit ihm gegangen.«

»Nein!«, rief Pia.

»Nicht so, wie du denkst, Pia.« Oma lachte. »Aber ich habe ihm vertraut, keine Ahnung, wieso. Er hat mir ein Zimmer für die Nacht besorgt – bei einer Witwe. Und am nächsten Tag eine Stelle als Kindermädchen bei einer reichen Familie. Ja, und dann waren wir bald ein Paar. Den Rest kennst du.«

»War er ein guter Mann?«, fragte Helga.

Oma nahm das Bild und schaute es lange an. »Ja, das war er. Wir hatten viele gute Jahre zusammen.«

Helga drückte ihren Arm.

»Tag, die Damen«, rief Ragnar, der gerade hereinkam. »Kann ich was helfen?«

Die Sonne ging auf, wie jedes Mal, wenn er Pia so anlächelte wie jetzt. Seit Ragnar das Angebot angenommen hatte, ab und an als Handball-Kommentator einzuspringen, ging es ihm viel besser. Er schien zwar immer noch etwas niedergeschlagen, wenn er an sein plötzliches Karriereende erinnert wurde, aber er konnte sich wieder für den Sport begeistern. Pia freute sich wahnsinnig für ihn. Sogar das Verhältnis zu Harpa schien sich langsam zu bessern, und Kristín war in den letzten Wochen oft bei ihm gewesen.

»Nein, wir sind gerade fertig«, sagte sie und strahlte ihn an.

»Na, das ist ja typisch. Da habe ich mich schön gedrückt ...« Er lachte und zog Pia an sich heran. Seine blauen Augen funkelten, und sie verlor sich einen Moment darin, ehe sie die Augen schloss.

Ragnars Lippen senkten sich zärtlich auf ihre. »Ich hab dich vermisst«, raunte er zwischen zwei Küssen.

»Du warst doch nur ein paar Stunden weg«, gab sie amüsiert zurück.

»Eben, das waren ein paar Stunden zu viel.«

Und dann verschloss er ihren Mund mit seinem und ließ sie vergessen, was sie erwidern wollte.

Danksagung

Das Versprechen der Islandschwestern ist für mich eine Herzensangelegenheit. Ohne Rat und Unterstützung hätte ich dieses Buch niemals schreiben können.

Es gibt eine ganze Reihe von Menschen, die ihren Anteil dazu beigetragen haben, dass diese Geschichte sich so entwickeln konnte, wie Sie sie nun in den Händen halten. Allen voran möchte ich mich bei meiner Schwiegermutter und meinem Mann bedanken, die mir alle meine Fragen mit einer unfassbaren Engelsgeduld beantwortet haben, die mir diverse Bücher zum Thema auf Isländisch besorgt haben, die im Buchhandel nicht mehr erhältlich sind.

Herzlichen Dank sage ich auch an Sonja Emma Kristinsson, eine deutsche Einwanderin, die seit 1949 in Island lebt und mir ebenfalls viele Fragen beantworten konnte. Ohne ihre Unterstützung hätte ich Margaretes und Helgas Geschichte nicht so authentisch erzählen können.

Ich danke meiner Agentin Elisabeth Botros, die mich mit ihrer unermüdlichen Energie immer wieder dazu angetrieben hat, meinen Text noch ein bisschen besser zu machen, ehe er angeboten wurde.

Ich danke dem Ullstein-Team, allen voran Inga Lichtenberg, es ist mir eine große Freude, mit dir zu arbeiten.

Ohne meine Freunde und Familie, die mir auf die ein oder andere Weise den Rücken frei halten und mich mit Rat und Tat unterstützen, könnte ich meinen Traum in dieser Form nicht leben. Danke, Gisela, Mama und Papa.

Danke, Finnbogi, dass es dich in meinem Leben gibt.